철서의 우리

鐵鼠の檻

철서의 우리

上

교고쿠 나츠히코(京極夏彦) 지음 | 김소연 옮김

손안의책

등장 인물

마츠미야 진뇨[松宮仁如]: 마츠미야 진이치로의 장남으로 속명은 마츠미야 히토시[松宮仁]. 아버지에 반발해 집을 나가지만 쇼와 15년 본가에 화재가 발생하던 날 돌아온다. 화재 때 부모가 사망하고 동생이 실종되자 출가한다.

마츠미야 스즈코[松宮鈴子]: 마츠미야 히토시의 여동생. 이쿠보 기요에의 소꿉친구. 열세 살에 있은 본가의 화재 때 실종된다.

고사카 료넨[小坂了稔]: 60세. 명혜사의 승려. 직책은 직세.

구와타 조신[桑田常信]: 48세. 명혜사의 승려. 직책은 전좌.

와다 지안[和田慈行]: 28세. 명혜사의 승려. 직책은 지객.

나카지마 유켄[中島祐賢]: 56세. 명혜사의 승려. 직책은 유나.

마도카 가쿠탄[円覺丹]: 68세. 명혜사의 관수.

오니시 다이젠[大西泰全]: 88세. 명혜사의 노승.

스가노 하쿠교[菅野博行]: 70세. 명혜사의 승려. 구와타 조신 이전의 전좌. 속명은 스가노 히로유키[菅野博行].

가가 에이쇼[加賀英生]: 18세. 나카지마 유켄의 행자.

마키무라 다쿠유[牧村托雄]: 마도카 가쿠탄의 제자로 구와타 조신의 행자. 이전에는 하쿠교의 행자.

스기야마 데츠도[杉山哲童]: 명혜사의 승려. 관동 대지진 때 미아가 된 이후 진슈 노인과 함께 생활했다.

진슈[仁秀]: 명혜사의 이웃에서 밭을 일구며 사는 노인. 명혜사의 승려가 된 데츠도, 후리소데를 입은 소녀 스즈를 거두어 길렀다.

추젠지 아키히코[中禪寺秋彦]: 고서점 교고쿠도[京極堂]의 주인이자 신주. 통칭 교고쿠도. 해박한 지식과 현란한 말솜씨로 사건을 풀어나간다.

에노키즈 레이지로[榎木津禮二郎]: 조증이 있는 장미십자탐정 사무소 탐정.

세키구치 다츠미[關口巽]: 교고쿠도의 친구. 울증이 있는 환상소설가.

추젠지 아츠코[中禪寺敦子]: 잡지 ≪희담월보≫의 기자. 천진한 용모에 어울리지 않는 총명하고 쾌활한 재원. 추젠지 아키히코의 동생.

이마가와 마사스미[今川雅澄]: 골동품상으로 가게 마치코안[待古庵]의 주인. 에노키즈 레이지로가 군대 시절 상관이다.

구온지 요시치카[久遠寺嘉親]: 의사. 도쿄에서 개인 병원을 하다가 정리하고 하코네의 산중에 있는 여관 센고쿠로에서 기거 중인 노인.

이쿠보 기요에[飯窪李世惠]: 잡지 ≪희담월보≫의 기자. 명혜사 취재를 기획했다.

도리구치 모리히코[鳥口守彦]: 잡지 ≪실록범죄≫의 편집기자. 사진가 지망생.

야마우치 주지[山內銃兒]: 고서점 런던당[倫敦堂] 주인. 교고쿠도의 지인.

야마시타 도쿠이치로[山下德一郞]: 경부보. 가나가와 현 본부 수사1과의 형사. 수사주임이었던 무사시노 연속 토막 살인사건의 수사 실패 이후 서내의 입지가 내리막. 하코네 산 사건으로 반전을 꾀하고자 한다.

이시이 간지[石井寬爾]: 경부. 가나가와 현 본부 수사1과. 야마시타 경부보의 상사.

마스다 류이치[益田龍一]: 야마시타 경부보의 부하 형사.

노적(老賊)이 마을에 들어가 사람과 하늘을 혼란케 하니
그 끝날 날이 없다고 한다.

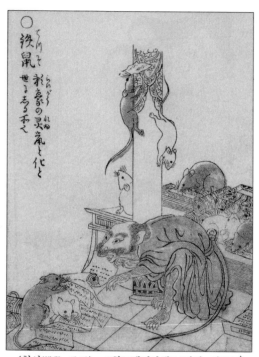

〈철서(鐵鼠, 텟소)〉, ≪화도백귀야행≫(전편, 양(陽))[†]

라이고[††]가 쥐로 변해 세상에 알려진 것.

[†] 다나카 나오히(田中直日) 소장 및 자료 제공.

[††] 헤이안 중기의 천태종 승려(1004~84). 시라카와 천황의 황자 탄생을 기원
하였고, 친왕이 탄생하자 그 상으로 원성사(園城寺) 계단(戒壇)을 건립해 달
라고 청하였으나 연력사(延曆寺)의 반대로 받아들여지지 않아 이를 원망하
여 곡기를 끊고 죽었다. 죽은 후 원령이 되어 철서로 변하여 연력사의 경
전을 갉아먹었으며, 친왕이 역병에 걸린 것도 그의 저주라고 한다.

원성사 계단 이야기

(전략)

그로부터 시간이 한참 지난 후, 시라카와[白河] 천황 때에 에노소츠노 교보[江師匡房]의 형으로 미이데라[三井寺]의 라이고[賴豪] 승도(僧都)†라 하여 신분 높은 이가 있었는데, 조정에서 그를 불러들여 황자 탄생을 위해 기원하라는 명을 내렸다. 라이고는 칙명을 받들어 정성을 다해 기원했으니, 그의 음덕(陰德)이 곧 나타나 승보(承保) 원년 십이월 십육일에 황자가 탄생했다. 감격한 천황은, 기원에 대한 상으로 무엇이든 원하는 것을 해 주겠노라 했다. 이에 라이고는 관직도 금전도 원하지 않으며 그 대신 평소부터 갖고 있던 소망인 '원성사(園城寺)에 계단(戒壇)††을 만들 수 있도

---

† 승정 아래, 율사 위에 위치하며 승니를 총괄하던 승려의 직책.

†† 불교에서 계를 주는 의식이 이루어지는 단.

록' 칙허(勅許)를 청했고, 천황은 이를 허가했다. 연력사(延曆寺)에서는 이 이야기를 듣고 당장 이를 반대하는 상소를 조정에 올렸다.

선례를 들어 허가를 취소해 주기를 조정에 호소한 것이다. 그러나 조정은 천황의 말을 뒤집을 수 없다며 이를 받아들이지 않자, 연력사에서는 조정에 대한 항의로 히에이잔[比叡山] 전체의 강연을 중지하고 모든 절의 문을 닫아 걸어 조정을 위한 기원을 중단하기에 이르니, 조정에서도 이를 무시할 수 없어 결국은 원성사 계단 설립의 칙허를 뒤집기에 이르렀다.

이를 안 라이고는 백일 동안 머리도 깎지 않고 손발톱도 깎지 않은 채 호마단(護摩壇)†의 연기에 그을려 가며 진에(瞋恚)††의 불꽃에 스스로의 뼈를 태우면서 열심히 기원하

---

† 불을 피우며 그 불 속에 공양물을 던져 넣어 태우는 의식(호마)을 위해 만든 단.

기를, 바라건대 이 몸이 이대로 대마왕이 되어 천황에게 재앙을 내리고 연력사를 멸망시키게 해 달라 했다. 마침내 스무하루가 지나, 그는 제단 위에서 죽었다. 그의 원령은 과연 사독(邪毒)†을 이루어, 라이고가 기원하여 태어난 황자는 어머니의 무릎 위를 채 떠나기도 전에 어린 나이로 세상을 뜨고 말았다.

　연력사의 항의와 원성사의 효험 중 득실은 이로써 분명했다. 연력사의 수치를 씻고 황위의 계승자를 얻기 위해, 조정에서는 연력사의 좌주(座主) 료신 대승정을 불러 황자 탄생을 기원하게 했다. 기원을 하는 동안 여러 상서로운 일들이 있었다. 이윽고 승력(承曆) 삼년 칠월 구일에 황자가 탄생했다. 연력사에서는 항상 이 황자를 위한 호지(護持) 기원을 바쳤고, 이 때문에 라이고의 원령도 황자에게 가까

---

†† (앞쪽)자기 뜻이 어그러지는 것을 노여워함을 이르는 말.

† 병을 가져오는 나쁜 기운.

이 갈 수 없었는지, 황자는 무사히 자라 천황의 자리를 잇게 되었다. 황위에서 물러난 후의 원호(院號)가 호리카와 인[堀川院]이 된 자가 이 두 번째 황자이다.

그 후 라이고의 망령은 강철 같은 이빨에 돌 같은 몸을 가진 팔만사천 마리의 쥐가 되어, 히에이잔에 올라가 연력사의 불상이며 경전을 갉아 대기에 이르니, 연력사도 이를 막을 방법이 없어, 마침내 사당을 하나 짓고 라이고를 그 사당에 신으로 모시고 받들며 그 원념을 진정시켰다. 이것이 쥐의 사당이다.

그 후 미이데라도 뜻이 강해져 걸핏하면 계단 건립의 인가를 조정에 청했고, 연력사 또한 이전의 강한 항의를 예로 삼아 어떻게 해서든 이를 철회하려고 고집을 부렸다. 그리하여 천력(天曆) 연간부터 문보(文保) 원년에 이르기까지, 이 계단 때문에 원성사에 불이 난 것이 일곱 번이었다. 근년에는 이에 질려, 원성사도 그러한 일을 하려고 하지 않게 되었는데, 그 덕분인지 원성사는 크게 번성하여 삼보(三寶)의 주지도 평안한 나날을 보내게 되었다. 그러나 쇼군 아시카가 다카우지[足利尊氏]는 원성사 승려들의 환심을 사기 위해 연력사의 분노도 생각하지 않고 함부로 계단을 건립해야 한다는 쇼군령을 내리니, 이는 불교에 장해가 되는 천마(天魔)의 소행, 불법(佛法) 멸망의 원인이라며 듣는 이마다 비판했다.

≪태평기(太平記)≫ 십오 권

*

　"소승이 죽인 것이오."

　탄력 있고 맑은 목소리였으며 두려워하는 기색도 없이 지극히 태연한 말투이기도 했기 때문에, 아마 가벼운 농담 쯤으로 여겼는지 오시마 유헤이는 느릿느릿하게 목소리가 난 방향을 돌아보았다.
　"뭐, 뭐라고 하셨습니까?"
　"그러니까 소승이 죽였단 말이오."
　"죽였다니요?"
　"거기, 그, 발밑에 있는 시체 말이오."
　"시, 시체, 이것이."
　오시마는 양손을 번쩍 쳐들다시피 하며 손에 들고 있던 지팡이를 내던지고는 펄쩍 뛰어 그것과 거리를 두었다. 어느 모로 보나 깜짝 놀랐다는 동작이다. 애초에 목소리의 주인이 말한 대로 그것이 시체라면 그때까지 오시마는 꽤나 모독적인 행위를 한 셈이기 때문이다.
　그렇게 지적을 받기 전까지 오시마는 지팡이 끝으로 그것을 찔러 댔을 뿐 아니라 발끝으로 그것을 헤집으며 자신의 앞길을 가로막는 이물의 정체를 알아내려고 했다.
　"무슨──."
　목소리는 말했다.
　"── 생명이 다하고 나면 사람도 단순한 고깃덩어

리. 만진다고 해서 병처럼 죽음이 옮을 리도 없거니와, 밟든 걷어차든 저주를 내리지도 못할 것이오. 그렇게 꺼릴 것도 없을 테지."

"사람. 지금 분명히 사람이라고 하셨지요. 그렇다면 이 것은, 제가 밟고 있던 것은 사람의 송장, 인간의 시체라는 겁니까?"

"아아―――."

목소리는 거기에서 잠시 우물거렸으나 그리 오래지 않아 원래의 태도로 돌아오더니,

"――― 귀하는 눈이 안 좋으시오? 그렇다면 다시 가르쳐 드리리다. 지금 발로 더듬으신 것은, 그것은 사람의 송장이오. 그렇다고 해서 두려워할 것은 없소. 게다가 그것은 이미 성불했소."

그렇게 말했다.

"그, 그렇지만, 부, 부처님†을 밟으면 안 되지요. 저, 저는."

"대체 두려워할 것이·무에 있단 말이오. 그것은 부처가 아니라 단순한 시체요. 아니, 설령 그것이 부처라 해도, 진짜 부처라면 발에 밟힌 정도로 화를 내겠소?"

"그 무슨 벌 받을 소리를 하십니까."

"소승의 말을 못 믿으시겠소?"

"그러는 당신은 대체 누구십니까?"

"보시다시피 걸식승―――아아, 귀하께는 내가 보이

---

† 일본어로 '부처[佛, 仏]'에는 '고인, 죽은 사람'이라는 뜻도 있다.

지 않지요, 참. 이래봬도 행각승이라오."

"스, 스님이십니까?"

"그렇소."

"그러면 이 부처님의 장사를 치르시려고요?"

"그러니까 그것은 소승이 죽인 것이오."

"스님이 사람을 죽였다는 말씀이십니까?"

"죽였지요."

"그 무슨 무참한 짓을, 아니, 그, 그것은."

오시마는 왠지 살 것 같다는 듯이 어깨 힘을 빼고 실제 승려의 얼굴 위치보다 약간 위쪽을 향해 얼굴을 돌리고는,

"그 말씀은 농담이시지요?"

라고 말했다.

승려는 즉시 대답했다.

"왜 그렇게 생각하시오?"

"스님이라면, 당신은 부처님을 모시는 몸이시겠지요."

"물론 소승도 불제자지요."

"그렇다면 살생은 엄하게 금지되어 있을 텐데요. 제가 세상을 볼 수 없다는 것을 이용해 겁을 주려고 하시는 거라면 좀 지나친 장난이십니다. 아무리 스님이라 해도 못된 장난은 그만두시지요."

"장난이 아니오. 눈이 먼 귀하를 놀리다니, 그것이야말로 승적에 있는 자가 할 일이 아니지요. 이 험한 눈길을 너무나도 태연하게 걸어오셔서 알아채지 못한 거요. 처음부터 알았다면 그런 말은 하지 않았을 거요."

"하지만."

"실례되는 말이었다면 사죄하겠소. 눈이 불편한 귀하를 희롱할 생각은 털끝만치도 없었소이다. 미안하오."

목소리가 웅얼거린다. 스님이 머리를 숙인 것이다.

"하, 하지만."

"용서해 주실 수 없겠소?"

"아, 아뇨, 아닙니다. 그런 것은 아무래도 상관없는 일이지요. 그, 그저 저는 그런, 스님이 사람을 죽였다는 이야기를 도저히 믿지 못하겠습니다."

"분명 귀하의 말대로 살생을 하지 않는 것은 부처님의 가르침이지요. 아니, 특히 살인이라면, 그 죄를 범하지 않는 것은 승려뿐 아니라 사람의 도리이기도 할 테지요."

"그렇다면 왜."

"분명히 거기에 있는 것은 사람의 송장이오. 하지만 소승이 죽인 것은 사람이 아니라오."

"무슨 말씀이십니까?"

"사람을 죽인 것이 아니라는 말이오."

승려는 그렇게 말하고 잠시 침묵했다.

"그것은 사람 구실을 못하는 놈이라는 뜻입니까? 여기에 죽어 있는 것은 사람 구실을 못하는 놈, 그러니까 스님은 용서할 수 없는 악인을 처벌하신 거라고요?"

"아니, 아니오. 사람을 심판하는 것은 승려의 역할이 아니오. 게다가 거기 있는 송장은 악인이 아니외다. 아까 귀하가 말씀하신 대로——실로 부처이지요."

"그것 참 기묘하군요."

"그 자는 그렇지, 소라오."

"소? 소라고요?"

"그렇소. 그리고 그 자가 소라면———."

"소라면."

"——— 소승은 쥐요."

쥐 ——— 목소리는 그렇게 말했다.

"쥐, 라고."

"우리[檻]를 부수고 도망쳐 나온 소승의 소는, 붙잡고 보니 소가 아니라 쥐였소. 아니, 그게 아니지. 처음부터 우리를 부수고 도망친 것이 아니었던 거요."

"우리라고요?"

"그렇소. 우리. 굳게 닫힌 우리요. 보지 않고 듣지 않고 말하지 않고 생각하지 않고, 스스로를 버리고 전부 버리고 모든 것을 버리고 가람당(伽藍堂)†이 되었으나, 그래도 우리가 남았소. 우리 안에서는 아무것도 도망치지 않았고, 게다가 거기에 있던 것은 쥐였던 거요."

"우리 안에, 쥐라고요?"

"쥐요."

"쥐."

"아시겠소?"

"모르겠습니다."

"생각해 보면———."

---

† 절을 수호하는 가람신을 모신 집.

승려의 목소리는 술회하는 듯한 말투로 변했다.

"생각해 보면 고향을 떠나 꽤 멀리 왔지만 나를 둘러싼 우리 밖으로는 결국 나갈 수가 없었소. 하지만 그 자는 쉽게 우리를 부쉈단 말이오. 아주 쉽게. 소를 쫓고 소를 얻고 소가 되고, 아아, 그 자에게는 우리 따윈 없었던 거요. 나로서는 도저히 이를 수 없는 경지지."

"무, 무슨."

"그래서."

"그래서 죽이신 겁니까?"

"그렇다고 할 수도 있지요. 또 그렇지 않다고 할 수도 있소."

"모르겠군요. 모르겠습니다. 그런 이치를 저 같은 자가 알 수 있을 리도 없지요. 눈이 보이지 않는 저는 여기 있는 것이 무엇인지도 전혀 알 수가 없습니다. 스님은 이것이 사람의 송장이라고 하십니다. 그리고 그것을 죽인 것은 자신이라고도 하셨지요. 다시 말해서 스님은 사람을 죽였다고 하신 겁니다. 죽인 것은 소라고 하셨지요. 소를 죽인 것이라면 여기에 있는 것은 소의 시체여야 합니다. 또 이 시체가 사람의 시체라면 스님은 사람을 죽인 것이 되겠지요. 그것이 세상의 이치입니다. 굽힐 수 없는 이치지요. 아무리 여러 가지 말로 바꾸어도 사실은 사실이고, 궤변으로 진실을 굽힐 수는 없습니다. 여기에 있는 것은 대체 무엇입니까? 한번 보면 알 수 있겠지만 제게는 그것을 확인할 방법이 없습니다. 이래서야 놀림을 받는 것과 다를 바가 없지요."

"뭐, 거기에 있는 것은 귀하가 본 그대로의 것이오."

"또 그런 잔인한 장난을."

"장난으로 하는 말이 아니오. 귀하는 이미 그것을 보셨지 않소."

"예?"

"눈 뜬 사람에게 보이는 것이라고 해 봐야 뻔하지."

나무들 사이로 불어 지나가는 차가운 바람이 오시마의 목덜미에 닿았다.

으슬으슬한 냉기가 서서히 오시마를 감쌌다.

"세상은 귀하가 본 그대로이고 그것이 귀하의 세상이오. 그렇다면 소승의 말은 들을 것 없지. 그대로, 있는 그대로 받아들이면 되오."

그것은.

그것은 소가 아니다.

물론 그런 것은 처음부터 명백한 것이었다.

투둑, 하는 소리가 났다.

가지에 쌓인 눈이 떨어진 것이다.

승려가 말했다.

"귀하는 죽는 게 무섭소이까?"

"그, 그것은."

"죽는 게 무섭냐고 물었소."

"무, 무섭습니다."

"그 이유는 무엇이오?"

"무슨."

기척을 알 수가 없다.

자신이 지금 대화하고 있는 것은 ———.

정말로 사람일까.

사람이라 해도.

——— 살인자.

투둑.

눈이 떨어졌다.

그제야 ——— 오시마는 겨우 자신이 직면해 있는 심상
치 않은 상황을 객관적으로 파악했다.

그리고 목소리가 나는 방향을 마주본 채 한 발짝 뒤로
물러섰다. 지팡이를 놓친 것은 실수였다. 놀란 나머지 놓
쳤지만 목숨 다음으로 소중한 그 지팡이가 어디에 있는지
전혀 알 수가 없다. 이 상황에서 무턱대고 대담한 행동을
취하는 것은 말 그대로 무모한 일이다. 오시마는 뒤로 물
러나면서 발끝으로 지팡이가 어디에 있는지 더듬으며 찾
았다.

지팡이는 없었다.

탁, 하는 소리가 났다.

"소승은 방금 이 석장을 그 자의 머리에 내리쳤소. 그
자는 죽었소. 그뿐이오. 그 이전과 그 이후에 무슨 차이가
있겠소."

"사, 살인자 ———."

다시 탁, 하고 소리가 났다.

"살인자!"

오시마는 외쳤다.

그리고 두 걸음, 세 걸음 뒤로 물러섰다.

승려는 뽀득뽀득 눈을 밟는 소리를 내며 오시마에게 다가왔다.

탁, 탁 ——— 석장이 울렸다.

오시마의 ——— 무릎에서 힘이 빠졌다.

엉덩방아를 찧을 뻔한 것을 버티며 오시마는 오른손을 앞으로 내밀었다.

왼손은 등 뒤를 더듬는다. 허공을 휘저을 뿐 ——— 뒤에는 아무것도 없다.

오시마는 갑자기 몸을 굽혀 눈 위에 양손을 짚고 승려가 있는 것으로 짐작되는 방향을 향해 머리를 숙였다.

"사, 살려, 살려주십시오. 본래 세상이 보이지도 않는 안마사입니다. 보지도 못했고 듣지도 못했고 말하지도 않겠습니다. 제발, 제발 목숨만은 살려주십시오."

무릎을 꿇고 엎드려 몇 번이나 용서를 청했다.

이마에 차가운 눈이 달라붙었다.

그러나 오시마가 용서를 청한 그 방향은 실제로 그때 승려가 서 있던 위치와는 ——— 조금 빗나가 있었다.

투둑, 하고 눈이 무너졌다.

승려는 껄껄 웃었다.

그리고 "그거면 되었소, 그거면 되었소" 하고 말했다.

오시마는 더욱 몸을 웅크리며 눈에 얼굴을 파묻다시피

하고 머리를 끌어안았다.

"두려워할 것 없소. 아무 짓도 하지 않을 테니. 자, 그렇게 계시다간 몸이 식겠소. 감기에 걸릴지도 모르지요. 일어서십시오."

승려는 말하면서 더욱 오시마에게 다가와 그를 지나치더니, 원래는 수풀이었던 것으로 보이는 눈덩어리에 꽂혀 있던 지팡이를 빼내며,

"수증일등(修證一等)†이라고 하는데, 나는 아직 거기에 이르지 못하였소."

하고 힘없이 말했다. 그리고,

"어차피 점수(漸修)††로 오입(悟入)†††은 어려운 일이지요."

하고 중얼거리듯이 말을 이었다.

그러고 나서 승려는 몸을 웅크리고 있는 오시마의 손에 지팡이를 쥐어주고,

"그러니 나는 귀하가 그렇게 머리를 숙이실 만큼 덕이

---

† 수행은 깨달음을 위한 수단이 아니라 수행과 깨달음은 불가분이며 하나와도 같다는 뜻. 도가의 선(禪) 사상의 특징을 나타내는 말로, 수증일여(修證一如)라고도 함.

†† 점차 닦아서 깨달음을 얻는다는 뜻으로 깨달음, 즉 득도를 위해서는 지속적인 수행이 필요함을 이야기한다.

††† 깨달음의 경지에 든다는 뜻.

높은 승려는 아니라오. 자, 경찰서든 어디든 가셔도 됩니다."

하고 이번에는 단호하게 말했다.

오시마는 승려에게서 지팡이를 낚아채고는 구르듯이 ——— 사실 몇 번이나 넘어지면서 ——— 한달음에, 눈 범벅이 되어 그 자리를 떴다.

승려는 꼼짝도 하지 않았다.

*

1

나중에 들은 이야기이다.

그날———.

산은 눈에 덮여 있었고, 그리 좋은 날씨도 아닌데도 바깥은 왠지 밝았다고 한다.

눈이 희미한 햇빛을 난반사하고 있어서였을까.

요란하게 산새가 울었다.

이런 겨울철에도 새들은 우는 것일까. 이마가와 마사스미는 꽤 상태가 좋은 창가 의자에 걸터앉아, 별로 중요하지도 않은 그런 생각을 하고 있었다.

창은 실내의 쓰레기를 밖으로 쓸어내기 위해 바닥에 닿도록 만든 작은 창으로, 바깥은 층계참처럼 되어 있다. 이마가와는 잠자리에서 일어나자마자 그리로 나가 잠도 깰겸 차가운 바깥공기를 마셔볼 생각도 했지만, 너무 추워서 그만두었다. 게다가 창가의 차디찬 의자에 앉은 것만으로도 잠은 충분히 깼기 때문이다.

이마가와는 시선을 멀리 있는 산에서 바로 앞쪽에 있는 나무들로 옮기고, 그리고 다시 층계참으로 옮겼다. 층계참의 마룻바닥이나 나무로 된 구름다리는 오랜 세월에 걸쳐 풍설에 시달린 듯 하얗게 빛깔이 바랬지만, 난간에 쌓인 눈이 너무 하얘서인지 그날은 유난히 시커멓게 보였다. 젖어 있었을지도 모른다.

코끝이 차가워지기 시작한다. 이마가와는 천천히 일어나 마루방에서 거실로 돌아갔다.

거실도 춥다. 따뜻한 침상은 아까 여관 종업원이 완전히 정리해서 방 안은 묘하게 휑뎅그렇하다. 상 위에는 차가 놓여 있었지만 그것도 식었을 것이다.

어깨를 움츠리고 화로를 들여다보니 숯은 열심히 활활 타오르고 있다.

어쨌거나 혼자 쓰기에 이 방은 넓다.

열효율이 나빠서 마루방과 사이를 가르는 장지문도 닫았다.

밝기가 어중간해졌다.

그래도 아침이라는 것을 알 수 있으니 이상한 일이라고, 이마가와는 생각한다.

상에 딸려 있는 좌식의자에 앉는다. 비단으로 만든 두툼한 방석이 엄청나게 부드럽다.

"아아, 좋은 의자야."

양손을 뻗어 가볍게 휘두르며 그렇게 혼잣말을 한다.

당연히 대답하는 사람은 아무도 없다.

그러나 그것도 전부 알고 하는 말이라, 한껏 장난스러운 목소리를 내 보았다.

심심했던 것이다.

───아마 오늘도 할 일이라곤 아무것도 없겠지.

아니, 어쩌면 아닐지도 모른다고 생각한다. 생각하지만, 그것은 어제도 한 생각이다. 헛물을 켤 바에는 처음부터 포기하는 게 낫다. 포기하고 있는데 기다리는 사람이 찾아오면 그보다 더 좋은 일은 없다. 그렇게 생각했다.

멍하니 기다리기만 한 지 오늘로 닷새째다.

아무리 단골 여관이라 해도 눈 덮인 산속 깊은 곳이라 외출도 제대로 못 하고, 무엇보다 여관에서 나간다 해도 여관 주변에는 볼 만한 명소나 유적 등은 없다. 이 경우, 참으로 멋질 만큼 할 일이 없다. 목욕을 하고 음식을 먹고 저녁에는 반주를 홀짝인 다음 자면 그만이다. 접대 수준도 일류고 지방 특산주도 꽤 괜찮았지만 맛있는 음식이라 해도 커다란 변화는 없기 때문에 사흘이 지나자 물리기 시작했다. 노송나무로 만든 목욕탕은 매우 훌륭했다. 본래는 무슨무슨 유명한 온천이라고 하지만, 온천 치료를 하러 온 것도 아닌데 온천에만 들어가 있을 수도 없다.

이마가와는 장사 때문에 와 있다. 날짜가 지나면 지날수록 숙박비가 늘어 이윤의 폭이 줄어든다.

───저건 얼마 정도 할까?

이마가와는 도코노마[床の間]†에 걸려 있는 족자를 보며 속으로 계산을 했다.

---

† 그림이나 도자기, 꽃 등을 진열하기 위해 객실에 만든 공간으로, 줄여서 도코[床]라 하기도 한다.

시커멓고 강한 필치로 커다란 원이 하나 그려져 있을 뿐이다. 먹 자국인지 화찬(畵讚)[†]인지 판단하기가 어렵다.

─── 선화(禪畵)인가?

이마가와는 회화 종류에는 자신이 없었다. 시대도 그림 주제도 잘 모른다. 도모바코[共箱][††]라도 있으면 좋지만 그냥 보기만 해서는 가치를 전혀 알아볼 수 없다. 표구 상태를 알아보는 정도다. 중선(重線)[†††]이 조금 더러워졌지만 전체적으로는 꽤 훌륭한 물건일 것이다. 그러나 가장 중요한 그림의 가치를 알 수 없으니 소용이 없다. 이마가와는 표구사가 아니기 때문에 표구의 가치를 평가한들 아무 소용도 없다.

이마가와는 턱을 괴고 족자를 더욱 열심히 바라보았다.

한창 생각에 잠겨 있을 때, 이마가와는 몹시 기괴한 표정이 된다.

그 모습은───아마 옆에서 보면 무아지경에 빠진 것처럼 보일 것이다.

그렇지 않아도 이마가와라는 남자는 특징적인 얼굴을 갖고 있다.

한 번 만나면 절대로 잊을 수 없다고, 모든 지인들이 입을 모아 말할 정도의 면상이다.

───────────

[†] 그림의 여백 등에 써넣은 각종 글이나 시.

[††] 작자가 서화나 공예품 등의 작품을 제작하면서, 그 작품이 진품임을 보증하는 글(작자가 직접 썼다)이나 서명을 넣은 상자가 그대로 작품과 함께 남아 있는 것, 또는 그 상자.

[†††] 서화, 자수, 탁본 등 표구하려는 본체의 주변에 둘러치는 좁은 비단띠.

결코 살이 찐 것은 아니지만 언뜻 보기에 퉁퉁하여, 좋게 말하자면 관록이 있다. 그 관록을 상징하는 것이 훌륭한 나무통 같은 코다. 그 코 위에 커다란 퉁방울눈이 붙어 있고 그 위에는 그리마[†]처럼 굵은 눈썹이 있다. 약간 야무지지 못한 입술은 두껍고 그것을 에워싸고 있는 수염도 짙다. 그 대신 턱은 거의 없고 입술 아래쪽은 완만한 곡선을 그리며 목으로 이어져 있다. 얼굴의 부분 하나하나가 전부 지나치게 훌륭해서 실로 뚜렷한 얼굴을 이루고 있는 것이다. 불혹을 넘기면 필시 중후한, 멋있는 대상인(大商人) 같은 용모가 될 테지만 지금은 젊음 때문에 격이 떨어진다.

깊은 생각에 잠겨 있을 때는 그 면상이 한층 더 이완되는 것이다.

십 분은 그러고 있었다.

하지만 결국 가격은 전혀 알 수 없었다.

이마가와는 이어서 도코노마에 있는 항아리, 눈앞에 있는 상의 가격도 매겨 보았지만 끝내 확실한 판단을 내리지 못하고, 결국 그 쓸데없는 놀이에도 질려서 방을 나섰다.

복도는 매끈매끈하게 닦여 있고 창으로는 앞뜰이 내다보인다. 여관 전체의 구조를 완전히 알지는 못했지만 앞뜰은 아래층의 큰 객실에 면해 있는 풍아한 안뜰과는 다르다. 모양이 전혀 다르다. 앞뜰은 여관에 도착했을 때 지나갔을 테지만 커다란 쓰레기통밖에는 인상에 남아 있지 않았다.

[†] 지네와 비슷하게 생긴 몸길이 3센티미터 가량의 절지동물.

문득 돌아본다. 막다른 복도 모퉁이를 장식하고 있는
항아리가 눈에 띈다. 아주 오래된 것 같고 비싸 보이는
물건이다. 그것은 멀리서 봐도 알 수 있다.

　　───── 시가라키[信樂]†, 아니 도코나메[常滑]††로군.

　　도자기는 서화에 비하면 그나마 좀 아는 편이었다. 그러
나 가격을 매길 수는 없다. 오래된 것 같다, 비싸 보인다
하는 말 정도라면 초보자도 할 수 있다. 하지만 아무리
좋다는 것을 알아도 그것을 돈으로 환산하지 못하면 의미
가 없다.

　　이마가와 마사스미는 아직도 자신 있게 가격을 매기지
못하는, 햇병아리 골동품상이었다.

　　───── 뭐, 좋은 물건일 테지.

　　어쨌거나 이 여관, 센고쿠로[仙石樓] 안에 있는 것은 모두
상당히 값비싼 골동품일 것이라고, 이마가와는 잘 모르는
와중에도 그렇게 짐작하고 있다. 무엇보다 건물 자체가
골동품이었다.

　　계단을 내려가 복도를 지나서 커다란 객실에 이르자 정
원에 면해 있는 넓은 객실에는 한 노인이 우두커니 앉아
있었다.

---

† 　시가 현 시가라키 지방의 도자기. 나라 시대에 일본으로 건너온 외국인에
　의해 시작되었다고 하는데, 무로마치 시대에 다도의 유행과 함께 일용잡
　기가 다도 도구로 사용되면서 유명해졌다. 현재는 다기 외에 화로·화
　분·타일 등의 잡기가 주류가 되었다.

†† 아이치 현 도코나메 시에서 생산되는 도자기. 헤이안·가마쿠라 시대에
　시작되었다고 하며, 붉은 진흙으로 구운 도기로도 유명하다.

어제와 똑같은 풍경이다. 며칠 지나면서 벌써 친근해진 노인은, 역시 어제와 똑같이 멍하니 정원을 바라보고 있는 것 같았다. 노인의 정수리는 완전히 벗겨져 있어서 그 실루엣은 아주 매끈했다. 그래서 역광으로 보면 어느 쪽을 보고 있는 것인지 사실은 알 수 없었지만, 어제도 그랬으니 오늘도 정원을 보고 있을 게 틀림없다고 이마가와는 생각했다.

"안녕하십니까."

"오오, 당신이오?"

아니나 다를까 정원을 바라보고 있던 노인은 이마가와를 보고 기쁜 듯이 활짝 웃었다.

겉으로 보기에는 일흔에 가까운 것 같지만 아무래도 생각보다 젊은가 보다. 머리 양옆으로 희미하게 남아 있는 새하얀 머리카락과는 대조적으로 얼굴은 살집이 있고 불그레하다.

이마가와는 이 노인에게 흥미를 느끼고 있었다. 아무래도 손님인 것 같지는 않다. 그러나 이 여관의 종업원도 아니다. 그 말투로 판단해 보건대 여관 주인이라는 생각도 들지 않는다. 그저 유카타 위에 솜옷을 껴입고, 아무것도 안 하고 그냥 이렇게 유유히 앉아 있는 것이다.

당신 ——— 노인은 갑자기 뒤집어진 목소리를 냈다.

"당신 ——— 보아하니 온천 치료를 하러 온 손님도 아닌 것 같은데, 실례지만 무슨 일로 와 계시는 거요?"

노인은 독특한 억양으로 그렇게 물었다. 아무래도 그

노인 역시 이마가와가 노인에게 품고 있던 것과 동일한 종류의 의문을 느꼈던 모양이다.

"예, 장사 일로 와 있는데 기다리는 사람이 오지를 않아서요."

"장사? 굳이 이런 하코네 산중까지 장사 얘기를 하러 올 필요는 없잖소. 같은 하코네라도 그나마 교통이 좋은 곳이 좋을 텐데. 하코네든 유모토'든, 아니, 이 근처라도 더 산기슭 쪽에 온천 여관도 많이 있다오."

"아뇨. 여기가 지정 장소입니다. 저는 여기서 기다리라는 말을 듣고 이렇게 닷새 동안이나 기다리고 있습니다."

"바람을 맞은 거요? 그런데 이런 곳을 이야기 장소로 지정하는 손님도 손님이지만 그런 손님을 상대하는 당신도 당신이로군. 어차피 수상한 장사일 테지."

"수상합니다. 아주 수상해요. 어쨌거나 절 기다리게 한 사람은 스님이거든요."

"스님이라고?"

"저는 스님을 기다리고 있어요. 그것뿐입니다."

"그것뿐?"

"그것뿐입니다. 핫핫하."

이마가와는 실없는 웃음으로 이야기를 매듭짓고 이름과 직업을 노인에게 말했다. 노인은 이마가와가 골동품상이라는 것을 알고는 약간 이상하다는 듯이 고개를 갸웃거

---

† 온천이 솟아나는 땅을 말하는데, 하코네의 유모토, 닛코의 유모토 등과 같이 지명이 된 경우가 많다.

리고 나서,

"나는 구온지 요시치카라고 하오."

하고 자기소개를 했다.

구온지 노인은 이 여관의 단골손님으로, 전쟁 전에는 거의 매년 찾아오다시피 했다고 했다. 그래서 지금도 손님인가 하면 그것은 좀 아니고, 현재는 여관의 더부살이라는 진기한 신분인가 보다.

"도시 생활을 버렸다고 하면 듣기에는 좋지만 뭐, 도쿄에 있을 수 없게 된 거지. 쫓겨난 거나 마찬가지거든. 세상을 버렸다기보다는 도시 생활에서 떨려난 거라오."

노인는 그렇게 말하며 허무하게 웃었다.

그리고 이마가와를 향해,

"당신은 나를 모르시오?"

하고 물었다. 이마가와가 모른다고 말하자, "그래요?" 하며 다시 고개를 갸웃거리고 턱을 당기더니, 노인은 자신의 신상을 간단히 이야기했다.

도쿄의 도시마에서 개인병원을 경영하던 구온지 노인은 어떤 사건으로 가족을 잃고 의업을 계속하는 것도 불가능해졌기에 병원과 재산을 전부 처분하고 반쯤 쫓겨나다시피 도쿄를 떠났지만, 아무런 할 일도 없고 갈 곳도 없어, 결국 두 달 전에 이곳에 자리를 잡았다고 한다.

"뭐, 소동이라면 소동이었지. 그래도 신문에는 작은 기사로만 실렸고, 나에게는 인생의 큰 사건이었어도 세상 사람들에게는 단순한 사건에 불과할 테지만. 모르는 사람도 많겠지요. 응, 많을 거요."

노인은 신음하듯이 그렇게 말하고, 납득한 듯이 고개를 끄덕이더니 더욱 턱을 당기며,

"당신은 그, 골동품상이라고 하셨소? 그 일을 한 지는 오래 되셨나?"

하고 이번에는 노래하는 것 같은 말투로 물었다.

"짧습니다."

이마가와는 스스로도 이상한 대답이라는 생각에 수줍은 웃음을 지으며 노인 옆에 앉았다.

노인은 옆에 쌓여 있는 푹신푹신한 방석을 집어 들더니 다다미 위로 미끄러뜨리듯이 이마가와에게 건넸다.

이마가와는 그 위에 정좌를 하고 앉아 약간 뜸을 들인 후 자신의 내력을 이야기했다.

노인의 눈이 이야기해 달라고 요구하는 것처럼 보였기 때문이다.

이마가와의 본가는 대대로 마키에[†]를 그리는 화가 집안이다. 꽤 유서 깊은 가문이었다. 아버지의 이름은 13대 센에몬이라고 했는데, 이마가와가 만일 장남이었다면 14대 센에몬이라는 이름을 물려받았을지도 모른다. 하지만 다행인지 불행인지, 이마가와는 차남이었기 때문에 그 고풍스러운 이름을 물려받지 않았다.

이마가와는 우선 그 사실을 이야기했다.

---

† 옻으로 문양을 그리고 금·은·주석·가루분 등을 부착시킨 대표적인 옻 공예. 기법에 따라 여러 가지로 분류되며 나라 시대에 시작되어 헤이안 시대에 성행했다.

이것은 골동품상이 된 지 얼마 안 된 이유를 이야기하기 위한, 나아가서는 골동품상이 되기까지의 경위를 이야기하기 위한 서두다. 다만 그런 설명은 일체 없었기 때문에 뜬금없는 이야기처럼 들렸다. 그런 것치고 노인은 놀란 기색도 없이,

"13대라면 꽤 오래되었군요" 하고 대꾸했다.

"예에, 근원을 따져보면 전국 시대의 이마가와 요시모토[今川義元]† 공까지 거슬러 올라간다나요."

───라는 이야기를 이마가와는 할아버지에게서 자주 들었다.

할아버지는 물론 12대 센에몬이다. 그러나 전혀 진지하게 듣지 않았기 때문에 잘은 기억나지 않는다. 집안을 물려받을 몸이 아니라는, 어떤 의미로 무책임한 입장이 자신의 출신에 대한 무자각을 초래한 것인지, 아니면 이야기를 들어 봐야 어차피 집안은 형이 물려받게 될 거라는 일종의 굴절된 마음 때문에 귀를 닫은 것인지, 그것은 확실하지 않지만 어쨌거나 조상이 이마가와 요시모토든 다케다 신겐[武田信玄]†† 이든 이마가와에게는 상관없는 일이었다. 얼굴 생김새라면 구전으로 전하는 신겐의 모습 쪽이 자신과

---

† 전국 시대의 다이묘(1519~60). 오케하자마 전투에서 오다 노부나가의 기습을 받아 패하여 죽었다.

†† 전국 시대의 무장(1521~73). 아버지 노부토라를 추방하고 가문을 이어 시나노에 진출했으며 에치고의 우에스기 겐신과 가와나카지마에서 벌인 격전이 유명하다. 1572년 서쪽으로 진출하던 중 미카타가하라에서 도쿠가와 이에야스를 격파했으나 이듬해에 병으로 사망. 뛰어난 군략가였으며 광산 개발·치수에도 업적을 남겼다.

는 닮았다 ─── 이마가와의 감상은 그랬다.

뭐가 어찌되었든 이마가와가 그런 가계와 연결되는 일족의 일원임은 틀림없다. 물론 그런 '가문이라는 유령'은 현대 사회에서는 방해가 되면 되었지 아무런 이득도 없다고, 이마가와 자신은 생각하고 있다. 실제로 화족(華族)[†]이니 사족(士族)[††]이니 하는 놈들은 이제 대부분 몰락했으니 그 사견 자체는 틀린 게 아니라는 생각도 든다.

다만 이마가와의 본가는 다소 사정이 특별했다. 기술 계승이나 전통 유지라는 사명이 있다. 그 덕분인지 크게 몰락하지 않고 오늘에 이르렀지만 분가는 또 사정이 달라서, 역사나 전통에 기인하는 긴장감이라는 게 없다. 등뼈가 완전히 흐물흐물한 상태다. 그러다 보니 분가 쪽은 아니나 다를까 그저 권위 위에 양반다리를 하고 앉아 있는 꼴이다. 분가의 숙부라는 사람이 바로 그런 사람이었는지, 어쨌든 남의 밑에서는 일을 하지 않았다고 한다. 옛 막부 시대라면 몰라도 쇼와 시대에 그게 통할 리 없다. 생활이 꽤 곤란해져서, 가난하면 품성도 떨어진다는 속담대로 순식간에 형편없는 사람이 되었으며 결국 생계도 유지할 수

[†] 황족보다는 아래지만 사족보다는 위에 위치하며 귀족으로서 대우받았던 특권적 계급으로 사람과 그 가족에 대한 명칭이다. 1869년에 기존의 조정 대신 및 다이묘들에게 붙여진 족칭으로 1884년에는 화족령(華族令)에 의해 작위(공작, 후작, 백작, 자작, 남작)가 주어졌고, 귀족 출신뿐 아니라 국가에 공헌한 정치가, 군인 등에게도 적용되었다. 1947년에 신헌법 실시에 의해 폐지되었다.

[††] 1869년, 옛 무사 집안 사람들에게 주어진 신분의 호칭. 화족과 달리 법률상의 특전은 없다. 1947년 화족과 함께 폐지되었다.

없게 되었다. 매우 전형적인 몰락 상류층이었던 셈이다.

그 숙부의 아들, 즉 이마가와의 사촌인지 오촌인지가 기울어진 집안을 일으켜 세우기 위해 시작한 것이 바로 골동품상이다.

망하긴 했어도 유서 깊은 가문이라 창고에는 오래된 보물들이 산더미처럼 쌓여 있어 그것을 처분했다고 하는 것이 정확하겠지만, 어쨌든 그것이 꽤 많은 이익을 냈다. 거기에 맛을 들인 결과 이런 장사를 하게 되었다.

다만 그런 가문의 내력 때문인지 골동품에 대한 사촌의 안목은 매우 뛰어났던 것 같다. 게다가 장사 수완도 있었는지, 눈 깜짝할 사이에 꽤 많은 이익을 내어 제법 이름을 날렸다. 처음에는 가게도 없는 하타시[†]라고 불렸던 모양이지만 이삼 년 만에 아오야마에 훌륭한 점포를 냈다. 그 점포의 이름은 '골동품 이마가와'라고 했다.

본가, 즉 이마가와의 집에서는 당시 그 장사를 천한 것으로 판단했나 보다. 그래서 분가를 어떻게 취급해야 할지에 대해서는 일족들 사이에서 적잖은 시비가 있었다고 한다. 하지만 그러는 사이에 태평양 전쟁이 시작되면서 결국 유야무야되었고, '골동품 이마가와'는 남았다.

그리고———.

삼 년 전, 전쟁터에서 큰 부상을 입고 귀향한 사촌형제가 죽었다. 그렇게 분가의 핏줄은 끊기고 골동품 가게만

[†] 한 시장에서 구입한 상품을 다른 시장에서 팔아 이익을 남기는 장사. 기본적으로 상인이 상품을 가지고 있지 않은 경우가 많다.

남아, 다시 일족 사이에서 큰 설전과 실랑이가 일어났다. 이마가와는 왠지 그 실랑이가 마음에 들지 않았다. 그래서 본가 차남인 자신이 가게를 물려받겠다고 나섰다.

이마가와는 맹렬하게 반대하는 친족들의 총공격 ――― 을 예상하고 있었다. 하지만 이상하게도 반발은 전혀 없었다. 본가 차남의 제안을 면전에서 반대하는 친족은 한 명도 없었던 것이다. 이마가와의 아버지가 선뜻 허락한 탓이다. 그런 아버지의 속마음은 이마가와는 알 수 없다.

그래서 이마가와 마사스미는 골동품상이 되었다.

가게 이름도 '마치코안[待古庵]'으로 고쳤다.

가게를 물려받으면서 가게 이름에서 이마가와라는 이름을 없앤 것인데, 대단한 이유는 없다.

마치코는 어릴 때의 별명이다. 한자를 '대고(待古)', 즉 기다린다는 '대'자에 옛 '고'자로 한 이유는 왠지 모르게 골동품 가게에 어울린다는 기분이 들었기 때문이다. 딱히 엄청난 내력이 있는 것은 아니다. 이마가와는 그쪽이 자신에게 어울린다고 생각한 것뿐이지만 손님들은 대개 글자를 보면 과연 대단하다고 이야기한다.

하지만 그런 그들에게 특별히 설명을 하지는 않는다.

세상이란 다 그런 것이다. 이마가와 마치코안은 늘 나름대로 열심이고, 그러면서도 어딘가 냉정하다.

올해 ――― 쇼와 28년(1953) ――― 로 아직 이 년째다.

구온지 노인은 몹시 감탄한 듯이, 이마가와가 이야기를 마치자 몇 번이나 고개를 끄덕였다.

"그런데 용케 허락을 받았구려. 그렇게 간단한 일이 아니었을 텐데. 본가 차남이라면 일족 중에서도 그, 뭐라고 할까, 지위가 높지 않소?"

"당치도 않습니다. 장남과 차남은 하늘과 땅 차이지요. 우리는 형제가 다섯으로 전부 남자지만 장남에서 차남, 삼남, 사남으로 갈수록 격이 내려간다 ———는 식은 아닙니다. 장남은 가장, 옛날식으로 말하면 영주님이고 차남 이하는 모두 가신, 부하인 겁니다."

"그런 거요?"

"그렇습니다. 예를 들자면 그렇지, 우리 집안에는 일단 마키에 기법에 대한 비전이 전해집니다. 이 비전은 대대로 가장이 물려받는데, 그것은 한 아들에게만 물려줍니다. 저는 형에게 무슨 일이 일어나지 않는 한 평생 그걸 배울 수 없지요. 그만큼 차이가 있습니다."

"그거 너무하는구려. 이보시오, 그 정도로 문화적 가치가 있는 것은 요즘 그렇게 하지는 않잖소. 독점해서는 안 되지. 공개해야 하는 게 아닐까? 그렇지, 오래된 가문이라면 고문서나 비전서 같은 것이 있을 게 아니오. 그런 것도 읽을 줄 아시오?"

"그런 종류들은 모두 구전입니다. 문자로는 남기지 않아요."

"그건 합리적이지 않아요. 만일 알고 있는 사람이 사고라도 당하면 그 기술은 맥이 끊어지지 않겠소?"

"하지만 문자로 기록할 수 없는 것도 있지 않습니까.

그것은 언제 끊어질지 알 수 없기 때문에 가치가 있을지도 모르지요. 어쩌면 그런 비전은 알맹이가 없는 것일지도 몰라요. 하지만 아무도 모르기 때문에 가치가 생긴다. 그렇다면 그것대로 좋은 겁니다. 다만 저는 그걸 물려받을 자격이 없었을 뿐이지요, 그저 ――― 그뿐입니다. 그래서 집을 나와 장사를 시작해도 그렇게 문제가 되지는 않았던 겁니다."

"그렇군. 그것 참 미묘한 입장이긴 하구려. 음."

그렇게 말하고 노인은 또 으음, 하며 신음했다. 그리고 뭔가 생각나는 거라도 있었는지 잠시 생각에 잠기더니,

"당신 꽤 괜찮구려."

하고 이해한 듯이 말했다.

무엇이 괜찮다고 생각한지 알 수 없어서 묻자 노인은 눈을 가늘게 뜨며,

"그렇게 오래된 인습은 일찌감치 잘라 내는 게 좋으니 말이오. 특히 집안이라는 것에서는 나오시는 게 정답이었소. 아니, 좋은 결단을 내리신 거요. 영단이오."

하고 대답했다.

이마가와는 조금 당황하며 눈을 부릅떴다.

"아니, 제게 특별히 강한 의지가 있었던 것은 아닙니다. 그저 어중간한 입장 때문에 곤란했을 뿐이지요."

"그것은 전통과 혁신, 가계와 개인, 명예 있는 속박과 명예 없는 자유 사이, 그런 의미의 어중간함이오?"

"그렇지 않습니다. 아무래도 노인장께서는 제 이야기를

과장되게 들으시는 것 같습니다. 저희 집은 오래된 가문이긴 하지만 그렇게 인습에 사로잡혀 있는 집안도 아니고, 게다가 이름만 물려받으면 평생 편안하게 살 수 있는 것도 아닙니다. 실력이 나쁘면 끝장이에요. 이름을 물려받은 이상 일을 못 해서는 안 되니까요. 본가의 후계자는 말하자면 종가고, 종가의 실력이 형편없다면 말할 필요도 없는 거지요. 가업을 물려받은 경우, 기술을 습득하기 위한 직인의 노력은 오히려 남들보다 배로 필요한 것입니다. 따라서 장남의 경우는 오히려 압박감이 있습니다. 제게는 다행히 그게 없어요. 하지만 차남이니 여차한 경우에는 가문을 물려받아야 해요. 다시 말해서 기본적인 기술은 학습해 두어야 하는 것입니다. 그러면 다른 직업을 갖는 것도 왠지 불편하고요. 마음이 편한 건지 그렇지 않은 건지 모르겠어요. 그런 어중간함입니다."

"그런 어중간함이오?"

"그렇습니다."

"아아."

노인은 이번에는 턱을 내밀고,

"뭐, 모르는 바도 아니오."

라고 말했다.

그러나 이어진 노인의 물음은 갑작스러웠다.

"이상한 걸 묻는 것 같지만———당신은 그럼 아버님이나 형님에게 쓸데없는 열등감이 있었던 것도 아니구려."

이마가와는 아무래도 구온지 노인의 사고 경로를 파악하기 어려웠다. 이마가와의 발언은 모조리 그의 벗겨진 머릿속에서 그의 입맛대로 변환되어 아주 엉뚱한 주제가 되어 돌아온다. 그 물음이 생산되어 말로 나오기까지는 당연히 어떤 이유나 이치가 있겠지만 이마가와는 그 논리를 이해할 수가 없다. 필경 그 논리는 노인의 인생관이나 주의, 주장에 맞는 것이겠지만 그것도 이마가와와 관련 없는 일이다.

　하지만 그 상황은 상대도 마찬가지일 것이다.

　말하자면 피차일반이다.

　따라서 이마가와는 그리 깊이 생각하지 않고 대답했다.

　"뭐, 없다면 거짓말이 되지요. 아버지는 가문을 빼고 보더라도 마키에 공예가로서는 일류고 예술가로서 존경할 수 있는 사람입니다. 형도 기술적인 수준은 높아요. 제가 그 두 사람의 영역에 도달하기란 상당히 어려운 일입니다. 그러니 열등감이 없었던 것도 아닙니다."

　호오, 하고 노인은 입을 둥글게 벌렸다.

　"당신은 정직한 사람이구려."

　하지만———하고 이마가와는 말을 이었다.

　"———아버지는 호방하고 형은 느긋한 사람이라 가족 관계는 매우 온화했고, 아버지나 형에게 반발을 느낀 적은 없습니다. 문제는 세습되는 이름일 뿐이고, 그 이름도 인생을 걸고 반발할 정도로 대단한 이름은 아니거든요. 저는 그릇이 작으니까요. 그것뿐입니다."

"거참, 더더욱 정직한 사람이구려. 놀라울 정도요."

노인은 입을 오므리며 그렇게 말하고 나서,

"뭐, 말은 그렇게 하지만 사실 당신은 거물일지도 모르지. 아니, 겉으로 보자면 아무래도 거물 같은 얼굴이오."

라고 말을 잇더니 크게 웃었다.

이마가와도 따라서 웃어 보긴 했지만 그 심중은 약간 복잡했다.

확실히 표면적으로는 아버지나 형과의 관계는 양호하고 현재 관계가 파탄날 것 같은 징조는 없다. 불안요소도 전혀 없다. 지금 한 말대로 자신은 아버지를 존경하고, 형에게 원한이 남아 있는 것도 아니다. 노인이 말한 대로 그것이 정직한 발언인 것은 틀림없다.

다만 열등감은 분명히 갖고 있다.

그것은 없다고 하면 거짓말이다———는 정도의 사소한 열등감은 아니었다.

옛날, 이마가와의 그림을 아버지는 이렇게 평했다.

———잘 그리려고 하는구나.

물론이었다. 일부러 서툴게 그리려고 하는 사람은 없다. 잘 그리려고 하는 게 뭐가 나쁜지, 그때의 이마가와는 전혀 이해할 수 없었다.

그 무렵.

이마가와는 어쩌면 형이 아니라 자신이 가문을 물려받는 게 아닐까 하고———그래도 조금은 생각하고 있었던 것이다. 장남을 제치고 차남이 집안을 물려받는 일은 있을 수 없다는 것은 충분히 잘 알고 있었지만, 그래도 그렇게 생각한 데에는 이유가 있었다.

이마가와는 어릴 때부터 그림 그리기를 좋아했고 게다가 그리면 나름대로 완성도가 있었기 때문에, 혹시 자신에게는 재능이라는 낯간지러운 것이 갖추어져 있지 않을까 하고 내심 예감하고 있었다. 아니 ——— 확신하고 있었을지도 모른다.

그래서 이마가와는 그림 공부만은 열심히 했고 일본화에 그치지 않고 서양화의 기법 등을 배우기도 했다. 한편 형은 옻공예와 회화 사이에서 관련성을 찾아낼 수 없었는지 그저 우직하게 아버지를 따라하고 있었다. 이마가와의 눈에 비친 형의 그림은 지나치게 견실하고 재미가 없으며, 게다가 전혀 새로움이 느껴지지 않았다.

이마가와가 형을 제치고 후계자 운운하는 생각을 한 까닭은 바로 그 때문이다.

마키에는 단순한 전통공예가 아니다. 일본이 해외에 자랑해야 할 예술이다.

그러나 옛날, 나라[奈良]에서 시작해 끊임없이 진보와 향상을 이루어 온 그것은 에도[江戸] 말기가 되자 그 걸음을 멈추고 말았다. 결국 메이지[明治] 시대를 지나 현대에 이르면서 그것은 하나의 공예품으로 추락하고 말았다. 이대로 괜찮을 리가 없다. 마키에는 ——— 예술이다.

이마가와는 그렇게 생각하고 있었다. 아버지를 존경하

고 있었기 때문에 품은 착각이었을지도 모른다.

자신에게는 재주가 있다. 향학심도 있다. 센스도 있다. 설령 14대를 물려받는 것은 장남이라 해도 자신은 다른 의미로 이마가와 가(家)에 필요할 것이다───그렇게 생각하고 있었다.

그러나 이마가와의, 그 일종의 확신 같은 분발은 매우 어이없이 사라지고 말았다.

───잘 그리려고 하는구나.

아버지는 이마가와의 기교를 손끝의 잔재주로 판단한 것이다.

그림은 손에 든 붓으로 그린다. 다시 말해 아무리 잘해 봐야 손끝의 잔재주다. 그것 외에 무엇이라는 건지, 이마가와는 알 수가 없었다.

아버지는 이런 말도 했다.

───마키에 공예가는 예술가가 아니다. 가업을 물려받을 생각이라면 시시한 데 마음을 쏟지 마라.

이마가와는 예술을 만들어 내는 자가 바로 예술가라 불린다고 생각했다. 이마가와에게 마키에는 어엿한 예술이다. 그렇다면 마키에 공예가도 어엿한 예술가가 아닌가.

새로운 길을 모색하는 게 무엇이 잘못이란 말인가.

마키에는 헤이안[平安] 시대에 도기다시 마키에[^†] 기법

[^†]: 마키에의 기법 중 하나. 옻바탕 위에 옻으로 문양을 그리고 마르기 전에 금은가루나 색가루 등을 뿌린 후, 그것이 마르면 다시 그 위에 옻을 칠해 건조시킨 다음 표면을 갈아 문양과 금은가루 등이 은은하게 비쳐 보이게 한 것이다. 마키에의 기본적인 방법으로 헤이안 시대에 크게 유행했다.

이 확립된 이래 무로마치[室町] 시대에는 보다 확장적인 표현을 추구하여 다카 마키에[†]가 완성되었고 아즈치 모모야마[安土桃山] 시대에는 더욱 장식적인 히라 마키에[††]라는 기법을 만들어 냈다. 도중에 유럽 미술을 도입한 남반[†††] 마키에 등 참신한 양식도 개발되었다. 마키에는 항상 시대에 맞는 표현을 개발해 온 역사를 갖고 있는 셈이다. 그것들은 모두 사라지지 않고 병존하며 에도 시대에 들어선 후에도 혼아미 고에츠[本阿光][††††]나 오가타 고린[尾形光琳][†††††] 등에 의해 새로운 것으로 발전했다.

그랬던 것이 지금은 공예품이다.

사실 다른 유파에서는 메이지 시대 이후에도 여러 가지 시도가 모색되고 있다. 이마가와 파라고 전통에 얽매여 보수적인 자세만 취해서는 괜찮을 리가 없다. 애초에 높은 뜻을 내세우지 않고 예술을 만들어 낼 수 있을까? '고작해야 공예품'이라는 사고방식이 타락 혹은 몰락의 원인이 아닐까.

---

† 바탕을 돋우고 그 위에 마키에를 하는 것. 옻으로만 돋우는 방법이나, 옻 위에 숯가루를 뿌려 더욱 돋우는 방법 등이 있다.

†† 옻으로 그림을 그리고 마르기 전에 금·은·주석 등을 곱게 간 가루나 색가루 등을 얇게 입히고, 건조 후에 문양 부분에만 옻을 칠하고 평평하게 간 것.

††† 무로마치 시대에서 에도 시대에 걸쳐 샴(태국)·루손(필리핀)·자바 등 남방 지역을 일컫는 총칭. 또 그 지역을 거쳐 포르투갈 인이나 스페인 인이 일본으로 건너왔기 때문에 그 본국이나 식민지를 가리키기도 한다.

†††† 아즈치 모모야마. 에도 초기의 예술가(1558~1637). 도검 감정을 중심으로 하던 가업 외에 도예·서화·옻공예 등에서도 재능을 발휘했다.

††††† 에도 중기의 화가(1658~1716). 교토 사람으로 혁신적, 대담하고 화려한 장식화풍을 완성하였으며 공예에도 뛰어났다.

그렇게 말하자 아버지는 화를 냈다. 이마가와는 당황해서 변명했다.

이마가와의 생각을 아버지는 자신을 우롱하는 말로 받아들였기 때문이다. 물론 그렇지는 않다. 이마가와는 아버지를 존경하고, 그 작품도 높이 평가하고 있었기 때문에 아버지의 그런 오해가 싫었다. 이마가와가 말하는 타락은 마키에 자체의 문화적 가치의 타락이다.

그러나 아버지는 그런 이마가와의 의도를 올바르게 파악하고 화를 낸 것이었다. 이마가와는 전혀 이해할 수 없었다. 그리고 이마가와는 그때 아마 태어나서 처음으로 아버지에게 대들었을 것이다. 젊은 치기 때문이었다.

아버지는 엄격하게 대답했다.

── 메이지 시대 이후로 마키에의 새로운 양식이 수립되지 못하는 것이 왜인지, 네가 아느냐?

── 기교를 추구하느라 세공에 미쳐 있기 때문이야.

── 공예품이 어디가 나쁘다는 거냐?

── 마키에 공예가는 예술가가 아니야.

── 예술이라고 불리는 것은 어디까지나 작품 쪽이다. 작가가 아니야.

── 그냥 그리고 그냥 만들 수 없다면,

── 그만둬라.

이해할 수 없었지만 뼈에 사무쳤다.

그리고 이마가와는 그 후로 기법을 대충 배운 뒤 마키에뿐 아니라 일체의 그림붓을 꺾었다. 평생 아버지도, 형도 당할 수 없으리라 생각했기 때문이다. 그야말로 큰 열등감이 남았다.

아버지의 말은 아무리 반추해도 피상적인 의미밖에 이해할 수 없었다. 그러나 자신이 미치지 못하는 곳이 있다는 사실만은 잘 알 수 있었다.

형은 그 후에도 착실하게 수련을 쌓아, 아버지에게는 미치지 못하더라도 상당히 뛰어난 작품을 만들 정도가 되었다. 여전히 조금도 새롭지는 않지만 매우 훌륭한 작품이라 생각한다. 형은 아마 기교적으로는 이마가와보다 떨어졌지만 이마가와는 알 수 없는 무언가를 처음부터 알고 있었을 것이다. 그 무언가가 무엇인지도 모르는 이마가와는 역시 가문을 물려받을 수 없다.

지금의 이마가와는 차남이라서 다행이라 생각하고 있다. 그리고 아버지도 형도 진심으로 존경하고 있다. 가족들과 사이도 좋다. 그러나 그것들은 전부 무언가의 이면이다. 존경 뒤에는 열등감이 달라붙어 있다. 책임이 없는 입장이 주는 해방감 뒤에는 상실감이 따라다닌다. 따라서 이마가와는 노인이 말한 것처럼 집안이나 전통에 대든 것은 아니다. 오히려 패배했다는 표현이 더 가깝지만 그것도 결정적 패배는 아니다. 체념했다고 할까, 굴절된 것이다. 이마가와는 그런 굴절을 다시 한 번 비틀어서 가까스로 제대로 살아가고 있다.

이마가와의 어중간함은 사실은 그런 어중간함이다.

복잡한 심경이란 그런 심경이다.

그런 것은 어차피 전해지지 않을 거라고 생각했기 때문에, 이마가와는 노인을 따라 그냥 건조하게 웃었다. 무엇이 재미있는지 잘 알 수 없었지만 구온지 노인은 매우 유쾌해 보였다. 웃음이 가시기 직전에, 마치 웃음소리에 이끌린 듯이 이제는 완전히 친숙해진 종업원이 복도 쪽에서 불쑥 얼굴을 내밀었다.

"어머나, 선생님도 손님도 여기 계셨어요? 세상에, 불기도 없는데. 지금 화로라도 가져올게요. 아아, 식사도 여기서 드시겠어요?"

"아아, 그래도 된다면 그럼세. 정원을 보면서 한 번 먹어보고 싶었거든. 오늘은 다행히 눈도 내리지 않는 것 같고. 당신도, 이마가와 군도 괜찮지요?"

이마가와는 좋다고 말했다. 종업원은 웃었다.

"선생님은 그렇게 말씀하시지만 이 시기에는 눈이 좀 흩뿌려져야 운치가 있지요. 이렇게 흐리기만 해서는 정원도 왠지 칙칙해 보이고요."

"그런가?"

"네, 게다가 손님 앞에서 이런 말씀 드리기는 그렇지만 그, 주인이 지금, 뭐라고 해야 할까요. 손질도 전혀 하지 않고 있어서 눈도 내리는 대로 쌓이기만 하거든요."

"괜찮네, 괜찮아. 어차피 나는 정원을 봐도 뭐가 좋은지 모르니 말일세."

노인은 과장스럽게 손바닥을 내저으며 그렇게 말했다. 종업원은 쓴웃음을 짓더니, 그럼 식사를 가지고 오겠다며

나갔다. 구온지 노인은 그 뒷모습을 눈으로 쫓으면서,

"이곳 주인은 말이오, 이마가와 군. 당신과 마찬가지로 대대로 여관을 해 온 집안인데 지금 입원해 있다오. 전쟁 중에 선대 주인이 돌아가시는 바람에 여관을 물려받았지. 물려받은 것은 좋은데 몸이 약해요. 나 같은 노인네보다 훨씬 젊은데 위가 약하다오. 작년 말에 위궤양이 도져서 새해부터 입원을 했소. 새해 벽두부터 무슨 일인지. 안주인도 병원을 왔다갔다 하느라 정신이 없고. 당신은 안 좋을 때 온 셈이오."

라고 말했다. 그러고 보니 첫날 한 번 인사하러 온 이후로 이마가와는 안주인의 모습을 보지 못했다.

노인은 정원을 바라보고 있었다.

이마가와도 그 시선에 이끌린 듯이 정원을 보았다.

좋은 정원이다.

손질을 게을리 하고 있다는 말을 듣고 나서 보니 확실히 손질은 되어 있지 않았다. 그렇지만 꽤나 훌륭한 정원이다. 우선 구조가 풍부하다. 연못이나 등롱, 인공동산의 배치가 훌륭했다. 되는 대로 쌓여 있는 눈도 나쁘지 않다. 오히려 자연의 정취가 넘치는 연출이 되고 있다. 토대가 좋기 때문일 것이다.

무엇보다 이 정원에는 활력이 있다.

이마가와는 그 활력의 원천은 나무라고 생각했다.

연못 옆, 건물에 바싹 붙어 커다란 나무 한 그루가 우뚝 솟아 있다. 정원의 규모에는 어울리지 않는 큰 나무다. 그래서 명확하게 정원의 균형을 무너뜨리고 있지만 그것이 오히려 정원을 넓어 보이게 하고 더불어 역동성을 주고 있음이 분명했다. 마치 작게 정돈됨을 거부하는 것 같다. 이마가와는 반쯤은 무의식적으로, 또 반쯤은 침묵을 깨기 위해 생각한 그대로 말했다.

"큰 나무군요."

"저 떡갈나무 말이오?"

"아주 큽니다."

"과연 혜안이시오. 정원에 떡갈나무는 반드시 있는 법이지만 저것은 아무래도 천연인 모양이오. 선대 주인의 이야기에 따르면 이 건물보다 저 나무가 더 오래되었다고 합니다. 그래서 저 나무에 맞춰서 정원을 만든 거요. 저렇게 크면 보통은 베어 낼 텐데, 이 정원을 만든 사람은 상당한 명인이었나 보오. 나무를 살림으로써 정원을 살렸다 ——— 이것도 선대 주인의 의견이라오."

노인은 정원에 시선을 던지면서 그렇게 이야기했다. 혜안이라는 말은 과장이지만 그리 빗나간 얘기도 아니었던 셈이다.

노인은 이렇게 말을 이었다.

"당신은 마침 그런 장사를 하고 있고 집안도 그러니, 그런 것은 잘 아시겠구려."

"그런 것이라니요?"

"그 왜, 화조풍월(花鳥風月), 설월화(雪月花)라고 하나요, 그 아취인지 정취인지 하는 ———."

"글쎄요."

"나는 그런 건 잘 모르거든. 멋대가리가 없다고 할까, 풍류를 모른다고 할까, 전혀 모르겠소. 정원을 감상해도 아아, 나무가 있구나, 연못이 있구나, 물고기가 있구나, 돌이 놓여 있구나, 그렇게밖에 모르겠소. 아취라고 하면 오래된 것, 정취라면 썩은 것, 그렇게 이해하는 식이라오."

"그게 맞습니다."

이마가와가 그렇게 말하자 노인은 무릎을 치며 그러냐고 기뻐했다.

애초에 이마가와 자신도 잘 모른다.

"나는 수십 년이나 그렇게 살아왔소. 1 더하기 1은 2라고, 그런 머리밖에 없었지. 물론 1 더하기 1은 2지만 그 2에도 여러 가지가 있다는 것을 모르고 살아왔소. 내 주변은 그랬던 셈이오. 그런데 여기에 와서 이렇게 아무것도 하는 일 없이 정원을 바라보고 있자면, 그래도 조금은 알 것 같은 기분이 드니 묘한 일이지."

"예에."

이마가와는 자신도 마찬가지라는 말은 하지 않았다.

이마가와도 알 것 같은 기분이 들 뿐, 그것은 항상 불확실하다. 그 아련한 것을 어떻게든 뚜렷하게 드러내고 싶어서, 범인(凡人)들은 쓸데없는 지식을 추구한다. 이 정원은 무슨무슨 시대의 무슨무슨 양식입니다, 이 배치는 이런 뜻입니다, 하고 표제처럼 읊는다 해서 무엇을 이해하고 있다는 증거가 되지는 않는다. 지식으로 알 뿐이지 이해하지는 못한 것이다. 이 경우 지식은 오히려 방해가 되는지도 모른다.

골동품도 마찬가지다. 이마가와는 요즘 역사양식을 공부하긴 했지만 진정한 의미로 골동품이 어떻게 좋은지를 이해하지 못했다고 생각한다. 가격을 정하는 데 자신이 없는 것도 바로 그 때문이다.

하기야 다른 골동품상이라고 다 이해하고 장사를 하고 있는지는 의심스럽다. 골동품상은 골동품을 좋아하지 않기 때문에 그런 건 몰라도 충분하다. 장사인 이상 음미하기보다는 시장이나 유행을 아는 것이 더 중요하다. 다만 이마가와는 그것만으로 가치를 매기는 것도 왠지 싫었다.

그러나 그것을 이해하고 있었다면 ——— 아버지나 형에게 열등감을 느끼는 일도 없었을 거라는 생각도 한다.

따라서 지식이 있고 없고는 별도로 치고, 이마가와는 풍류를 모른다고 자인하는 눈앞의 노인과 동류다. 아까한 말도 고작해야 큰 나무가 눈에 띄었다는 것일 뿐이고, 생각이고 뭐고 아무것도 없다. 변덕이다.

"알 것 같은 기분이 든다는 게 중요하지 않을까요."

그래서 그렇게 대답했다. 알 것 같은 기분이 든다는 게 무슨 뜻이냐고 노인은 물었다.

"그런 기분이 든다는 게 더 중요하다는 거요?"

"예, 오히려 이론을 갖다 붙이지 않는다는 게 옳은 견해일 겁니다."

노인은 "그렇군" 하고 어딘가 승복할 수 없다는 듯이

말하고, 잠시 생각에 잠겼다.

"하지만 이마가와 군. 아무리 알 것 같은 기분이 들었다 해도 그건 기분 탓이오."

"기분 탓일까요?"

"음. 그리고, 그———인공동산이라는 게 있지 않소. 그걸 이곳 주인은 진짜 산이라고 한다오. 내게는 봉긋하게 쌓은 흙으로밖에 보이지 않는데. 그렇게 말했더니 그건 감정(鑑定)이라고 하더군. 예쁘다고 생각하긴 하는데 말이오. 모양이 예쁘다거나 균형이 잘 맞는다거나, 그렇게 보는 거요, 나는. 감정을 하라고 해도 그 감정이라는 걸 할 수가 없단 말이지. 돌은 돌, 모래는 모래요. 전에 교토의 자조사(慈照寺)[†]에 갔을 때도 그곳 정원의."

"은사탄(銀沙灘)에 향월대(向月臺)^{††} 말씀이십니까?"

"맞소. 아니, 모래로 참 예쁘게도 모양을 만들었다고 감탄하긴 했지만, 내가 말하는 것은 그런 식의 예쁨이라오. 그것 이외에는 보이지 않았소."

"아아."

"나는 의사이니 감상으로 수술을 할 수는 없거든."

"예에."

"그러니까 그, 이 정원도 어디가 좋은지 사실은 모른다오. 하지만 나쁘다고 생각하지는 않소."

---

† 은각사(銀閣寺)의 정식 명칭.

†† 하얀 모래를 파도 모양으로 너울지게 만든 은사탄의 한가운데는 물과 모 래만으로 만든 원추형 모래기둥인 향월대가 솟아 있다. 향월대는 후지산 을 상징한다고 한다.

"그거면 되지요."

된다고 생각하지 않으면 이마가와가 큰일이다.

"되는 걸까" 하고 노인은 노래하듯이 말한다.

사르릉, 하는 소리가 났다.

나무 위의 눈이 떨어진 것이다.

"그럴지도 모르지. 여기는 벌써 몇 번이나 왔지만 전에는 정원 따윈 한 번도 돌아본 기억이 없소. 사실은 가을이 제일 좋다고 하던데. 이렇게, 저쪽 산에 낙엽이 져서."

노인은 정원 너머에 있는 산을 가리켰다.

정원은 생울타리 같은 것으로 구분이 지어져 있고———그것도 눈에 매몰되어 있지만———그 너머로는 한층 더 지대가 높아져서 거기서부터는 이미 산이다. 그 뒤로는 오직 산만 있을 뿐이다.

"달이 뜨면 또 좋다고 하더이다."

이마가와는 산 끝에 달이 걸려 있는 정경을 일단 상상해보기는 했지만 역시 그냥 산에 달이 떠 있는 멍청한 그림밖에 떠오르지 않았기 때문에 곧 그만두었다.

그때———.

이마가와 마사스미는 실로 기묘한 것을 보았다.

산속에 사람 그림자가 서 있었다.

단발머리에 가지런히 자른 앞머리.

멀리서 보기에도 검고 둥근 눈.

——— 이치마츠 인형[†]——— 이다.

[†] 근세 말기에 유행한, 나무로 깎은 인형. 손이 움직이고 허리 · 무릎 · 발목

나무 사이의 흑(黑), 설경의 백(白) 사이에.

이치마츠 인형이 서 있는 것이다.

붉고 화려한 후리소데¹를 몸에 걸치고 있다.

산의 풍경과는 어울리지 않는다. 마치 수묵화에 붉은
색을 칠한 듯이 완전히 이질적인 무늬다. 실제로 주위는
거의 무채색이고 색깔을 띤 것은 그것뿐이다.

인형은 공허한 시선을 이쪽으로 던지고 있다. 이마가와
를 보고 있는 것은 아니다. 굳이 말하자면 건물 전체를
바라보고 있는 듯한 느낌이다. 인형의 눈동자에는 처음부
터 초점이라는 게 없으니 그것도 당연하다.

천천히 오한이 들었다.

불길한 예감일까.

터무니없이 불길한 생각이 아랫배 쪽에서 치밀어 올라,
이마가와는 얼어붙은 것처럼 굳어지고 말았다. 왠지 몹시
불안해졌다. 이상하다.

크다.

그 이치마츠 인형은 이상할 정도로 컸다. 이렇게 거리가
떨어져 있는데 저 크기로 보인다면 거의 인간이나 다름없
다. 사람 키만 한 이치마츠 인형도 있을까?

"왜 그러시오?"

구온지 노인이 말을 걸었기 때문에 일시적으로 제정신
으로 돌아온 이마가와는 잠시 인형에서 시선을 뗐다.

이 구부러지도록 되어 있으며 옷을 갈아입히거나 안거나 하면서 놀았다.
† 소맷자락이 긴 기모노. 미혼여성이 성장(盛裝)을 할 때 입었다.

"아아."

그 잠깐 사이에 인형은 사라졌다. 사라졌다기보다 없어진 것이다. 나무 그늘에 얼핏 후리소데 끝자락이 남아 있었던 듯한 기분도 들었지만 잘못 봤을지도 모른다.

"환상, 인가?"

"아아, 그 소녀 말이오?"

"소녀?"

"후리소데를 입은 소녀지요? 저기 서 있던."

"사람. 사람입니까?"

"그럼. 마물이나 뭐 그런 거라고 생각했소?"

마물이라고는 생각하지 않았다. 생물이라고 생각하지 않았을 뿐이다. 냉정하게 생각해 보면 그것은 지극히 상식적인 결론이고 눈 덮인 산중에 사람 키만 한 이치마츠 인형이 ―――― 그런 것은 존재 자체가 비상식적이지만 ―――― 놓여 있을 리가 없다.

인간이었다.

인간이라 해도 이런 산속에서 ――――.

"이런 산속에서 웬 후리소데냐고 생각하셨지요? 핫핫하, 무리도 아니지. 나도 처음에는 눈을 의심했소."

"뭐, 그렇습니다."

그 조화되지 않음이 바로 오한의 원인이다. 눈 덮인 산에 후리소데라는 조합도 비상식이라는 점에서는 오십보백보다. 그렇기 때문에 인형으로 착각했는지도 모른다.

"아까 그건 이 근처에 사는 아이라오. 조금 그――――."

노인은 자신의 대머리를 중지로 찔렀다.

"지능이?"

"음. 약간 지체 기미가 있는 모양이더군. 하지만 그렇게 심하게 늦된 것도 아닌 모양이오. 아니, 어쩌면 그렇게 보일 뿐 사실은 정상일지도 모르지만———응. 의사인 내가 진단도 하지 않고 인상으로만 판단해서는 안 되겠지. 이것만은 알 것 같은 기분이 든다는 말로 끝낼 수 없으니까. 다만 일 년 내내 저 차림새로 어슬렁어슬렁 돌아다니는 모양이고 말을 하는 모습도 본 적이 없다고, 여기 사람들도 그러더이다. 평범하지는 않다오."

"하지만 노인장. 이 근처에 살고 있다니요, 이 주변에는 인가가 없습니다."

"없지."

"이곳에 오는 도중에 마을을 지나치긴 했지만 가까운 곳이라도 꽤 많이 떨어져 있었습니다. 그렇게 먼 곳에서 그런 차림으로 어슬렁어슬렁, 이런 산속 깊은 곳까지 올라온단 말입니까? 그것은 만일, 그녀가———여자 맞지요?"

"여자요."

"그녀가 만일 그, 조금이라도 장애가 있는 아이라면, 더더욱———."

"아니지, 이마가와 군. 그건 아니오. 당신은 위험하다고 말하고 싶은 거겠지만, 물론 제멋대로 놓아두는 건 위험하긴 위험하다고, 나도 그렇게 생각하지만. 하지만 그녀는 글자 그대로 이 산에서 살고 있다오. 장소는 어딘지 모르지만 여기보다 더 깊은 산속에서 온 것은 확실하지."

"산속? 혼자서 말입니까?"

"아무리 그래도 혼자서 생활할 수는 없겠지. 여관 주인 말로는 아무래도 이 위에 있는 절에 사는 게 아닐까 하더군. 여인이 금지되어 있는 사찰에 후리소데를 입은 소녀라니 말도 안 되는 소리지만, 그 절에서 일하는 일꾼의 딸인지 손녀인지 그렇다더군. 하기야 절의 일꾼도 상당히 나이가 많은 모양이고 진짜 절에 있는 것인지, 아니면 다른 곳에 오두막이라도 짓고 사는 것인지는 알 수 없으니 진실은 아무도 모른다오. 그러니 정말로 마성의 존재———야마온나[山女]†인지도 모르지."

"흐음, 그럼 그녀는 올라오는 것이 아니라 내려오는 것이군요."

"그렇게 되지요. 그건 그렇고 그 소녀는 무엇을 보고 있었던 걸까. 이 떡갈나무라도 보고 있었나?"

노인은 다시 커다란 떡갈나무에 시선을 던졌다. 객실에서는 나무 전체는 고사하고 가지가 어떻게 뻗어 있는지도 보이지 않는다. 풍설을 막기 위한 짚울타리를 몸에 두르고 있는 굵은 줄기가 보일 뿐이다. 이마가와가 묵고 있는 방은 이층이지만 지금 있는 넓은 객실이 있는 건물은 단층이니 아마 이 나무는 지붕보다 더 높이 가지를 뻗고 있음이

---

† 전설이나 옛날이야기에서 깊은 산속에 산다는 여자 괴물. 키가 크고 머리는 길며 입은 크고 눈은 날카롭게 빛난다. 야마우바, 야만바라고도 함.

틀림없다.

"그러고 보니 ———."

노인은 그 굵은 가지를 향하던 시선을 갑자기 이마가와 에게 던졌다.

"당신은 방금 여기에서 스님과 만나기로 했다고 했지 요. 그 스님은 이 산속에 있는——— 명혜사(明慧寺)의 스님 이오?"

"그렇습니다. 저는 명혜사 승려의 부름을 받고 왔습니다. 그럼 지금 이야기하신 절, 후리소데를 입은 소녀가 살지도 모른다는 절이 그 명혜사입니까?"

"그렇소."

"그렇군요. 아니, 오늘 하루 더 기다려 보고 오지 않으면 한번 가 볼까 하고 있었습니다. 노인장께서는 그 명혜사를 아십니까?"

"알고 말고 할 것도 없지. 여기서 갈 수 있는 곳은 그 절 정도요. 나도 지난달에 한번 가 볼까 하는 생각은 했지만, 그만두시오. 그만두는 게 좋을 거요."

"그렇게 먼가요?"

"여름철에는 대단할 것도 없지. 하지만 지금은 안 되오. 경사가 가파른 눈길을 한 시간도 넘게 가야 하거든. 나는 도중에 그만두었소."

노인은 그렇게 말하며 깊이 고개를 끄덕였다.

투둑, 하고 눈이 떨어졌다.

이마가와는 닷새째인 오늘도 멍청하게 기다려야겠다고

각오했다.

그때 아까 그 종업원이 화로와, 이어서 조반상을 가져왔
다. 그저께보다 어제, 어제보다 오늘, 점점 아침식사 시간
이 늦어지는 기분이 든다. 이곳에 묵은 지도 닷새째가 되
다 보니 그런 것일까, 아니면 주인이 입원 중이라 이래저
래 일손이 부족한 것일까. 이마가와는 밥상을 보면서 그런
생각을 했다.

"바쁘십니까?"

이마가와가 묻자 종업원은 아까와 똑같은 얼굴로 쓴웃
음을 지었다.

"아뇨. 부끄러운 일이지만 한가하답니다. 오늘 같은 경
우는 손님이라고 두 분뿐이니까요. 작년쯤부터는 온천이
유행이라는 말을 들었는데, 우리 여관은 전혀———."

"뻐꾸기가 둥지를 짓고 새끼를 낳아 대어 큰일이라는
건가?† 확실히 신문 같은 걸 보면 국민의 생활에 여유가
생겼다고 하던데. 이번 정월에는 다른 온천여관은 손님이
가득 찼다더군."

종업원이 된장국을 푸는 사이에 구온지 노인이 놀리는
말투로 그렇게 말을 이었다.

종업원은 부끄러운 듯이 얼굴을 들고 노인을 노려보더니,

"너무하세요, 선생님. 다 아시면서 그렇게."

---

† 본래는 '뻐꾸기가 운다'라는 속담으로 장사가 안 되어 파리가 날린다는 뜻
이다.

라고 말했다. 꽤나 한가한 모양이다. 이마가와가 온 날에는 그래도 손님으로 보이는 사람이 네다섯 명은 있었지만 아무래도 지난 나흘 사이에 모두 돌아간 모양이다.

"그러고 보니 도키 씨. 그 여자 손님이 한 명 더 있지 않나. 어제 점심 때 혼자서 눈길을 뚫고 온. 한 번도 모습을 보지 못했는데, 설마 그 사람도 벌써 돌아간 겐가?"

"그게 말이지요."

노인이 도키라고 부른 종업원은 갑자기 표정을 흐렸다.

"걱정이랍니다. 그 손님, 이부자리를 깔아 드리려고 찾아뵈었더니 아침부터 몸이 좋지 않다고 하셔서요. 방도 바꿔 달라고 하셔서 방금 이 본관으로 옮겼는데, 그래도 아직 자리에 누워 계셔요."

"뭐야. 감기인가?"

"그게 그렇지도 않은 것 같습니다. 의사 선생님을 부를까요, 하고 여쭤봤더니 괜찮다고 하시더군요. 그렇지, 선생님이 좀 봐 주시면 안 될까요?"

"나는 외과일세. 그보다 그 손님, 자살이라도 하는 건 아니겠지. 이런 곳에 젊은 여자가 혼자 오다니 이상한데. 분위기도 이상했고. 이마가와 군, 당신은 보지 못했소? 그 아가씨."

이마가와는 기억에 없었다.

모른다고 대답하기 전에 도키가 말했다.

"무슨 말씀이세요, 불길하게. 괜찮을 거예요. 이제 곧, 한발 늦게 일행이 오실 테니까요. 사실은 처음부터 세 분이었는데 갑자기 예정이 바뀌었다고 하시던데요."

"바빠졌으니 좋은 일 아닌가. 그건 그렇고 이런 시기에 이런 곳까지 뭘 하러 오는 걸까?"

"참 무례한 말씀만 하시는 더부살이로군요. 이런 곳이라니 무슨 말씀이 그러십니까?"

"하지만 도키 씨. 요즘 같은 세상에 젊은 여자가 온천 치료를 하러 오지는 않을 것 아닌가. 혼자서 관광을 온 것도 아닐 테지. 혹시 늦게 온다는 사람이 나이든 부모님인가?"

"아뇨. 도쿄에 있는 출판사 분들이라고 하던데요. 명혜사에 볼일이 있으시다나요. 명혜사에 가시려면 여기서 묵는 게 제일 좋잖아요."

도키는 거기에서 말을 끊고 이마가와의 얼굴을 보았다.

"어머나, 선생님이 쓸데없는 말씀만 하시니까 손님이 계시는 앞에서 저도 모르게 신이 나서 떠들어 버렸잖아요. 손님, 식사 중에 실례가 많았습니다."

"저는 상관없습니다. 그보다 그, 명혜사 말인데요."

이마가와는 거래처의 정보를 전혀 갖고 있지 않았다. 다시 말해 명혜사에 대해 무엇 하나 아는 게 없었다.

도키는 예에, 하고 괴상한 목소리를 냈다.

"명혜사가 왜요?"

"이곳과 무슨 관계가 있습니까?"

"아뇨, 아무것도 없습니다. 다만———우리도 오래된 가게고 그쪽은 더 오래된 모양이니까요. 게다가 장소가 장소이다 보니 신자 분들이라고 해야 할까요, 그 참배를 드리러 가시는 분들은 반드시 우리 여관에서 묵곤 했지요. 그리고 다른 지방에서 오신 높은 스님들도 명혜사에 가실 때는 우리 여관에서 묵으실 때가 많았어요. 하지만 그것도 전쟁 전의 이야기지요. 중일전쟁 무렵을 경계로 점점 줄더니 전쟁이 끝난 후로는 전혀 없답니다."

"다른 지방에서 높은 스님이 오실 만큼, 그 명혜사라는 곳이 격식 있는 절입니까?"

"당신은 만나기로 약속까지 해 놓고 그 상대에 대해서는 아무것도 모르시오?"

구온지 노인은 밥을 먹으면서 문어처럼 입술을 오므리고 그렇게 물었다.

"예에, 전혀. 저는 종파도 모릅니다."

"그곳은 선종이라오. 하지만 듣고 보니 나도 잘 모르겠구려. 하지만 그렇다면 왜 만날 약속을 하셨소?"

"으음, 실은 죽은 제 사촌이 전쟁 전에 그 명혜사 스님과 거래가 있었던 모양입니다. 그런데 그쪽에서는 사촌이 죽은 것을 모르셨는지, 연말에 편지가 왔습니다. 사정을 적어 답신을 드렸더니 일시와 장소를 지정한 편지가 다시 오더군요."

"그쪽에서 지시한 장소가 이 센고쿠로였던 거요?"

"그렇습니다. 아무래도 사촌도 전에 그 스님과 만날 때는 여기에서 이야기를 했던 모양이더군요. 저어, 사촌이 두세 번 신세를 졌을 것 같은데 혹시 모르십니까?"

도키는 어리둥절한 얼굴이었다.

구온지 노인은 그제야 이마가와의 사정을 이해한 모양이다. 이마가와에게 사촌의 이름을 묻더니 그 이름을 들어본 기억이 있는지를 다시 도키에게 물었다.

"글쎄요, 이마가와 님이라."

종업원은 의아한 듯이 고개를 갸웃거렸다.

"정말 죄송합니다. 저는 기억에 없는데 ──── 그렇지, 옛날 숙박장을 보고 올게요."

도키는 숙박장에 생각이 미친 순간 갑자기 흥미가 생긴 듯, 인사도 하는 둥 마는 둥 계산대 쪽으로 달려갔다.

"저 사람은 지금 있는 종업원 중에서도 제일 고참인데, 입이 가볍고 구경꾼 근성이 있는 게 가끔 옥에 티라오. 처녀 때부터 알고 지냈는데 아직까지도 차분한 맛이 없다니까."

노인은 고개를 쭉 뻗어 도키가 사라진 방향을 바라보며 그렇게 말한 후, 소리 내어 국물을 홀짝였다. 불은 자신이 지펴 놓고 이제 와서 마치 남의 일이라는 태도다.

또 눈이 떨어졌다.

이마가와는 회상에 잠겼다.

확실히 이상한 이야기다.

처음에 스님에게서 온 편지에는,

──── 이번에 팔고 싶은 물건은 지금까지의 물건과는 달리 세상의 빛을 보는 일은 있을 수 없는 신품(神品)이오.

라고 씌어 있었다.

물론 졸지에 가게 주인이 된 이마가와는 무슨 소린지 알 수가 없었다. 사촌과 스님이라는 조합을 우선 이해할 수 없었고, 아오야마에 있는 골동품 가게와 하코네에 있는 절의 접점은 아무리 머리를 갸웃거려도 알 수가 없다. 그래서 사촌의 죽음과 가게 주인이 바뀐 사실만 알리고 거절할 생각이었다.

　그러나 만약을 위해 과거의 장부를 살펴본 뒤, 생각이 조금 바뀌었다.

　그 스님에게 사들인 물건은 전부 엄청나게 비싼 가격에 팔렸던 것이다. 사들인 가격도 상당한 액수였지만 몇 배, 개중에는 수십 배의 마진이 붙은 물건도 있다. 게다가 그 가격에 전부 팔렸다. 물건이 좋았다.

　욕심이 생겼다. 금전욕이 아니다. 과거의 물건들을 뛰어넘는다는 그 신품인지 뭔지가 보고 싶어졌다. 그래서 얼른 편지를 보냈다. 답신은 해가 바뀌자마자 왔다. 달필의 붓글씨로 이마가와를 이 센고쿠로로 불러낸 것이다.

　스님의 이름은 ———.

　"그, 당신을 불러낸 스님은 이름이 뭐요?"

　구온지 노인은 밥을 다 먹고 손수 차를 따라 마시면서 느긋한 말투로 그렇게 물었다.

　"아아, 고사카 료넨인가 하는 이름입니다."

　"료넨? 뭐, 있을 법한 이름이군요."

　"아십니까?"

　노인은 모른다며 손을 내젓는다.

"하긴 스님 중에서는 흔한 이름이지요. 거기는, 그렇지, 스님도 꽤 많다고 하더군. 듣자 하니 3, 40명은 된다던데."

"그렇게 많습니까?"

이마가와는 고작해야 두세 명이 아닐까 생각했기 때문이다.

"아니, 아까도 도키 씨가 말했잖소. 옛날에는 멀리서 높으신 스님들이 찾아왔다고."

"예에."

"나는 한 이십 년 전에 그 스님 일행과 여기서 같이 묵은 적이 있다오. 정말 높아 보이는 옷차림을 한 스님이었소. 가사도 금색으로 번쩍번쩍 빛나고 옷도 화려하고, 같이 온 동자승들도 수십 명이나 되었지. 일본 불교계에서는 몇 손가락 안에 드는 유명한 스님이었던 모양이오. 나는 의사라 종교에 대해서는 아는 게 없으니 그게 조동종(曹洞宗)†인지 임제종(臨濟宗)인지 알 수도 없었지만 어쨌거나 그 높아 보이는 스님보다 명혜사의 화상이 더 격이 높은 것처럼 말했었소."

"그렇습니까?"

"그렇다더군. 유명한지 그렇지 않은지와 지위의 높고 낮음은 꼭 비례하는 것도 아닌 모양이오. 오래되어서 그런 건지."

명혜사에 대한 이마가와의 예상은 꽤 빗나갔다. 잘해

---

† 9세기 무렵 당나라에서 시작되어 1227년에 일본에 전파되었다. 가마쿠라 시대인 1191년에 전래된 임제종과 더불어 선종의 이대 종파이다.

봐야 작은 산사 정도일 거라 상상하고 있었던 것이다. 이곳에 오기 전, 다른 사람에게 물어보기도 했지만 아는 사람이 없었다.

이마가와가 다음 말을 하기 전에 계산대에서 목소리가 들렸다.

도키의 목소리 같았다.

"무슨 일인가, 시끄럽게. 손님이 식사를 하고 있는데. 이래서야 아무리 한가하다고 해도 역사 있는 여관의 이름이 울겠군 그래."

구온지 노인은 귀찮다는 듯이 일어섰다. 무슨 일인지 보고 올 생각인가 보다. 이마가와는 아직 산채절임이 남아 있었기 때문에 그대로 앉아 식사를 계속하기로 했다.

노인은 도키를 데리고 곧 돌아왔다. 뒤에 안경을 쓴 지배인이 있었는데, 이마가와의 얼굴을 보더니 서둘러 목례를 했다.

"쥐일세. 쥐. 그건 쥐일 게 뻔해."

"하지만 선생님. 저는 열다섯 살 때 이곳에 와서 올해로 벌써 십구 년이나 일을 해 오고 있습니다. 하지만 이런 일은 처음입니다. 그렇지요, 지배인님?"

"예에. 쥐가 한 마리도 없는 것은 아니지만 그리 큰 피해는 없었습니다. 저는 올해로 이십사 년 ———."

"아아, 알았네, 알았어. 자네들이 이 여관 못지않을 정도로 오래되었다는 건 알겠네. 하지만 그건 쥐가 한 짓이 분명해. 쥐를 우습게 봐선 안 된단 말이야. 쥐는 배가 고프

면 뭐든지 갉아 대거든. 언젠가 우리 병원에 갓난아기를
안은 어머니가 반광란 상태로 뛰어들어 온 적이 있었지.
살펴보니 갓난아기가 피투성이가 되어 있고 가엾게도 코
가 없더군. 서둘러 치료를 했기 때문에 목숨만은 건졌지
만, 이게 조사해 보니 쥐였더란 말일세. 배고픈 쥐가 천장
에서 내려와 갓난아기의 맛있어 보이는 코를————."

노인은 거기에서 이마가와의 존재를 깨닫고 말을 멈추
었다.

"오오! 이거 실례했소."

그리고 몸을 돌려 지배인과 도키를 번갈아 쳐다보며,

"아아! 자네들 여기 이마가와 군이 있어서 쥐가 아니라
고 주장한 겐가? 아니, 몰랐네. 밥을 먹고 있는 손님 앞에
서 지배인과 종업원이 쥐가 나왔다고 할 수는 없겠지."

하고 큰 소리로 말했다.

"구온지 선생님, 그것도 그렇지만 정말 지금까지는 없
었던 일입니다. 만일 선생님 말씀대로 그게 쥐가 한 짓이
라면, 어제 갑자기 쥐가 떼를 지어 나타났다는 뜻이 되는
데, 그."

지배인은 어딘지 허둥거리고 있다.

이마가와는 참지 못하고 젓가락을 놓으며 물었다.

"대체 무슨 일이 있었던 겁니까? 저는 무슨 말을 들어도
아무렇지도 않으니 좀 가르쳐 주시지요."

"예에, 그, 조리장의 식재료가 사라져서————."

도키의 대답을 보충하듯이 지배인이 말을 이었다.

"아니오, 우리 여관은 요리도 자랑거리라 식재료는 신선한 것을 쓰려고 그때그때 손님의 인원수만큼 조달해 오는데, 오늘 아침에 요리사가 잠시 눈을 뗀 사이에 그, 아침식사용 생선이 ———."

"사라져 버렸다는군요."

구온지 노인이 말을 맺었다.

그래서 아침식사가 늦어진 것이다. 아침식사에 생선은 없었으니 아마 다른 식재료를 조달하러 다녀왔을 것이다.

이마가와는 여전히 생각한 그대로를 말했다.

"생선이라면 고양이겠지요."

"고양이야말로 이런 산속 깊은 곳에는 없습니다."

"흐음."

"그건 아무래도 상관없는 일이지만, 이마가와 군. 문제는 이거요. 이 도키 씨가 당신 사촌에 대해서 알아보려고 했더니, 자, 보시오."

노인은 낡은 장부 같은 것을 팔락팔락 넘겼다. 종이 부스러기 두세 조각이 허공에서 춤을 추었다. 아무래도 장부는 걸레처럼 너덜너덜한 것 같았다.

"나도 지금 보고 왔는데 계산대 선반 안이 어지럽혀져 있더군. 엉망진창이었소. 조상 대대로 써 내려온 소중한 숙박장도 이 꼴이 되었다오."

노인은 아주 간단하게 말했지만 지배인은 얼굴이 꽤나 창백하다. 숙박장이라고 해도 어제오늘의 숙박장은 아닐 것이다. 에도 시대부터 이어져 내려온 오래된 여관의 숙박장이라면 반쯤은 문화적 가치도 있다. 이미 골동품이라고 할 수 있다. 게다가 모든 것은 주인과 안주인이 없을 때 일어났다.

이마가와는 지배인에게 약간 동정심이 생겼다.

"고양이는 이런 짓은 하지 않네. 그러니 이건 쥐일 거란 말일세. 쥐 외에는 생각할 수도 없어. 대체 누가 이런 짓을 하겠나?"

구온지 노인은 자신만만하게 그렇게 내뱉더니 다시 자신의 밥상 앞에 앉았다. 도키는 음식을 거의 다 먹은 것을 확인하고 밥상을 치우기 시작했다.

지배인은 잠시 어쩔 줄 몰라 하다가 결국 이마가와를 향해,

"정말이지, 소란을 피워 죄송합니다."

라는 말만 남기고 나갔다.

도키는 그래도 석연치 않은 기색이었지만 이마가와에게는 미안해하는 시선을 몇 번이나 보냈다. 그리고 작은 목소리로 이렇게 말했다.

"죄송합니다. 하지만 저어, 지금 있었던 일은———."

비밀로 해 달라고 말하고 싶은 것이다. 최근에는 여관의 위생관리도 엄격해졌다고 한다. 쥐가 대량으로 발생했다는 소문이 보건소에라도 알려졌다간 이래저래 귀찮아질 것이다. 안 그래도 나쁜 소문은 손님의 발길을 멀어지게 한다.

"아아. 소문은 내지 않겠습니다. 저한테 잘해 주시기도

했고, 대단한 일도 아니니까요."

"고맙습니다. 하지만 왠지 그 ——— 기분 나쁘지 않으십니까?"

구온지 노인은 담배연기를 뻐끔뻐끔 내뿜기 시작했다. 그리고 곁눈질로 도키의 움직임을 보면서,

"뭐가 기분 나쁘단 말인가?"

하고 말했다.

"그렇지요, 이마가와 군? 그리고 도키 씨. 자네 같은 부녀자들은 무슨 일만 있으면 이상하다, 이상하다 하는데 이 세상에 이상한 일이라곤 없는 걸세. 물건이 사라지거나 장부가 갉아 먹히는 것은 이마가와 군이 말했다시피 자주 있는 일이 아닌가."

아까 대단한 일이 아니라고 말한 게 있어 이마가와도 일단 고개를 끄덕였지만 사실은 자주 있는 일이라는 생각은 들지 않았다. 드문 일, 신기한 일 축에는 들 것이다.

도키가 밥상을 정리하고 나자 넓은 객실은 몹시 조용해졌다.

노인은 어딘가 감개무량한 듯이 의미심장한 표정이 되어 다시 정원을 바라보았다. 이마가와는 노인의 심중을 헤아릴 수 없어 똑같이 정원을 보았다.

투둑, 하고 눈이 떨어졌다.

고운 눈조각이 춤을 추었다.

"당신, 바둑은 둘 줄 아시오?"

노인이 갑자기 물었다.

이마가와가 못하지는 않는다고 말하자 구온지 노인은 살집이 두툼한 얼굴을 한껏 구기며 미소를 짓고 "그거 잘 됐구려, 그거 잘됐어"라고 말하며 일어서더니 이윽고 어디에선가 커다란 바둑판을 들고 돌아왔다.

"그럼 한 판 둬 주시겠소?"

그리하여 어찌된 일인지, 이마가와는 풍아한 정원이 내려다보이는 큰 객실에서 바둑판을 노려보게 되고 말았다.

이마가와는 바둑이나 장기를 그리 좋아하는 성격은 아니다.

그래도 지난 며칠 동안의 지루함 때문에 이마가와는 바둑에 집중할 수 있었다. 그래서 서툰 실력이지만 재미있게 두었다.

바둑을 두는 동안 노인은 '이 수는 천 냥짜리'라느니 '족제비 배에 붙인다'느니, 뜻을 잘 알 수 없는 속담을 끊임없이 중얼거렸다. 이마가와는 일일이 되물어도 소용없을 것 같아 잠자코 있었지만 아무래도 바둑의 격언인 모양이다.

점심때까지 한 판을 두었는데 이마가와가 졌다. 구온지 노인은 매우 기뻐했다.

"아아, 올해 처음으로 진지하게 바둑을 두었군. 주인이 입원하고 나서는 상대가 없어서 말이오. 종업원들은 하나같이 바둑을 둘 줄 모른다오. 주방장은 바쁘고, 여기 살면서 일하는 게 아니라서 일이 끝나면 바로 퇴근하고. 지배인은 여기 살면서 일하니까 밤에 두세 번 같이 뒀지만 이 사람이 두는 바둑은 대단히 재미가 없거든. 아니, 정말 즐거웠소."

"하지만 저 같은 사람은 노인장을 상대하기에는 부족하지요. 저는 초보입니다. 서툰 상대랑 두면 더 재미없지 않으십니까?"

"그게 그렇지가 않다오. 바둑에는 작전이 있거든. 포석 정석이라는 게 있소. 이런 경우는 이렇게 둔다. 상대방이 그렇게 받아치면 이렇게 받아친다. 수는 정해져 있다오. 그러니 다음의 다음의 다음까지 읽는 거요. 아니, 그 다음의 또 다음까지 읽을 수도 있소. 어디까지 읽을 수 있느냐가 승부를 좌우하는 거라오. 그러니 지배인처럼 정석만 약간 아는 어중간한 사람이 제일 재미가 없는 거요. 책을 보면서 혼자 두는 게 그나마 나을 정도지. 하지만."

"하지만?"

"당신 같은 초보의 경우는 전혀 읽을 수가 없거든."

"제 바둑은 정석대로가 아니로군요."

그도 그럴 것이, 이마가와는 바둑의 정석에 대해서는 하나도 모른다. 바둑은 집을 지으면 이기는 것이라고, 그냥 그렇게 생각하고 있을 뿐이다.

"맞소, 맞아. 왜 이런 장면에서 이렇게 두는 건지 전혀 알 수가 없단 말이지. 그것을 서툴다고 말하면 그뿐이지만, 뭔가 속셈이 있는지도 모르겠다고 생각하면 아주 속이 깊거든. 그러니 이쪽도 알고 있는 모든 기술을 쓰게 되는 셈이라오. 말난 김에 말인데 당신은 무슨 생각으로 돌을 놓으셨소?"

"집을 지어야겠다는 생각으로요."

"그렇겠지. 그러면 되오. 뭐, 확실히 나는 지식을 갖고 있소. 하지만 그것도 전부 효율적으로 집을 짓기 위해 생긴 지식이거든. 교활한 지혜는 때로 패기를 이길 수 없는 법이지. 아니, 패기는 아니로군. 뭘까."

"하지만 저는 졌습니다."

"음. 하지만 이마가와 군. 이."

노인은 바둑판 가장자리를 손가락으로 네모나게 덧그렸다.

"이 바둑판의 칸이 한 칸만 더 많았다면, 방금 그 승부는 당신이 이겼을 거요."

"그런 말도 안 되는."

"말도 안 되긴. 19 곱하기 19밖에 칸이 없다는 것은 단순한 약속에 지나지 않소. 지금 당신의 바둑은 20 곱하기 20, 한 칸이 많았던 거요."

"하지만 361개의 칸이 바로 바둑의 세계의 모든 것이 아닙니까. 그것을 뛰어넘는 것은 규칙을 깨기 이전에 바둑을 부정하는 게 아닐까요?"

"그렇지요. 나도 지금까지 그렇게 생각해 왔소. 지금도 그렇게 생각하고. 다만, 나는 이 바둑판 위에서 인생을 살아왔소. 당신이 말하는 대로 이 집이 내 세계의 모든 것이었지. 그리고 나는 이런 곳에 돌이 놓이는 바람에 인생에 진 거요."

노인은 방바닥 위에 돌 하나를 놓았다.

"예?"

"이것은 읽을 수 없지요. 그러니 그런 일도 있는 거라오."

노인이 어떤 일을 당했는지 이마가와는 상상도 할 수 없었지만, 그것이 그의 인생관을 크게 뒤흔든 사건이었으리라는 사실만은 잘 알 수 있었다. 분명히 방바닥에 돌이 놓이면 당할 재간이 없다. 아무리 이마가와가 초보라도 그런 곳에는 두지 않는다.

―― 방바닥의 바둑돌.

이마가와는 어떤 남자를 떠올렸다. 군대 시절의 상관이다. 유능했지만 특이한 남자이기도 했다.

―― 하긴, 그건 장기인가.

바둑이 아니라 장기였다.

전쟁터에는 오락이라곤 없기 때문에 장기나 화투는 매우 인기가 있었다.

그 상관은 군인으로서도 우수했지만 승부에도 강했다. 하지만 그런 것에 금방 질리는 성격이었는지, 기존의 장기에도 금세 질렸다. 그리고 그는 질릴 때마다 장기의 룰을 멋대로 만들곤 했다. 그때마다 부하는 그를 상대해야 했고, 새로운 룰의 유효성을 시험하는 실험대가 되어야만 했다. 이마가와는 '셋이서 두는 장기'나 '4배장기', 마지막에는 '왕은 왕일 뿐 잡을 수 없는 장기'까지 한 끝에 철저하게 졌다. 아니라는 걸 알면서도 평소대로 생각하고 마는 것이다. 노인이 말하는 집†이 방해가 되었으리라.

하지만 얘기를 들어 보니 이마가와가 당한 것은 그나마 나은 편이었고, 그 외에도 이 세상의 것이라고는 생각할 수 없는 엄청난 룰도 있었던 모양이다. 뭐가 됐건 창시자에게는 이길 수 없다.

――― 그 사람은 어떻게 지내고 있을까.

그는 집이 없는 남자였던 걸까.

마치 거기까지만 하라는 신호처럼 눈이 떨어졌다.

이마가와는 정원을 보았다. 아침보다 황폐해 보인다. 눈이 천천히 녹기 시작한 것이다. 햇빛이 비치기 시작해 바깥 기온도 조금은 올랐을 것이다. 유리문에 달라붙어 있던 눈은 거의 사라지고 없었다. 큰 나무만은 여전히 당당하게 서 있다.

"참 큰 나무지요 ―――."

그것은 도키의 목소리였다.

*

이것도 들은 이야기다.

――― 아침 같다.

그것이 첫인상이었다고 한다.

공기가 맑다.

---

† 바둑에서 사용하는 '집'이라는 뜻도 있고 '울타리, 담장'이라는 뜻도 있다. 여기에서는 '틀, 고정관념'이라는 뜻으로 바둑에 빗대어 말한 것.

몸이 움츠러들 만큼 춥다.

그리고 엄청나게 조용했다.

시간은 이미 정오를 지나, 결국은 오후였음에도 마치 이른 아침 같은 인상을 받은 까닭은 그 겨울산의 청렴함 탓이 컸을 것이다.

주위는 그림 같은 설경이다.

그 그림 속에서, 별로 그림이 되지 않는 두 사람이 얼어붙은 눈길을 밟아 다지며 묵묵히 걷고 있었다.

한 사람은 청년이다. 크고 무거워 보이는 두랄루민(duralumin) 상자를 손에 들고, 거기다 커다란 삼각대를 짊어지고 있으니 눈이 쌓인 오르막길에는 상당한 중노동이다. 하지만 힘들어 보이는 표정은 아니다. 방한복으로 몸을 감싼 청년은 묘하게 상쾌한 얼굴을 하고 있다.

이름은 도리구치 모리히코라고 한다.

도리구치는 기분이 좋았다.

출장이긴 하지만 여행은 기분전환이 된다.

시끄러운 도회지를 떠나 산의 공기를 마실 수 있는 것만으로도 좋다. 걱정한 거친 날씨도 좋아졌고 경치는 생각한 것보다 아름다운 데다, 이제는 할 일도 없다. 순수하게 이동만을 위한 날이니 일 자체는 내일 이후에 하면 된다. 이제는 온천에라도 들어갔다가 밥을 배불리 먹고 자기만 하면 된다. 그리고 일 때문에 온 것이니 지갑 사정을 걱정할 필요도 없다. 하숙집에서 맥없이 늘어져 있을 것을 생각하면 극락이다.

그러나 도리구치의 기분이 좋은 것은 그런 풍경이나 날씨나 대우 때문만은 아니다. 물론 회사 사장이 어디에선가 받아온 '어깨 결림이 낫는 염술(念術) 목걸이'를 하고 있는 탓도 아니다.

그 이유는 도리구치의 앞쪽을 걷고 있었다.

가냘프고 몸집이 작아서 언뜻 보면 소년 같기도 하다. 그러나 그것은 옷과 머리 모양 때문이고, 자세히 보면 씩씩한 미인이고 물론 여성이다.

이름은 추젠지 아츠코라고 한다.

도리구치는 그녀가 마음에 들었다.

반한 것과는 다르다. 굳이 말하자면 동경하는 것이다.

어린아이가 변명을 하는 것 같아서 참으로 부끄러운 표현이지만 달리 말할 방법도 없다. 나이도 먹을 만큼 먹은 처지에 웬 순정이냐———고 상사는 자주 비꼬곤 하지만 역시 계통이 다르다고 대답할 수밖에 없다.

무엇보다 도리구치는 그렇게 소극적인 성격이 아니다. 그러니 달리 그런 상대가 없는 것도 아니다. 하지만 아츠코만은 그런 기분이 들지 않는다. 아니, 그런 감정을 가져서는 안 된다는 기분이 들고 만다. 그러니 연애 대상은 되지 않는다. 어떤 감정도 그녀에게는 실로 건전한 형태로 나타나고 마니, 결과적으로 호의를 갖고 있다는 정도의 표현밖에 할 수 없다. 그러나 그거면 된다는 기분도 든다. 그게 매력이기도 하다.

남자라거나 여자라거나 하는 틀을 뛰어넘어 편안한 상

대도 있는 법이다.

아츠코는 그런 인종이다.

그리고 그 사람 됨됨이도 그렇지만 도리구치가 한결같이 감복하고 있는 것이 ———— 아츠코의 일솜씨다.

아츠코는 잡지 ≪희담월보≫의 유능한 여성기자다. 그 천진한 용모에 어울리지 않는 총명하고 쾌활한 재원, 실력 있는 편집자인 것이다.

이 그림이 되지 않는 여정도 실은 취재여행이다.

도리구치는 사진 기재들이 들어 있는 큰 짐을 들고 그녀를 따라다니고 있다 ———— 이것은 그런 장면이다.

그러나 도리구치는 아츠코의 동료도 아니고 카메라맨도 아니다. 본래는 동업자라고 하는 것이 옳다.

도리구치는 ≪실록범죄≫라는, 살아남은 삼류잡지의 편집기자였다.

였다, 고 과거형으로 말하는 것은 그가 회사를 그만두었다거나 회사가 망했기 때문이 아니다. 잡지가 나오지 않는 탓이다. 그러나 그것도 폐간된 것이 아니라 장기 휴간 중이라는 것이, 경영자를 포함해서 세 사람밖에 없는 사원들의 일치된 지금의 견해다. 하지만 전망은 어둡다. 지난 호가 나온 지 벌써 반 년도 넘었다.

그래도 비관적으로 보는 사람은 없다. 그것이 도리구치의 회사 ———— 아카이서방(書房)의 사풍이다.

그러나 아무리 낙관적인 사풍을 가진 회사라도 도산이니 실업이니 하는 비관적인 미래를 무시할 수는 없다. 출판을 하지 않는 출판사는 당연히 수입이 없다. 따라서 현재 아카이서방은 출판편집 이외의 장사로 유지되고 있다. 그중 하나가 사진 촬영이다. 도리구치는 본래 사진가를 지망했기 때문에 그전까지도 《실록범죄》에 게재하는 사진은 대부분 그가 촬영했다. 이번 동행도 자사 잡지가 없으면 타사 잡지의 사진이라도 찍자는 발상에서 이루어졌다.

아츠코의 회사 ———— 희담사의 전속 사진가가 과로인지 뭔지로 쓰러져서 아카이서방으로 다급한 호출이 왔을 때가 그저께다.

두말없이 받아들였다.

그러나 공교로운 날씨였다.

눈이 그치지 않아서 출발은 하루 미뤄졌다.

눈은 새벽녘이 되도록 계속 내리고 있었던 모양이다. 그러나 오늘 아침 도쿄를 떠날 무렵에는 그 나쁜 날씨도 고비를 넘은 듯, 흐리기는 했지만 눈은 그쳤다.

그러나 목적지는 산이다. 그리 멀지 않다고는 하지만 도쿄의 날씨가 판단의 기준이 되지는 못한다. 게다가 산의 날씨는 쉽게 변한다. 날씨가 안 좋아져서 예정이 변경되는 것은 충분히 있을 수 있는 일이었다. 날씨가 좋아지기를 기다리기 위해 체류가 연장될 수도 있다. 그렇다면 그것대로 별로 상관없는 일이기는 했고, 도리구치는 오히려 그 편이 좋다는 생각마저 했지만 ————.

다만 약간 불길한 예감이 들었다고 한다.

그러나 등산전철의 차창 밖으로 지나가는 설경은 손색이 없었고, 게다가 역에 내려서 올려다보니 하늘은 다시 푸르러지기 시작했기 때문에, 아침에 희미하게 품고 있던 걱정은 깨끗이 사라졌다.

그때 그는,

——아침 같다.

는 인상을 받은 것이다.

그리고 도리구치는 약간 들떠서 아츠코의 뒤를 따라 걷고 있다.

중노동은 익숙했다. 게다가 아츠코와 함께 하고 있기에 도리구치는 산속에서의 중노동을 오히려 기분 좋게 생각하고 있었다.

"숨이 막힐 만큼."

도리구치는 한심한 목소리로 말했다.

"춥네요."

숨을 들이쉴 때마다 콧구멍 속이 차가웠다.

아츠코는 돌아보지 않고 대신 약간 위를 올려다보며 대답했다.

"하지만 공기가 맑아서 머리가 상쾌해져요."

내쉬는 숨이 하얗다.

"예에, 시커먼 도시의 공기를 가득 들이마시고 있어서 속이 검은 제게는 이런 청량함은 숨이 막히는 거지요. 이 건전함은 아츠코 씨한테나 맞아요."

"무슨 말씀이세요. 도리구치 씨가 속이 검다면 우리 오

빠 같은 사람은 어떻게 되는데요. 말로 표현할 수 없을
만큼 시커멀 걸요."

"하하하, 교고쿠 선생님은 확실히 검긴 하지만 그건 옷
이 검은 거지요. 저는 마음속이 검은 거고요———."

아츠코에게는 나이 차이가 많이 나는 아키히코라는 오
라비가 있고, 도리구치도 그 사람에게 여러 가지로 신세를
지고 있다.

그는 나카노에서 '교고쿠도[京極堂]'라는 이름의 고서점
을 경영하고 있는데, 도리구치가 교고쿠 선생님이라고 부
르는 것은 그 가게 이름에서 따온 것이다. 그리고 그 교고
쿠도의 주인은 고서점 주인이면서 신주(神主)이기도 하고,
또 그것들을 경영하는 한편으로 들러붙은 요괴를 떼어 내
주는 기도사 일도 하는 특이한 사람이기도 하다. 그 부업
을 할 때의 옷차림이 한없이 시대착오적인 칠흑의 기모노
다. 아츠코가 야유하는 것은 그 검은 옷차림일 거라고 생
각했다.

"——— 저는 잔혹하기 짝이 없는 범죄 사진만 찍어 왔
으니까요. 옷은 보시다시피 하얀 색이지만 몸도 마음도
시커멓게 물들었답니다."

아츠코는 갑자기 돌아보며 웃었다.

"그렇지만 도리구치 씨. 이번에는 이 상쾌한 풍경을 찍
어 주시지 않으면 곤란해요. 추천한 제 입장도 있으니까
요. 나카무라 편집장님은 비록 얼굴은 그렇지만 사진에는
까다로우시거든요."

"그건 알고 있습니다. 속은 검어도 렌즈는 투명하니까 괜찮아요. 염사(念寫)[†]하는 것도 아니니 안심하셔도 됩니다."

취재할 곳은 절이라고 한다. 도리구치는 아츠코의 기대에 부응하기 위해 청정하고 장엄한 사진을 찍자는 생각도 하고 있다. 그러나 그렇게 생각하는 반면, 아무리 분발한다 해도 있는 그대로만 찍히는 것이 사진이라고 생각한다. 만일 장엄한 사진으로 완성되지 않는다면 그것은 피사체가 나쁘기 때문이다.

도리구치는 그렇게 딱 잘라 구분하고 있기도 했다.

새가 소리 높여 울었다.

이어서 퍼덕퍼덕 날갯짓하는 소리가 난다.

나무 위의 눈이 사락사락 희미한 소리를 내며 떨어졌다.

도리구치는 눈 위에 방금 생긴 작은 발자국을 밟아 지우다시피 하며 걸음을 옮긴다. 아츠코의 발자국이다. 발을 내려놓으면 꾸욱 하는 소리와 함께 몸이 가라앉는다. 사람들이 밟아 다져 놓은 길이 아니다. 아츠코 앞에는 밟아 지울 발자국조차 없을 것이다. 아무도 다니지 않는 길인가 보다.

"그런데 길도 아닌 길이로군요. 하코네는 최근 교통편이 꽤 좋아졌다고 들었는데 그 혜택을 입지 못한 곳도 있나 보네요. 이거 길이 험한데요."

[†] 마음속으로 생각한 것만으로 필름에 풍경이나 인물의 감광효과가 나타나게 하는 심령 현상.

"험하다니요 도리구치 씨, 옛날 사람들은 여기까지도 걸어서 올라왔어요. '천하의 험한 곳'이라는 말은 그런 시절의 얘기지요. 오히라다이 역에서 내린 후로 아직 조금밖에 걷지 않았잖아요."

"걷는 것은 좋은데 말이지요, 제 말은 이 길 말입니다. 아무리 전통 있는 여관이라도 온천에 묵으러 가는 건데 이렇게 험한 길로 갈 필요는 없잖아요. 여기 오기 전까지도 그나마 좀 나은 도로는 많이 있었고, 낡은 국도의 수선이니 개수니 하는 것도 시작했다지 않습니까."

"그렇군요――."

아츠코는 도리구치를 보지 않고 위를 올려다보았다.

"재작년에 오다큐 전철[††]이 하코네유모토[†††]까지 연결되었고―― 여러 사람들의 이해가 얽혀서 지금은 제2차 하코네 산 교통전쟁이라고까지 하는 모양이니까요. 하지만 관광의 거점은 도로를 따라 발전한 온천여관이나 아시노코 호수[††††]잖아요. 이 근처에는 특별한 게 아무것도 없으니까 분쟁과는 상관이 없어요."

"아무것도 없다지만, 아츠코 씨. 그 센고쿠로인가 하는 여관도 역사가 오래된 훌륭한 여관이라면서요. 그 절도

---

† 예부터 하코네의 산은, '천하의 험한 곳'이라 하여 산세가 험한 것으로 유명했다.

†† 일본의 거대 민영철도회사 중 하나. 신주쿠를 터미널 역으로 도쿄 서부와 가나가와 현에 철도망을 갖고 있다.

††† 하코네 동부에 있는 온천지. 하코네의 온천들 중 가장 오래되었다.

†††† 하코네 화산에 있는 화구호수.

87

꽤 크다지요? 관광지로 된다고 해도 이상하지는 않을 텐데요."

아츠코는 그건 어렵다고 말했다.

"센고쿠로는 다른 휴양소나 여관과는 다른 독특한 역사를 갖고 있는 모양이에요. 처음 생긴 것은 에도 후기인가 본데 하코네의 여관 지역과는 떨어져 있고 옛날 도로에서도 벗어나 있지요. 하코네 7대 온천에서도, 그리고 다른 어느 마을에서도 멀어요. 다이쇼[大正] 시대까지는 극히 일부의 사람들에게만 알려져 있었나 봐요. 지금도 아는 사람은 적은 것 같고요."

"흐음, 자산가나 특권계급 전용의 회원제 클럽 같은 거였던 걸까요? 그러고 보니 호객꾼도 없었지요."

도리구치는 오다와라 역의 호객꾼은 굉장하다는 말을 상사 세노에게 잔뜩 듣고 왔던 것이다.

물론 하코네 방면으로 가는 온천유람객을 잡기 위한 호객꾼이다. 나사(羅紗) 천으로 지은 상의에 가죽신을 신고 자신이 일하는 곳의 이름을 크게 나타낸 모자와 완장을 차고 큰 소리로 외친다――― 그 모습이 장관이라는 것이다. 그러나 세노가 하코네를 방문한 것은 십여 년도 더 된 옛날 일이라고 한다. 전시(戰時)와 전후(戰後)라는 가난한 시대에 걸쳐 있었으니 이제 상황도 많이 변했을 것이다. 도리구치가 내린 역은 오다와라는 아니었지만 그런 안내인의 모습은 눈에 띄지 않았다.

지금은 시기도 나쁘거든요――― 라고 아츠코는 말했

다. 확실히 피서를 올 만한 계절은 아니다.

"———게다가 날씨도 이삼 일 동안 좋지 않았고. 하지만 센고쿠로는 단골손님만으로 유지하는 가게였는지 전쟁의 타격이 컸어요. 전쟁이 시작된 후로 아무리 자산가라 해도 휴양을 오는 손님은 없었으니까요."

"우헤에, 일반 서민에게 문호를 널리 개방하지 않은 대가를 이제야 치르게 된 것이로군요. 하긴 일반 서민이야말로 지난 몇 년 동안 여행은 꿈도 꾸지 못했을 테니 마찬가지겠지만요."

"게다가 말이지요."

아츠코는 거기에서 걸음을 멈추고 오른쪽으로 몸을 돌렸다. 발아래만 보고 있던 도리구치는 당황하며 멈추었다.

"내일 갈 절은 평범한 절이 아니에요."

"예?"

"그러니까 아무래도 평범한 절이 아닌 것 같아요. 그러니 관광객을 모으는 절은 되지 못하겠죠."

"평범한 절이 아니라니, 아츠코 씨, 그건 무슨 뜻입니까? 설마 도깨비절이라거나, 그런 건 아니겠지요."

"아니에요. 보통 절이에요. 다만———."

아츠코는 거기에서 말을 끊고 뭐라 표현할 수 없는 표정으로 침묵했다. 크게 뜬 둥근 눈동자에 약간의 동요가 보였다.

"왜 그러십———."

챙, 하는 소리가 났다.

자연이 내는 소리가 아니었다.

도리구치는 아츠코의 얼굴을 바라보던 시선을 그녀의 등 뒤로 보냈다. 동시에 아츠코도 천천히 몸을 비틀어 도리구치의 시선 방향——가던 길——으로 얼굴을 돌렸다.

다시 챙, 하고 소리가 났다.

눈의 무게를 견디지 못한 나뭇가지가 아치처럼 좌우로 늘어져 있다. 마치 하얀 터널 같다.

그 터널을 지나듯이 사람 그림자가 나타났다.

아니, 사람 그림자가 아니다. 진짜 그림자다. 그림자 덩어리다.

그것은 실로 그림자 그 자체처럼 보였다.

새까맸던 것이다.

그림자가 눈 덮인 산길을 걸어왔다——적어도 도리구치의 눈에는 그렇게 비쳤다.

하얀 눈과 대비되어 검게 보인 것이 아니다. 물론 순백 속에 어두운 색이 있으니 그것이 더욱 그렇게 보인 것은 틀림없지만——.

그것은 진짜 검은 옷을 입은 사람이었다.

승려였다.

대나무로 엮은 삿갓에 가사행장. 낙자(絡子)[†]에 치의(緇衣)[††].

[†] 앞치마와 비슷한 형태에 한쪽 어깨끈에 고리를 단 가사. 선종 계통에서 입는다.

탁발승 하나가 눈을 밟아 다지며 산을 내려온 것이다. 챙 하는 소리는 석장이 내는 소리였다.

탄탄한 체구를 가진 키 큰 승려였다. 삿갓에 가려 얼굴까지는 알 수 없었지만 그 행동이나 체격으로 판단하건대 젊은 승려인 듯했다.

승려는 앞길을 막고 있는 기묘한 두 사람을 알아차리고 걸음을 멈추더니 눈 밑까지 깊이 눌러쓴 삿갓을 살짝 들어 올렸다.

"아."

아츠코는 승려의 몸짓을 알아차렸는지 반사적으로 그렇게 짧게 소리를 내며 뒤로 몸을 물렸다. 도리구치는 허둥거리며 왼쪽으로 피했지만 왼쪽에는 눈이 쌓여 있었기 때문에 약간 비틀거렸다. 넘어지는 것은 면했지만 그 결과 하반신 대부분이 눈투성이가 되고 말았다.

길의 폭이 좁아서 어느 한쪽이 피하지 않으면 앞으로 나아갈 수 없었다. 도리구치는 아직도 멍하니 있는 아츠코의 어깨를 가볍게 두드리며 똑같이 왼쪽으로 이동하라고 재촉했다.

그 모습을 보고 승려는 길가로 비키며,

"실례했습니다. 자, 먼저 지나가시지요."

하고 말했다. 낭랑한 목소리다. 역시 생각처럼 젊은 사람인 듯했다.

"아. 네, 고맙습니다, 실례할게요."

---

†† (앞쪽)승려가 입는 옷 중 하나로, 회색이 섞인 검은색 승복.

아츠코는 그렇게 말하며 가볍게 목례를 하고는 잔걸음으로 승려 옆을 지나갔다. 도리구치도 뒤를 따랐다.

그러나 지나자마자 아츠코가 다시 승려 쪽을 돌아보았기 때문에, 도리구치는 갈 곳을 잃고 길가에서 다시 비틀거리다가 결국에는 작은 산만큼이나 쌓인 눈을 헤치다시피 하며 아츠코 뒤로 돌아갔다.

승려는 그 모습을 삿갓 밑에서 전부 지켜보다가 도리구치가 자세를 바로잡기를 기다려 깊이 목례를 했다.

행동 하나하나에 기품이 있고 움직임에 군더더기가 없다. 수행자란 이런 건가 하고 도리구치는 은근히 감탄했다.

"저어———."

머리를 들고 그 자리를 떠나려는 승려를 아츠코가 불러 세웠다.

"실례지만 명혜사에 계시는 분이 아니신지요?"

승려는 삿갓을 아까보다 높이 들어 올리며

"유감이지만 그건 아닙니다. 소승은 행운유수(行雲流水), 정처 없는 여행을 하고 있는 수행자입니다."

라고 말했다.

도리구치의 추측대로 삿갓 아래의 얼굴은 늠름한 젊은이였다. 피부의 탄력이나 꽉 조인 입매, 빛나는 눈동자. 고작해야 서른에 접어들었을 뿐——— 일 거라고 도리구치는 쓸데없는 품평까지 했다.

청년 승려는 다시 한 번 인사를 한 뒤 도리구치와 아츠코가 만든 긴 발자국을 따라 멀어졌다.

승려의 모습이 완전히 시야에서 사라질 때까지 아츠코는 움직이지 않았다.

도리구치도 아츠코의 어깨 너머로 승려를 바라보았다.

왠지 분위기가 묘해졌다.

"왜 그러십니까? 멍하니 계시고."

"네? 아아, 죄송해요."

그 물음을 계기로 아츠코는 시선을 재빨리 피하며 발길을 돌려 다시 도리구치 앞으로 나서더니 뚜벅뚜벅 걷기 시작했다. 그리고 약간 지친 듯한 말투로,

"분위기에 완전히 휩쓸려서요. 너무 그럴 듯해요. 이 장면은."

하고 말했다.

그 기분은 도리구치도 잘 알 수 있었다. 떠도는 구름과 흐르는 물은 눈 덮인 산에 아주 잘 어울렸다. 하지만━━━그것을 감안해도 방금 그것은 아츠코답지 않은 태도다. 약간 마음에 걸렸다. 그래서 도리구치는 주인의 뒤를 따르는 충견처럼 아츠코의 뒤를 따르면서 바보 같은 농담을 해 보았다. 실없는 소리라면 자신 있다.

"스님에게 넋을 잃다니, 아츠코 씨답지 않으시네요. 하긴 엄청나게 잘생긴 스님이긴 했지요. 첫눈에 반하기라도 하신 건가 싶어서 걱정이 되었다니까요. 오라버니가 신주고 남자친구가 승려라니, 이건 좀 곤란하잖아요. 뭐, 관혼상제 때는 편리하겠지만요."

"무슨 소릴 하시는 거예요, 정말."

아츠코는 돌아보지도 않고 어이없다는 듯, 토라진 듯이 그렇게 말하고는 걸음을 빨리 했다.

도리구치는 사과하는 것도 이상해서 잠자코 뒤를 따라갔다.

사락사락, 하고 눈이 무너지는 소리가 났다.

도리구치는 내내 등 뒤에서 말을 거는 모양새라 아츠코의 표정 변화까지는 알 수 없었다. 소녀처럼 뺨이라도 붉히고 있다면 그나마 다행이지만 진심으로 화가 났을 가능성도 있었다. 실없는 소리라면 일 년 내내 흘리고 다니지만 아츠코 앞에서 그런 농담을 입에 담은 것은 처음이었던 것이다.

결국 도리구치는 갑자기 나타난 승려와 자신의 어리석은 농담 덕분에 내일 찾아갈 절이 왜 평범한 절이 아닌지를 끝끝내 묻지 못하고 말았다.

한동안은 묵묵히 나아갔다.

눈을 밟는 소리만이 이어졌다.

침묵의 여정은 아무래도 도리구치에게는 맞지 않는다.

자숙은 오 분도 가지 못하고, 결국 입을 열고 말았다.

"저어, 그러고 보니 그, 뭐라는 서적부 사람이 먼저 여관에 들어가 있다고 하지 않았습니까———?"

도리구치는 이번 취재의 원래 기획자가 현지에 먼저 가 있다는 얘기를, 전철에 탔을 때 들은 기억이 있었다. 그게 이제야 생각이 났다.

"이쿠보 씨 말인가요? 아마 어제 먼저 도착하지 않았을까요."

돌아본 아츠코는 별로 화가 나 있지는 않았다. 목소리만 듣자면 오히려 기분이 좋은 것 같은 느낌이었다.

"네, 그 이쿠보 씨요. 그런데 어째서 그 사람만 어제처럼 눈 내리는 날에 가야 했던 겁니까? 눈 속에서 이 험한 길을 오른 걸까요?"

"본가가 이쪽이래요. 아마 센고쿠하라 부근이라고 했던 것 같아요. 그러니까 거기서 곧바로 갔을 거예요."

"아아――― 센고쿠하라라면 압니다. 열심히 일하는 성실한 저는 어제 미리 지도를 살펴보았거든요. 센고쿠로라고 할 정도니까 틀림없이 센고쿠하라에 있을 게 틀림없다고 멋대로 생각하고 있었는데 아니더군요."

"맞아요. 여관의 창립자가 센고쿠하라 출신인 것 같다고 그녀――― 이쿠보 씨도 그러더라고요."

"그녀? 이쿠보 씨는 여자입니까?"

"네. 여자예요. 이름은 기요에 씨라고 하지요. 제가 말하지 않았던가요?"

"못 들었는데요. 하지만 그럼 저는 이제 한동안은 양손에 꽃을 든 멋진 신분이 되는 셈이로군요."

"그 양손의 꽃 중에서 한쪽은 저인가요?"

"물론이지요."

아츠코는 어린아이처럼 웃었다.

"하지만 도리구치 씨가 꽃보다 먹을 것을 더 좋아하신다는 건 이미 잘 알고 있어요. 센고쿠로는 음식도 맛있다더군요. 아, 보이네요. 저기예요."

나무들 사이로 센고쿠로가 보이고 있었다.

아츠코는 언덕을 뛰어 올라가 경사가 완만해진 부근에서 멈추었다.

도리구치도 한숨 돌린 뒤 옆에 나란히 서서, 눈앞에 나타난 그 고풍스러운 건축물을 잠시 바라보았다.

건물은 여관이라기보다 요정 같은 분위기다. 아카사카 근처의 다 쓰러져 가는 요정을 산속에 옮겨 지은 것 같은, 그런 기묘한 인상이었다. 주위의 산골짜기와는 그다지 어울리지 않는 양식이다. 그러면서도 차분하고, 게다가 그럴듯해 보이니 신기한 일이다. 오랜 세월 동안 그 풍경 속에 자리 잡고 있었던 덕분에 풍경 쪽에서 그 이물(異物)을 허용하고 만 것인지도 모른다.

지붕 너머로 울창하게 뻗은 가지가 보인다.

정원에 심어져 있는 나무인 것 같은데, 이상하게 크다. 거목이다. 지붕보다도 상당히 높다.

하기야 요정은 단층건물이니 지붕도 그렇게 높지는 않지만, 그 나무는 뒤쪽으로 이어져 있는 이층짜리 건물보다도 더욱 키가 컸다.

이층짜리 건물은 그래도 어느 정도 휴양소다운 외관을 하고 있다. 나중에 증축한 것인지 단층건물보다는 약간 새것인 것 같지만, 그래도 낡았다. 빛깔이 바랬다.

두 건물의 지붕도, 그리고 거목도 온통 눈에 덮여 있다.

"위풍당당하다고 할까 고색창연하다고 할까, 구태의연

하다고 할까 와해 직전이라고 할까———."

"그건——— 너무하세요, 도리구치 씨."

"하지만 낡아 보입니다. 아니, 낡았어요."

현관으로 다가가니 '센고쿠로'가 쓰인 편액이 장식되어 있는데 이게 또 골동품이었다.

잘 쓰인 글씨지만 흐릿해져서 읽는 것이 고생스러울 지경이다.

"보세요, 이건 너무 낡았다니까요. 아무래도 오라버니께서 좋아하실 것 같은 여관인데요. 같이 오시면 좋았을 걸 그랬네요. 스승님이라면 이런 게 더 취향에 맞으실 텐데. 정말 수상한 건물입니다."

도리구치의 기억이 확실하다면 아츠코의 오빠도 지금쯤 하코네에 와 있을 것이다. 무슨 귀찮은 일이 있어서 왔다고 하는데, 도리구치는 같은 지방을 여행하는데 따로따로 묵을 것도 없지 않느냐고 생각하고 있었다.

"여기는 비싸거든요. 경비가 나오는 게 아니면 묵을 수 없어요. 자기 돈을 내고 며칠이나 묵는 건 무리지요."

아츠코는 그렇게 말하면서 문을 열었다.

"비싸다고요? 이렇게 낡았는데 말입니까?"

"도리구치 씨."

아츠코가 도리구치의 옆구리를 찔렀다.

"우헤에, 이거 실례했습니다."

현관에는 이미 종업원이 나와 있었다.

정좌를 하고 깊숙이 머리를 숙이고 있었기 때문에 시야

에 들어오지 않았던 것이다.

"추젠지 님 되시는지요?"

"안녕하세요. 저어, 제 일행은 ———."

"예, 그것이 ———."

먼저 온 이쿠보 여사는 오늘 아침부터 몸이 안 좋다며 자리에 누워 있다고 한다. 감기라도 걸린 것일까. 눈을 뚫고 왔으니 아까 그 길은 고달팠을 것이다. 종업원은 이어서 주인이 현재 병으로 요양 중이라 이곳에 없다는 사실을 전하고 정중하게 사과했다. 이윽고 지배인이 나타나 똑같은 사과를 하고, 두 사람을 안으로 안내했다. 종업원과 지배인은 얼른 도리구치의 짐을 들어주려고 했지만 도리구치는 사양했다.

대접을 받는 것에 익숙하지 않았기 때문이다.

종업원은 약간 당혹스러워하더니, "그럼" 하며 아츠코의 가방만 들어주었다.

"방은 신관에 세 개 잡아 두었는데, 그 ———."

"아아. 고맙습니다. 이쿠보 씨는 좀 어떠신가요?"

"예. 지금은 이쪽 본관 별채에서 쉬고 계십니다. 어떻게 하시겠습니까? 먼저 방으로 가시겠습니까, 아니면."

"짐을 놔두고 나서 어떤지 보러 가지요."

아츠코는 도리구치의 커다란 짐을 곁눈질로 힐끗 보고 나서 그렇게 말했다.

"그럼 안내해 드리겠습니다."

종업원이 앞장서고 아츠코가 뒤를 따르고, 도리구치도

그 뒤를 따랐다.

오래된 복도는 거울이라도 되려는지 반질반질하게 닦여 있고 놓여 있는 장식물도 모두 오래되고 값비싸 보인다. 과연 이런 점들이 전통 있는 여관이구나, 하고 도리구치는 혼자서 납득했다.

복도를 따라 잠시 가다 보니 활짝 열려 있는 장지문이 있었다. 도리구치는 열려 있는 문 안은 우선 들여다보는 것이 보통인지라, 역시나 슬쩍 들여다보았다.

안은 널찍한 객실이었다. 다다미가 끝도 없이 깔려 있고 그 막다른 곳 가까이에 남자로 보이는 그림자 둘이 장기판인지 바둑판인지를 사이에 두고 마주앉아 있다. 그 너머에 있는 툇마루 쪽 장지도 열려 있어서 유리문 너머로 몹시 밝은 정원이 보였다. 그 거목도 보인다. 굵은 줄기가 정원의 풍경을 둘로 나누고 있다.

도리구치는 저도 모르게 넋을 잃고 바라보았다.

그림이 되는 것이다. 다다미. 검은 테가 둘러진 새하얀 정원. 그 앞에서 바둑을 두는 두 개의 그림자. 구도가 좋다. 도리구치의 눈은 어느새 사진가 지망생의 눈이 되어 있었다.

그런 그를 알아차리고 아츠코도 되돌아와 안을 들여다보았다.

"큰 나무지요?"

종업원이 갑자기 그렇게 말했다. 그 목소리에 그림자 중 하나가 반응하여 뒤집어진 목소리로 물었다.

"도키 씨, 그쪽은 손님이신가?"

"어머나, 아직도 거기 계셨습니까? 점심식사 준비가 되었다고, 누가 말하러 오지 않았던가요?"

"오오, 무슨 말을 들은 것 같은 기분도 드네만. 우리는 정신이 없었거든. 그렇지, 이마가와 군?"

"구온지 선생님? 구온지 선생님 아니신가요?"

그 물음은 귓가에서 들렸다. 도리구치는 그것이 누구의 목소리인지 순간적으로 판단하지 못하고 반사적으로 아츠코의 안색을 살폈다. 아츠코는 어느 모로 보나 놀랐다는 얼굴을 하고 있다. 아무래도 지금 그 물음은 그녀의 목소리였던 모양이다.

"저 아츠코예요. 추젠지 아츠코입니다."

"오? 오오! 당신은 그때 그!"

매끈매끈한 그림자는 천천히 일어서서 다가왔다. 또 하나의 그림자가 그것을 눈으로 쫓았다. 종업원이 유독 깜짝 놀란 얼굴을 하고 아츠코에게 물었다.

"손님, 저 선생님을 아십니까?"

"아, 네. 여기가 구온지 선생님이 옛날에 단골로 묵으시던 여관이라는 건 알고 있었지만, 설마 선생님이 여기 묵고 계실 줄은———."

"도키 씨, 도키 씨. 그 분은 내, 그러니까 은인 같은 사람일세. 그 왜, 전에 잠깐 얘기하지 않았나."

선생님이라고 불린 남자는 살집이 좋고 대머리에 꽤나 박력 있는 얼굴을 한 노인이었다.

노인은 웃으면서,

"야아, 그때는 정말 신세 많이 졌소. 기우로군. 정말 기우야. 그, 오라버니나 그 이상한 탐정, 으음, 그리고 또 한 사람, 그들은 어떻게 지내고 있소? 잘들 지내나?"

하고 잔뜩 뒤집어진 목소리로 아츠코에게 물었다.

탐정이란 도리구치도 아는 에노키즈를 가리키는 것 같았다. 에노키즈는 직업탐정으로, 아츠코를 에워싸고 있는 이상한 사람들 중에서도 특히 이상한, 만인이 보증하는 기인(奇人)이다. 아츠코가 아는 탐정이라면 그 사람 정도다. 또 한 사람의 그라는 것이 누구를 말하는 것인지 도리구치는 알 수 없었다.

아츠코는 머리를 꾸벅 숙이고 나서 대답했다.

"유감스럽게도 모두들 여전하고 그럭저럭 잘 지내는 게 부아가 치밀 정도랍니다. 선생님은 그 후에———."

"아아, 아니, 그 후에 정말 엄청난 일을 당했다오. 사정청취니 서류송검이니 하는 것 때문에, 더는 병원 일을 할 수 없게 됐소. 전부 다 내팽개치고 겨우 해방되었지. 지금은 이렇게 천하에 고독한 자유인이라오."

노인은 그렇게 말하고 호쾌하게 웃었다.

그 웃음소리는 메말라 있었다. 도리구치의 귀에는 왠지 한층 더 메마르게 들렸다.

도리구치는 그때 갑자기 노인의 정체를 알게 되었다. 이 노인이 바로 작년 여름에 세상을 떠들썩하게 했던 어느 사건의 관련자라는 생각이 퍼뜩 든 것이다.

그렇다면 ——— 그라는 사람은 어느 작가를 말하는 것이리라.

게다가 만일 그 추측이 옳다면 아츠코와의 만남은 노인의 마음속에 복잡한 감정을 불러일으켰을 게 틀림없다. 아츠코는 그 사건의 종결에 깊이 관여했기 때문이다.

도리구치는 그 사건에 직접 관여하지는 않았지만 관계자들에게 그것은 슬픈 전말이었다는 이야기를 들었다.

노인은 할 이야기가 많다는 기색이었지만 자리에 누워 있는 이쿠보 여사도 있고 해서, 우선 짐을 방에 놔두고 나서 천천히 ——— 하기로 하고 두 사람은 방으로 안내를 받았다.

복도를 몇 번 돌아 약간 널찍한 마루방으로 나오자, 어느 모로 보나 갖다 붙인 것 같은 기묘한 경사면을 이루고 있는 데다 다리의 난간 같은 고풍스러운 난간이 달린 계단이 있었다. 그것이 신관 ——— 조금은 휴양소 같은 외관의 이층짜리 건물 ——— 으로 가는 연결통로인 듯했다.

종업원의 설명에 따르면 신관은 메이지 21년(1888)에 증축한 건물로, 그 이전에는 따로 떨어져 있는 목욕탕이었던 것 같다. 산사태로 건물이 반쯤 무너진 후 새로 지을 때, 평소부터 계획하고 있던 일반 목욕 손님을 위한 이층 숙박시설로 개조했다고 한다.

"일반 손님 대상이라고 해도 그 당시에는 처음 오시는 손님은 받지 않았다고 합니다. 모두 소개를 받고 온 손님들이었던 모양입니다. 다만 그 무렵에는 하코네도 이미 휴양지로 점점 개발이 진행되고 있었고 ———— 네, 제가 태어나기 전의 일이니 물론 직접 본 것은 아니지만 피서나 요양 외에도 그냥 관광을 하러 오시는 분도 많이 늘었다고 하고, 우리 여관도 잠자코 보고 있을 수는 없게 되었겠지요."

"그러고 보니 차도가 생겨서 편리해진 것도 메이지 중기 무렵이지요. 귀족이나 외국 분들 외에 일반 손님들도 그 무렵부터 늘기 시작했을 테고요."

종업원의 말에 대답을 하는 아츠코가 굉장하다고, 도리구치는 생각했다.

도리구치는 오로지 듣기만 할 뿐이다.

"하지만 이 근처는 아직 불편했나 보지요. 당시에는 길이 매우 험난했던 모양이라 증축을 했어도 결국 손님 수는 달라지지 않았다고 합니다. 당시의 간선철도가 하코네를 비켜가지 않았습니까. 손님이 오지 않는 이유는 그 탓이라고 실랑이도 있었던 듯했지만, 우리 여관하고는 상관없는 일이지요."

"아아, 현재의 도카이도 선(線) 말씀이시군요. 하지만 아마 그 대신 마차철도가 유모토까지 뚫리지 않았던가요?"

"예에, 잘 아시는군요. 체어라고 하나요? 그 어깨에 짊어지는 바구니 같은 탈것이 나온 것도 그 무렵이라나요. 이상한 탈것만 있었다니까요."

"마차철도라는 것은 ———— 그, 철도 위로 말이 끄는 겁니까?"

듣기만 하던 도리구치는 마침내 이야기를 따라갈 수 없게 되자 물었다.

"맞아요. 지금은 볼 수 없지만요. 하코네에는 인차철도라는 것도 있었다고 합니다."

"우헤에, 사람이 전차를 끄는 겁니까?"

도리구치는 진지하게 놀랐지만 아츠코는 웃었다.

"도리구치 씨, 사람은 전차를 끌지 않아요. 전차라면 아무도 끌지 않아도 달리는걸요. 그러니 전차라고 하는 거지요. 사람이 끌면 인차, 말이 끌면 마차."

종업원도 웃었다.

"사람이 끈 것은 광차(鑛車) 같은 그냥 상자였다고 합니다. 철도로 달리는 인력거지요."

"오오! 그것도 그렇군요. 전차가 사람을 치었다는 얘기는 있지만 사람이 전차를 끌었다면 얘기가 뒤바뀐 거니까요. 사람이 개를 문 거나 마찬가지일까요."

"손님, 방은 이쪽입니다."

또 농담이 지나쳐 화가 될 뻔했다.

일직선의 복도에 미닫이문 여덟 개가 늘어서 있었다. 도리구치의 방은 왼쪽에서 세 번째, 아츠코의 방은 그 왼쪽 옆방이었다.

"곧 준비할 테니 들어가 계시지요."

종업원은 문을 열고 도리구치에게 그렇게 말하더니 우선 아츠코를 데리고 옆방으로 들어갔다. 짐을 방에 들여놓기 위해서일 것이다. 무슨 일에나 여성을 우선하는 것은 좋은 일이다.

도리구치는 무거운 짐을 일단 복도에 내려놓고 주위를 한 바퀴 둘러보았다. 그러고 있는 동안에 두 사람은 금방 다시 나왔다.

"도리구치 씨, 저는 이쿠보 씨가 어떤지 보고 올 테니 짐을 내려놓으시거든 아까 그 큰 객실에 가 계시겠어요? 혹시 피곤하시다면 ———."

"아뇨. 피곤하지 않습니다. 가지요."

도리구치는 아까 그 그림 같은 구도를 떠올리고 있었다.

"이 분을 안내하고 나면 곧 객실로 차를 가져다 드릴 테니 기다려 주십시오. 정말 죄송합니다."

종업원은 정말 미안하다는 얼굴을 하고 사과했다. 도리 구치는 두 사람이 계단을 내려갈 때까지 지켜보고 나서 다시 방문을 향했다.

——— 견우(見牛)의 방?

잘 이해가 안 가는 이름이다. 여관의 방 이름이라면 꽃 이름 같은 게 보통이 아닐까. 도라지방이나 싸리꽃방 같은 이름은 많이 들어 보았다. 혹시 도리구치가 모르는 견우라 는 이름의 꽃이 있는 걸까. 아니면 한자를 잘못 읽은 것뿐 일지도 모른다.

그런 것들을 한꺼번에 생각하면서 발을 들여놓는다.

방 안의 장지를 연다.

방은 ———.

——— '썩었다.'

방에 들어가서 도리구치가 제일 먼저 느낀 인상이었다.

장지틀이나 격자가 달려 있는 부분은 버석버석하게 말라 하얗게 바래 있었다. 문지방은 가늘게 갈라져 있다. 다다미도 햇볕을 받아 색깔이 변했다. 기둥은 반대로 표면이 마모되어 뭐라 말하기 힘든 황갈색 윤기를 띠고 있다. 청소는 구석구석까지 잘 되어 있지만 어딘지 모르게 먼지 냄새가 난다.

——— 먼지 냄새가 아닌가.

옛날 냄새, 라고 할까. 이것은 시대의 냄새다.

도리구치는 건축 내장에 관한 지식이 별로 없기 때문에 물론 잘은 모르지만 공을 많이 들인 방이라는 것만은 확실했다. 여기저기에 더해진 세공은 몹시 공이 들어갔고 사용된 목재도 훌륭했다. 도코노마를 장식하고 있는 거북이나 항아리도 검고 거칠거칠하긴 했지만 아마 유서 깊은 물건일 것이다.

족자도 오래되어 보인다.

영문을 알 수 없는 그림이 그려져 있다. 골동품이다.

——— 이상한 그림이다.

그림은 둥근 테두리 안에 그려져 있었다. 묘한 복장을 한 인간이 테두리 오른쪽 끝에 우두커니 서 있다.

강 같은 것을 사이에 두고 왼쪽 끝에는 검은 짐승의 얼굴만이 불쑥 나와 있다.

구도가 엉망이다. 가령 짐승을 그리려면 몸까지 그려도 좋을 법했다. 이래서는 너무 어중간하다. 도대체 무슨 동물인지도 잘 모르겠다.

———— 소인가?

뿔 같은 것이 있으니 물소 같은 것이리라. 어쨌거나 그림을 아는 사람이라면 이렇게는 그리지 않을 것이다. 도리구치는 그림은 즐기지 않지만 화면 구성에는 나름대로 까다롭다. 구도만 보고 판단한다면 이것은 초보의 그림이다.

———— 뭔가 의미가 있는 걸까.

도리구치가 알 리 없다. 의미가 있다 해도 어차피 중국이나 어딘가의 고사에 그 내력을 두고 있을 테고, 그렇다면 전혀 무지하다. 도리구치는 와신상담의 뜻도 모른다. 타산지석도 어디에서 착각을 했는지 아이가 많은 것을 뜻하는 말이라 생각하고 있었을 정도다.

그래도 그 족자는 자신의 가치가 높다는 것을 조용히 주장하고 있었다. 그것은 역시,

———— 오래되었기 때문이겠지.

도저히 전쟁 이후의 것으로는 보이지 않는다. 아니, 도리구치에게는 문명개화(文明開化)[†] 이전의 것으로밖에 보이지 않았다.

그 주장은 족자뿐 아니라 방 전체에도 해당했다. 이 방은 멋진 세공이나 질 좋은 부자재, 값비싼 장식품 때문에 좋은 것이 아니다. 그것은 오랜 역사에서 오는, 오래되었기 때문에 풍기는 고급스러움이다.

[†] 인간의 지력(知力)이 발전하여 세상이 열리는 것. 특히 메이지 초기의 사상·문화·사회제도의 근대화와 서양화를 말한다.

따라서 확실히 훌륭하고 고급스러운 방이긴 하지만 역시나 이 방은 '썩었다.' 도리구치는 짐을 도코노마 앞에 놓으면서 새삼 그렇게 생각했다.

짐을 풀면서 기재에 파손된 곳이 없는지를 확인했다.

운반 중에는 세심한 주의를 기울이지만 그래도 어떻게 되었는지는 열어보기 전까지 알 수 없기 때문이다. 다행히 안은 멀쩡했고, 깜박 잊고 두고 온 물건도 없었다.

도리구치는 카메라를 손에 들고 문득 생각했다.

———그 큰 객실의 사진을 찍을까?

그 구도는 ———왠지 돋운다.

그러나 짐이 될 것 같아 필름이니 뭐니 하는 것은 여분을 그리 많이 가져오지 않았다. 다 떨어져도 산속이니 쉽게 조달할 수는 없다. 그러니 함부로 쓸 수는 ———.

———한 장 정도라면 괜찮겠지.

카메라는 롤라이플렉스의 이안 카메라와 라이카 두 종류를 가져왔다. 라이카는 사장의 개인 물건이다. 가져가라고 잔소리를 해서 어쩔 수 없이 가져왔지만, 도리구치는 아직 연동거리계식에 익숙하지 않아 편집부의 초점판식도 가지고 온 것이다. 생각해보니 그리 여유가 없는 것도 아니다.

"찍읍시다, 찍읍시다."

도리구치는 소리 내어 말했다. 일단 결심하고 나니 왠지 기분이 들뜨기 시작했다.

우중충한 방도 밝게 느껴졌다. 도리구치는 아무래도 눈

길에서 스님과 마주친 후로 평소의 그와는 달랐다. 하지만 이제 겨우 평소의 그로 돌아왔다.

큰 객실은 아까와 전혀 달라지지 않았다. 여전히 장지는 활짝 열려 있고 노인과 또 한 명의 남자는 같은 장소에 앉아 있었다. 아무래도 바둑을 한 판 두고 있는 모양이다.

이런 경우, 도둑도 아닌데 왠지 살금살금 걷게 된다. 도리구치가 접근해도 두 사람은 전혀 알아차리지 못했다. 말을 걸기가 좀 어렵다.

"저어, 대국 중에 실례합니다. 저는———."

"아아, 당신은 아츠코 양의 일행이로군요."

대머리 노인은 힐끗 도리구치를 보았다.

"나는 구온지, 이쪽은 여기 묵고 있는 골동품상 이마가 와 군이라오."

노인의 대국 상대가 도리구치를 보고 목례를 했다. 노인에게 뒤지지 않는 기괴하고 인상적인 얼굴의, 그러면서도 사람 좋아 보이는 남자다. 노인이 이어서 말했다.

"당신은 꽤 잘생겼는데, 아츠코 양의 그, 남자친구요?"

"다, 당치도 않습니다. 저는 카메라맨인데 취재를 도우 러 따라왔을 뿐이에요."

"거참, 꽤 요란하게 부정하시는군. 그녀는 그래 봬도 꽤 나 미인인데. 괜찮지 않소?"

"그런 무서운 말씀을. 과분한 말씀입니다."

"당신이 무서워하는 것은 그녀의 오라비요? 정답이로

군.”

　노인은 놀리는 듯한 눈빛으로 크게 웃었다. 맞는 말도 아니었지만 틀린 말도 아니었기 때문에 도리구치도 쓴웃음을 지었다. 이마가와라는 남자는 당연히 사정을 전혀 모를 테니 그저 무슨 일인가 하는 표정으로 도리구치와 노인을 번갈아 바라보고 있었다.

　“저는 도리구치 모리히코라고 합니다.”

　도리구치는 곧 자기소개를 하고 이어서 사진 촬영 피사체가 되어 달라고 두 사람에게 부탁했다.

　“스냅이라니, 이보시오, 젊은 여자를 찍는 거라면 몰라도 나는 보다시피 대머리고 이마가와 군도 모습이 이렇지 않소. 뭐가 좋다고 이런 노인네를 찍겠다는 거요?”

　“예에, 아주 좋은 사진이 나올 것 같아서요.”

　“그 말이 이해가 안 가오. 정원을 찍을 거면 정원만 찍으면 되지 않겠소? 아름다운 정원도 대머리와 함께라면 가치가 떨어질 것 같은데. 이보시오, 이마가와 군, 안 그렇소?”

　“흐음.”

　이마가와는 약간 물기가 많은 목소리로 말했다.

　“저도 제가 피사체에 어울린다고는 생각하지 않지만 예술가는 반드시 아름다운 것만 좋아하지는 않는 법입니다. 아마 이 분은 정원을 찍고 싶은 게 아니라 이 객실과 우리들과 정원, 그것을 포함한 이 상황을 찍고 싶은 게 아닐까요?”

"이 상황이라니 이마가와 군. 현재 이 큰 객실은 아무런 특징도 없는 그야말로 흔하디흔한 상황 아니오. 사진이란 글자 그대로 진실을 찍는 게 아니겠소? 이 아무런 특징도 없는 풍경을 인화지에 옮겨 봐야 재미있지도 않고 우습지도 않을 텐데."

이마가와는 부리부리한 눈으로 도리구치를 올려다보며 물었다.

"그럴지도 모르는데, 어떠십니까?"

어떠냐고 물어도 곤란할 뿐이다. 도리구치는 몸을 움츠렸다.

"저어, 귀찮으시다면 거절하셔도 되지만, 그 뭐라고 할까———."

그렇게까지 추궁하면 대답할 말이 없다. 곰곰이 생각해 보니 왜 이곳 사진이 찍고 싶었는지 알 수 없어졌다. 분명히 사진은 있는 사물 혹은 존재가 있는 그대로 찍히는 것이고, 그런 의미로는 무엇을 찍는다 해도 별다를 것도 없을 텐데.

이마가와가 말했다.

"노인장. 제 생각인데요, 아마 피사체와 사진의 관계는 이퀄이 아닐 겁니다. 사진은 분명히 있는 그대로 찍히지만 아름다운 것을 찍었으니 좋은 사진이 된다는 보장은 없지요. 사진은 피사체의 좋고 나쁨보다 사진가의 좋고 나쁨으로 결정되는 겁니다. 이 사람 눈에는 뭔가 좋은 면이 보였던 게 아닐까요."

"그렇습니다. 아주 좋은 말씀을 하시는군요."

도리구치는 이마가와라는 남자에게 호감을 느꼈다.

이 남자는 그 우직한 외모에 어울리지 않게 영리한 사람일지도 모른다.

그 결과 이마가와의 말에 솔깃했는지, 구온지 노인도 촬영을 허락했다. 실로 이마가와 님 만세다.

도리구치는 우선 두 모델에게 촬영하고 있다는 것을 의식하지 말고 계속 대국을 해 달라고 부탁했다. 오자마자 보았던 그 그림을 찍고 싶었기 때문이다.

이런 경우에는 대개 쓸데없이 딱딱해지고 마는 것이 보통이다. 의식하지 말라고 해도 다른 사람이 보고 있다는 긴장감은 사라지지 않는 법인가 보다. 아무 말도 하지 않고 몰래 찍는 게 나았을지도 모른다. 아까 대국하던 모습으로 보아 그들이 알아차리지 못했을 가능성도 높았다. 하지만 촬영당하는 것을 극단적으로 싫어하는 사람들도 개중에는 있다. 찍은 뒤에 있을지도 모를 불평을 감당할 수 없다는 생각에 말한 것인데, 이미 때는 늦었다.

그러나 도리구치의 근심과는 달리, 이해가 빠른 건지 신경 쓰지 않는 성격인 건지 두 사람은 곧 원래대로 바둑에 몰두했다. 좋은 기회였다. 도리구치는 빠른 걸음으로 장지문 쪽으로 되돌아가 사진기를 들여다보았다.

광선의 상태가 변하기 전에 찍는 게 상책이다. 같은 상태는 오래 계속되지 않는다. 아니, 같은 상태란 자연계에는 결코 있을 수 없다. 따라서 좋다고 생각했을 때 좋다고 느낀 장소에서 좋게 보인 피사체를 찍는 것 외에는 좋은 사진을 찍을 방법이 없다. 사진기는 그 찰나를 잘라 내어 인화지에 정착해 주는 것이다. 따라서 방금 이마가와가 한 말은 옳다. 그것들을 결정하는 것은 피사체가 아니라 촬영자이기 때문이다.

좋은 구도였다.

초점을 맞춘다. 앞쪽에 있는 다다미의 눈이 점점 흐려지고 검은 그림자가 선명하고 날카롭게 떠오른다. 배경에 하얗게 정원이 빛나고 있다. 초점을 더 뒤로 보낸다.

──── 거목.

저 거목이 이 구도의 묘한 포인트다.

나무에 초점을 맞춘 채 앵글을 조금 올렸다.

나무에 감겨 있는 젖은 지푸라기. 그리고 살짝 보이는 검은 줄기.

처음 보았을 때보다 선명하다.

빛의 가감 때문일까. 더 맑아졌다.

눈도 녹기 시작했다.

도리구치는 초점을 다시 인물로 옮겨 셔터를 눌렀다.

노출을 바꾼다. 실내촬영에 이 정도 광량이라면 보통은 삼각대를 쓴다. 그러나 도리구치는 인간삼각대를 자칭할 만큼 튼튼한 남자라 아무렇지도 않았다.

설정을 바꿔서 세 장 찍었다.

"정말 고맙습니다."

구온지 노인이 또 이상한 목소리로 대답했다.

"뭐야, 벌써 끝났소? 그, 뭐더라, 마그네슘 같은 건 안 태우시오? 적어도 전등 정도는 켜는 게 어떻겠소? 선명하게 찍힐 텐데."

"예에, 그럼 잠깐———."

물론 싱크로 플래시건도 갖고 오긴 했지만 그러면 모처럼의 그림이 망가진다. 그야말로 대머리와 추남의 기념사진이 되고 만다———고 말하려다가 도리구치는 그만두었다.

어쨌거나 처음 만난 사이다. 그런 말은 지나친 실례다.

어떻게 대답해야 할지 곤란해 하고 있는 동안에 등 뒤에서 아츠코가 나타났다. 도리구치에게는 구원의 신이나 마찬가지였다.

"도리구치 씨, 대체 뭘 하시는 거예요?"

"아아, 지금 사진을 찍고 있었습니다."

"선생님 사진을요?"

또 설명이 귀찮아지겠다고 생각했기 때문에 도리구치는 대답하지 않고 화제를 바꾸었다.

"그보다 그, 이쿠보 씨는."

"그게 아무래도 상태가 이상해요———그렇게 열심이었는데, 왠지 풀이 죽은 것 같았어요."

"감기일까요?"

"아닌 것 같아요. 열도 없고. 좀 걱정되네요."

"식중독인가?"

"그것도 아닌 것 같은데요."

"설사를 하지는 않나요?"

"괜찮은 것 같아요. 지금 종업원에게 부탁해서 식사 준비를 해 달라고 했어요. 아침부터 아무것도 먹지 않은 모양이더라고요. 그러다간 몸이 약해질 거예요."

"흐음, 밥은 먹어야 해요. 식욕이 있다면 식중독은 아닐 테지요."

"어딘가 몸이 안 좋다기보다는 무언가를 두려워하는 것 같은데 ——— 하지만 우리가 도착한 걸 알고 조금 진정된 것 같고, 방도 오늘 밤부터는 저랑 같은 방으로 해 달라고 했으니 괜찮겠지요. 아."

아츠코는 그곳에서 도리구치 너머로 노인에게 인사를 했다.

구온지 노인은 앉은 채 오른손을 높이 들어 거기에 대답했다.

그때 아까 그 종업원이 "어머나, 어머나" 하면서 나타났다. 약속했던 차를 가져온 모양이다.

"그 분께는 지금 담당자가 죽을 가져다 드렸으니 걱정하지 마세요. 일행 분의 얼굴을 보고 안심하셨는지, 안색이 좀 좋아지신 것 같고요 ——— 아아, 자, 안으로 들어가시지요. 선생님도 손님도, 손을 좀 쉬시는 게 어떨까요? 차를 가져왔답니다."

종업원은 그렇게 말하면서 큰 객실 한가운데로 성큼성큼 걸어가 두세 번 주위를 둘러보고 나서 쟁반을 내려놓더니 이어져 있는 옆방에서 상을 가져왔다. 꽤 씩씩하다.

"마침 잘됐군. 지금 오랫동안 생각 중인데, 이 사람의 바둑은 속이 참 깊단 말이야. 질 것 같네."

노인은 그렇게 말하며 일어섰다.

그리고 아츠코와 도리구치, 구온지 노인과 이마가와는 넓은 객실 한가운데에 모여 그 상을 둘러싸고 앉았다.

우선 이마가와가, 이어서 도리구치가 다시 소개되었다.

구온지 노인은 오랜만에 딸이나 손녀라도 만난 것처럼 몹시 그리운 표정으로 아츠코를 보더니 억양이 있는 독특한 말투로 자신의 근황을 이야기했다. 반 년 전의 사건과 직접적으로 관련이 있는 화제는 역시 언급하지 않았지만, 노인은 결국 사건이 원인이 되어 도쿄를 버렸고 작년 말부터 이 센고쿠로에서 은거하고 있다고 설명했다. 그래도 아직 한 달에 한 번 정도는 검찰이나 경찰에게 불려간다고 한다.

"정신을 차려 보니 가족도 친지도 없어졌더군. 지인도, 친구도, 모두 떠났소. 여기에 온 건 십이 년 만이었나? 날 기억하고 있더라고. 게다가 더부살이도 허락했고, 아니, 내가 생각해도 팔자 참 좋다는 생각이 들었소."

노인은 다시 건조하게 웃었다.

이마가와는 어디까지 알고 있는 건지, 별로 맞장구를 치지도 않고 웃는 건지 멍한 건지 판단하기 힘든 표정으로 차를 마시고 있었다. 그러나 아까 한 발언으로 도리구치는 그 이완된 외모만으로 이 남자를 판단해서는 안 된다고 생각하게 되었다.

무엇보다 도리구치도 이야기에 끼어들 만한 화제는 갖고 있지 않았던 터라 침묵하며 차를 마시고 있었던 것은 마찬가지였다.

도리구치는 몸이 완전히 싸늘하게 식어 있었기 때문에 혀가 데일 정도로 뜨거운 차는 몹시 맛이 있었다. 차와 함께 나온, 불단에 바치는 공물 같은 만주도 우적우적 먹었다. 어쨌거나 먹을 것은 우적우적 먹는다는 게 도리구치만의 규칙이다.

그래도 한숨 돌렸을 무렵에는 이미 그 자리는 완전히 편안한 분위기가 되어 있었다.

노인이 아츠코에게 물었다.

"그런데 아츠코 양. 당신들은 취재인지 뭔지 때문에 왔다고 했는데 이런 불편한 곳에서 뭘 취재하는 거요? 지장이 없다면 좀 얘기해 주겠소? 듣자 하니 절을 취재한다는 것 같던데."

"네, 이 근처에 있는 명혜사를 취재하게 되었어요."

"뭐라고?"

구온지 노인은 과장되게 놀라며 이마가와의 얼굴을 보았다. 그리고 나서 호오, 하며 한숨을 쉬었다.

"이거, 거기도 슬슬 관광지로 밀고 나갈 생각인 건가? 그렇다면 선전보다 우선 도로를 해결해야 할 텐데———하지만 이 근처에 새삼 도로를 내는 건 무리겠지요. 지금, 하코네가 관광지화 되면서 발생하는 환경 파괴를 걱정하는 의견이 아주 많더군."

노인이 동의를 구하는 시선을 보냈기 때문에 이마가와가 그 말을 받아 이야기했다.

"하지만 어르신, 온천여관 입장에서는 도로나 철도가 있으냐 없느냐는 그야말로 사활 문제가 아닙니까? 실제로 철도가 뚫린 것도 그런 지방의 유치가 있었기 때문이 아니겠습니까?"

"분명히 교통편은 관광지 쪽에서 보자면 사활 문제겠지만, 이 근처에는 이곳처럼 조합에도 가입하지 않은 비뚤어진 여관과 명혜사밖에 없거든. 어느 쪽에서 자비를 털지 않으면 무리라오."

아츠코가 쓴웃음을 지으며 끼어들었다.

"아니에요. 선전 같은 게 아니에요."

"그럼 뭐요? 일본의 비경(秘境) 탐험이오?"

"뭐, 비슷해요."

"호오."

"그건 농담이지만, 시작부터 얘기하자면 얘기가 길어지는데요 ——— 실은 제국대 정신의학교실의 선생님들이 어떤 연구를 계획하고 있는데, 그 연구가 뇌의학의 입장에서 종교를 해석해 보고자 하는 목적이거든요."

"호오. 그거 재미있군. 그런데 뭘 하는 거요?"

"수행 중인 승려의 뇌파를 측정해서 일반인의 뇌파와 비교한다거나. 그런 것부터 시작하려고요. 그럼 우선은 좌선(坐禪)이 아니겠느냐는 얘기가 나왔는지 선종의 절을 하나하나 알아보았던 모양인데, 어디서도 좋은 얼굴은 하지 않았나 봐요. 일이 좀처럼 잘 진행되지 않아서 연구도 좌절될 참이었어요."

"그야 종교와 과학은 사이가 나쁘지."

"그런데 그 얘기를 우리 문예부 사람이 들었어요. 흥미로운 테마였기 때문에 어떻게 좀 할 수 없을까 하는 얘기가 나왔고요. 협의를 한 끝에 희담사가 연구 지원협력을 하게 된 거죠."

"지원협력? 돈이라도 내는 거요?"

"돈은 안 내요. 대신 노동력을 내겠다는 제안이랍니다. 사원과 교섭하고 수배하는 일, 기재 운반, 그리고 식비나 교통비 같은 건 지원하겠다. 그 대신 연구가 모양을 갖추게 되면 논문을 우리 회사에서 출판할 것, 또 연구 과정은 ≪희담월보≫에 게재하겠다는 약속으로———."

"댁의 회사도 참 특이하구려. 그런 게 팔릴까?"

"안 팔려요. 하지만 우리 잡지는 그런 기사가 특기랍니다. 사장님이 좋아하시거든요. 그래서 지금 별채에서 쉬고 있는 이쿠보 씨가 중심이 되어서——— 라고 해도 거의 혼자지만, 절과 교섭을 하거나 하면서 일을 진행했지요. 하지만 역시 어느 절에서나 싫어해서."

"그렇게 싫어하나? 만일 의학적으로 수행성과를 증명할 수 있다면 좋은 일이 아니오?"

"하지만 증명하지 못하면 어떻게 되나요?"

"증명하지 못할 가능성도 있소?"

"있겠지요. 어쩌면——— 그런 건 기계 같은 걸로는 잴 수 없는 것일지도 몰라요."

"그럴까? 울거나 웃거나 화를 내는, 그런 과정에서 감정의 움직임도 뇌파에는 영향이 나타나지 않소? 그렇다면 수행이라는 엄청난 행위를 하고 있을 때라면 어떤 변화가 나타나는 게 당연한 일이 아니겠소?"

이마가와가 갑자기 말했다.

"하지만 그, 깨달음이라는 것은 희로애락과는 다른 게 아닐까요?"

"깨달음?"

"수행이란 깨달음을 얻기 위해 하는 게 아닙니까?"

"뭐, 그럴 테지요."

"그렇다면 그, 잘은 표현할 수 없지만 깨닫고 깨닫지 못하는 것은 그 의학적인 뇌의 상태와는 상관이 없지 않을까, 저는 그렇게 생각하는데요."

"그렇지는 않을 거요. 설령 그것이 어떤 상태이건, 모든 것은 뇌 속의 변화일 뿐이오. 사람은 뇌가 있어야만 비로소 세계를 알 수 있다오. 우선 뇌수가 있어야 하는 거지. 그렇지 않소, 아츠코 양?"

아츠코는 약간 고개를 갸웃거리고 나서 대답했다.

"그거야 그렇겠지만, 그래도 해보기 전까지는 알 수 없겠지요. 예를 들어서 현재의 기술로는 측정할 수 없는 부분도 많이 남아 있을 가능성이 높아요. 아니, 아마 뇌를 설명하는 현대의학은 그 입구에 서 있는 정도일 겁니다. 그러니 아무것도 검출되지 않는 경우도 충분히 생각할 수 있어요. 그래도 아무 성과도 없었을 경우, 그것은 간단히 부정되고 말겠지요."

"그렇군. 실은 기술이 발전하는 중에 있기 때문에 측정할 수 없는 것뿐인데, 효과가 없다는 도장이 찍힐 가능성만 크다는 뜻이로군."

"그것만이 아니에요. 만일 측정된다 해도 그건 또 그것대로 곤란한 일이 될 수도 있거든요."

"어째서요?"

"그러니까 결과 여하에 따라서는 수행 따윈 하지 않아도 같은 상태를 만들어 낼 수 있다———는 게 될 수도 있다는 거지요."

"오오! 그렇군."

노인은 손뼉을 딱 쳤다.

"민간치료약의 효과를 측정하기 위해 성분을 분석하고 그 결과를 근거로 하여 보다 효과적인 합성약을 만들 수 있는 것처럼, 어떤 물리적 수단으로 인체를 수행을 한 것과 같은 상태로 만드는 과학적 방법이 고안될 수도 있다———."

"뭐, 그건 현실적으로는 어렵겠지만 불가능한 것도 아닌 셈이에요."

"그러니까 스님들에게는 메리트는 거의 없고 디메리트만은 셀 수 없을 만큼 많다는 거로군. 그렇다면 사원 측에는 부담이 너무 크겠구먼. 하지만 스님들이 거기까지 생각하고 있을까?"

"아뇨. 거기까지는 생각하지 않았을 거예요. 하지만 안 그래도 뇌파측정기 같은 걸 갖고 들어가야 하니까 꽤 대규모 조사가 될 테고, 좌선을 하는 스님의 머리에 전극을 다는 거니까 어쨌거나 수행에는 방해가 되는 셈이지요. 어쨌든 종교인에게는 불필요한 연구니까요. 그 결과가 어떻건, 결국 신앙과는 상관이 없잖아요."

"그건 그렇구려. 그럼 안 되려나?"

"개중에는 화제성을 위해서 나서는 절도 있었던 모양이지만 그런 곳은 꼭 제대로 되지 않은 곳이었어요."

"육식이라도 하더이까?"

"그렇습니다. 쾌히 승낙해 주는 절은 대부분이 신흥 종파였어요. 요컨대 이름을 팔고자 하는 행위지요. 영평사(永平寺)와는 전혀 관련도 없고 인연도 없는, 전쟁 후에 생긴 절인 주제에 멋대로 조동종이라는 이름을 내걸고 있거나. 그러면서도 그, 거액의 시주를 요구한다거나———."

"돈만 받아 챙기는 절이로군."

"네. 조사를 하려면 제대로 수행을 하고 있는 제대로 된 절이 아니면 의미가 없잖아요. 이쿠보 씨도 꽤 고생하면서 본산이나, 말사(末寺)라 하더라도 절의 유파가 확실한 절을 중심으로 교섭을 계속했던 모양이에요. 그 결과, 유명한 선사(禪寺)로 떠오른 것이———."

"명혜사라는 거요? 흠, 확실히 그곳은 돈벌이와는 인연

---

† 후쿠이 현에 있는 절로, 총지사(總持寺)와 함께 일본 선종의 하나인 조동종의 총본산.

이 없겠지요. 그리고 ─── 잘은 모르지만 ─── 유서는
깊은 것 같고. 격도 높은 절인 것 같고. 그 여자분, 용케도
알아냈군. 나도 잘 모를 정도인데. 아니, 아까도 이마가와
군과 이야기했는데 나도 아직 명혜사의 종파를 모른다
오."

"하지만 그녀는 이 근처 출신이잖아요."

도리구치는 겨우 이야기에 머리를 들이밀 수 있었다.

"하지만 이보시오. 그 절은 이 지방 사람들도 잘 모른다
오. 아는 것은 일부 종교계 사람과, 있는지 없는지 알 수
없는 신자들뿐이오."

"그런 일이 있을 수 있습니까?"

도리구치는 모처럼의 발언이 무시당하자 어쩔 수 없이
아츠코를 보았다.

아츠코는 거기에 대답하듯이 말했다.

"그야 그렇지요, 도리구치 씨. 실은 아까 산길에서 말하
려고 했는데, 그 명혜사라는 곳은 ───."

─── 평범한 절이 아니라는 건가.

"─── 오빠도 모르는 절이었어요."

이마가와가 그게 어쨌다는 거냐는 얼굴을 했다.

아츠코의 오빠를 모르는 이상은 당연한 반응이다.

그러나 그 ─── 추젠지 아키히코를 아는 사람에게는
약간 납득이 가지 않는 이야기이긴 하다.

추젠지라는 남자는 전국 방방곡곡의 신사와 불각에 대
해서 바보 같을 정도로 정통한 사람이다. 그가 모르는 절

따윈 이 세상에 없다고, 그를 아는 사람이라면 아마 누구나 생각할 것이다. 그런 추젠지가 모른다면 ———.

"규모나 역사를 생각하면 이건 이상하잖아요. 듣자 하니 꽤 오래된 절이라고 하고요. 게다가 꽤 큰 곳이라면서요?"

"아하. 말 못할 사연이 있는 것 같군요. 그렇다면 분명히 평범한 절은 아니네요."

그렇게 생각할 수밖에 없다.

털썩, 하고 소리가 났다. 아마 지붕의 눈이 떨어졌을 것이다.

이제 완전히 익숙해졌다.

"어떤 경위인지, 그녀는 명혜사에 다다르게 된 모양이에요. 하지만 전화도 없지 않겠어요? 그래서 편지를 보냈더니 놀랍게도 좋은 대답이 온 거지요."

"그래서인가?"

"그렇습니까?"

취재에 이르게 된 자세한 사정은 도리구치도 지금 처음 알았다.

"조사단은 다음 달에 입산하는데, 어쨌거나 아무도 모르는 절이라서 어떻게 해야 할지 모르는 거예요. 그래서 우리가 먼저 들어가 우선 알려지지 않은 사원의 르포르타주(reportage)를 하기로 했지요. 잡지도 예고를 겸한 선행기획을 권두에 게재하기로 했거든요."

"하하. 하지만 명혜사도 용케 받아들였구려. 게다가 대체로 그, 선사라는 곳은 여인이 들어가지 못하는 곳 아니오?"

"맞아요. 메이지 5년(1872)의 정부 포고로 일단은 여인결계가 철폐된 것으로 되어 있지만, 관례적으로는 아직여성의 출입을 금지하고 있는 사원이 많아요. 편지에서도일단 담당자는 여자라고 적어둔 모양이지만, 여차하면 스님 혼자 나오셔서 이쪽에서 이야기를 해 주시고, 그 다음은 ———."

"우헤에. 저 혼자 그런 수수께끼의 절에 들어가서 사진을 찍으라는 건 아니겠지요."

"그런 거예요. 벌써 오늘 아침부터 몇 번이나 부탁드렸잖아요."

"하아, 아무래도 그, 건성으로 듣고 있었거든요. 소가자다가 봉창 어쩌고라는 속담도 있잖아요."

"그건 ———."

소귀에 경 읽기라고 구온지 노인이, 자다가 봉창 두드리는 소리라고 아츠코가, 두 사람이 동시에 정정했다. 말하자면 이중으로 수치를 당한 셈이지만 도리구치는 이런 수치에 익숙하다. 도리구치는 속담이나 한자성어를 말할 때마다 멋지게 틀리곤 한다. 장난을 치는 것은 아니지만 당연히 큰 웃음거리가 된다.

"그런데."

구온지 노인은 한바탕 웃은 후 이마가와를 힐끔 보며,
"이 이마가와 군도 실은 명혜사에 볼일이 있다는구려.

125

아츠코 양, 자네들에게 답신을 보낸 스님이 이름이 뭐요?"

하고 물었다.

아츠코는 즉시 수첩을 펼치더니,

"으음, 명혜사의 지객(知客)이신 와다 지안이라는 스님이 네요."

라고 대답했다.

"시카(シカ)? 시카라면 그, 뿔이 있는 그 짐승?"[†]

"아니에요. 선사에서 내빈 접객을 담당하는 스님을 지 객이라고 부른대요."

"그렇다면 안심이군요. 사슴 스님은 무섭거든요. 뿔까 지는 깎을 수도 없고———."

이렇게 말한 도리구치는 타고난 멍청이다. 본인은 진지 하지만 이것도 역시 항상 실소를 산다. 노인도 아츠코도, 이마가와까지 또 웃었다.

"묘하게 재미있는 친구로군, 이 청년은. 그렇소? 지안 이라. 그것도 흔한 이름이지만 그럼 이마가와 군이 기다리 는 스님과는 다른 사람이구려. 당신이 기다리는 스님은 아마 친넨인지 료넨인지."

"료넨입니다."

"그래, 아쉽게 됐구려."

"아쉬운 겁니까?"

"아쉽지. 하지만 어차피 이 사람들은 내일 절에 갈 거요. 조금 힘들겠지만 같이 가면 되겠군."

---

† '지객'과 '사슴'은 일본어로 '시카'라 읽는다.

"흐음. 그럴 수 있다면 좋겠군요. 그래도 될까요?"

아츠코는 그러시라고 말했다.

도합 삼사십 분쯤 이야기를 나누었을까. 아츠코가 이쿠보 여사가 좀 어떤지 보고 오겠다며 자리에서 일어났다. 확실히 슬슬 식사도 끝났을 무렵일 것이다. 도리구치도 이참에 소개를 받으려고 일어섰다.

도리구치의 앵글이 올라갔다.

방을 슥 지나 창에 이른다.

도리구치의 파인더에 들어오는 정원의 면적이 늘었다.

아까와는 다르다. 화면 구성요소가 많다. 뭘까.

——— 저건 뭘까.

검은 덩어리가 있다.

——— 저건 누구지?

세세한 곳까지 이해가 미치기 전에 도리구치 안에서 저 건 누구가 되었다.

사람이다. 사람이 앉아 있다. 칠흑의 옷. 저 실루엣은.

——— 승려다.

거목과 툇마루 사이에 승려가 좌선을 하고 있다 ———.

환각이 틀림없다. 도리구치는 손가락질을 했다.

"스, 스, 스님이."

127

나가려던 아츠코가 걸음을 멈추고 돌아보았다.

이마가와와 구온지 노인도 똑같이 정원을 보았다.

"스, 스님이 저기에———."

거기까지 말하고 도리구치는 말을 잃었다. 이상하다거나 무섭다고 하기 이전에 우선 깜짝 놀랐다.

착각이 아니었다.

노인은 입을 동그랗게 벌리고,

"무."

하고 목소리를 냈다가 잠시 사이를 두고 나서,

"뭐지! 어째서 저런 곳에 앉아 있나?"

하고 뒤집어진 목소리로 말을 이었다.

"대체 어느새?"

아츠코가 멍청한 목소리로 그렇게 말했다.

"그런, 기척은 전혀 나지 않았는데!"

기척은 모습이 보이는 지금도 나지 않는다.

도리구치는 서서히 불길한 예감이 들기 시작했다. 아침에 느낀 막연한 불안과 그리 다르지 않은, 어느 모로 보나 흐릿한 느낌이었지만 그것은 확실히 느껴지기 시작했다.

"이마가와 군, 저게 료넨 씨 아니오?"

노인은 조금 딱딱한 투로 그렇게 말하면서 창가로 성큼성큼 다가가,

"엉?"

하고 말하더니 굳어지고 말았다.

이마가와가 그 뒤를 쫓고 도리구치도 그를 따랐다. 이어

서 아츠코도 쫓아와, 네 사람은 툇마루 복도에 나란히 선 채 창에 달라붙은 꼴이 되었다.

승려는 분명히 거기에 있었다.

툇마루에서 거목까지는 네 간 정도 떨어져 있다. 그 사이에는 아무것도 없다.

승려는 그 한가운데쯤에 있었다.

환상이 아니다. 실상이다.

창을 열면 닿을 정도로 가까이 가 보니 그것은 더욱더 선명하게, 확실하게 그곳에 존재하는 것이 명확해졌다.

승려는 고개를 약간 숙이고 결가부좌로 앉아 있었다. 좌선 중에 조는 듯한 모습이다. 언제부터 그곳에 있었는지 하반신은 반쯤 눈에 파묻혀 있고 어깨며 소매에도 눈이 붙어 있었다. 젖은 옷은 얼었을지도 모른다. 그러나 검게 물들인 승복은 한없이 검어서 젖었는지 말랐는지는 확인할 수 없었다. 새하얀 정원 속에서 시커먼 그것은 마치 허공에 떠 있는 것처럼 보였다.

움직이는 기척은 조금도 없었다.

승려는 정원 풍경의 일부다.

놀라움은 서서히 전율로 변했다.

"저건———."

스륵, 하고 눈이 승려 위로 떨어졌다.

"죽었어."

"저 스님은 죽었소."

"무, 무슨 말씀을."

"나는 이래봬도 머리가 벗겨지기 전부터 의사였소. 저 건 스님이 아니오! 스님의 시체요!"

"그런——."

도리구치는 창유리를 활짝 열었다.

겨울의 한기만이 아닌, 싸늘한 냉기가 기세 좋게 침입해 왔다.

뛰어내리려는 도리구치를 아츠코가 말렸다.

"안 돼요."

"하지만."

"만일, 만일 죽었다면——."

"아아——."

현재 상태를 유지하는 것이 가장 좋다는 말일까.

—— 형사사건일 가능성이 있기라도 하다는,

"그런, 아츠코 씨."

"저는 여관 사람을 불러올게요."

아츠코가 계산대로 향했다.

이마가와는 툇마루 가에 서서 정원을 한 바퀴 둘러보고 그 느슨한 입가를 왼손으로 눌렀다. 퉁방울눈이 조금 충혈 되었다.

"이건, 세상에, 이런 일이, 아아."

오열 같은 목소리의 주인은 지배인이었다. 아츠코가 지 배인과 종업원 두 명을 데리고 돌아온 것이다.

"오오, 지배인, 하야사카 군. 어서 경찰을 부르게."

"경찰이라니 선생님, 그."

"죽었네. 변사야. 빨리 하게. 어차피 불러도 오는 데 한 시간 이상 걸릴 테지."

"아, 아니, 그렇군요."

지배인은 머리를 끌어안고, "뭐야, 오늘은 대체 어떻게 된 거지" 하고 투덜거리며 자리를 떴다.

"대체 저 사람은 어째서 저런 곳에서."

"도키 씨, 당신은 몰랐나?"

"아까 제가 차를 가져왔을 때는 저런 스님은 없었지 않나요?"

"당신도 안 보인 건가?"

"안 보인 게 아니라 없었던 것이지요. 도대체가 이렇게 남의 정원에 들어와서, 이러면 폐가 되지 않습니까———아, 그."

"왜 그러나?"

"아뇨, 선생님, 정말로 저, 그, 이 분은 돌아가신 걸까요?"

"저게 살아 있다면 나는 배를 갈라도 좋네."

종업원은 이상한 것이라도 보듯이 스님을 바라보았다. 그때 여관 종업원들 몇 명이 우르르 들어왔다. 구온지 노인은 인부를 관리하는 직업소개소 직원처럼 양손을 들더니 한층 더 뒤집어진 목소리로,

"이보게, 자네들, 이 중에서 이 스님의 신원을 아는 사람

은 없나?"

하고 소리쳤다. 아무도 대답하는 사람은 없었다. 너무나
도 일상적이고, 그러면서도 한없이 비상식적인 상황이 사
람들을 확실하게 혼란시키고 있었다. 요컨대 정원에 스님
이 앉아 있을 뿐인 것이다. 묘한 풍경이지만 사건현장으로
서는 지나치게 평범하다. 게다가 머리에 눈을 얹은 채 계
속 앉아 있는 스님이라는 것도 시체로서는 지나치게 얼빠
져 보인다. 그것도 대낮이다. 해는 높이 떠 있고 풍경은
선명하며, 불길한 무대장치라곤 어디에도 없다.

────── 그래도 어딘지 모르게 등골이 오싹하다.

도리구치는 역시 그렇게 느끼고 있었다.

도대체 이 스님은 무슨 이유로 여관 정원 같은 곳에서
좌선을────── 그것도 말도 없이 숨어들어서────── 아니,
그런 문제가 아니라────── 그렇다, 이것은.

"뭔가, 뭔가 이상하지 않아요, 도리구치 씨?"

아츠코가 도리구치의 동요를 꿰뚫어 본 것처럼 물었다.

"이상하다면 이상하긴 한데, 뭐가 이상한지 모르겠습니
다. 이, 지금 상황은 아주 기묘하지만, 이러다가 저 스님이
하품이라도 하면서 일어난다면."

"그런 게 아니라."

"전혀 기척이 없었던 것 말입니까?"

"그것도 그런데요──────."

"네 명이나 있었는데 아무도 알아채지 못해서요?"

"아뇨, 그──────."

"그는———."

이마가와가 갑자기 말했다.

"그는, 어디에서 온 걸까요."

"예?"

"그야 이런 정원이라면 어디서든 들어올 수 있겠지요."

"하지만."

이마가와는 정원 주위를 손가락으로 빙 둘러 가리켰다.

그 범위 안에는———.

온통 눈이 쌓여 있는 정원 안에 발자국 같은 것은 단 하나도 없었다.

"아아, 이건 그, 소위 말하는———."

"그렇습니다. 이 스님은 홀연히 이곳에 나타난 걸까요? 아니면 결가부좌를 한 채 공중부양이라도 해서 온 걸까요? 이상한 점이 있다면 아마 그것뿐일 겁니다."

"그것뿐."

"그것뿐입니다."

분명히 네 사람이 있든 열 사람이 있든 알아차리지 못할 때도 있다. 하지만 발자국을 전혀 남기지 않고 설원을 이동하기란 불가능하다. 구온지 노인이 돌아보았다. 그리고 턱을 당기며 이렇게 말했다.

"분명히 침입한 흔적은 없군. 하지만———만일 이 스님이 계속 여기에 있었다고 하면 어떻겠소?"

"여기에?"

"어떤 이유가 있었는지는 모르겠소만. 눈이 내리기 전이나 한창 내리고 있을 때, 어쨌거나 이 정원에 침입해서 여기서 수행을 시작했다가———."

"동사한 거란 말씀인가요?"

아츠코가 의아한 얼굴로 되물었다.

"예를 들면 그렇단 말이지요."

이마가와가 한 번 몸을 굽혔다가 일어서며 반론했다.

"하지만 어르신. 저와 어르신은 오늘 아침부터 계속 정원을 보고 있었습니다. 바로 여기, 이곳에 앉아 바둑을 두기 시작할 때까지 계속 정원을 감상하고 있었지요. 하지만."

"알아차리지 못할 때도 있소. 이마가와 군. 게다가, 그렇지, 스님이 완전히 눈에 파묻혀 있었는지도 모르지요. 오후 해가 나기 시작하니 눈이 녹아서 드러난 건지도 모르오."

"그런 눈덩어리가 있었던가요?"

"온통 새하얗지 않소. 눈 속에 백로, 어두운 밤에 까마귀†라는 말이 있지요. 설산에서는 알아차리지 못한다 해도 어쩔 수 없는 거요."

———그것은,

어떨까. 도리구치는 툇마루를 떠나 종업원들을 피해가며 방을 이동해서 일단 복도까지 나갔다. 그리고 다시 한

---

† 분간하기 어려움, 눈에 잘 띄지 않음을 가리키는 속담.

발짝 들여놓았다. 처음에 이 방을 보았을 때의 앵글이다.

하지만 선생님 ――― 조금 전 그 종업원의 목소리가 들렸다.

"그건 아무리 뭐라 해도 기분 나쁜 일이에요. 선생님 말씀이 옳다면 저는 시체 앞으로 밥상을 날랐고 선생님들은 시체를 바라보며 식사를 하신 게 된단 말이지요. 그런 말씀이십니까? 저는 그런 눈사람은 보지 못했는데요."

종업원들이 웅성거렸다. 이야기를 한 종업원도 안색이 좋지 않고, 양손을 뺨에 대고 있는 것 같았다.

도리구치는 사진기를 들여다보았다.

구온지 노인은 입가를 삐죽거리며 대답했다.

"도키 씨. 세상에는 보이는 것이 전부가 아닐세. 인간의 눈이라는 것은 ―――."

"지당하신 말씀이지만 그건 역시 아닌데요."

"뭐?"

파인더 속의 사람들이 일제히 이쪽을 돌아보았다.

중앙에 거목, 그 앞에 스님의 상반신이 보였다.

구온지 노인이 침착한 표정으로 물었다.

"당신, 당신 ――― 도리구치 군이었지요. 지금 뭐라고 했소?"

"예에. 저는 아까 여기서 사진을 찍고 있었지요. 지금 같은 장소에서 똑같이 사진기를 들여다보았는데 ―――."

"오오, 그런데?"

"여기에서 보면, 어떻게 해도 스님의 머리가 보입니다.

다시 말해서 스님은 사진에 찍힌단 말이지요. 하지만 아까는 그 커다란 나무에 감겨 있는 지푸라기가 그대로 보였거든요. 지금 나무의 몸통은 그 스님으로 반쯤 가려져 있습니다. 게다가 그 스님을 가릴 만큼 눈이 쌓여 있었다면, 나무줄기도 절반 이상 가려서 보이지 않았어야 하지요."

"오오, 그렇구려. 그럼 뭐요?"

구온지 노인은 종업원과 똑같이 양손을 뺨에 대더니, 그 후 이마를 철썩 때렸다.

"어떻게 된 거지?"

"인간의 눈은 신용할 수 없어도 기계는 속일 수 없으니까요. 렌즈는 투명합니다. 염사도 아니니 없는 것은 찍히지 않고, 있는 것은 찍히지요. 현상하면 알 수 있겠지만, 적어도 촬영할 때 스님은 없었습니다."

"하지만, 그래도 ———."

"그러면 ———."

"아아 ———."

갑자기 도리구치의 오른쪽 어깨 부근에서 공기를 찢는 듯한 비명이 들렸다. 고개를 들어보니 자그마한 여자가 우두커니 서서 정원의 스님을 응시하고 있었다. 상복이 아닌가 싶은 검은 블라우스에 검은 치마를 입은 작은 여자다. 안색은 그 검은색 때문인지 밀랍처럼 푸르다.

"다, 당신은, 이쿠보 씨?"

여자는 무너지듯이 복도에 쓰러졌다.

*

들은 것에 따르면, 이것이 아는 사람들은 아는 '하코네 산 승려 연속살인사건'의 시작이다.

*

그 산에서 길을 잃으면 가끔 마물을 만난다고 한다. 그 모습이 요사스러운 소녀와 비슷하다는 마물은 맑은 목소리로 노래한다고 한다.

툇마루 가장자리의 거스러미를
관음보살님께 받은 손가락으로
스을적스을적 어루만지네.
십만억토의 쓸쓸한 밤에
수천 부처의 거스러미가
따끔따끔 와서 박히네.
원숭이의 아이라면 산으로 가거라.
게의 아이라면 강으로 가거라.
사람의 아이라면 번뇌의 아궁이에서 불에 타 재가
되어라.
한들한들 그날도 저무는구나.
부처의 아이라면 어떻게 할까.
아버님 어머님 용서해 주세요.

오늘도 거스러미, 내일도 거스러미.

마물은 모습을 나타내지 않고 노래만 부를 때도 있다. 그때 노래는 어디에선지도 모르게 들려와 메아리를 남기고 어디론가 사라진다. 금방 그칠 때도 있는가 하면, 길 때는 다음과 같이 이어진다고 한다.

> 뒷간 옆 삼백초 잎에
> 달팽이가 느릿느릿 기어와
> 지장보살님을 먹네.
> 서방정토의 조촐한 아침에
> 동그란 머리의 동자승이
> 땡그랑땡그랑 깨지네.
> 신의 아이라면 이 세상에 없다.
> 귀신의 아이라면 이 세상에 둘 수 없다.
> 사람의 아이라면 번뇌의 통에 넣어 흘려보내라.
> 사락사락 그날 밤도 밝는구나.
> 부처의 아이라면 어떻게 할까.
> 아버님 어머님 용서해 주세요.
> 오늘도 빙글빙글, 내일도 빙글빙글.

노래는 동요 같기도 하고 범패(梵唄)[†] 같기도 하고, 오래

[†] 석가여래의 공덕을 찬미하는 노래, 또는 불경을 읽을 때 곡조에 맞추어 읊는 소리.

된 것 같기도 하고 새로운 것 같기도 하다고 한다. 또 엉터리인 것 같기도 하지만 결코 엉터리는 아니다. 끝까지 다 들을 수 있는 사람은 드물지만 대개 끝은 다음과 같은 것이라고 한다.

> 석가의 가르침을 오해하여
> 수천의 부처가 들끓었다지.
> 수천의 부처가 거스러미의
> 가시 끝에서 들끓었다지.
> 달팽이의 역할은
> 오늘도 오늘도 그 역할은
> 껍질을 닫고 모르는 척, 모르는 척.

또, 이후에도 노래는 계속된다는 사람이 있으나 그 내용은 확실하지 않으며, 나로서는 알 길이 없다.

이 이야기를 내게 해 준 것은 센고쿠하라 마을의 가와무라 모씨를 비롯하여 십여 명이 넘는다. 오래된 것은 쇼와 15년, 새로운 것은 올해인 쇼와 27년으로 대략 십이 년에 걸쳐 있다.

과거에 몇 사람에게 이야기를 듣고 우선 기록해 남겨두었으나 전쟁을 겪으면서 오랫동안 잊고 있다가, 우연히도 지난 몇 년 동안 또 같은 체험담을 많이 듣게 되었는데 세월이 흘렀음에도 그 내용이 일치하기에 놀라 여기에 다시 적어 두었다.

그 산요괴의 모습은 세월이 지나도 늙지 않아 아직도 어린 소녀의 모습이라고 한다. 사람들이 말하는 오카부로[大禿][†]일까. 또 요괴를 만난 사람이 들은 요사스러운 노래는 노랫말, 음계 모두 오랜 시간이 지났어도 여전히 거의 같음을 알게 되었으니, 그 신기함은 이루 말로 다할 수가 없다.

그렇게 오랜 세월에 걸쳐 똑같은 산요괴를 만나는 사람들이 있다는 것은 무슨 뜻일까. 세상에 괴담이나 기담은 수없이 많지만, 나는 이것이야말로 진정한 기담이라고 확신한다.

쇼와 27년 10월 14일
산사람 사사하라 오 씀

[†] 도리야마 세키엔의 《금석화도속백귀(今昔畵圖續百鬼)》에 그려져 있는 일본의 요괴. 국화 무늬 기모노를 입고 카부로(여자아이의 머리 모양의 하나로, 앞머리를 가지런히 자른 단발 형태) 머리를 한 모습이다. 실제로 일본에 전승되던 요괴가 아니라 남색을 일삼는 파계승을 풍자하는 의미로 창작된 것이라고 전해진다.

2

어릴 때는 정월을 좋아해서, 연말이 되면 아무런 이유도
없이 마음이 들뜨곤 했다.

자라고 나서는 물론 그런 일도 없어졌다. 그러나 최근에
는 어찌된 일인지, 어딘지 모르게 일상적이지 않은 공기에
감염이라도 되었는지 마음 어디선가 들떠 있는 나를 발견
할 때가 종종 있다. 그때마다 그리운 것 같기도 하고 간지
러운 것 같기도 한 기분이 든다.

따라서 새해가 밝기를 기다리는 섣달의 마음이란, 이제
오랫동안 알고 지내던 친구와의 재회를 손꼽아 기다릴 때
의 마음과 비슷하다. 다만 친구와의 해후라 해도, 그것이
아무리 오랜만의 해후라 해도 막상 얼굴을 대면했을 때에
는 별 특별한 감개를 느끼지 못하는 경우가 대부분인 것처
럼, 신년이라는 놈도 막상 찾아오고 나면 작년과 하등 다
를 게 없는 평범한 아침이다.

그래도 정월은 정월이다.

무의미한 소란 속에서 평소와 조금 다른 옷을 입고 다른
것을 먹고, 그러면서 조금은 기분이 나아진다. 겨우 그뿐

이지만, 이게 꽤 오래 간다. 그러다 보니 올해도 예외가 아니어서, 소위 말하는 정월 기분의 남은 영향이 채 가시기도 전에 소나무도 떼어지고[†] 나만 세상 사람들 뒤에 남겨지고 말았다.

직장인의 경우에는 시무식이라는 괜찮은 구분선이 있으니 그나마 낫지만, 글쟁이라는 빈둥거리는 직업에 종사하다 보면 규율이나 계율 같은 것이 외부에는 없기 때문에 아무리 시간이 지나도 맺고 끊는 것이 없다. 물론 그것은 직업 탓이라기보다 자신의 방종한 성격에 기인하는 바가 더 크다는 것도 잘 알고 있다.

아내는 그래도 야무진 사람이라, 소나무를 떼고 나자 나름대로 마음을 다잡고 평소 생활로 돌아갔다. 작은 정월[††]에 친구인 추젠지의 아내와 함께 〈산단의 탑〉이라는 영화를 보고 온 정도이고, 그 후에는 그리 들떠 있지도 않고 물론 빈둥거리지도 않는다.

나는 어떤가 하면, 아무리 해도 의욕이 생기지 않아 미적거리는 사이에 결국 달이 바뀌고 말았다.

그래도 일이 손에 잡히지 않았다.

의뢰도 없었지만 쓰고 싶은 것도 없었다.

작년은 여러 가지 의미로 인상적인 해였다. 실로 많은 사건이 차례차례 나를 덮쳤다. 그것은 나라는 작은 그릇의

[†] 일본에서는 정월에 소나무를 장식하는 풍습이 있었다. 소나무는 대개 1월 1일부터 7일, 또는 15일까지 장식했다.

[††] 1월 1일을 큰 정월, 1월 15일을 중심으로 하는 며칠간을 작은 정월이라고 한다. 두 번째 정월이라고도 함.

용량을 훨씬 뛰어넘은, 크고 무거운 사건뿐이었다. 그저 평범하게 살아가는 것만으로도 한숨이 나올 지경인 나는, 그때마다 피안과 차안을 왔다 갔다 하는 듯한 타격을 받았다. 하지만 그런 것치고 일은——나치고는——정력적으로 해낸 것 같다.

첫 단행본이 발매된 때도 작년이다. 덕분에 올해는 예년보다 약간 여유가 있는 셈인데, 그게 이 무기력의 원인이 되었음은 틀림없을 것이다. 멍하니 있어도 우선 먹고사는 데는 지장이 없다.

그렇긴 하지만 손에 들어온 것은 요즘 유행작가의 수입과는 비교도 되지 않는 액수다. 고작해야 참새 눈물 정도의 푼돈이 들어왔을 뿐이다. 그런 것은 금방 떨어진다. 원래대로 집의 살림이 곧 궁핍해질 것은 명명백백하다. 그것은 그리 먼 미래가 아니다.

하지만 나는 항상 절박해야만 의욕이 생기는 성격이다. 이것도 전혀 자랑할 일은 아니다.

그러고 보면 이 무위한 생활도 8할 정도는 자발적이라고 할 수 있다.

10할이 아닌 것은 그래도 2할 정도는 자책의 마음이랄까, 초조감 비슷한 것에 시달리고 있기 때문이다. 게다가 창작의욕도 없는 것은 아니다. 구상——이라기보다 망상일까——이라면 얼마든지 솟는다. 다만 붓을 들 수가 없다. 몸을 일으킬 수 없다.

그런 건설적인 의식은, 내 경우 항상 고혹적인 나태의

143

유혹을 이기지 못하는 것이다.

하코네에 온천욕을 가자는 제안을 받은 것은 그러던 무렵의 일이었다.

그날 나는 혼자 고타츠†에 들어가, 깨어 있는 건지 자고 있는 건지 알 수 없는 어중간한 상태로 선물로 받은 귤의 껍질을 벗기고 있었다. 아내는 친정에 볼일이 있어 아침부터 나갔는지, 정신을 차려 보니 혼자였다.

드르륵 문 열리는 소리가 났다. 아내가 돌아온 건가 했는데, 들어온 사람은 예상과 달리 추젠지였다.

추젠지 ——— 교고쿠도는 헌책 장사를 생업으로 삼고 있는 내 학우다. 나는 자주 그의 집을 찾아가지만 그 반대의 경우는 드물다. 고서점 교고쿠도의 주인은 행동보다 사색을, 체험보다 독서를 중시하는, 말하자면 외출을 싫어하는 인간이다.

"세키구치 군, 자네 텔레비전은 봤나?"

교고쿠도가 꺼낸 첫 마디는 그것이었다. NHK 도쿄 TV가 지난 2월 1일부터 방송을 시작했다.††

"볼 리가 있나. 나는 이렇게 매일 뒹굴며 아무것도 하지 않고 정월을 보내고 있네."

---

† 난방기구의 일종. 숯불이나 전기의 열원을 틀로 둘러치고 이불을 그 위에 덮은 것. 안에 다리를 넣어 몸을 따뜻하게 한다.

†† 1953년 2월, 일본에서 텔레비전 방송을 시작했는데 초기에는 하루 네 시간만 방송을 했다.

나는 가능한 무뚝뚝하게 대답했다.

흥미가 없었기 때문이 아니라, 실은 몹시 흥미가 있었기 때문이다. 무척 보고 싶다, 하지만 볼 수 없다, 아니 보러 갈 수 없다는, 굴절된 감정의 표현이다.

이번에 방송을 시작하면서, NHK는 도쿄 도내 일곱 곳에 공개용 수상기를 설치했다고 한다. 따라서 어떻게 해서든 보고 싶으면 방송시간에 그리로 가면 볼 수 있는 셈이지만, 물론 가지 않았다.

꽤 인기가 있다고 들었기 때문이다.

하지만 혼잡함을 견딜 수가 없다. 그렇다고 해서 텔레비전 수상기를 사자니, 그것은 일반서민인 나 따위가 그리 쉽게 살 수 있는 물건이 아니다. 이십만 엔 가까이 하기 때문이다.

교고쿠도라는 남자는 그런 감정의 미묘한 움직임에 관해서는 예리하기 때문에 당연히 텔레비전에 대한 나의 굴절된 마음을 지적할 줄 알았는데 아니었다.

"자네는 정월은 음력으로 쇠는가? 그런 것치고는 지난달에도 신년인사를 오지 않았나? 아하, 신정과 구정을 다 쇠나? 그거 힘들겠군."

얄미운 친구다. 나는 달이 바뀐 것을 깜박 잊고 말을 한 모양이다. 교고쿠도는 말꼬리 잡는 것을 세 끼 밥보다 더 좋아하는 사람이기도 해서, 이런 공격을 피하고 싶다면 꼬리가 잡히지 않도록 잘 감추고 어울릴 수밖에 없다.

이런 경우, 나는 항상 마음을 다잡는다.

"그래. 나는 전통적인 연중행사는 전부 양력과 음력을 다 쇠기로 하고 있거든. 당연히 콩도 두 번 던지고 조릿대도 두 번 장식하네.† 한 번밖에 하지 않는 건 크리스마스 정도일세. 하지만 완전히 서구식으로 변한 현재의 사회정세를 무시할 수도 없지. 나는 옛것을 중시하며 새것에 익숙해지는, 그런 사람일세. 그러니 나는 새해도 두 번 축하하는 걸세. 이 집안은 아직 정월이란 말이야."

"흠. 설날과 중원(中元)†† 은 일 년에 한 번뿐이잖나. 뭐, 좋아. 말하자면 자네는 그렇게 해서까지 보고 싶은 텔레비전을 보러 가지도 못할 만큼 중증의 나태병에 잠식되어, 결국은 이 추운 날씨에도 장이 썩을 만큼 한가한 셈이로군———."

역시 생각한 대로였다. 정말 싫은 친구다. 말꼬리를 잡아 넘어뜨린 후 최후의 일격을 가할 셈이다. 한바탕 비아냥대는 소리를 들을 줄 알았는데, 또 틀렸다.

"———그렇다면 여행을 가지 않겠나?"

교고쿠도는 갑자기 그렇게 말을 이었다.

"여행? 여행이라는 게 뭔가?"

"자네도 변함없이 바보로군. 여행이란 사는 곳을 떠나 일정기간 다른 곳에 머무는 것일세. 나이는 먹을 만큼 먹

---

† 절분(節分), 칠석날 행하는 일본의 풍습. 절분은 춘분 전날을 말하는데 이 날은 청어 머리를 호랑가시나무 가지에 꿰어 문에 걸고 볶은 콩을 뿌려 역병이나 악귀를 퇴치하고 복을 부르는 풍습이 있으며, 마찬가지로 칠석 날에는 조릿대를 장식하는 풍습이 있음.

†† 음력 7월 15일. 본래는 도교의 풍습이었으나 후에 불교의 우란분(盂蘭盆)과 습합하여 죽은 사람의 영을 공양하는 날이 되었다.

은 사람이 그런 것도 모르는가?"

교고쿠도는 늘 철저하게 나를 바보 취급하곤 한다. 해가 바뀌어도 나라가 망해도, 그 방침에는 변화가 없는 것 같았다. 나는 더욱 마음을 다잡았다.

"듣고 보니 그런 뜻이었나? 그런 것 같기도 하네만, 꽤 오랫동안 듣지 못한 말이라 잊고 있었네. 여행이라는 것은, 아마 페르시아어였지?"

교고쿠도는 "아니, 말레이어일세" 하며 웃었다.

정말로 여행은 멀기만 한 말이었다.

"그러니 알기 쉽게 일본어로 말하자면 숙박도 해 가며 먼 곳에 가지 않겠느냐고 ——— 권하고 있는 것일세."

교고쿠도는 그렇게 말하더니 귤을 집어 들었다.

"아무래도 수상하군 ———."

나는 의아하게 친구의 얼굴을 쳐다보았다.

"——— 자네가 아무 꿍꿍이도 없이 그런 말을 꺼낼 거라는 생각은 안 드네. 무슨 속셈인가?"

자네도 참 심한 말을 하는군 ——— 하고 교고쿠도는 말했다.

"학생 때는 방학 때마다 배낭여행을 하지 않았는가. 잊었나?"

——— 여행을 가지 않겠나?

그는 그 무렵에도 이렇게 권하곤 했다.

그리고 여기저기로 떠났다.

"기억하고 있네. 확실히 즐겁긴 했네만, 지금 생각하면

147

그때도 자네는 뭔가 꿍꿍이가 있었던 게 아닌지 의심하고 싶어진단 말이야. 내가 알아차리지 못했을 뿐이지."

"거참 은혜 모르는 소리를 하는군. 계획성은 없고 기획력도 없어, 게다가 행동력도 없지. 있는 거라곤 좋고 싫음과 종잡을 수 없는 욕구뿐인 자네나 에노키즈가 제대로 놀러 다닐 수 있었던 게 누구 덕분이라고 생각하는 겐가?"

"교고쿠도, 자네는 그렇게 잘난 척을 하지만, 자네도 그 무렵에는 나나 에노 씨와 비슷했네. 오십보백보란 말이야. 아무 계획도 없이 닥치는 대로 다니는 여행일 뿐이지 않았나. 뭐, 그래서 유쾌하긴 했네만."

"그것도 연출 중 하나였거든."

"호오, 그거 실례했네."

정말로 ───── 그 무렵에는 즐거웠다.

젊었기 때문에, 라고는 하지만 꽤나 무모한 짓도 했다.

당시 나는 정상과 울증의 경계를 왔다 갔다 하고 있는 학생이어서 자발적인 행동이라곤 할 수 없었다. 무엇을 하려 해도 전적으로 선배 에노키즈나 동기 교고쿠도에게 끌려다니곤 했을 뿐이다. 그런 의미로는 지금 그가 한 말은 옳다.

물론 돈도 시간도 없음은 예나 지금이나 마찬가지이니 그때의 그것은 여행이라고 부를 만한 것은 아니었을지도 모르지만, 그래도 기분만은 확실히 여행을 했던 듯하다. 하는 일이 없고 패기가 없는 것은 마찬가지지만, 그래도 왠지 지금보다 즐거웠다. 그런 건 환상이라고 말해 버리면 그뿐이지만 울증이 결정적인 선을 넘지 않은 것도 그 환상 덕분이라고 말할 수 있다.

여행을 하지 않게 된 지 대체 얼마나 되었을까. 그런 감각은 완전히 잊어버렸다. 경제적인 사정도 있고 사회정세도 있다. 그러나 무엇보다 전쟁이라는 놈이 그런 감각을 내게서 송두리째 빼앗은 것 같다.

지금 여행을 한다 해도 과연 똑같은 기분을 느낄 수 있을까. 그렇다면 ———.

조금 마음이 움직였다.

"어디로 가나?"

"하코네일세."

즉시 대답이 나온다.

"대답이 무척 빠르군. 역시 수상해."

"꽤나 의심이 많군, 자네는. 자네처럼 이용가치 낮은 인간을 함정에 빠뜨려 봐야 내게 무슨 이득이 있다는 겐가? 아무것도 없지 않나?"

"그야 뭐 그러네만, 교고쿠도, 어쨌거나 자네 얘기는 너무 갑작스럽네. 왜 지금 나랑 자네가 하코네에 가야 하는 겐가?"

"누가 자네와 나라고 했나?"

교고쿠도는 귤껍질을 능숙하게 벗긴 뒤 쓰레기통에 버렸다.

"나는 자네 같은 친구와 둘이서 한가로이 여행이나 할 생각은 털끝만치도 없네."

"그럼 뭔가, 에노 씨라도 데려가려고?"

"자네는 무슨 소릴 하는 겐가? 사건도 아닌데 왜 갑자기 탐정이 나오는 거지?"

"갑자기?"

"무엇보다 에노키즈는 감기에 걸려서 뻗었네. 연말에 즈시 해안에서 지나치게 소란을 떨었던 게지. 그보다 세키구치 군, 어차피 자네라면 학생 시절의 일이라도 곰곰이 떠올리며 쓸데없는 감상에 빠져 있었겠지만, 이번은 학생이 친구들끼리 놀러가는 게 아닐세. 자네는 가장 소중한 사람을 잊고 있지 않나?"

"소중한 사람?"

"이보게, 자네는 유키에 씨를 혼자 놔두고 여행을 갈 생각인가? 내가 자네에게만 여행을 권하는 몹쓸 짓을 할 리가 없지 않은가."

"아아."

유키에는 내 아내의 이름이다. 교고쿠도가 말한 대로, 나는 과거에만 마음이 가 있어서 ——— 아주 잠깐이기는 하지만 ——— 아내에 대해 잊고 있었다. 나는 얼굴을 붉히며 당황해서 변명을 했다.

"아니, 그럴 생각은 아닐세. 그런 게 아니라 그, 뭐냐, 어째서 하코네인지, 왜 우리한테 여행을 권하는 것인지, 그 경위를 들려 달라는 걸세."

"그건 말하자면, 몇 박을 하더라도 숙박비가 공짜인 좋은 기회이기 때문일세. 다른 곳에서는 그렇게는 안 되지."

교고쿠도는 두 번째 귤을 먹으면서 그렇게 말했다.

"그렇게 좋은 얘기가 어디 있나? 그건 하코네가 아니라 아다치가하라[†] 같은 곳 아닌가? 손님은 모두 여관 주인에게 잡아먹히고 만다든지."

"자네처럼 맛없어 보이는 사람을 누가 먹겠나? 그런 게 아닐세. 들어 보게. 얘기가 길거든. 자네는 알고 있나? 요코스카에 '런던당[倫敦堂]'이라는 고서점이 있는데———."

"글쎄."

"거기 주인인 야마우치 주지라는 사람은 내게 고서를 가르쳐 주신 은인일세. 뭐, 서점 스승뻘에 해당하는 분인데——— 전에 얘기하지 않았나?"

"들은 것 같기도 하네만."

"이야기하는 보람이 없는 친구로군, 자네는. 뭐, 이 사람은 보통 고서점 주인이 아닐세. 아니, 업자로서보다 수집가로서 일류지. 실은 그 분의 소개일세."

"모르겠군. 왜 그 야마우치 씨가 자네에게 공짜 숙소를 알선해 준단 말인가?"

"그렇게 재촉하지 말게. 최근 경기가 좋아져서 국민들의 생활에도 여유가 생겼다고 하지 않나. 그 탓인지 관광지는 활기를 되찾고 있고, 어느 곳이나 개발이 활발해졌네."

"자네치고는 이야기가 대중없군. 생활에 여유가 생겼다는 건 돈이 있는 사람이나 하는 소리일 텐데. 정치가의

---

† 후쿠시마 현 아다타라야마 산 동쪽 기슭에 있는 들판. 귀녀전설로 유명하다.

헛소리 아닌가."

"그건 그렇지만 문제는 진짜 여유가 있느냐 아니냐가 아니라, 여유가 있다는 환상이 통할 만한 풍조인가 아닌가 일세. 전쟁 후에 곧장 그런 말을 해 봐야 아무도 상대하지 않겠지. 지금은 그게 통하는 밑바탕이 겨우 생겨나고 있다는 뜻일세. 어쨌거나 장사할 마음이 있는 사람들은 기회를 놓치지 않는다네. 나도 마찬가지야. 뭐, 경제 활성화에 개발사업은 탄력을 받게 될 테니까. 자연파괴니 환경이 열악해지느니 하는 말을 들으면서도 도로도 철도도 ———."

"답답하군."

금세 이야기가 거창해진다.

"어째서 자네의 이야기는 똑바로 본론으로 들어가지 않는 겐가? 우회만 할 뿐 전혀 길이 안 보이지 않는가. 나는 전후 경제 이야기 따위를 듣고 싶지는 않네."

참을성 없는 친구로군 ——— 하고 교고쿠도는 싫은 듯이 말했다.

"뭐, 좋네. 어쨌거나 하코네도 그렇지. 그곳은 원화(元化)[†] 4년(1618)에 하코네 여관이 생겼을 때부터 그렇게 될 운명에 있었던 곳일세. 교통의 요지에 역참으로 만들어진 곳이라 원래 산업이라는 게 없지. 나무 세공 정도일세. 그 대신 풍광이 아름답고 온천도 있다네. 온천치료로만 따지자면 그 역사는 가마쿠라[鎌倉] 시대 정도까지 거슬러 올라가니까. 휴양 관광에는 안성맞춤이지. 문화(文化) 연

---

† 고미즈노[後水尾] 천황 때 사용하던 연호(1615~24).

간(1804~17)에 막부가 교통 제도를 바꾼 이후로 지금까지 계속, 관광을 목적으로 방문하는 사람들이 늘고 있는, 말하자면 관광의 본가인 걸세. 메이지 시대에는 재계인들의 별장이 생겼지. 가도변이나 온천장뿐 아니라 아시노코 호수나 오와쿠다니[†], 고와쿠다니[††], 나아가서는 센고쿠하라 쪽까지 말이지 ───."

"이보게, 교고쿠도. 참 요령 없는 설명이로군. 요코스카의 런던당과 관광지 난개발과 하코네 역사가 대체 어떻게 연결되는 건가? 더욱 혼란스러운데. 어서 세 가지를 정리해 보게."

교고쿠도는 턱을 긁적였다.

"실은 말이지. 간사이[關西] 지방에서 성공한 자산가가 이 개발에 뒤처지지 않으려고 하코네에 새로 호텔인지 뭔지를 세우기로 했다는군. 물론 좋은 자리에는 모두 옛날부터 내려온 여관이나 별장이 있으니 이제 와서 신규 참가는 어려울 듯했지만, 그 벼락부자 아저씨는 우연히도 유모토에 땅을 갖고 있었던 게지. 땅이라고 해도 아무것도 없는 산속이라 지금까지는 길이 없었던 모양이지만, 뭐, 유모토까지 오다큐 전철이 뚫렸으니 이제는 호텔에서 셔틀버스로 커버할 수 있겠다고 짐작한 걸세. 그런데 막상 착공을 하고 보니 놀랍게도, 그 산자락에서 반쯤 토사에 묻힌 곳

[†] 하코네 산의 중앙 화구인 가미야마 산 북부 중턱에 있는, 유황기가 분출되는 구멍들이 많은 계곡. 센고쿠하라 온천의 천원(泉原).

[††] 가미야마 산 동쪽 기슭에 있는 온천.

간 같은 것이 발견되었다네."

"곳간? 곶감 아니고?"

"아닐세, 아니야. 창고일세. 곳간 같은 것이라고 하더군. 아저씨는 그런 것은 전혀 몰랐던 모양이더군."

"그렇게 큰 것이 파묻혀 있었단 말인가? 그 땅의 예전 소유자 것인가?"

"그러니까 그 땅은 지금까지 사람이 살 수 있는 곳이 아니었단 말일세. 경사면에 창고가 있는 것도 이상하잖나."

"묘하군."

"그렇지. 열어 보니 안에는 빼곡하게."

"보물이?"

"바보 같으니. 책일세. 서적. 서책. 그것도 오래된."

"뭐어?"

"자산가는 돈 냄새 하나는 기가 막히게 맡기 때문에 돈이 될 만한 이야기에는 민감하지. 이것이 단순한 헛간이었다면 즉각 처분했겠지만, 어쨌거나 물건이 물건이니 말일세. 혹시 문화적 가치가 있을지도 모르지 않는가. 그렇다면 돈을 벌 수 있을 테고. 당장 그 지방 고서점 주인이 불려갔네. 하지만 평범한 서점 주인은 알 수가 없었어."

"왜?"

"그야 가령 '사가판(私家版) 기타하라 하쿠슈[北原白秋]† 전

---

† 후쿠오카 현 야나가와 출신의 시인(1885~1942). 와세다 대학을 중퇴했으며 '명성(明星)'의 시인으로 출발해, 메이지 말기의 탐미파 청년 예술가 그룹인 '빵의 모임'을 결성하고 탐미주의 운동을 전개했다. 매끄러운 운율과 이국

집'의 가격은 알 수 있어도 ≪화한선살차제(和漢禪殺次第)≫
라면 모르지 않겠나. 그런 걸세. 그것도 한두 권이 아니었
네."

"대학 같은 곳에 감정을 부탁하면 되잖나."

"당장 팔고 싶었던 거겠지. 업자들도 잘은 모르니 그가
느끼는 바는 있었을 걸세. 그래서 가나가와 전체의 고서점
에 알림장이 돌았네."

"아아, 그래서 런던당의."

"그래, 그래. 박식한 런던당 주인이라면 알겠지, 라는
얘기가 나온 걸세. 하지만 런던당의 주인은 본래 서양 책
이 전문이거든. 그쪽 방면에서는 모르는 것이 없지만 언뜻
살펴보니 이것이 전부 일본 책과 한문으로 쓰인 책이더란
말일세. 나머지는 두루마리나 경전 같은 것이었네. 전문이
아니었지. 일서를 전문으로 하는 단골 가게에 물어보았지
만 공교롭게도 알 수가 없었네. 그래서 ———."

"과연. 자네, 교고쿠도 즉 걸어다니는 고서 백과사전이
나선 겐가?"

"그 이상한 비유는 뭔가? 어쨌거나 이것은 어려운 일일
세. 하루이틀로 끝날 것 같지 않아. 사람을 몇 명 고용해서
작업한다 해도, 정리하는 데만 일주일이나 열흘은 걸릴
분량이라고 하네."

"그래서인가?"

의 정서 · 관능이 풍부한 상징적 작법으로 〈사종문〉, 〈추억〉, 〈오동나무
꽃〉을 발표. 말년에는 자연찬미로 작풍을 전환했으며 동요 · 민요에도 명작
을 남겼다.

이제야 도달했다는 느낌이다. 여전히 서두가 길다. 하지만 역시 생략했다면 이해하지 못했을 것이다.

─── 어쨌거나.

일로 가는 것이었다. 아니나 다를까 꿍꿍이가 있었다.

"그 일을 하기 위해 공짜 숙소가 준비된 게로군?"

"그래, 그래. 뭐, 대단한 숙소는 아닐세. 공공 휴양소지. 여관이나 호텔이 아니라. 하지만 일이 끝날 때까지는 무료일세. 이쪽도 가게를 닫아두어야 하니 그 정도는 해 달라고 해도 되겠지."

"그런데 자네 본인은 알겠네만, 우리까지 덩달아 맡아준다는 건 이상한 얘기 아닌가."

"괜찮네. 방은 하나든 두 개든 마찬가지라고 하더군."

─── 아직도 숨기는 게 있군.

나는 아직 이해가 되지 않았다.

교고쿠도는 내가 의아해하는 것을 민감하게 알아차린 듯, 우선 이렇게 말했다.

"아니. 자네도 유키에 씨에게 고생만 시키지 말고 가끔은 호강을 시키는 게 좋겠다 싶어서 말일세. 이건 좋은 기회가 아닌가."

내가 마누라 호강을 게을리 하고 있는 것은 사실이다. 신혼여행마저 부모님 집에 데려가는 것으로 때우고 말았을 정도다. 그러나 그러는 교고쿠도도 평소에 가정을 돌아보지 않고 책만 읽고 있는 셈이니, 그런 의미로는 나와 동류일 것이다.

내가 그렇게 대꾸하자 친구는 무뚝뚝하게 말했다.

"무슨 소린가. 나는 서점 주인치고는 보기 드문 애처가라네."

"자네가 말인가?"

내가 어이없어하자 교고쿠도는 이렇게 말을 이었다.

"이번에는 오래 있게 될 것 같으니 치즈코도 같이 데려가자는 생각을 했네. 하지만 그냥 데려다만 놓고 여관에 며칠이나 내버려둘 수도 없지 않은가. 누군가 일행이라도 있으면 모르겠지만 그 사람 혼자서는 관광도 마음대로 할 수 없을 테고———."

치즈코는 교고쿠도의 아내다. 이 비뚤어진 남편에게 평소 불평 한마디 하지 않는, 인품이 뛰어난 여성이다. 그러나 그렇게 좋은 아내인 그녀도 이번만은 싫다고 말한 모양이다. 아무리 남이 시중을 다 들어주고 편하게 있기만 하면 된다 해도 혼자서 온천여관에 남겨진다면 버티기 힘들것이다. 오히려 안 가는 편이 낫다.

"그래서 말일세."

교고쿠도는 한쪽 눈썹을 추켜올렸다.

나는 그 동작을 보고 즉시 이해했다.

"아하."

"왜 그러나?"

"알겠네. 자네가 여행에 데려가고 싶은 것은 내가 아니라 유키에 쪽이었군. 나는 생선회에 곁들이는 채소였군."

교고쿠도는 다시 말해서 자신의 아내의 친구인 내 아내

에게 여행을 권유하러 온 것이다. 아무래도 유키에에게만 가자고 할 수도 없으니 내게 말을 꺼냈을 뿐이다.

"요컨대 부록인 것이지."

"토라질 필요는 없지 않나. 별로 나쁜 얘기는 아닐 테고. 치즈코도 유키에 씨와 둘이라면 갈 마음이 있다고 하고, 하코네라면 구경할 곳도 여러 곳이 있고. 유키에 씨만 괜찮다면 ——— 자네도."

"과연, 이제야 겨우 알겠네. 말해 두겠네만 이해하는 데 시간이 걸린 것은 내 이해력이 떨어지는 탓이 아냐. 자네의 말이 복잡한 걸세. 그럼 뭔가, 요컨대 이상한 남편을 둔 가련한 아내들에게 최소한의 보은이라도 하자, 그런 제안인 셈이군."

"뭐 그렇지."

"하기야 우리 둘 다 평소 행실이 나쁘니까. 치즈 씨도 필경 인내의 나날을 보낼 것 같네만, 그래도 이건 상당히, 말난 김에 툭 던지는 보은이 아닌가. 자네는 일을 하는 것이 목적일 테고, 그래서야 부인들도 고마움이 반감될 걸세."

"말난 김에가 아니라 좋은 기회라고 생각해야 하는 걸세, 세키구치 군. 온천여관에서 공짜로 며칠이나 묵을 수 있는 기회는 그리 흔한 게 아니지. 놓칠 수야 있나."

"그야 그렇겠지만 잠깐 기다려 보게."

왠지 아직도 덫에 빠진 것 같은 기분이 들었다.

확실히 아내들 두 사람은 사이가 좋다. 함께 여기저기

보고 다니면 당분간은 즐길 수 있을 것이다. 그러니 아내들은 그러면 된다 치고———.

———나는 어떻게 되는 것일까?

교고쿠도는 그 일인지 뭔지를 하러 갈 테고 나만 여자들의 인솔에 따라 관광을 하는 것도 이상하다. 다시 말해서 이번에는 내 쪽이 혼자 남겨지고 마는 게 아닌가. 잘 생각해 보니 정말 제멋대로다. 교고쿠도에게만 편리하다.

"이보게. 나는 어떻게 되나? 완전히 부록 아닌가."

"자네? 자네는 자고 있으면 되지 않나. 실제로 지금도 자고 있었잖아. 잠이야 어디에서 자든 마찬가지일 텐데."

"그거 심한 말이로군."

"심하지 않네. 뭣하면 내 일을 도와줘도 돼. 항만 일용직 노동자 정도의 일당은 나올 것 같으니."

"추운 것도 힘쓰는 일도 사양일세. 나는 자네와 달라서 글씨가 씌어 있고 철이 되어 있는 종이묶음만 있으면 밥을 먹지 않아도 살아갈 수 있는 특이체질이 아니거든. 치즈코 씨만큼은 아니지만 여관에 혼자 있는 것도 견디기 힘들고."

교고쿠도는 다시 한쪽 눈썹을 추켜올렸다.

"이보게, 세키구치 군. 예로부터 문호 예술가들은 여관에 오랫동안 머물면서 구상을 다지곤 했네. 게다가 만년필 한 자루만 가져가면 일을 할 수 있는 것은 자네 같은 직업 정도지. 마음이 내키면 글을 쓸 수도 있단 말이야. 그래서 나는 자네도 같이 가자고 권하고 있는 걸세."

교고쿠도는 문호라는 부분을 강조했다. 물론 놀리는 것이다. 그렇다 쳐도 미리 생각한 것인지 입에서 나오는 대로 말하는 것인지는 전혀 알 수 없지만, 어차피 궤변이라는 사실에는 변함이 없다. 실로 막힘없는 궤변이다. 그러나 나는 천성이 단순한지, 대개 늘 이 교묘한 언변에 넘어가 놀아나게 된다.

그런 내 마음의 움직임은 읽히고 있을 것이다.

교고쿠도는 아마 다 알면서도 이렇게 말을 맺었다.

"왕복 여비쯤은 대 주겠네. 일도 잘만 되면 나름대로 쏠쏠할 거야. 여관 자체는 기대할 수 없지만 가정집 목욕탕보다는 나을 테지. 뭐, 맛있는 음식을 먹고 싶다면 조금은 돈도 들겠지만."

"일단 유키에와 상의해 보지."

나는 아니꼬워서 그렇게 대답했다.

그러나 내 마음은 이미 정해져 있었다.

문호 기분을 내 보는 것도 나쁘지 않겠지 ———.

고달픈 세상을 떠나 책에 빠지고, 뜨거운 물에 몸을 담그며 그저 살아간다.

그것도 분명히 좋다.

그리고 ———.

아내도 여행이라면 기뻐할 것이다.

교고쿠도의 아내와 함께라면 나도 안심이다. 게다가 친구의 말대로 설령 말이 난 김에 얘기를 꺼낸 것이든 무엇이든 ——— 그것이 아내에게 호강을 시켜주는 것이 된다면

―――그것은 그것대로 좋은 일일지도 모른다. 적어도 아무것도 하지 않는 것보다는 훨씬 좋을 것 같았다.

그리고―――.

어느새 나 자신도 여정(旅情)을 원하게 되었다. 여행을 동경한다기보다 여행을 하던 과거를 그리워하는 기분인지도 몰랐지만. 어쨌거나 현실도피인 것은 마찬가지다.

그 젊은 시절의 기분을―――지친 나는 과연 다시 느낄 수 있을까.

교고쿠도는 그 후 한 시간 정도 바보 같은 이야기를 하다가 돌아갔다.

아사히카와의 인공강설실험 이야기와, 토니타니†라는 연예인의 7·5조 재패니즈 잉글리시가 재미있다는 둥 하는 이야기였다.

유키에는 저녁때 돌아왔다.

이야기를 하자 예상했던 것보다 기뻐했다. 늘 여행이 가고 싶었다고 한다. 나는 새삼 나의 한심함이나, 아내에 대한 배려가 부족했음을 느꼈다. 이런 일이라도 생기지 않았다면 여행 따윈 생각도 하지 않았을 것이다.

게다가 아내는 내가 남몰래 꾸미고 있던 매우 무모한 시도에도 찬성해 주었다.

나는 여행에서 책 발행으로 받은 눈먼 돈을 다 써 버릴

---

† 도쿄 긴자 출신의 배우(1917~87). 일본계 미국인을 흉내 내 어설픈 영어를 섞어 말한 게 큰 인기를 끌었다.

생각을 한 것이다.

돈이 없어지면 일하지 않을 수가 없다. 그렇게 되면 글을 쓸 기분도 들 것이다. 어떻게도 할 수 없는 데까지 몰아넣지 않으면 어떻게도 되지 않는다는, 나 이외에는 통용되지 않는 궁극의 배수의 진이다.

——— 역경에 강하고 순경에 약하다.

학생 시절부터 자주 그런 말을 듣곤 했다.

그렇다면 스스로 나 자신을 역경에 몰아넣자는 궁리를 한 것이다. 그러나 생활비를 다 써 버린다는 일종의 자폭 행위에 아내가 찬동할 거라고는, 어지간한 나도 생각하지 못했다.

유키에는 생글생글 웃으면서 말했다.

"어차피 앞으로 몇 달 못 갈 테니 한번에 써 버리는 게 좋지 않을까요?"

"뭐야, 에도 토박이 같은 말을 하는군.'"

"어머나, 저는 3대째 에도 토박이인걸요."

유키에는 어이없다는 듯한 얼굴을 했다.

잘 생각해 보면 유키에는 도쿄 출신이다. 나처럼 인색한 남자에게 시집와서 일 년 내내 힘든 살림을 꾸려 나가느라 꽤 쩨쩨해지기는 했지만, 타고나기를 내일 쓸 돈은 남겨두지 않는 성격이 아내의 본래 모습인지도 모른다. 그렇게 말하자 아내는,

---

† 에도(도쿄) 사람은 성격이 호탕하여, 그날 번 돈은 그날 다 써 버린다는 말까지 있을 정도.

"무슨 말씀이세요. 실례되는 말이네요. 호탕하지 못하면 다츠 씨 같은 사람하고는 못 살아요."
라고 말했다. 아내는 나를 다츠 씨라고 부른다.

그렇게 해서 교고쿠도의 간계에 빠졌다고 할까, 간언에 농락당했다고 할까, 우리는 여행을 떠났다.

이러니저러니 해도 막상 떠나면 나름대로 여행 기분은 나는 법이다. 이거 어쩌면 정말로 작품 구상이라도 떠오르지 않을까 ─── 하는 욕심스런 기분조차 든다. 두 아내들도 몹시 기분이 좋았다.

하지만 날씨는 공교롭게도 쾌청하지는 못해, 약간 눈발이 날렸다. 그러나 그것도 처음부터 여관에 틀어박힐 심산이었던 내게는 상관없는 일이었다. 여자들도 일정이 정해진 여행이 아니니 별로 신경 쓰지 않는 듯했다.

사실 시간에 쫓기지 않는 상태는 해방감을 주는 법이다. 시간이라는 것은 애초에 끝도, 시작도, 눈금도 없는 존재다. 거기에 일부러 눈금을 새기니, 늦었다는 둥 이르다는 둥 하는 말을 하게 된다. 하루, 이틀 세는 것만으로는 모자라 한 시간이니 일 분이니 일 초니를 세고, 최근에는 영 점 몇 초까지 센다. 잘게 쪼개는 것도 작작 좀 했으면 좋겠다.

토막살인도 그렇게까지는 쪼개지 않는다.

그러고 보면 시계라는 것은 현대인의 '우리[檻]' 같다.

살아 있는 한 나갈 수 없는 '우리'다. 이 해방감도 가석방과 비슷하다. 우리도 언젠가는 그 '우리'로 돌아가게 된다.

그런 생각을 했다.

아내들은 평소보다 멋을 부렸다. 딱히 남들 앞에 나서는 것도 아닌데, 산속 온천장에 가는 것이니 누가 보는 것도 아닌데———라는 생각도 든다. 여관에 도착할 때까지의 짧은 시간을 위한 단장이다. 그것도 겨울철이라 아무리 좋은 기모노를 입고 있어도 위에 방한복을 걸치게 된다. 겉으로 보이지도 않는다.

하지만 그 외출복이나 숄도 눈에 익은 것이 아니다. 평소에 입던 것과는 달랐다.

그런 점이 여심(女心)일까 하는 생각도 해 보았다.

그리고 실은 그런 사소한 사항이 바로 내 여심(旅心)을 두드러지게 한다는 것을 깨달았다.

아무래도 기세만으로 즐길 수 있었던 시대는 끝나 버린 모양이다. 채비가 중요한 것이다.

나는 어떤가 하면 헌옷가게에서 산 흐리멍덩한 색깔의 코트를 껴입고 칙칙한 녹색 목도리를 둘렀을 뿐이다. 수염도 제대로 깎지 않은, 평소와 다를 것 없이 풍채라곤 나지 않는 차림새다. 방한 이외에는 신경을 쓰지 않았으니 무리도 아니지만 멋이고 뭐고 하나도 없다. 나답지 않게 조금 후회했다.

그래도 잠시 동안은 들떠서, 나는 말을 많이 했다.

어쨌거나 역시 여행은 즐거운 것인가 보다.

하지만 교고쿠도만은 여전히 도쿄가 사라진 듯한 시무룩한 얼굴로 책을 읽거나 차창을 바라보았다. 볼일이 있는 사람은 이 친구뿐이니 날씨도 신경이 쓰일지도 모른다. 그러나 이 친구는 이게 평소 상태이니 이제 와서 마음 쓸 필요는 없다. 말을 걸면 대답이 돌아오고, 가끔 고개를 들고 농담을 하는 것으로 보아 오히려 기분은 좋은 듯했다.

그건 그렇고——— 여행지에 책을 가지고 가는 것까지는 그렇다 치더라도 혼자 하는 여행도 아닌데 이동 중에도 계속 책을 읽는 것은 좀 그렇지 않나 싶다.

"이보게, 교고쿠도. 자네는 그런 책만 읽고 있으면 멀미 나지 않나?"

"나는 평형감각이 뛰어나거든. 멀미는 안 하네."

"아뇨. 이 사람은 반고리관이 없는 거예요."

교고쿠도의 아내가 재미있다는 듯이 말했다.

"이전에 아오모리의 호토케우라에서 조각배를 탔을 때도, 정말 엄청나게 흔들려서 저는 경치도 볼 수가 없었는데 이 사람은 책을 읽고 있어서 얼마나 기가 막혔다고요. 아마 '활자가 흔들리는 책'이라도 만들어서 준다면 그걸 읽고 멀미가 나겠지요."

자신의 아내에게 예상외의 공격을 받은, 교고쿠도는 이상야릇한 얼굴을 했다. 나는 이때라는 듯이 추격했다.

"자네도 정말 기막힌 책바보로군. 게다가 참으로 기막힌 체질이 아닌가. 교고쿠도, 자네는 역시 이상해. 치즈코 씨 말대로 반고리관이 없는 것 아닌가?"

"시끄럽네. 세키구치 군. 자네 같은 사람은 아무 진동도 없는 평지에서도 멀미를 하지 않나. 차멀미 배멀미 술멀미, 멀미도 여러 가지가 있지만 걷다가 멀미를 하거나 앉아서 멀미를 하는 건 자네뿐일세. 누워 있어도 멀미를 하겠지."

"그럴 리가 있나?"

"있어요."

유키에가 말했다. 아무래도 아내라는 존재는 금방 적으로 돌아서 버리는 존재인가 보다. 이렇게 되면 아무래도 불리하다.

"언젠가 개가 꼬리를 흔드는 것을 보고 있다가 속이 안 좋아졌다고 하지 않았던가요?"

"싫은 일을 기억하고 있군. 그때는 너무 응시했기 때문이지. 그건 일종의 최면무기야. 환술이 되거든."

"개가 그렇게 엄청난 무기를 갖고 있는 줄은 몰랐군. 마치 가신코지†가 모습을 바꾼 듯한 개가 아닌가. 세키구치 군은 개와 싸우면 지는군. 그러고 보니 언제였던가, 그렇지, 자네가 우리 집에서 고양이와 놀고 있었을 때 말일세. 빙글빙글 돌며 장난을 치다가 자네가 어지러워지고 말았지. 그렇군, 자네는 고양이와 싸워도 지는 게로군."

"어째서 내가 개나 고양이와 싸워야 한단 말인가?"

숫제 짐승 취급이다.

---

† 무로마치 시대 말기에 등장한 환술사. 오다 노부나가, 도요토미 히데요시, 아케치 미츠히데 등의 앞에서 환술을 보여 주었다고 기록되어 있다.

"그러고 보니 교고쿠도. 자네 집의 그 고양이는 어떻게 했나? 혼자 두고 왔나?"

"아아, 자쿠로† 말인가?"

"자쿠로?"

"이름일세. 하품을 하면 석류 같은 얼굴이 되거든. 그래서 그런 이름을 붙인 걸세. 그렇지, 내일이나 모레, 조만간 아사할 테지. 그 고양이는 집에서 자랐기 때문에 먹이를 잡을 줄 모르거든. 쥐에게도 질 걸세. 집에서는 못 나가고, 우리 안에서 먹이를 주는 사람이 없는 거나 마찬가지니까 굶어 죽겠지."

"그럴 수가, 자네."

"괜찮아요. 먹이를 좀 주라고 이웃에 부탁해 두었으니까요. 이 사람은 걸핏하면 이상한 말을 하지만, 고양이가 죽기라도 하면 제일 슬퍼할 거라니까요."

그의 아내는 커다란 눈으로 음험한 남편을 힐끗 보고는 놀리듯이 그렇게 말했다. 그러고 나서 내 아내를 보더니 서로 마주보고 크게 웃었다, 현명한 부인들은.

한편 형편없는 남편들은 한쪽은 책을 읽기 시작하고 한쪽은 차창을 바라보았다.

흘러가는 풍경은 어느새 눈 덮인 야산으로 바뀌었다.

뭔가 터무니없이 굉장한 나무다리를 건넜다.

유모토 역에서는 런던당의 야마우치 씨가 기다리고 있

---

† 일본어로 '석류'라는 뜻.

었다.

그는 내 예상과는 달리 몸집이 작은 사람이었지만 그러면서도 이상한 기백에 가득 찬 사람이었다. 긴 머리카락을 뒤로 묶고 암갈색 코트를 걸치고 검은 목도리를 하고 있다. 게다가 알이 작은 검은 안경까지 쓰고 있으니 여간내기로 보이지 않았다. 언뜻 보면 외국 첩보원 같은 분위기다. 아무리 봐도 우리나라 고서점 주인으로는 보이지 않았다.

차 안에서 교고쿠도는 자신의 고서 대선배에 대해,

———— 제갈공명 같은 사람일세.

라고 설명했다. 물론 제갈공명과 만난 적은 없고, 따라서 그렇게 말한들 전혀 짐작이 가지 않았다. 지금 대면을 마치고 보니 과연 이것이 공명인가 하고 반대로 생각했을 정도다. 그러나 그렇게 보니 확실히 무서운 사람이라기보다 수완가 같은 인상이었다.

그는 더욱 예상을 배반하는 부드러운 말씨로 말했다.

"아아, 교고쿠 군, 어서 오게."

"오랜만에 뵙습니다. 으음, 소개하지요. 이 사람이 제안사람이고 이쪽이 ————."

"아아, 그 사람이 울증의 그로군. 처음 뵙겠습니다, 야마우치입니다. 어떠십니까? 최근의 울증 상태는?"

"예? 예에, 그."

대체 이야기가 어떻게 전해져 있는 걸까.

"제 친구 중에도 울증인 사람이 있지요. 그는 중증이었는데 그, 모리타 요법이었나? 그걸 받고 나서 지금은 겨우 지내고 있어요. 당신은 어떻습니까?"

"저, 저는 경증이라."

"그래요, 그거 다행이군요. 잘 부탁합니다."

야마우치 씨는 손을 내밀었다. 악수하는 습관이 없는
나는 갈팡질팡하면서 그 손을 잡았다. 내가 장갑을 끼고
있어서 다행이었다. 만일 맨손이었다면 내 손바닥에 잔뜩
밴 땀이 어쩌면 그에게 불쾌한 느낌을 주었을지도 모를
일이다.

"세, 세키구치 다츠미입니다."

가까스로 그렇게만 말했다.

잠시 넋을 놓고 있었기 때문에 교고쿠도가 유키에를 소
개해 주었다. 야마우치 씨는 인사하는 방법도, 세세한 몸
놀림도 실로 그림 같았다. 일본인 같지 않다. 영국 신사의
태도———나는 진짜 영국 신사의 몸짓을 알고 있는 것은
아니기에 그래서 이것은 근거 없는 생각이지만———같
다. 과연 그런 점이 런던당인 걸까, 하며 나는 납득했다.

한편 옆에 서 있는 친구는 까마귀처럼 검은 니주마와
시[†]에 겨울 나막신을 신은 일본식 복장이다. 여전히 시대
착오적인 스타일이고, 과연 이쪽은 확실히 교고쿠도다.[††]

그건 그렇고 똑같이 검은 옷이라도 입는 사람에 따라
이렇게까지 달라 보이는 걸까. 어차피 근거 없다는 데에는

[†] 일본 전통복식의 남성용 외투.

[††] 교고쿠[京極]는 현재의 교토인, 과거 헤이안 경 서쪽 끝에 있던 큰길의 이
름으로 현대적인 런던당 주인에 비해 그렇지 않은 교고쿠도를 빗댄 일종
의 말장난이다.

변함이 없지만 교고쿠도는 온천지의 초라한 풍경에 잘 어울린다. 반대로 런던당 주인은 그가 있는 곳만 스코틀랜드의 배경을 잘라 끼워 넣은 것처럼 보여서, 그것도 재미있었다.

영국 신사는 인사가 끝나자 말했다.

"나는 묵지 않고 돌아가야 하니 그리 오래 있을 수는 없네만————어떻게 할 텐가? 현장에 가 보겠나?"

"여관은 멉니까?"

"여관까지는 걸어서 이십삼 분. 현장까지는 약 한 시간 삼십 분. 조금 버거울 걸세. 하지만 방향은 같지. 다시 말해 여관에서 현장까지는 걸어서 약 한 시간 칠 분이 걸리는 거리일세."

"그렇다면 이 사람들을 여관에 데려다 놓고 현장으로 가지요. 보기만이라도 해 두고 싶어요."

그리고 영일동맹 같은 신기한 일행은 느긋하게 이동하기 시작했다.

여관은 다이쇼 시대의 하숙집 같은 목조 이층집이었다. 군데군데 보란 듯이 아무렇게나 보수가 되어 있는데, 그래도 전체적으로는 찌그러져 보인다. 지붕에 쌓인 눈 때문에 그렇게 보이는지도 모른다. 아니, 그렇다 해도 빈말로라도 깨끗한 건물은 아니었다. 하지만 그 어중간하게 낡은 점이 꽤 내 취향에 맞았다.

고급이라서 좋다거나 정돈되어서 좋은 것은 아니다.

여관 이름은 '후지미야'라 하는 것 같았다.

우리들이 도착한 것을 알아차렸는지, 안에서 통통한 아저씨가 느릿느릿 나왔다.

아기곰 같은 얼굴이다.

야마우치 씨가 그를 알아보고 한 발 앞으로 나서더니 붙임성 있게 말했다.

"안녕하시오, 주인장. 일전에는 쉬어가게 해 줘서 고맙소. 자, 손님을 데려왔소이다."

"예? 아아, 그쪽이 사사하라 나리의 손님이시군요. 잘 오셨습니다. 자, 추우니 안으로 드시지요. 방은 데워 두었습니다."

주인은 굵고 짧은 손가락이 달린 손으로 우리들을 맞아들였다.

외관은 다이쇼 시대지만 안은 에도 시대의 여인숙이다. 상인숙소 같은 느낌일까. 우리에게 주어진 것은 이층에 있는, 다섯 평 정도의 방 두 개가 이어져 있는 방이었다. 장지를 열면 큰 방 하나가 되어 넓게 쓸 수 있고, 닫으면 두 개의 방이 된다. 이런 점도 마치 에도 시대의 여인숙 같았다.

주인은 부부끼리 방을 잡아야 할지 남자방, 여자방으로 잡아야 할지 고민한 것인지도 모른다. 그렇게 짐작하기도 했지만, 어쩌면 전부 이런 구조인지도 모르니 사실은 잘 알 수 없었다.

아기곰 아저씨는 노천온천은 없지만 큰 욕탕은 자랑거

171

리라는 말을 끊임없이 늘어놓았다. 게다가 식사는 어떻다는 등 외출은 어떻다는 등 장황하게 설명했지만 나는 건성이었다. 아내들이 열심히 듣고 있으니 괜찮다.

창밖은 뒷산이나 뭐 그런 것일까. 시냇물 소리가 들리는 걸 보면 아마 아래로 강이 흐르고 있을 것이다. 경치가 좋다면 좋고, 딱히 별다를 것도 없다면 없다.

여정(旅情)을 돋우는 것은 오히려 신기하지도, 아무렇지도 않은 강물 소리 쪽이기도 하다.

여행을 온 것이다.

나는 벌써부터 멍해져 보았다.

문호 기분을 만끽하기 위해서다.

하지만 좀처럼 생각만큼은 되지 않았다. 잡다한 사실들이 머리를 지나간다. 확산하는 것이 집중하는 것과 마찬가지로 힘들다는 사실을 처음으로 알았다. 평상시에는 멍하다는 말을 자주 듣는데, 의식적으로 멍해지려고 해도 멍해질 수 없다니 얄궂은 일이다. 졸린데 잘 수 없는 밤에 느끼는 초조함과 비슷했다.

"그럼 나는 다녀오려는데 세키구치 군, 자네는 어떻게 할 텐가?"

"응?"

"이보게, 자네는 벌써 자신의 세계에 들어간 건가?"

"어? 뭐가 말인가?"

"그러니까 심심하다면 같이 그 곳간이라도 보러 갈 텐가, 아니면 여기서 누워 있을 텐가 하고 아까부터 여러

차례 묻고 있지 않은가. 치즈코도 유키에 씨도 오늘은 그냥 느긋하게 쉴 거라고 하는데. 자네는 어쩔 텐가?"

"음 ———."

아까부터 그런 것을 묻고 있었을 줄은 여태껏 깨닫지 못했다.

확산하려는 데에 집중하느라 바깥세계를 차단하고 있었던 모양이다.

이래서야 다른 사람이 보자면 멍하니 있는 것과 다를 게 없다. 멍해지고 싶어도 멍해질 수 없는 상태가 타인에게는 멍한 것으로밖에 보이지 않으니, 더욱더 얄궂은 일이다.

내부와 외부를 가르는 벽은 이렇게나 두꺼운 것일까.

"왠지 이상하군, 세키구치 군. 뭐, 그렇게 자네 좋을 대로 되지는 않는 법일세. 그냥 평소대로 있으면 돼. 내버려 둬도 자네라면 금방 그렇게 될 수 있네."

"무슨 소린가?"

"아니, 됐네. 자네 하고 싶은 대로 하게."

교고쿠도는 뭔가 알아차린 듯이 등을 돌렸다.

"기다려 주게. 가기만 하는 거라면 나도 가겠네."

여행에 빠져들려면 좀더 일상과 다른 풍경을 보는 게 좋을지도 모른다. 나는 서둘러 옷을 입고 뒤를 쫓았다.

가는 길에 야마우치 씨와 음악 이야기를 했다.

아무래도 그는 교고쿠도에게 내가 어떤 종류의 음악을 좋아하는지를 들은 모양이다. 말하자면 내게 화제를 맞춰

주고 있었던 셈인데 그것에 그치지 않고 야마우치 씨 자신도 상당히 음악을 좋아하는 듯했다. 실로 박식했고 무엇보다도 내가 한 번은 들어 보고 싶다고 생각하던 명반이나 진귀한 음반을 그는 전부 소유하고 있는 것 같았다. 수집가인 것이다.

걸을 때마다 날씨는 점점 수상해졌다. 게다가 길도 점점 나빠지는 것 같았다.

"이대로 이쪽으로 가면 구(舊) 도카이도†인데 모토하코네†† 방면으로 나가게 되네. 하지만 이쪽으로 올라가세."

앞장선 야마우치 씨도 걷기 힘들어 보였다.

"그럼 이제 곧 붕괴 직전의 별장이 보일 걸세. 그것이 의뢰인인 사사하라 소고로 씨의 소유물이지. 지금은 의뢰인의 부친인, 으음, 다케치 씨라는 이름이었던가? 벌써 여든 살에 가까운 노인인데 그 분이 가정부와 둘이서 살고 있네."

"의뢰인은 현장에 없습니까?"

"이번 주에는 장사 때문에 자리를 비울 수 없다고 하더군."

"도와줄 사람을 부탁해 두었다고 들었는데요."

"그래. 내일부터 인부가 네 명인가 오기로 했다고 하네. 분명히 인부들을 수배한 것은 그쪽이지. 뭔가 불편한 게

---

† 에도 시대의 5대 가도 중 하나. 에도에서 교토에 이르는, 태평양을 따라 나 있는 도로. 53개의 역참이 있었다.

†† 아시노코 호숫가에 있는 온천지. 하코네 신사의 문전마을로 하코네 관소, 구 도카이도의 삼나무 가로수 등이 있다

있으면 그 다케치 씨에게 말하라고 하더군. 그리고 오다와라 다카세 서점의 다카세 군――― 으음, 교고쿠 군은 알지?"

"면식은 있습니다. 한 번뿐입니다만."

"그래. 그는 내일부터 오겠다고 했어. 나는 내일과 모레는 일이 있지만, 그 이후라면 올 수 있으니 일손이 부족하면 가게로 연락하게. 아아, 저게 별장일세."

평범한 목조가옥이다.

삼분의 일 정도가 눈에 파묻혀 있어서 도저히 쾌적한 환경의――― 소위 말하는 별장이라고는 생각할 수 없었다. 나는 무심코 입 밖에 내어 말하고 말았다.

"이런 곳에 연세도 많으신 분이 혼자 살고 계시다는 겁니까? 이것은 말이 좋아 별장이지 고려장이군요."

야마우치 씨가 대답했다.

"그게――― 본인의 뜻이라고 합니다. 아들은 체면도 있으니 같이 살자고 거듭 말하고 있지만 노인이 고집스럽게 움직이지 않는대요."

"왜입니까?"

"하코네를 엄청나게 좋아한다고 하더군요."

설득력 있는 설명이다.

여닫기 힘든 문을 덜컹거리며 열자 안에서 가정부가 나왔다. 가정부라고 해도 쉰 살 정도로 보이는 부인이다. 야마우치 씨는 이미 알고 있는지, 많은 말을 하기도 전에 안으로 안내해 주었다.

백발을 짧게 깎고 둥근 안경을 쓴, 기모노 차림의 도조 히데키[†] 같은 풍모를 가진 노인이 복도 벽을 짚으며 나왔다. 다리가 안 좋은 모양이다.

　"어서 오십시오. 도쿄에서 오셨습니까?"

　"추젠지라고 합니다. 이쪽은 지인인 세키구치 군입니다."

　"사사하라입니다. 아들놈이 바보 같은 부탁을 했군요. 미안하지만 잘 부탁드립니다. 나도 고서라면 조금은 지식이 있지만 보시다시피 다리가 이 모양이라. 저기까지 올라갈 수가 없습니다. 게다가 최근에는 눈도 흐려져서 못 쓰겠어요. 위험해서 이 집에서 나갈 수가 없다오. 뭐, 돈에 눈이 먼 바보 아들놈의 도락일 뿐이었다면 이런 큰 소동은 내가 말렸겠지만, 물건이 물건이다 보니 말입니다. 가치가 있는 것이라면 문화적 손실이고요."

　"제가 받아들인 것이니 제가 해야 할 일입니다. 모쪼록 신경 쓰지 마십시오 ———."

　교고쿠도는 그렇게 말했다.

　자산가의 늙은 아버지는 조금 비틀거리며 깊이 목례를 했다.

　집을 나서자 눈발은 더욱 수상해져 있었다.

[†] 도쿄 출신의 육군 군인 · 정치가(1884~1948). 관동군 참모장 · 육군 차관 등을 거쳐 1940년 제2차 고노에 내각의 육군대신이 된다. 이듬해 수상에 취임하고 육군대신과 내무대신을 겸임, 태평양 전쟁을 추진했다. 1944년 7월, 사이판 함락 직후 모든 직위에서 사퇴했으며 종전 후 A급 전범으로 교수형에 처해졌다.

야마우치 씨는 어둑어둑해진 하늘을 올려다보고 나서 가볍게 돌아보며 작은 목소리로 말했다.

"저 집은 호텔을 지을 때 부술 거라고 하네. 의뢰인은 완고한 노인을 힘으로 산에서 내려보내려는 속셈인 거지."

"그것은―――아까 그 노인께서는 승낙하신 겁니까?"

"물론 속인 거겠지. 알면서 저런 태도일 리는 없을 거야. 하코네를 엄청나게 좋아하는 모양이니까. 노인은 향토애가 높아서 향토사를 편집하기도 하고 민간전승 같은 것까지 수집하고 있는 모양일세. 아아, 이 위쪽이야."

길은 이제 없었다. 눈이며 조릿대를 헤치면서 꽤 많이 올라갔다.

그리고 겨우 그것은 모습을 나타냈다.

쉽게 상황을 파악할 수 없는, 왠지 이상한 경관이었다. 그 근처는 이미 숲이었고, 아니, 숲이라기보다 산중이었고 빽빽하게 들어서 있는 나무들 사이의 경사면이 부자연스러운 모양으로 솟아올라 있었다. 언뜻 보기에 그것은 자연이 이루어 낸 기술인 것처럼 보이기도 했다. 하지만 조금 가까이 가 보면 그것이 단순한 지면의 혹이 아니라는 것을 알 수 있다. 혹 윗부분에는 나무가 자라지 않고, 대신 군데군데 기와가 드러나 있었기 때문이다. 그러나 파묻힌 부분은 분명히 수풀 같은 양상을 드러내고 있었다. 그것들은 모두 눈을 살짝 덮어쓰고 있어, 주의 깊게 보지 않으면 무엇이 어떻게 된 것인지 알 수 없었다. 크기도 커서 유적이나 고분 같은 모습이다.

빙 돌아 들어가니 벽이 보였다.

벽은 확실히 곳간과 똑같은 흙벽이고 위쪽에 채광창 같은, 철조망을 친 틈이 몇 개 엿보인다. 주위에는, 경사면의 흙을 파낸 것인지, 눈에 진흙이 섞인 지저분한 작은 언덕이 생겨 있고 그 너머에는 건축 현장처럼 낮은 발판이 어중간하게 짜여 있었다.

그 발판을 돌아 더욱 안쪽으로 들어가니 입구가 보였다.

녹슨 금속제 같은 문에는 썩은 목제 빗장이 걸렸다.

입구 주위의 발판은 비교적 튼튼하게 짜여 있다.

나는 탄광을 떠올렸다. 물론 탄광 입구에는 이런 문이 달려 있지 않겠지만 그런 느낌이 들었다.

"이거, 산사태로 파묻힌 걸까?"

야마우치 씨는 그리로 다가가 벽을 만지면서 말했다.

"낡았군."

"하지만———."

교고쿠도는 산 쪽———파묻혀 있는 쪽으로 가서 올려다보며 말했다.

"아무래도 이상하군요. 그런 것치고 나무가 쓰러지거나 한 흔적도 없는데요. 똑바로 자라고 있어요."

나는 친구를 흉내 내어 산의 경사면을 보면서 말했다.

"그야 산사태가 있은 후에 자란 나무일 테지."

혹 바로 위에는 커다란 나무가 너덧 그루 자라고 있었다.

"하지만 세키구치 군. 이건 꽤 오래된 나무일세. 일이십

년 된 게 아니야. 수령 백오십 년은 넘었을 걸세."

"그러니까 산사태는 그 이전에 있었다는 뜻일 테지. 아마 이백 년 전의 일일 걸세."

"그럴까?"

교고쿠도는 고개를 갸웃거렸다.

"하지만 잘 보게. 이 몇 그루를 빼고 그 위쪽에 자라고 있는 나무는 모두 어린 나무일세. 게다가———."

"그런 것은 아무래도 상관없지 않은가. 교고쿠도, 자네는 이 이상한 곳간이 왜 이렇게 파묻혔는지를 확인하기 위해 온 것이 아니라 이 곳간에 들어 있는 서적의 값을 매기기 위해서 온 게 아닌가."

"그렇지, 교고쿠 군. 세키구치 씨 말이 옳아. 우선은 안을 보세."

야마우치 씨는 그렇게 말하고는 입구 앞에 서서,

"건물은 꽤 많이 변형되어서 이렇게, 평행사변형으로 일그러져 있네. 그래서 이 문은 열리지 않아. 아니, 열면 위험하네. 무너질지도 모르잖나."

하고 문을 가리키며 말했다.

"그래서 보게, 여기에."

그는 말하면서 조금 이동해, 거기에 걸려 있던 발을 걷었다.

"구멍을 뚫었다네."

거기에는 사람 한 명이 간신히 지나갈 수 있을 정도의 찌그러진 구멍이 뚫려 있었다.

"땅주인은 욕심쟁이라서, 어리석은 생각에 쥐처럼 몰래 파냈다네. 안에 보물이 있을지도 모른다고 생각한 게 틀림없어. 그랬더니 교고쿠 군이 좋아할 만한 것들이 잔뜩 나온 거지. 어떻게든 안으로 들어가 보니 ——— 안은 책투성이였던 걸세."

"안으로 들어갈 수 있습니까?"

"으음, 지진이라도 일어나지 않는 한은 괜찮을 테지만 ——— 위험하네."

"위험합니까?" 라고 말하면서 교고쿠도는 곳간 여기저기를 살펴보았다.

야마우치 씨는 팔짱을 끼고 친구의 모습을 바라보면서 위험하다는 말을 되풀이했다.

"내일 인부들이 와서 위에 있는 토사를 제거하고 지붕을 떼어 낼 거라고 했네. 그렇게 하면 위험은 줄어들겠지. 다만 날씨가 걱정인데. 지붕 대신 천막 같은 것을 치겠다고 하긴 했는데, 제대로 하지 않았다간 책이 젖고 말 거야."

영국 신사는 그림 같은 각도로 고개를 기울여 하늘을 올려다보았다. 나도 따라서 올려다본다. 하늘은 벌써 꽤 어두워졌다. 시간 탓만은 아니다.

"내일쯤부터 아무래도 눈이 올 모양이니까. 교고쿠 군, 그 천막을 다 칠 때까지 여관에서 대기하는 게 어떤가? 생각하면 토목작업을 하는 동안에는 안에 있으면 위험하잖나."

"지붕을 떼는 짓은 하지 않는 게 좋을 겁니다."

"그럼 어떡하란 말인가? 위험하네."

"지금까지 무너지지 않았으니 갑자기 무너지는 일도 없
겠지요. 오히려 이 근처에 눈을 피할 수 있는 간이 텐트
같은 것을 설치하고, 그리로 내용물을 반출하는 게 나을
거예요. 네다섯 명에서 꺼내면 이삼일 안에 끝날 겁니다.
뭐, 안에 얼마나 꽉 차 있는지에 따라서 다르겠지만———
아아, 이건."

교고쿠도는 몸을 굽히고 구멍을 들여다보다가 결국 안
으로 들어가 버렸다.

야마우치 씨는 조금 어이없다는 얼굴로 나를 보며,

"별난 사람이군, 이 사람은. 항상 이렇소?"

하고 물었다. 나는 어딘지 모르게 복수라도 하듯이,

"병이지요."

라고 대답했다.

병든 친구는 좀처럼 나오지 않았다.

"왠지 걱정되는군요. 무너지지 않을까?"

야마우치 씨는 발판에 손을 대고 벽을 아래쪽에서 지붕
쪽까지 샅샅이 살핀 뒤 구멍에 얼굴을 가까이 들이밀며
불렀다.

"어어이, 교고쿠 군."

대답은 없었다.

"안 나오는군. 세키구치 씨, 어떻게 할까요?"

"글쎄요."

어떻게 하면 좋을지 내가 알 리도 없다. 원래 평소부터

앉아만 있는 남자가 활발하게 움직인다는 것만으로도 나는 조금 당혹스럽다. 그래도 모르는 척할 수는 없어서, 우선 같이 몸을 굽히고 구멍을 들여다보았다. 안은 컴컴하고 곰팡내가 났다.

"어이! 교고쿠도. 무슨 일인가? 자네는 이렇게 캄캄한 곳에서 뭔가 보인단 말인가?"

"아아."

어둠 속에 갑자기 사신 같은 얼굴이 떠올랐다.

"이것은———."

한층 더 음침한 얼굴을 하고 있었다.

"교고쿠 군. 위험하네."

"야마우치 씨, 그런 걸 따질 때가 아닌지도 몰라요."

"뭐가?"

구멍 속의 어둠이 불쑥 부풀어 오르더니 밖으로 나왔다. 니주마와시를 입은 시커먼 남자가 나온 것이다. 여기저기가 하얘진 것은 먼지가 묻은 탓이리라. 교고쿠도는 우리들의 시선 따위 전혀 신경 쓰는 기색 없이,

"아주 흥미롭군요."

라고 말했다.

"이보게, 교고쿠도. 자네는 짐승도 아닌데, 이렇게 누가 코를 꼬집어도 알 수 없을 것 같은 캄캄한 곳에서 대체 무엇을 알아냈다는 건가?"

"세키구치 군. 내가 자네도 아닌데 그런 무모한 행동을 하겠나? 손전등 정도는 가지고 왔네."

"아아."

니주마와시 밑에서 손이 스윽 나왔다. 그 손에는 손전등이 쥐어져 있었다.

"그런 것보다 야마우치 씨. 경우에 따라서는 엄청난 일입니다. 이것━━━."

교고쿠도는 다른 한쪽 손을 내밀었다.

"이것은?"

뭔가 낡은 물건이다.

야마우치 씨는 검은 안경테를 잡고 그가 내민 고서를 들여다보았다.

"이것은 내 전문이 아닌데. 시대도 모르겠어."

"예━━━ 이것은 ≪위산경책(潙山警策)≫이라는 선적(禪籍)입니다. 위산 영우(潙山靈祐)가 지은 ≪불조삼경지남(佛祖三經指南)≫ 중 하나로, 우리나라에서는 문치(文治) 5년(1189)에 다이니치보 노닌[大日房能忍][†][†]이 졸암 덕광(拙庵德光)[†][†][†]에게 선물을 받았고 후에 무구니(無求尼)의 조력을 얻어 세상에 내놓았다고━━━."

"그렇게 오래된 건가?"

적당한 데에서 야마우치 씨가 끊어 주었다. 교고쿠도는 화제가 자신의 전문 분야에 이르면 말하기를 멈추지 않는다. 나는 문치 5년밖에 이해할 수 없었다. 영국 신사는 이

[†] 당나라의 선승(771~853). 위앙종의 개조.

[††] 헤이안 시대 말, 가마쿠라 시대 초기의 선종 승려. 일본 달마종의 개조.

[†††] 고려 말기의 승려. 홍혜국사의 뒤를 이어 금강사의 주지가 되었다. 36년에 걸쳐 금강사 확장 공사를 시행하고 절의 이름을 승련사로 고쳤다.

어서 물었다.

"진품인가? 설마 그렇게 굉장한 것이 남아 있단 말인가?"

"아니, 사본임에는 틀림이 없지만 그렇다 해도 시대는 상당히 오래되었어요. 최근의 것은 결코 아닙니다. 이 안은 선적 경전의 산이에요. 이만한 컬렉션은 본 적이 없어요. 물론 잠깐 보았을 뿐이니 전모는 알 수 없습니다만."

"소유자가 승려라는 뜻일까?"

"그렇다기보다 이건 사원의 서고였던 게 아닐까요? 이런 책이 ——— 설령 사본이라 해도 ——— 아무렇게나 굴러다니는 걸 보면 그것 이외에는 생각할 수 없어요."

"뭐, 하코네에도 오래된 사원은 많으니까. 유모토의 명찰 조운사(早雲寺)도, 그건 임제종이었지. 그리고 복수로 유명한 소가[曾我] 형제†의 증아당(曾我堂)이 있는 ———."

"정안사(正眼寺) 말씀이시군요. 그곳도 임제종입니다. 그 부근은 지장 신앙이 성행해서 정안사도 임제종 사찰이 되기 이전에는 유모토 지장당(地藏堂)이라는 당우(堂宇)였지요. 그 무렵부터 헤아리자면 역사는 상당히 오래되었습니다. 여기에서 간선도로까지 나가서 아시노코 호수 방면으로 가면 쇄운사(鎖雲寺)도 있고, 하타주쿠에는 수원사(守源寺)도 있어요. 본디 하코네에도 흥복원(興福院)을 비롯해 절은 많

---

† 소가 스케나리와 그의 동생 소가 도키무네 형제. 이즈의 호족 가와즈노 스케야스의 아들. 어릴 때 아버지가 구도 스케네에게 살해되고, 어머니가 재혼하여 소가라는 성을 쓰게 되었다. 1193년, 후지노의 사냥터에서 아버지의 원수를 갚고 함께 붙잡혀 죽임을 당했다.

지요. 애초에 하코네의 여관마을 자체가 일련종의 본적사(本迹寺), 조동종의 흥선원(興禪院), 진종의 만복사(万福寺), 정토종의 본환사(本還寺) 등, 그 좁은 범위에 종파를 가리지 않고 절들이 밀집되어 있어요. 그 외에 최근에 생긴 절도 있을 테고요. 아무리 관소(關所)†와 본진(本陣)††이 있었던 교통의 요지라 해도, 절은 많은 편일 겁니다."

야마우치 씨는 어깨를 으쓱하며,

"흐음, 그런 화제는 자네를 당할 수 없지."

라고 말하더니 나를 힐끗 보았다.

"야마우치 씨. 이 친구는 내버려 두면 이런 이야기는 끝도 없이 늘어놓을 겁니다. 그 경우 우리처럼 양식 있는 일반인은 '아아, 그렇습니까?'라고 대답할 수밖에 없어요. 들어 봐야 재미있지도 않고요."

"아니. 세키구치 씨. 재미없는 것도 아니에요."

런던당의 제갈공명은 미소를 지었다.

"교고쿠 군. 그럼 자네는 이렇게 말하고 싶은 게로군. 그렇게 많은 사원이 있지만, 그 절들은 모두 이 곳간에서 지나치게 떨어져 있다———고."

"그렇습니다. 많이 있는데, 이런 곳에 서고를 만드는 게 편리할 만한 절은 하나도 없습니다. 책이나 경전을 꺼낼 때마다 왕복으로 최소 두 시간에서 세 시간은 걸려요."

---

† 통행인이나 짐을 검사하고 방비를 위하여 교통상의 요지나 국경 등에 설치한 시설.

†† 에도 시대에 역참이 있는 지역에서 다이묘 등이 숙소로 삼던 공인 여관.

"자네가 모르는 절이 이 근처에 있는 것은 아닌가?"

"그럴 수도 있지만———이 근처에 그렇게 알맞은 절이 있습니까? 분명 저는 일본 전국의 사원을 다 아는 것은 아니니, 있어도 이상하지는 않습니다만———사실 제가 모르는, 그것도 오래된 절이 하코네에 있다는 이야기도 최근에 들었고요."

"그곳은?"

"그 절에 가려면 산 반대쪽의 오히라다이 쪽에서 가야 하는 모양입니다. 여기서 유모토까지 되돌아가서 도노사와를 경유해 간다 해도 편도 몇 시간이 걸릴지 알 수 없어요. 게다가 이 곳간은 오래되었습니다. 등산철도가 생기기 전의 것이었음은 틀림이 없지요. 그렇다면———."

"그렇군. 그 절도 아닌 셈이야. 그러면 만일 이 서고의 주인으로 어울리는 절이 있다면, 이 근처에 자네가 몰랐던 절이 두 곳이나 있었다는 뜻이 되는 셈이로군. 자네의 특징을 고려하면 그것도 생각하기 어려운데. 뭐, 서고라는 것은 일반적으로 부지 내에 만드는 것이니까. 지금 우리가 있는 이곳에서 보이지 않는 곳이라면, 아무리 가깝다 해도 부자연스럽긴 부자연스럽고."

두 사람의 대화를 들으면서 나는 어떤 생각을 하게 되었다. 수완 좋은 첩보부원과 말 잘하는 시대착오적인 남자에게 울증 소설가의 견식을 들려주자고———나는 말했다.

"이보게, 교고쿠도. 이 서고는 반쯤 토사에 묻혀 있지 않나?"

"묻혀 있지."

"그렇다면 절도 묻힌 거라면 어떤가? 산사태가 몇 백 년 전에 있었는지 모르겠지만, 그때 이 서고의 본체(本體)인 사원의 본당이나 강당은 마치 폼페이처럼 흙 속 깊이 가라앉고 만 것이 아닐까? 밀려드는 산사태, 도망치는 승려들. 하룻밤 만에 장엄한 당우는 삼켜지고, 절의 역사는 어둠에 매장되었다 ———."

"세키구치 씨, 엄청난 말을 하시는군요. 다시 말해서 이 산에 승려와 함께 사원이 매몰되어 있다는 거요? 하지만 그런 처절한 최후를 맞은 절이 있었다면 역사가 그걸 어둠 속에 매장했을까요? 조만간 무슨 기록으로 남기지 않았을까요. 오히려 유명해졌을 겁니다."

"이 문은 정말 안 열리겠지요?"

야마우치 씨는 일단 반응해 주었지만 교고쿠도는 모처럼 한 내 발언을 무시할 생각인가 보다.

"안 열리는 모양일세. 일그러진 채 녹이 슬었겠지. 아무리 봐도 오랫동안 열리지 않았어. 아니, 그 문 자체가 반쯤 파묻혀 있었다고 하네."

"그렇습니까? 그거 일이 더욱 곤란하게 되었군요."

"뭐가 곤란하단 말인가?"

"세키구치 군. 자네의 말대로 이 서고가 파묻힌 게 이백 년도 더 된 일이라고 치세. 저 등 뒤에 있는 큰 나무는 그 후에 자란 것이라고 치자는 말일세. 그리고 백보 양보해서 절이 파묻혔다는 것도 믿어줄 수 있네. 다만, 그렇다면 이것은 어떻게 설명하면 좋겠나?"

교고쿠도는 그 어쩌고 하는 낡은 책 밑에 들고 있던 또 한 권의 책을 꺼냈다.

"이것은 이 ≪위산경책≫을 쉽게 풀어쓴 것으로 ≪위산 경책강의≫라는 책일세. 저자는 야마다 다카미치."

"그게 어쨌다는 건가?"

"이 책은 메이지 39년(1906)에 발행되었네."

"뭐?"

"그러니 이 안에는 헤아릴 수 없을 만큼 오래된 옛날 책이 있는가 하면, 훨씬 후대에 쓰인 메이지 시대의 활자 본까지 있다는 걸세. 이것 같은 경우는 고작해야 오십 년 쯤 전의 책이야."

"그러니까 뭔가, 그."

"적어도 사십칠 년 전까지는 이 곳간은 서고로 기능하고 있었다는 뜻일세."

"파묻힌 서고를 이용하고 있었다는 건가?"

"거기까지는 알 수 없지. 자네 말이 옳다면 그렇게 되겠 지만. 파묻힌 것은 이백 년이나 전, 사용하던 스님도 파묻 힌 게 아닌가? 그렇다면 누군가 다른 사람이 파묻혀 있는 이 곳간에 출입하고 있었다는 뜻이 되지 않겠는가. 그런데 ———."

"——— 문은 이렇게 닫혀 있다."

런던당의 주인은 조금 즐거운 듯이 말했다.

"과연 이것은 약간의 미스터리로군. 디텍티브 스토리(탐정소설)에서 말하는 록트룸(밀실)인 셈이야!"

"안에 보디(시체)는 없지만요."

교고쿠도는 그렇게 말하며 손전등 뒤꽁무니로 머리를 긁적였다.

"세키구치 군, 자네는 이제 그만 여관으로 돌아가게. 야마우치 씨도 슬슬 가시지 않으면 여관에서 묵으셔야 할 겁니다."

"교고쿠 군 자네는 어쩔 텐가?"

"저는 조사를 좀 하다 가겠습니다."

"이보게, 그건 무리일세, 교고쿠도. 자네, 점심도 안 먹지 않았는가."

"괜찮네. 뭐, 실컷 보고 나면 여관으로 돌아가겠네. 돌아가지 않더라도 걱정할 필요는 없어. 여차하면 아까 그 사사하라 씨 댁에 신세를 지도록 할 테니. 향토사 이야기도 듣고 싶고."

"여관 쪽은 어찌 할 텐가? 식사도 이미 준비하고 있을 시간인데."

"자네가 내 몫까지 먹으면 되지 않는가. 배불리 먹으면 조금은 멍해질 수 있을지도 모르네."

어이없는 친구다.

야마우치 씨도 어이없어했다.

"하지만 위험할 텐데. 아까도 말했지만 지진이라도 오면 붕괴될 거야. 세키구치 씨도 말했지만 밀려드는 산사태, 삼켜지는 교고쿠도 주인이 되고 말걸세."

"괜찮습니다. 지진이 오면 저 같은 사람은 집에 있어도 죽을 테니 마찬가지입니다."

책바보인 친구는 그렇게 말하며 웃었다.

확실히 교고쿠도는 가게도 그렇고 집도 그렇고 벽이 온통 책으로 가득 메워져 있고, 어느 방에 있을 때나 책장 가까이 앉아 있으니 지진이 온다면 99퍼센트 압사 타박사는 면할 수 없다. 아내도 위험하다. 목숨을 건질 가능성이 있는 것은 고양이 정도다. 그 고양이도 어느 모로 보나 기민하게 움직이지 않는 게으름뱅이이니, 역시 압사할지도 모른다.

야마우치 씨는 "곤란하게 됐군요" 하고 내게 작은 목소리로 말하고, "뭐, 어쩔 수 없지" 하고 말을 이었다. 그리고,

"일손이 부족하면 불러 달라고 했네만, 자네가 부르지 않아도 오도록 하지. 그때까지 살아 있길 비네."

라고 말했다. 교고쿠도는 한 손을 들어 보이고 구멍으로 들어갔다.

야마우치 씨는 그것을 지켜보고 나서 다시,

"항상 저렇소?"

하고 물었다. 나는 교고쿠도가 들어간 구멍을 바라보며,

"병이거든요."

라고 대답했다.

런던당 주인과 헤어져 여관에 도착한 때는 다섯 시가 다 되어서였다.

아내들 두 사람은 이미 목욕을 마치고 난 얼굴로, 온천 기분을 만끽하고 있는 듯했다. 나는 교고쿠도의 기행을 조금 부풀려서 이야기했다. 그의 아내는 놀란 기색도 없이,

"그럴 줄 알았어요."

라고 말하며 곤란한 듯이 웃었다.

과연 남편에 대해서는 잘 알고 있다.

저녁식사 때까지는 시간이 남아 있었기 때문에 탕에 들어갔다.

희미한 불빛 속의 욕탕은 아름답지는 않지만 분위기는 좋았다.

새해가 된 후로 누워만 있었기 때문에 몸을 쓴 것은 오랜만이었다. 올해 들어 가장 많이 움직였을 거라는 생각이 들었다. 몹시 피곤했다. 여기저기가 아프다. 뜨거운 물에 들어가니 아픈 데가 정화되는 것 같아서 무척 기분이 좋았다.

후우, 하고 크게 숨을 쉬었다.

―――김이 흔들린다.

잠시 무아지경이 되었다.

하지만 나는 느긋하게 몸을 담그고 있지 않더라도 금세 어질어질해지는 체질이라, 오랫동안 무아지경에 빠져 있다가 정말로 의식을 잃을 가능성이 있다.

그래서 자주 나갔다 들어갔다를 되풀이해야 한다. 정말 귀찮은 체질이다. 그래도 옷을 벗을 때는 추워서 가늘게 떨리던 몸이 옷을 입을 때에는 땀이 밸 정도로 따뜻해졌으

니, 분명히 효능은 있었던 모양이다.

이래서 온천이구나 ——— 하고 나는 당연한 일에 혼자서 의기양양한 얼굴을 해 보았다.

욕의를 입자 갑자기 여행을 왔다는 실감이 났다.

방으로 돌아가 보니 아기곰 주인과 그 아내로 보이는 부인 ——— 이쪽은 곰이 아니었다 ——— 이 저녁상을 차리고 있었다.

주인의 짧은 손가락은 솜씨 좋게 움직였다.

내 손가락도 짧지만 그 손가락은 터무니없이 서툴러서, 주인이 조금 부러웠다.

"대단한 진수성찬은 아니지만 많이 드세요."

"보잘것없는 산골 시골요리입니다만."

"일행 분은 정말 괜찮으실까요?"

"그런 위험한 곳에서, 참 열심이시군요."

부부는 번갈아가며 말했다.

나는 이 부부에게 흥미를 느꼈다.

욕탕이 꽤 좋았다며 익숙하지 않은 빈말까지 했다.

"종업원이 있는 것도 아니고 게이샤가 오가지도 않는, 재미없는 곳이지만요."

주인은 눈을 동그랗게 뜨고 그렇게 말한 후 마사지사 정도라면 부를 수 있다고 말을 잇다가 갑자기 웃었다. 앞니가 한 대 없었다.

주빈에 해당하는 사람이 빠진 자리였지만 도중에 주인이 데운 술을 가져와서 꽤 시끌벅적한 식사가 되었다. 평소에 그다지 술을 즐기지 않는 나도 마실 수 있는 척했고, 아내들도 마셨다. 아무래도 유키에도 교고쿠도의 아내도, 남들만큼은 마실 수 있는 모양이다. 교고쿠도는 술을 한 방울도 입에 대지 않고, 술에 약한 나는 금세 고주망태가 된다. 따라서 양쪽 집 모두 술은 상비되어 있지 않다. 그렇다면 평소에 아내들은 술을 못 마시는 남편들에게 맞춰주느라 술을 참고 있다는 뜻일까.

"사사하라 나리께 말씀 많이 들었습니다. 느긋하게 지내다 가십시오."

주인은 붙임성 좋게 그렇게 말하며 술을 따랐다. 사사하라라는 자산가는 어지간히 통이 큰 남자인가 보다. 교고쿠도는 어떨지 몰라도 우리는 부록인 것이다.

"그런데 주인장."

나는 술이 들어가자 말이 많아졌다.

"그, 사사하라 씨라는 분은 대단한 분이신 것 같은데, 어떤———."

이 대접의 출처에 흥미가 생긴 것이다. 아기곰 주인은 다시 눈을 부릅떴다.

"예에, 사사하라 나리의 집은 옛날에, 하코네 여관마을의 가사하라 묘진이라는 신사 옆에서 초물전(草物廛)[†]을 했었다고 합니다. 메이지 유신 후에 선선대 나리께서 무슨 일을 해서 큰돈을 벌었는지, 인근의 토지를 사들였지요. 장사 수완이 좋은 집안이었나 봅니다. 그도 그럴 것

---

† 풀줄기나 대·나무로 만든 잡화를 팔던 가게.

193

이.”

“왜 그러십니까?”

“다이쇼 시대가 되자마자 여러 회사들이 하코네에 들어 왔지요. 그야말로 큰 소동이었어요 ———.”

하코네 산의 관광이권을 쟁탈하기 위해 일어난 소위 하코네 교통전쟁의 뿌리는 상당히 깊다 ——— 고 한다.

그것은 인력거로 시작해 승합마차, 대여 자동차에 버스, 마차철도에서 전기철도, 관광유람선, 로프웨이로 방법을 바꾸고 물건을 바꾸며 일어났다. 지방 주민, 관광업자, 운송회사의 생각이 얽히고설켜, 그것은 점차 양극화되었으며 이윽고 전쟁에 비유될 정도가 된 모양이다. 교고쿠도의 이야기에 따르면 현재 그 전쟁은 다시 도져서 또 일이 귀찮아져 가고 있는 모양이지만, 주인이 이야기하는 다이쇼 시대의 그 전쟁이란 현재의 분쟁에 이르는 화근을 낳은 첫 번째 전쟁을 가리키는 것 같았다.

“땅이 덥석 팔렸던 겁니다. 사사하라 나리는 선대 나리의 반대를 무릅쓰고 지금까지 살아온 여관마을의 토지를 전부 팔았지요. 그걸로 우선 한탕 크게 벌었습니다.”

“팔았단 말입니까? 사사하라 씨는 땅주인이라고 들었는데요?”

“그게 말입니다, 선견지명이라는 것일까요. 하코네 여관의 토지를 팔아 번 돈을 가지고 간사이로 진출했다가, 얼마 후에 돌아오셔서 아까 손님이 다녀오신 그 일대를 거액의 돈을 주고 손에 넣었거든요.”

"예?"

"그 주변에는 아무것도 없지 않습니까? 그래서 그나마 살 수 있었던 겁니다. 하코네도 땅을 사려면 꽤 힘들거든요. 저 같은 사람은 조상 대대로 여기서 살고 있으니 괜찮지만, 그렇게 쉽게 살 수 있는 게 아닙니다."

"그게 어디가 선견지명입니까? 일등지를 팔아 삼등지를 산 거잖소."

주인은 왠지 한심한 표정이 되어 대답했다.

"그게 말이지요, 결국 하코네 여관 주변은 망했거든요."

아시노코 호수 관광의 거점을 최종적으로 따낸 것은 모토하코네 쪽이었다고 한다.

관광선은 모토하코네를 기점으로 하코네를 경유해서 호수 가장자리까지 취항했다. 하코네마치† 쪽은 단순한 통과점이 되어, 서서히 분쟁 자체에서 소외된 모양이다.

게다가 전쟁 중 가솔린 통제의 역풍을 맞아 배는 하코네마치를 경유조차 하지 않게 되었다고 한다. 배뿐 아니라 버스마저——— 정류소가 있었지만——— 하코네에 서지 않고 지나치는, 일종의 굴욕적인 시기도 길었던 모양이다.

"하코네마치에서 나오는 관광선이 생긴 것은 삼 년쯤 전의 일인데요. 그 지방 사람들의 고생은 정말이지———. 그래도 시비가 있었다고 하더군요."

확실히 큰일이었을 것 같다.

---

† 가나가와 현 서부, 하코네 고개 동쪽에 있는 마을.

"그러면 사사하라 씨는 그것을 내다보고?"

"아니, 그게 우연이라고 하면 우연이지요. 땅을 팔 때 반대한 사사하라 가의 선대 나리라는 분이 ———."

"아아, 그 어르신."

"만나셨습니까? 그 분이 간사이 물이 안 맞으시거든요. 하코네가 좋다, 하코네로 돌아가겠다며 떼를 써서, 그래서 그곳을 샀다는 것이 사실이니까요."

"그렇군요."

아무리 아무것도 없다 해도 신주쿠에서 유모토까지 직통 전철이 뚫린 지금에 와서는 버려두기에는 아까운 땅일 것이다. 모토하코네 방면으로 나가지 못할 것도 없다. 지금이야 불편하기 짝이 없지만 차도라도 뚫리는 날에는 충분히 영업이 가능하다.

주인은 묘하게 씩 웃으며 말했다.

"뭐, 다이쇼 지진으로 산이 엉망진창이 되고, 그 어수선한 틈을 타서 손에 넣었다고 해야 할지도 모르겠지만요."

"지진으로? 그렇게 피해가 컸습니까?"

"다리는 무너지고 도로는 끊기고 선로는 휘어졌어요. 복구에 얼마나 많은 시간이 걸렸는지 모릅니다. 새로 시작하는 거나 마찬가지인 면도 있었으니까요. 그 빈틈을 파고 들어 이런저런 방법을 써서 ——— 아, 이건 비밀입니다. 어쨌거나 전쟁에서 돌아와 길바닥을 헤매고 있던 제게 자금을 원조해 주고 무너진 이 여관을 다시 지어주신 것이 사사하라 나리였으니, 은인이시지요. 엣헷헤."

과연, 그런 관계였던가.

시험 삼아 술을 권해 보니 주인은 사양하지 않고 마셨다.

술이 한 모금 들어간 것만으로도 주인은 금세 얼굴이 빨개지더니, 혼자서 멋대로 이야기하기 시작했다.

"뭐, 사사하라 나리의 생각대로 옛 간선도로를 따라 하타주쿠까지 길이 쭉 트여 준다면 우리야 만만세지만요. 다만 그 사사하라 씨 댁은 좀. 산은 산이니까요. 좀더 간선도로에 가까웠다면 그나마 폭포나 뭐 그런 볼거리도 있으니 손님들도 찾지 않으셨겠습니까? 게다가 말이지요, 그 근처는."

"뭡니까? 뭔가 있습니까?"

"아니오, 그 근처에는 나온단 말이지요."

"곰?"

나는 주인의 얼굴을 보며 무심코 그렇게 말하고 말았다.

"곰은 안 나옵니다. 여기가 무슨 홋카이도도 아니고요."

"그럼 유령이라도 나오나요?"

한동안 잠자코 듣고 있던 교고쿠도의 아내가 물었다.

"뭐, 그 비슷한 거지요."

"그 비슷한 것? 그 비슷한 거라면, 예를 들자면 덴구[天狗]†나 뭐 그런 건가요?"

"덴구는 대웅사(大雄寺) 쪽입니다. 도료손[道了尊]†† 주위

---

† 일본 고유의 산요괴 중 하나. 또는 매나 까마귀와 관련이 깊은 요괴 중 하나로 코가 높고 얼굴이 붉으며, 손발톱이 길고 날개가 달렸다. 금강장, 큰 칼, 깃털부채를 갖고 있다. 신통력이 있어 하늘을 자유자재로 날아다닌다고 한다.

에는 덴구가 많이 있지요."

주인이 말하는 그것이 어디에 있는 무엇인지, 솔직히 짐작도 가지 않았지만 굳이 묻지는 않았다. 나는 생각나는 대로 산요괴의 이름을 말했다.

"산에 나오는 것이라면, 그 외에는 도깨비나 야마우바 겠지요."

생각나는 대로라고 해도 그 정도였다. 만일 이 자리에 교고쿠도가 있었다면 이것 말고도 수백 마리는 더 요괴의 이름을 꼽았을 것이다.

"야만바, 그러니까 야마우바는 아시가라야마 산입니다. 간선도로보다 오래된 길이 산속에 있거든요. 유사카미치 [湯坂道]라고 하는데요."

"옛날의 가마쿠라 가도로군요."

교고쿠도의 아내는 길에 대해서 잘 안다고 들었는데, 아무래도 사실인 모양이다. 주인은 몰랐던 것 같다.

"그렇습니까? 뭐, 여름이면 그 길 주변을 산책하는 사람도 있습니다. 거기에 나와요."

"그러니까 뭐가 말입니까?"

"여자아이요. 나들이옷을 입고 기분 나쁜 노래를 부르지요."

나는 조금 맥이 빠지고 말았다.

"그건 미아가 아닙니까?"

---

†† (앞쪽)불꽃을 등에 지고 하얀 여우 위에 서 있는 까마귀 덴구의 석상. 대웅사에 있다.

"미아일 테지요."

"그렇다면."

"미아는 미아인데, 그 소녀는 벌써 십여 년이나 똑같은 옷차림으로 길을 헤매고 있다는, 그런 이야기입니다."

"십여 년이라니, 그럼 어른이 되었겠군요."

"그게 말이지요, 여전히 어린아이입니다."

"예에?"

"몇 년이 지나도 여전히 어린아이. 저는 봤습니다. 작년 오봉이 지났을 때. 해질녘이었지요. 처음에는 노래가 들리고, 문득 보니 있었어요. 오싹했습니다. 이렇게, 하얀 얼굴에 공허한 눈으로요. 산속인데 나들이옷을 입고 있으니 말이지요. 깜짝 놀랐어요. 그래서 너무 으스스한 나머지, 돌아오는 길에 사사하라 어르신 댁에 들러 그 이야기를 했더니 세상에."

"세상에?"

"어르신은 십여 년이나 전에 똑같은 이야기를 몇 번이나 들었다고 하시더군요. 전쟁 전의 일이랍니다. 역시 열 살 정도로 보이는, 나들이옷을 입은 소녀가 노래를 부르며 _____."

"하지만 주인장. 그것은 그야말로 우연이 아닐까요? 우연히 그때와 똑같은 미아가."

"아니, 아닙니다. 노래가 말이지요, 노래 가사가 똑같았거든요. 저도 전부 기억하지는 못했지만 어르신은 노트에 적어 두셨더군요. 그, 사람의 아이를 아궁이에서 구우라는 둥, 부처님이 어쨌다는 둥, 정말 기분 나쁜 노래였어요. 아이구, 소름 끼쳐라."

주인은 입가를 일그러뜨렸다.

"그러면 주인장. 그 여자아이는 십여 년 동안 전혀 자라지 않기라도 했다는 겁니까? 그리고 계속 그 산에서 헤매면서 똑같은 노래를 부르고 있다고요?"

"이 세상의 존재는 아니겠지요?"

"어머나, 무섭네요———."

유키에가 미간에 주름을 지었다.

그런 바보 같은 이야기는———나는 최근 그런 바보 같은 이야기와 자주 마주치는데———없을 것이다.

"아니, 주인장. 노래는 얼마든지 배울 수 있지요. 가고메 가고메† 같은 것은 일본의 모든 아이들이 부르니까요. 그 노래도 아마 그렇겠지요. 여우나 너구리나 요괴 같은 것들이 그렇게 간단히 모습을 나타낼 리가 없어요. 그건 살아 있는 인간입니다."

"글쎄요, 저도 그렇게 생각하고 싶습니다. 만일 그것이 저 세상의 것이었다면———사사하라 나리도 많이 곤란해지실 테고요."

주인은 권하지도 않았는데 혼자 술을 따르고 마셨다.

———그것이 만일 저 세상의 것이었다면,

---

† 어린아이들의 놀이 중 하나. 쪼그려 앉아 눈을 감은 한 아이 주위를 여러 아이들이 손을 잡고 둥글게 서서 '가고메 가고메, 새장 속의 새는 언제 언제 나오나~'로 시작하는 노래를 부르며 돌다가, '뒤에 있는 게 누구게'라고 말하며 멈추어서 원 안에 있는 아이가 뒤에 서 있는 사람을 맞추게 한다.

그때는 교고쿠도가 나서야 한다———.

나는 남몰래 그렇게 생각했다.

그러나 아무리 시간이 지나도 그 검은 옷의 기도사는 돌아오지 않았다.

식사가 끝나자 졸음이 덮쳤다.

아내들의 대화는 그칠 기미도 없다.

몇 년 만의 여행이니 들뜨는 기분도 이해가 간다. 나는 주인에게 옆방에 자리를 깔아 달라고 부탁했다. 주인이 자리를 깔자 장지문을 닫고 혼자 누웠다. 아내들이 이야기 하는 소리는 곧 시냇물 소리와 섞이고, 나는 눈 깜짝할 사이에 잠이 들었다.

그날, 끝내 교고쿠도는 돌아오지 않았다.

다음날 잠에서 깬 것은 매우 늦은 시각이었다.

꿈도 꾸지 않고 푹 자서, 일어났을 때는 점심때가 지나 있었다.

아내들은 벌써 일어나 아침식사를 마치고 탕에 몇 번 들어갔다 온 것 같았다. 아내는 내 얼굴을 보자마자 부었다며 웃었다. 유키에뿐이라면 몰라도 교고쿠도의 아내도 함께 있어서, 늦잠을 잔 것은 조금 겸연쩍었다.

"교고쿠도에게서 연락은?"

당장 화제를 돌렸다.

아내도 조금 걱정스러운 표정으로 대답했다.

"글쎄요, 이렇게 눈이 많이 오는데, 핫코다 산†도 아닌데 어디서 헤매고 있는 것인지 ———."

"눈? 눈이 오나?"

장지문을 열어보니 창밖은 새하얗다.

런던당 주인의 우려는 들어맞은 모양이다.

"아아 ———이래서야 작업도 제대로 안 될 텐데. 교고쿠도도 운이 없군. 그 별난 취미 때문에 목숨을 잃게 생겼어. 이거 정말로 조난했을지도 모르지."

"정말, 그만하세요. 말이 씨가 된다고 했어요. 치즈코 씨가 걱정하잖아요."

유키에가 차를 끓이면서 나의 온당치 못한 발언을 타일렀다.

"아아, 하지만 뭐. 괜찮겠지."

아무 근거도 없었다.

눈은 그칠 기미도 없다.

교고쿠도의 아내는 창밖을 보며,

"그런데 이래서야 아츠코네도 큰일이겠네요. 정말로 남매가 나란히 조난하는 건 아닐까요."

하고 중얼거렸다. 유키에는 그것을 귀도 밝게 알아듣고,

"아츠코는 새벽에 출발했나요?"

하고 교고쿠도의 아내에게 물었다.

---

† 아오모리 현 중앙부에 있는 화산군. 1902년에 아오모리 보병 제5연대의 210명이 눈 속 행군 훈련 중 폭설을 만나 조난한 사건이 있었는데, 사망자가 199명에 달했다.

아무래도 교고쿠도의 동생도 근처에 와 있는 모양이다. 나는 듣지 못했다.

"그럴 예정이라고 하던데, 글쎄요. 어쨌거나 아주 깊은 산속 절에 볼일이 있다나 봐요."

"여기하고는 좀 떨어져 있는 곳이지요?"

"등산철도를 타고 고라 쪽으로 가다가 도중에 있는 역에 내려서, 거기서부터는 걸어서 두 시간인지 세 시간인지 걸린대요. 얼굴은 닮지 않았지만 역시 남매지요. 그런 점은 많이 닮았다니까———."

교고쿠도의 아내는 또 곤란한 듯이 웃었다.

눈은 계속 내리고 있었다.

아내들도 관광은 무리라고 판단한 모양이다.

나는 장지를 살짝 열고 흐려진 유리창을 닦은 후 멍하니 밖을 바라보았다. 그리고 나는 한동안 멍해지는 데 성공했으나, 그것은 집에 누워 있을 때와 하등 다를 것이 없는 상태였고 작품 구상이라곤 전혀 떠오르지 않았다. 내가 문호가 못 된다는 증거다.

그때.

눈 속에 검은 그림자가 얼핏 보였다.

사람 그림자다.

검은 옷을 입은 남자———.

"교고쿠도인가?"

"네?"

아내들이 창가로 다가왔다.

"저건 ─── 아니에요."

교고쿠도의 아내는 한눈에 단언했다.

"스님이에요. 세키구치 씨."

"스님? 그래요?"

그림자는 정정한 움직임으로 험한 길을 한 발 한 발 다지듯이 걷고 있었다.

대낮의 요괴 같은 교고쿠도의 움직임과는 분명히 다르다. 게다가 뭔가 삿갓 같은 것을 쓰고 손에는 긴 지팡이 비슷한 것을 들고 있었다.

"아아, 그렇군. 스님이군요."

승려는 오랫동안 눈 속을 걸어왔는지 삿갓에 눈이 쌓여 있었다.

"게다가 저쪽은 반대 방향이잖아요."

"그렇군."

유키에의 말이 맞다. 교고쿠도라면 어지간히 이상한 길을 지나 크게 돌아오지 않는 한은 반대 방향에서 올 것이다. 승려는 호흡이 흐트러진 기색도 전혀 없이 똑같은 속도를 유지하며 여관 앞을 지났다.

"어디로 가는 것일까. 간선도로를 따라 아시노코 호수 쪽으로 가는 걸까?"

"이 앞에 절은 없나요?"

"아아, 그러고 보니 어제 교고쿠도가 이것저것 말하던데. 구(舊) 가도를 따라 몇 개인가 절이 있다더군."

그곳으로 가는 것일까.

나는 별 생각도 없이 떠나가는 승려를 이층 창문 너머로
바라보았다. 이미 승려는 풍경의 일부일 뿐이었고, 나는
다시 몽롱한 열락에 발을 들여놓았다.

하루 종일 아무것도 하지 않았다.
밤이 되어도 눈은 그치지 않았고, 저녁식사가 끝나도
교고쿠도는 돌아오지 않았다.
나는 온천에도 ——— 겨우 이틀째인데 ——— 조금 질
리고 말았다. 눈이 오는 밤에는 경치도 보이지 않는다. 시
냇물 소리도 익숙해지고 나니 들리지 않는 것이나 마찬가
지였다.
완전히 늘어질 수도 없지만 그렇다고 해서 긴장할 상황
도 아니다. 어중간하기 짝이 없다.
나는 크게 하품을 하면서 그 김에 말했다.
"심심하군."
"어머나, 아직 이틀밖에 안 되었는데요."
아내가 어이없는 얼굴로 대답했다. 교고쿠도의 아내는
반대로 미안한 표정으로 내게 사과했다.
"미안해요, 세키구치 씨. 생각해 보면 바쁘신데 억지로
권한 것 같아서 ——— 귀찮으셨나요?"
하품을 하는 김에 내뱉은 말에 다른 뜻은 없었기 때문에
나는 몹시 송구스러워지고 말았다. 어떻게 대답해야 할지
생각하고 있는 동안에 유키에가 마치 교사나 어머니 같은
어투로 말했다.

"괜찮아요, 치즈코 씨. 이 사람은 바쁘지 않으니까요. 일은 전혀 하지 않으면서 묘한 일에만 나서서 머리를 들이밀거든요. 그래서 피곤한 것뿐이에요. 모처럼 권해 주셨으니 이런 때 정도는 쉬면 좋을 텐데, 그리지도 못한다니까요 ─── 정말 시간 쓰는 법을 모르는 사람이에요."

확실히 ─── 나는 시간 가난뱅이일 거라고 생각한다. 그래서 반론은 하지 않았다.

정말이지 문호 기분이 들으면 기가 막힐 노릇이다. 한적한 인생을 동경하고 항상 여유 있는 시간을 찾아다니던 주제에, 막상 그렇게 되고 보니 하루도 버티지 못한다. 그리 바쁘지 않은 일에도 죽을 듯 피곤하고 일상의 사소한 일조차 어느 정도 번거로웠는데도, 할 일이 없어지고 보니 심심해진다. 어지간히도 천박한 생활이 몸에 익었나 보다.

그때 주인이 얼굴을 내밀었다. 나는 잘됐구나 싶어 마사지사를 불러 달라고 했다.

어제 주인이 한 말에 따르면 이 여관에 부를 수 있는 것은 마사지사뿐이라고 했고, 어제오늘 나는 다리 근육이 아팠던 것이다.

아내는 내가 부탁하는 것을 듣고,

"어머나, 노인네 같아."

라고 말했다.

부르러 갔다가 돌아오기까지 왕복 삼십 분은 걸린다고 한다. 나는 주인을 세워, 어제와 똑같이 장지를 닫아 방을 나누고는 역시 똑같이 방 한가운데에 자리를 깔아 달라고 했다.

나는 덮는 이불 위에 드러누워 기다렸다.

혼자 남으니 갑자기 친구가 떠올랐다.

──── 교고쿠도는 지금도 그 구멍 속에 있을까?

지금의 내 처지와는 하늘과 땅 차이다.

그 커다란 곳간에 대체 몇 권의 책이 들어 있을까.

무엇보다 이 나쁜 날씨 속에서 얼마나 작업이 진행되었을까.

나는 구멍 속에 있는 교고쿠도의 모습을 상상했다.

산허리에 반쯤 파묻힌 곳간에 뚫려 있는, 어둡고 찌그러진 구멍.

안은 보이지 않는다. 나는 가까이 다가가 몸을 굽히고 들여다보았다.

아무래도 이상하다.

잘 들여다보이지 않는다. 구멍에는 어느새 감옥 같은 쇠창살이 끼워져 있었다. 이래서야 마치 토굴 우리 같다.

나는 목소리를 낸다. 생각만큼 큰 소리는 나오지 않는다.

어어이. 있나?

대답은 없다. 나는 불안해진다.

이렇게 어두운 감옥 속에서, 먹을 것도 없을 텐데.

목소리가 났다.

──── 아사(餓死)일세.

그런, 자네. 그것은,

그것은 고양이 이야기가 아니었나?

──── 문제는 안에 있는 고양이가 살아 있느냐 하는
것이지.

어디서 들어 본 것 같은 이야기로군. 그것은 아마,

아니, 그런 거야 열어 보면 알 일이 아닌가.

쓸데없는 소리. 자네는 왜 열지 않는 건가?

이보게, 왜 열지 않는 건가. 좀 열어 보게. 그렇게 어두운
구멍 속에서, 대체 무엇이 보인다는 건가.

──── 자네도 아닌데 그런 무모한 짓은.

암흑 속에 친구로 보이는 흐릿한 그림자가 떠올랐다.

책의 산에 둘러싸여 아래를 보고 있다.

나는 우리의 쇠창살을 양손으로 단단히 잡았다.

이보게, 춥지는 않은가? 이것 좀 열어 보게.

──── 자네는 이미 자신의 세계로 들어가 버렸나? 어?
지금 뭐라고 했나?

우리에 들어가 있는 것은 자네 쪽이,

우리에.

우리에 들어가 있었던 것은 내 쪽이었을까?

그러고 보니 나는 우리 안에 있는 것 같다.

우리 안에 있었다.

어때, 부럽지?

자네는 이쪽에 올 수 있나? 이 우리 속에.

그쪽에서 책이나 실컷 읽고 있게.

이 우리 안이라면 안심이야. 나 혼자니까.

하지만 나갈 수도 없는데.

────── 괜찮습니다.

누군가 있다.

우리 안에 나 외에 누군가 있다.

돌아보지 않아도 알 수 있다.

돌아보아도 캄캄해서 아무것도 보이지 않는다.

그렇다면 보지 않을 테다. 보지 않아도,

그것은 후리소데를 입은 소녀다.

작년 여름에 죽은 그 여자다.

아니, 가을에 죽은 그 남자인가.

겨울에 죽은 그 사람일까.

내 주위는 죽은 사람으로 가득하다. 죽어 버리면 나이는 먹지 않는걸.

아무리 시간이 지나도 어린아이인 채.

────── 어머나, 무섭네요.

싫다! 열어 줘. 나를 여기에서 꺼내 줘.

친구는 책을 읽고 있어서 내 목소리를 듣지 못한다.

────── 정신 차리세요.

────── 이 우리는 부서지지 않습니다.

────── 우리에서 나갈 수는 없습니다.

────── 당신은 평생,

────── 정신,

"정신 차리세요. 손님."

"아아, 여기는, 여기는 추워서."

"그야 당연히 춥겠지요. 불기도 없는 방에서 얇은 이불

한 장 덮지 않고 누워 계시면 감기에 걸리십니다. 그렇게 되면 우리 같은 안마사가 나설 자리가 아니지요. 의사가 와야지요."

"안마? 아아, 안마사! 오셨소?"

나는 벌떡 일어났다. 아무래도 기다리는 사이에 꾸벅꾸벅 졸은 모양이다. 마사지를 하는 남자는 내 어깨에 손을 대고 흔들고 있었는지 양 손바닥을 내게 향한 채, "아아, 정신이 드셨습니까" 하고 말했다.

그리고 그 남자는 내게서 떨어져 다다미 위로 스윽 물러나며,

"실례했습니다. 불러 주셔서 정말 고맙습니다."

하며 머리가 다다미에 닿을 듯이 아주 정중한 인사를 했다. 나도 무심코 자세를 바로잡으며 어중간하게 목례를 했다. 옆에서 보면 자못 우스운 장면이었을 것이다.

"자, 잘 부탁드립니다."

안마사는 웃었다.

하얀 가운을 입은 가무잡잡한 피부의 남자였다. 마흔은 아직 안 되었을까.

"손님, 그렇게 굳어 계시면 풀릴 근육도 안 풀릴 겁니다. 정좌를 하고 안마사에게 잘 부탁한다고 하시는 분은 처음 뵙는군요. 별로 아프지는 않을 테니 편하게 계십시오."

"예에, 익숙하지가 않아서요. 그건 그렇고 안마사 양반, 당신은 내가———."

정좌하고 있다는 것을 안 것을 보면 시력이 약간은 있다

는 것일까. 직접 묻기 어려운 일이었기 때문에 나는 말꼬리를 어물거렸다.

"아니오. 저는 보이지 않습니다. 그래도 알 수 있지요."

"역시 기척으로?"

"아닙니다. 목소리가 나는 높이로 알 수 있습니다. 누워 계시면 좀더 아래, 일어서 계시면 좀더 위, 그런데 바닥보다 약간 높은 위치에서 목소리가 나서요 ——— 자, 엎드리십시오."

"아하, 그렇군요 ———."

나는 그의 말대로 엎드렸다.

"그러면 시작하겠습니다."

내 팔에 남자의 손가락이 달라붙었다. 그 손가락에 힘이 들어간다.

나는 눈을 감았다.

——— 그러고 보니,

조금 전까지 나는 꿈을 꾸고 있었던 것 같은 기분이 든다. 무슨 꿈이었는지는 전혀 기억나지 않는다. 그리운 것 같기도 하고 꺼림칙한 것 같기도 한, 공허한 뒷맛이 남는다. 아무래도 기분 좋은 감상(感傷)을 동반한 불가해한 꿈이었던 것 같다.

우리가 ———.

그렇다, 교고쿠도가 ———.

"꽤 많이 뭉쳤군요."

남자가 말했다. 그 말에, 나는 생각나려던 꿈을 깨끗이 잊어버렸다.

"손님, 뭔가 글을 쓰시는 분이십니까?"

"아시겠습니까?"

"알지요. 뭉친 상태가 다르거든요. 게다가 중지에 굳은 살이 박여 있고요."

"이야, 역시 잘 아시는군. 대단하십니다. 게다가 아주 기분이 좋아요. 안마가 이렇게 기분 좋은 것인 줄은 이 나이가 될 때까지 몰랐습니다."

남자는 "그거 고맙습니다" 하고 말했다.

나는 아무래도 어깨 안마 솜씨가 뛰어났는지, 학생 시절부터 오로지 주무르는 쪽이 전문이었다.

선배인 에노키즈는 매일 밤마다 기숙사에서 내게 어깨를 주무르라고 명령했다. 한때는 '원숭이 안마사'라는 굴욕적인 별명까지 얻었을 정도다. 에노키즈는 내 생김새가 원숭이를 닮았다고 했다. 그것은 과거에 에노키즈가 내게 부여한 수많은——게다가 가혹한——별명 중에서도 가장 나를 맥 풀리게 했던 별명이다.

어쨌거나, 그랬기 때문에 지금까지 남이 내 어깨를 주물러 준 적이라고는 단 한 번도 없다. 그래서 이렇게 안마를 받고 있으니 아무리 장사라고는 해도 조금 송구한 기분이 들었다.

"그건 그렇고 그, 변덕스럽게 갑자기 불러서 왠지 죄송하군요. 눈도 많이 내린 것 같고, 이 근처는 밤길이 위험하지 않습니까?"

"아닙니다, 제 쪽에서는 돈을 받고 하는 일이니 불러 주시면 어디든지 찾아갑니다. 제게 신경을 써 주시면 오히려 일하기가 힘들지요. 게다가 저희들에게는 밤이나 낮이나 마찬가지고요."

"아아——— 실례했습니다."

밤과 낮의 차이라는 것은 단지 빛이 있느냐 없느냐 하는 것뿐이다. 빛이 없는 그들에게 그 차이는 전혀 무의미한 것이리라. 나는 남자가 기분이 상하지나 않았을까 하여 몹시 당황했다. 그러나 남자는 별반 다름없는 말투로 말을 이었다.

"하지만 이 눈은 곤란하군요."

"예? 아아, 그렇겠군요."

그것이 장사이기 때문에 오는 평정인지 아닌지, 나는 판단할 수가 없었다.

"눈이 쌓이면 아는 길도 달라지지요. 저희는 본래 신중하게 걷기 때문에 넘어지지는 않지만, 아무래도 눈에 발이 빠지거나 지팡이가 빠지곤 하거든요. 그게 힘들지요."

"아아, 그러면 역시 힘드셨겠군요. 죄송합니다. 당신은 이 근처에 사십니까?"

"예에, 유모토 외곽입니다. 여기에서는——— 그렇지요, 천천히 걸으면 십오 분 정도 걸릴 겁니다."

"그럼 큰일이군요. 꽤 걸어야 하지 않습니까."

"뭐, 익숙한 길인걸요. 손님께서는 듣자 하니 사사하라 어르신의 손님이시라면서요."

"아아, 뭐, 그렇습니다."

"그곳 어르신께서도 절 자주 불러 주실 정도입니다. 이곳은 그곳에 비하면 가까운 편이지요."

"그럼 당신은 거기까지 걸어서 가십니까?"

"예. 일주일에 한 번은 저를 불러 주십니다. 어르신은 다리가 안 좋으시거든요. 뭐, 지금은 불경기이기도 하니 조금쯤 걷는다고 해서 불평할 수는 없지요. 오히려 자주 불러 주시니 고맙게 생각하고 있습니다."

남자는 허리를 꾸욱 눌렀다.

"후우, 하지만 안마사 양반, 이 여관의 주인도 말했다시피 이 근처에는 그, 나온다고 하지 않습니까. 무섭지는 않으시오?"

"나온다고요?"

"그 어린아이의 유령인지 뭔지."

"하하하, 그거라면 나온다 해도 보이지 않으니 무섭지 않습니다."

"아아."

그도 그럴 것이다.

시각적인 기현상과는 인연이 없다는 말일까. 하지만 남자는 이어서 이렇게 말했다.

"——— 하지만 만일 정말로 나온다면, 그게 그거였을지도 모르겠군요."

"무엇이 말입니까?"

나는 나도 모르게 돌아보았다.

아무래도 이런 이야기는 흥미를 돋운다.

이럴 때 나는 내가 얼마나 속물인지를 절절히 깨닫는다.

"손님, 그렇게 몸을 비트시면 치료를 할 수가 없습니다."

"아아, 실례. 그."

나는 자세를 원래대로 돌리며 다시 물었다.

"무슨 일이 있었습니까? 그 비슷한 일이."

"아니오, 시시한 장난일 테지만———그, 저는 쥐에게 홀렸습니다."

남자는 그렇게 말했다.

"쥐? 쥐라면 그 찍찍 우는 그 쥐 말입니까?"

유치한 물음에 안마사는 "예예" 하고 유쾌한 듯이 대답했다.

"그끄저께 밤이었습니다. 사사하라 어르신 댁에 갔다가 돌아오는 길이었지요. 그 댁에서 일직선으로 구 가도를 따라 내려가는 길이 꽤 가파른 언덕길이지 않습니까. 거기에서 약간 옆으로 벗어나면 비스듬하게 고도로 합류하는 산길이 있습니다. 좁고 험한 길이지만 경사가 꽤 완만하답니다. 저는 벌써 오 년이나 다녀서 길도 잘 알고, 게다가 조금 가깝기도 하고요. 그래서 그쪽 길로 다니는데."

확실히 그 험한 길은 멀쩡한 사람이라도 다니기 쉽지 않다. 같은 길이라도 경사각이 작은 편이 그나마 안전할 것이다.

"그날도 눈이 조금 왔습니다. 올해는 예년보다 눈이 많이 내리는 것 같네요. 그래서 그 산길을 조심스럽게 걷고 있었는데, 이렇게."

남자는 안마하던 손을 내게서 떼었다. 나는 고개를 비틀어 그 모습을 보았다.

"뭔가 가로막는 것이 있었습니다."

"뭔가?"

"길 한가운데에 이렇게, 뭔가 있더군요. 눈이 쌓인 것인가 싶어 지팡이로 찔러 보니, 아무래도 그건 아닌 것 같았어요. 머뭇머뭇 발로 더듬어 보니 이게 아무래도."

"아무래도?"

"사람이 웅크리고 있는 것 같은."

"눈길 한가운데에 사람이?"

"묘하지요. 그런데 갑자기 목소리가 들렸습니다. 그것은 소승이 죽인 시체다———라고."

"소승? 소승이라니."

"스님 말입니다."

"아아, 그 소승 말이군요. 응? 그럼 승려가, 길 한가운데에서 사람을 죽였다고 고백한 것입니까?"

"예. 하지만 들었을 뿐 보지는 못했으니, 정말로 스님인지 아닌지는 알 수 없지요."

"그러면 그 물체 자체도 시체인지 아닌지는."

"예. 알 수 없지요. 그 스님은, 아니, 스님이라고 자칭한 분은 정말로 스님이나 말씀하실 것 같은 어려운 이야기를 중얼중얼 하시는데, 도무지 요령이라곤 없었어요. 그래서 저는 저를 놀리는 거라고 생각했지요. 그래서 맹인을 놀리시다니 장난에도 정도가 있지 않습니까, 라고 말했습니다."

"정말 그렇군요. 농담에도 정도가 있지요. 하지만 당신은 분명히 아까 쥐에게 홀렸다고."

"그렇습니다. 그러다가 스님은 자신은 쥐다, 거기 죽어 있는 것은 소다, 그렇게 말하기 시작했어요."

"소? 그렇게 큰 물체였습니까?"

"아니오. 딱 손님만 한 크기의 체격이었지요. 그 높이는. 그러니 만일 그것이 시체라면 인간임이 틀림은 없어요. 소라니 말도 안 되는 농담이지요. 하지만 왠지 모르게 오싹하더군요."

"오싹?"

"만일 정말로 그것이 사람의 시체라면, 그리고 목소리의 주인이 그 사람을 죽인 범인이라면 저는 살인자와 단둘이 마주하고 있다는 뜻입니다. 게다가 밤에 인기척도 없는 산길에서 말이지요."

"그것은———."

확실히 무서운 상황일지도 모른다.

"스님은, 너는 죽는 게 무서우냐, 죽는 게 무서우냐고 하면서 다가왔지요. 저는 너무나도 무서워서 한달음에 달아났습니다."

"그래서, 그래서 어떻게 되었습니까?"

"순경 아저씨를 두들겨 깨워서 가보니 아무것도 없었습

니다.”

“아무것도?”

“아무것도. 저는 실컷 꾸중을 듣고 비웃음을 샀지요. 아마 너구리에게 홀리기라도 한 모양이라는 말을 들었습니다.”

“그래서 당신은 아까 쥐에게 홀렸다고 하셨군요.”

“스님이 스스로를 쥐라고 말했으니까요. 하지만 이것은 사실입니다. 꿈이 아니에요. 아직도 귓가에 선명합니다. 그 쥐 스님의 마지막 말이.”

“뭐라고 하던가요?”

“점수로 오입(悟入)은 어렵다──── 고요. 무슨 뜻인지는, 배운 것이 없는 저로서는 전혀 모르겠습니다만.”

“선종(禪宗)†으로 오입은 어렵다? 오입이란 깨달음의 경지에 이르는 것이겠지요. 선종은, 그 좌선을 하는 선종을 말하는 걸까. 그럼 선(禪)으로 안 된다면 염불로 해야 된다거나, 그런 뜻일까요? 잘 모르겠군요. 하지만──── .”

그의 말이 사실이라면 그자는 쥐 요괴 같은 것이 아니라 눈이 불편한 사람을 노린 악질적인 장난이리라. 뭔가 뒤가 있는 것일까, 아니면 단순한 악질 장난일까. 어느 쪽이건 잔혹한 이야기임은 틀림없다. 나는 <u>으스스</u>하다기보다는 화가 났다.

“뭐, 그 근처에 요괴가 나온다면 *그끄저께*의 그것도 요괴의 동료였다는 뜻일까요?”

---

† ‘점수(漸修)’와 ‘선종’은 일본어로 읽으면 모두 ‘센슈’로 발음이 같다.

남자는 느긋하게 그렇게 말하고 나서 "아아, 그만 손을 멈추고 말았군요" 하며 사과하고 다시 다리를 문지르기 시작했다.

나는 그것이 너무 기분 좋아서 어느새 말수가 줄었고, 그 후에는 별 대화도 없이 치료가 끝났다.

요금을 지불하고 현관 앞까지 바래다주려고 하자 그는 정중하게 거절했다. 나는 순수하게 감사의 마음을 표현하려던 것이었지만, 분명 그의 입장에서 그런 태도는 이상했을지도 모른다. 별 수 없이 또 부르겠다고 말하며 이름을 물었다. 남자는 공손한 태도로 "오시마라고 합니다" 하고 대답했다.

삼십 분 정도는 가져온 책을 읽었지만, 그러다가 잠이 오기 시작했다. 내가 다시 꾸벅꾸벅 졸기 시작했을 무렵, 예고도 없이 불쑥 교고쿠도가 돌아왔다.

여전히 불쾌해 보이는 얼굴이었다.

"교고쿠도, 자네 뭔가?"

"뭐냐니. 돌아온 걸세."

"그런 거야 알고 있네. 정말이지 연락도 하지 않다니, 걱정 많이 했단 말일세."

"거짓말 말게. 자고 있었지 않은가."

"거짓말 아닐세. 아무리 걱정된다 해도 자지 않을 수야 있나. 나는 오늘도 자네가 돌아오지 않으면 내일이라도 가 보려던 참일세. 게다가 치즈코 씨도———그렇지, 자네 치즈코 씨한테는."

"괜찮네. 옆방은 이미 잠든 것 같으니."

겨우 열한 시가 되었을 뿐이었지만 분명히 장지문 건너편은 쥐 죽은 듯 조용했다. 마사지 치료사가 있는 동안에는 이야기 소리가 나는 것 같더니, 그새 잠든 모양이다.

교고쿠도는 잠시 여장을 풀었다.

"그건 그렇고 자네. 대체 식사는 어떻게 했나? 게다가 어제는 어디에서 묵은 게야? 사사하라 노인의 집인가? 그리고 작업은 할 수 있었나?"

"한꺼번에 묻지 말게. 어쨌든 목욕 좀 하고 오겠네."

교고쿠도는 갈아입을 옷과 수건을 들고 방을 나섰다.

교대하듯이 주인이 이불을 한 채 들고 들어왔다. 주인도 이미 잘 준비를 하고 있었는지 몹시 묘한 차림새를 하고 있다. 이런 시간에 갑자기 돌아오다니, 그의 입장에서 생각해 보면 정말 귀찮은 손님이다.

"죄송합니다. 손님, 이불을 다시 깔아 드리겠습니다."

내가 방 한가운데에 깔려 있는 이불 위에 진을 치고 있었으니, 당연히 비키지 않으면 이불은 깔 수 없다. 나는 마지못해 일어나서 구석에 놓여 있는 상 옆에 솜옷을 걸치고 앉았다. 상 위에는 담배가 내팽개쳐져 있었기 때문에 한 대 뽑아 물었다.

한 대 피우고 있자니 눈이 말똥말똥해지고 말았다.

그러고 있는 사이에 욕의로 갈아입은 교고쿠도가 돌아왔다.

늘 기모노를 입고 다니는 친구라서 욕의를 입었다 해도 그리 겉모습이 달라지지는 않았다.

나는 담배를 한 대 더 꺼냈다. 권하자 교고쿠도도 한 대 뽑아 불을 붙이고, 한 모금 깊이 빨아들이더니 후우 하고 크게 연기를 뿜었다.

"아아, 그건 그렇고 눈이 엄청나게 내리더군. 어차피 게으른 자네이니 오늘은 잠이나 자고 있었겠지만."

"나는, 뭐, 음. 자고 있었네. 그보다 그쪽은 어떤가?"

"음. 오늘은 사사하라 씨 댁에서 전기를 끌어다 안에 전등을 설치했네. 그게 아주 큰일이었지. 거리가 머니 말일세. 그러고 나서 일시적으로 반출할 책들을 보관할 수 있는 텐트를 설치해 달라고 했네."

"뭐야, 그러면 작업은 할 수 있었던 겐가? 난 또 눈 때문에 작업이 불가능해져서 조난이라도 당한 줄 알았지."

"너무하는군. 멋대로 사람이 길바닥에 쓰러지는 상상이나 하고 있었으면서, 뭐가 걱정하고 있었다는 겐가. 남극 탐험도 아닌데 실내에 있으면서 조난할 리가 있나?"

"실내?"

"내가 하는 일은 책을 감정하는 걸세. 그런 전기공사 같은 일은 하지 않아. 육체노동은 하지 않겠다고 열네 살 때 결심했거든. 그래서 전기를 끌어오기 전까지는 사사하라 씨 댁에 있었고, 그 후에는 곳간 안에 있었지."

"뭐야, 그랬나? 자네답군. 그래서? 보물 쪽은 어때? 비싸게 팔릴 것 같나?"

"아아———."

교고쿠도는 몹시 복잡한 표정을 했다.

"안 될 것 같나?"

"아니. 그게 말일세. 곤란한 곳간이야, 그곳은."

"그 곤란하다는 게 뭔데 그러나?"

"있어서는 안 될 것이 있을지도 몰라."

그런 설명으로는 알 수 없다고 말했지만, 그에게 돌아온 답은 '됐다'였다. 이야기하고 싶지 않은 것이다. 이 친구는 성격이 비뚤어져서 이야기하고 싶은 것은 필요한 양의 열 배라도 이야기하지만, 말하고 싶지 않은 것은 한마디도 하지 않는다.

왠지 모르게 분해서——— 분해서 그러는 것도 이상하지만——— 화제를 바꾸었다.

우선 주인에게 들은 사사하라 씨의 내력을 이야기했다. 교고쿠도는 고용주인 사사하라의 아버지인 노인장에게서 조금은 그 내용을 들었는지, 태도가 시큰둥했다.

다음으로 '성장하지 않는 미아' 이야기를 했다.

교고쿠도는 얼굴을 찌푸리며,

"그 소녀는 뭘까."

하고 말했다. 이 이야기는 처음 들었던 모양이다.

"어떤가. 이상하지? 이곳 주인은 분명히 그 소녀를 보았고 노래도 들었다고 하네. 하지만 같은 일이 십여 년 전에도 있었고, 그 일은 그 사사하라 씨의 아버님이 기록해 두셨지. 게다가 한두 건이 아니라고 하네."

"자네는 그래서 어떻게 생각하나?"

"그야 물론 요괴나 유령 종류겠지."

나는 일부러 마음에 없는 소리를 했다.

물론 진심이 아니라 이 비뚤어진 친구가 쓸데없고 말도 안 되는 논리를 늘어놓게 하기 위해서다.

그러나——— 계획은 빗나갔다.

"세키구치 군. 자네도 조금은 현명해진 모양이군. 그래, 그렇게 생각하면 되네."

"무슨 소린가. 자네는 그런 의심스러운 이야기를 아주 싫어하지 않았나?"

"아주 좋아한다네. 애초에 자네는 뭔가 착각을 한 것이 아닌가? 내가 싫어하는 것은 심령과학이니 초능력이니 하는 수상쩍은 유사과학이나 그것을 전제로 한 잘못된 괴기 인식이지, 민간의 구비전승, 신앙, 속신(俗信)들을 싫어하는 것이 아닐세."

분명히 교고쿠도는 심령과학이나 초능력을 이유도 없이 싫어한다.

그런 주제에 요괴, 유령, 미신, 주술 같은 것들은 인정하고, 종교와 과학도 경애하는 모양이다. 듣다 보면 어렴풋이 알 것 같은 기분이 들지만 나는 아직 명확하게 이해하지 못하고 있다. 오늘은 확실히 해야겠다는 생각에, 나는 질문했다.

"그걸 잘 모르겠네. 어디까지가 괜찮고 어디서부터가 안 되는 건가? 자네의 기준을 가르쳐 주게."

"기준?"

교고쿠도는 몹시 싫은 얼굴을 하며 재떨이에서 타고 있던 피우다 만 담배를 비벼 껐다.

"귀찮은 친구로군. 가령 그 후리소데를 입은 미아가 유령이라고 치세. 그렇다면 어떤 한을 품고 죽은 여자아이의 혼백이다 ——— 거기까지는 좋네. 그러니 인간에게는 영혼이 있고, 그것은 사후에도 의식을 갖는다 ——— 이것도 좋다고 치세. 문제는 그 후야. 그러니 영혼은 과학적으로 증명할 수 있다, 그 여자아이가 바로 그 증거가 아닌가 ——— 이게 안 되는 걸세. 그리고, 아니, 세상에는 과학으로 증명할 수 없는 것도 있다, 이 여자아이가 그 증거다 ——— 이것도 안 돼. 양쪽 다 어리석기 짝이 없는 소리일세. 내가 싫어하는 건 그쪽이라네."

"그러면 뭔가, 그, 이 경우에는 ———."

"잘 듣게. 이 근방 사람들은 그 여자아이를 보고, 또는 노래를 듣고, 오오, 무섭다, 이것은 요괴다, 그렇게 이해하고 있지? 그러면 된 게 아닌가. 아무도 곤란하지 않으니."

"그야 곤란하지는 않겠지만, 하지만 결국은 마찬가지일세. 심령과학이나 미망의 풍문이나 큰 차이가 없어. 몇 년이나 성장하지 않고 똑같은 옷을 입고 산속을 헤매는 여자아이라니, 그런 바보 같은 게 이 세상에 있을 리 없지 않은가. 만들어 낸 거라면 몰라도 ———."

"그것 보게. 그게 자네의 본심이지."

정말 싫은 친구다. 유도심문에 간단히 걸려드는 나도

나지만.

"뭐, 내가 어떻게 생각하든 상관없잖나. 그런 비상식적
인, 이 세상에 있을 리 없는 존재가 배회하고 있다면 그것
은 어떤 속임수다, 내 말은 그런 말일세. 아니면 자네는
그런 유령이나 요괴가 실존하기라도 한단 말인가?"

"잘 듣게, 세키구치 군. 이 세상에는 일어나야 할 일만
일어나고, 있어야 할 것만 있는 법일세. 그러니 이곳 주인
이 보았다고 한다면 그것은 있었을 테고, 이전에 다른 목
격자가 있었다면 그때도 있었겠지. 그거면 충분하지 않은
가. 없는 것은 보이지 않으니까. 그건 있었던 걸세."

"있었다고? 그건 납득이 가지 않는군. 십여 년 동안 성
장도 하지 않고 한 곳에서 헤매고 있단 말일세. 자네는
그것도 일어날 수 있는 일, 있어야 할 일이라는 건가? 아무
리 생각해도 있을 수 없는 일이지 않은가."

"참 말귀 못 알아듣는 사람이군, 자네도. 그런 일이 있을
리 없지 않은가. 이 세상에는 일어날 수 없는 일은 일어나
지 않고, 없어야 할 것은 없네. 그러니 성장하지 않는 생물
이라는 것은 없고, 게다가 미아는 십 년이나 헤매고 다니
지 않아."

"그러니 말일세."

"그러니 뭔가? 잘 듣게, 이 '성장하지 않는 미아'의 경
우, 물리적으로, 또는 생물학적으로 일어날 수 없는 일이
라곤 하나도 안 일어났지 않은가."

"뭐?"

나는 김이 새서 맥풀린 목소리를 냈다.

"아아, 세키구치 군. 자네는 날이 갈수록 어리석어지는 것 같군━━━."

그렇게 말한 교고쿠도는 한숨을 쉬며 미간을 집었다.

"━━━ 여자아이가 성장하지 않는 것, 같은 곳에서 계속 헤매고 있는 것, 이 두 가지는 그 출몰기간이 길다는 것에 의해 도출된 추론이고, 실제로 일어난 일은 아닐 텐데."

"아아, 그야 그렇지."

"결국 '성장하지 않는 미아'를 일어날 수 없는 일로 정의하는 준거는 출몰기간의 길이라는 문제 하나로 수렴된다는 걸세. 다만 그 장기간이라는 요소가 문제인데, 이것은 정확하게는 확정요소가 아닐세. 그것은 오랫동안 계속 나오고 있었던 것은 아니야. 십여 년 전과 최근의, 두 묶음으로 나뉘지. 시간을 두고 단기간의 목격사건군(群)이 두 번 있었다고 생각하는 게 옳네. 그 첫 번째와 두 번째 미아가 동일한 개체라고 가정했을 때, 비로소 일어날 수 없는 일이 일어난 것처럼 생각되는 걸세."

"그래. 그게 이상함의 요점 아닌가."

"그 요점이 말일세. 동일한 개체라는 가정을 뒷받침하는 증거로 들 수 있는 것은 다음의 네 가지 요소일세. 우선 일반에 그다지 알려지지 않았다고 여겨지는 똑같은 노래를 부른다. 다음으로 대체적인 복장이 같다. 그리고 겉으로 보이는 나이도 비슷하다. 대개 같은 곳에 출몰한다. 이

러한 요소들은 증거로 채택하기에는 아주 미덥지 못하지
않나."

그것은 나도 처음부터 그렇게 생각하고 있었다. 주인에
게도 그렇게 지적해 주었을 정도다. 그러나 나는 굳이 입
을 다물고 있었다. 빙 둘러 이야기하는 것이야말로 이 남
자의 특질이다.

교고쿠도는 재미도 없어 보이는 얼굴로 말을 이었다.

"이 네 가지 요소 자체는 꼭 있을 수 없는 일이 아닐세.
미아가 무엇을 입든 미아 마음이고, 노래쯤이야 누구나
부를 수 있네. 게다가 이 네 가지 요소끼리 서로 모순되지
도 않지. 여기에 목격담이 한 번이거나, 아니면 여러 번이
라도 시간적으로 집중되었다면 ——— 다시 말해서 출몰
기간이 단기간이라면 물론 단순히 특이한 미아로 끝나고
마네. 허공에 떠 있었던 것도 아니고, 얼마나 자주 많은
사람들에게 목격되든, 어느 모로 보나 기묘한 복장으로
수상한 노래를 부르든 별로 이상할 것은 없으니까. 여러
곳에서 동시에 목격되었다거나 한다면 또 모르지만, 전부
비슷한 곳일 테고."

"뭐, 그렇지."

"하지만 여기에 십여 년 동안이라는 시간적인 요소가
더해져 출몰기간이 장기화되는 바람에, 이상한 미아는 성
장하지 않는 미아 ——— 요괴가 된 걸세."

"그렇군. 뭐, 그야 그렇겠지."

"다시 말해서 ——— 동일개체라고밖에 생각할 수 없

는, 몹시 특징적인 요소가 한편에 있고, 절대로 동일개체일 리 없는 시간적 경과가 또 한편에 있네. 거기에서 모순이 생겨나고, 그 모순을 해결하기 위한 설명 체계로서 요괴가 채용되었다는 거지. 이 경우, 아무래도 요괴를 인정하고 싶지 않다면 그 모순만 해소해 주면 되는 게 아닌가. 해결 방법은 얼마든지 있어."

교고쿠도는 거기에서 감은 머리를 쓸어 올리며 말을 이었다.

"다시 말하지만 장기간이라는 부분을 증명하는 증거는 아무래도 미덥지가 못하네. 성장하지 않은 게 아니라 성장하지 않은 것처럼 보일 뿐이지 않나? 마찬가지로 비슷한 것 같은 복장이지 같은 옷은 아닐세. 십여 년 동안 헤맨 것이 아니라 비슷한 곳에서 목격되었을 뿐이지 않은가. 자네가 요괴를 요괴로 받아들일 수 없다면, 그런 애매한 부분을 멋대로 만들어선 안 되네."

"만든 것은 아니지만 ─── 말하자면 과거에 목격된 여자아이와 현재 목격된 여자아이는 다른 사람이라는 건가?"

"물론 그것이 서로 다른 개체였다고 가정할 수도 있겠지. 그러면 장기간이라는 인식이 잘못되었다는 뜻이 되니 나이 문제는 해소될 걸세. 노래는 같은 노래를 알고 있는 사람이 여러 명 있어도 이상하지는 않으니 문제가 안 되고, 복장도 정말로 한 치도 다르지 않은지는 의심스럽네. 이것은 있을 수 있는 일이지. 반대로 동일한 개체였다 해도 생각할 수 없는 일은 아닐세."

"그래? 그건 아닐 것 같은데."

그렇지 않다고 교고쿠도는 간단하게 말했다.

"동일개체라면 이야기는 더 빠르지. 이 경우에는 같은 노래를 부르든, 같은 옷을 입고 있든 전혀 문제는 없는 셈일세. 문제는 나이뿐이지."

"그 나이가 중요하지 않은가. 성장하지 않는 생물은 없다고 말한 것은 자네일세."

"성장하지 않는 생물이 어디 있나? 살아 있는 한 신진대사는 하는데. 생물은 자라고 늙는 걸세. 하지만 성장하지 않은 것처럼 보일 수는 있겠지."

"보인다?"

"겉모습이 변하지 않으니 성장하지 않았다———고할 수는 없네. 자네 같은 경우는 지난 십여 년 동안 계속 똑같은 얼굴이야. 어릴 때의 사진을 봐도 한눈에 알 수 있네."

그거야말로 쓸데없는 참견이다.

"그렇다 해도———십여 년일세."

"그것도, 가령 성장하지 않은 것처럼 보이는 질병이나 장애 같은 것도 없지는 않으니까. 호르몬 분비가 잘못되면 육체의 성장이 멈추는 경우가 있네. 선천적인 사례뿐 아니라 후천적인 사례도 있는 모양이야. 최근에는 애정 결핍으로 성장이 멈춘 예도 보고되었다네."

"애정?"

"그래. 인체의 구조라는 것은 아직 미지의 부분이 많거든. 갖다 붙이기만 하면 이상한 일은 아무것도 없네. 가능성은 얼마든지 있어. 어디까지나 가능성이지만 말일세. 어쨌거나 이유라면 얼마든지 생각할 수 있어. 말하자면 각각의 현상 자체는 있을 수 없는 일, 일어날 수 없는 일이 아니란 말이지."

"뭐, 그렇긴 한데 왠지 납득이 가지 않는군."

"그야 그럴 테지."

교고쿠도는 입 끝을 늘어뜨린다.

"있을 수 없는 일이 아니니 사실 있었던 일이겠지만, 아무래도 납득이 가지 않기 때문에 괴이한 일이 되는 걸세. 누구나 납득한다면 괴이한 일은 생겨나지 않아."

"그걸 모르겠단 말일세. 확실히 일어날 수 있는 일만 일어나는 것 같긴 한데, 설명이 된다 해도 견강부회라면 납득이 가지 않지. 오히려 초현상이나 심령 같은 것을 끌어들이는 편이 정합성이 있는 것 같다는 생각이 드네."

"그게 잘못이라니까. 초현상이나 심령이라는 바보 같은 레벨에서 파악하는 태도를 고쳐야 하네. 애초에 이것이 단순한 미아였다면 가장 문제로 삼아야 할 점은 그녀가 왜 산속에는 어울리지 않는 복장으로, 어째서 그런 곳에 있었는가 하는 게 아닌가? 이것은 이상한 일이 아니라 단순히 알 수 없는 일일세."

확실히 그것은 알 수 없는 일———이다.

"우리는 그 여자아이가 왜 그러고 있었는지 모르니까.

게다가 확인할 방법도 없지 않은가. 그러니 알 수가 없는 걸세. 자네처럼 어떻게 해서든 괴이를 끌어들이지 않고 이해하고 싶다면, 이 일에 대해서는 여기까지가 한계일세. 찜찜한 기분은 남지만 과학적, 논리적 사고를 더 해 봐야 정보가 너무 적어서 결론은 얻을 수 없네. 다시 말해서 생각해 봐야 헛수고지."

"잠깐. 나는 무엇이든지 과학으로 해명할 수 있다고 생각하는 건 아닐세."

"이 세상에 과학으로 해명할 수 없는 것이라곤 없네."

교고쿠도는 단언했다.

"다만 모든 것이 증명되고 명백해지지 않는 한 과학적 사고라는 것으로 결론을 내서는 안 되는 걸세. 조만간 모든 것이 해명될 거라고 희망적 관측을 늘어놓는다면 괜찮지만, 증명할 수 없는 부분까지 포함해서 다 안다는 얼굴을 하는 것은 교만이거든. 과학적 사고로 이해하려고 한다면 현재로서 알 수 없는 일은 알지 못하는 채로 놔둘 수밖에 없다는 각오를 하지 않으면 허사일세. 이론적으로 옳다 해도 추론은 추론이지 결론이 아니니까. 그렇게 하자니 마음이 불편하다면, 그때는 일단 과학을 버릴 수밖에 없네. 그러니 이런 부족한 정보를 보충할 수 없는 경우 가장 편한 이해 방법은, 요괴나 도깨비라고 생각하는 걸세. 따라서 이곳 사람들은 가장 현명한 선택을 한 것이지. 자네가 가장 어리석었던 거야."

친구는 거기에서 말을 끊고 늘 그렇듯이 한쪽 눈썹을

추켜올리며 바보 취급하듯이 나를 보았다.

"자네는 어떻게 해서라도 날 어리석은 사람으로 만들고 싶은 모양이군. 심령이나 초현상은 안 되고 요괴나 도깨비라면 괜찮은 건가? 어떻게 다른데? 나는 아까부터 그걸 묻고 있는 걸세."

"요괴나 도깨비 ——— 괴이란 애초에 이해가 불가능한 경우를 이해하기 위한 설명으로 생긴 걸세. 말하자면 과학과 같은 역할을 갖고 있는 셈이지. 그 괴이를 과학적으로 고찰한다는 것은 난센스가 아닌가. 설명기능 자체를 다른 설명기능을 이용해 설명하다니 어리석고 촌스러운 짓일세. 소금에 간장을 뿌려 먹는 거나 마찬가지야."

"아아, 그렇군. 과학으로 설명이 되는 것을 일부러 괴이로 설명할 것은 없고, 반대로 과학으로는 추론밖에 내릴 수 없는 현상은 괴이로밖에 설명할 수 없다는 거로군. 하지만 심령과학이라는 것은 과학으로 설명할 수 없기 때문에, 괴이에 의해 설명된 현상에 대해서 그 설명인 괴이 자체를 과학적으로 설명하고 있다는 ——— 아아, 복잡한데."

"그래, 맞네. 과학과 괴이는 본래 서로를 보충하는 일은 있어도 반발하는 대상은 아닐세. 하지만 그러면서도 절대로 융합되지도 않는 거지. 하지만 지금은 서로 반발하는 것처럼 오해하고 있어. 심령과학은 그 오해 위에 성립하는 것 같은 구석이 있고, 게다가 융합되지 않는 것을 통합하려고까지 하고 있단 말일세. 사상누각, 지붕 위에 지붕을 짓는 거지."

묘한 비유지만 이해가 안 가는 것도 아니었다.

"그들은 과학의 수법을 모방한 유사과학으로 괴이를 설명했다고 생각하며 좋아하지만, 그것은 실은 괴이를 깎아내리고 과학을 타락시킬 뿐인 행위이고 설명체계의 통합은커녕 큰 착각이라고, 자네는 이렇게 말하고 싶은 거지."

"세키구치 군. 자네도 이해하게 되었군. 최근에는 그런 건방진 바보들이 늘어서 과학자들도 종교가들도 큰 피해를 입고 있거든. 뭐, 자네는 이 일에 대해서는 처음에 요괴나 도깨비라고 말했으니, 입만 열면 심령이니 초능력이니 떠들어 대는 바보 같은 놈들보다는 교활함이 부족하니까 좀 낫다고 해야 할까."

교고쿠도는 그제야 유쾌한 눈을 했다.

"조금 나은 정도인가? 자네도 너무하는군. 뭐, 알았네. 그럼 요괴라고 치세. 하지만 요괴라 해도 이런 산요괴는 드물지 않은가?"

"뭐가 드물단 말인가? 불로불사라면 괴이에는 흔히 있는 걸세. 유배지에서 국화 이슬을 마시며 불로불사가 된 기쿠지도[菊慈童]도, 인어의 고기를 먹고 천 년의 수명을 손에 넣은 야오 비구니도, 모두 어린 모습으로 영원이나 마찬가지인 시간을 살았지. 이 성장하지 않는 아이들은 모두 '오카부로'라고 불리는 요괴일세. ≪백귀야행(百鬼夜行)≫에도 틀림없이 실려 있어."

교고쿠도가 말하는 ≪백귀야행≫이란 도리야마 세키엔

이라는 에도 시대의 화가가 그린 요괴도록으로, 그가 항상 곁에 두는 책이다. 4부 12권이나 출판되었고, 이 책의 정편(正編)이나 속편(續編)쯤에 실려 있다면 당시에는 제법 유명한 요괴였다고 생각해도 되는 모양이다.

"세키구치 군, 요괴는 대체로 나이를 먹지 않으니 자라지 않는다고 이상해하는 게 더 이상한 걸세."

"아아, 그러고 보니 외눈박이 도령이 도령에서 어른이 되고 외눈박이 노인이 되었다는 이야기는 못 들어 봤군. 하지만 노래 쪽은 어떤가? 노래하는 요괴도 많은가?"

"어떤 노래인지 못 들었으니 알 수 없지. 하지만 노래하는 요괴도 쓸어 담을 수 있을 만큼 많네. 자네는 모르나? 가령 ——— 열아홉 살 때 살해된 실 잣는 처녀가 살해된 곳 부근에서 춤을 추면서 '작년에도 열아홉, 올해도 열아홉, 부웅부웅' 하고 노래한다는 전설이 시마네 쪽에 있네. 그것과 좀 비슷하지."

"흐음, 선례는 얼마든지 있다는 건가 ———."

교고쿠도는 "그렇다네" 하고 무뚝뚝하게 말했다.

용케도 이렇게 알맞은 예가 차례차례 튀어나온다. 그런 사례를 알고 있는 사람이 더 이상하다고 생각하지만, 이 친구가 하는 말이라면 맞을 것이다. 그러나 그렇다면 더더욱 '성장하지 않는 미아'는 전통적 요괴에 가까운 존재라는 셈이다. 그것은 특수한 것이 아니라 전국 각지에서 괴이로 전하는 이야기의 변형 중 하나에 지나지 않는다는 것일까.

──── 하지만 그렇다면,

나는 아까 있었던 일을 떠올렸다.

"맞아, 교고쿠도, 다른 이야기지만 신기한 이야기를 들었네. 쥐 스님이라는 것은 어떤가? 그런 요괴는 없지?"

이것은 아무래도 일반적이지는 않을 것이다.

나는 어떻게든 요괴를 좋아하는 이 친구의 코를 납작하게 해 주고 싶었던 것이다.

"라이고 말인가?"

그러나 친구는 선뜻 대답했다.

"뭐야? 쥐 스님까지 있단 말인가!"

"자네 정말 일본사람 맞나? 쥐의 요술이라면 스님, 스님의 요술이라면 쥐. 헤이안 시대부터 그렇게 정해져 있지 않은가."

"그것이 그, 라이고인가 하는?"

"아아, 정말이지 끝도 없이 귀찮은 친구로군. 고작해야 하루이틀 안 만났을 뿐인데 어째서 자네는 그렇게 바보 같은 이야기만 주워듣고 왔나? 게다가 뭘 모르는 데도 정도가 있지."

교고쿠도는 그렇게 말하고 나서 귀찮다는 듯이 일어서더니 창가에 놓여 있던 그의 가방에서 뭔가 꺼내어 원래의 자리로 돌아왔다.

아무래도 재래식으로 장정된 책인 것 같다.

"말로 해도 모를 테니, 보게────."

교고쿠도는 그것을 내게 건넸다.

고서 특유의 향기가 가볍게 풍긴다.

그 재래식 장정 책은 눈에 익었다.

"뭐야, 이것은 그 ≪백귀야행≫이 아닌가? 자네는 이런 것을 항상 갖고 다니나? 아무리 좋아한다 해도 여행지에 가져올 만한 책이 아니잖나. 기가 막히는군."

"이보게, 잘 보게. 이것은 내가 항상 보던 개인용 책이 아닐세. 팔기 위한 것이지. 오늘 도와주러 온 오다와라의 다카세 서점에서 사들인 걸세. 아무래도 그 지역에서 딱 두 권 구한 것을 내게 넘기려 했던 모양이야. 자, 그 한가운데쯤일세. 으음, 이거, 여기."

내가 찾지 못하자 초조해졌는지, 교고쿠도는 팔을 뻗어 직접 페이지를 넘기더니 내게 보여주었다.

"철, 서, 철서(鐵鼠)라고 읽는 건가? 자네는 아까 라이고인가 ─── 아아, 라이가우, 라고도 씌어 있군."

절 ─── 일까.

배경의 기둥에는 사원 같은 장식이 되어 있다. 수미단[須彌壇][1]인지 경문을 놓는 받침대인지, 그 비슷한 것이 있고 그 위에는 경전도 그려져 있다. 그 대 위와 기둥 위에는 온통,

곳곳에 ─── 통통하게 살찐 쥐들이 들끓고 있다.

쥐가 경전을 끌고 나와 갉아먹고 있다 ───.

---

[1] 불상을 모시는 수미산 모양의 단으로 사찰의 법당에 설치한다. 불단이라고도 한다.

이 그림은 그런 그림인가 보다.

그러나 요괴의 본체는 그 쥐들 중앙에 침착하게 자리 잡은 커다란 쥐인 것 같다.

주위에 흩어져 있는 쥐들은 아무래도 이 큰 쥐의 부하로 보인다.

커다란 쥐는 부하 쥐들보다 몇 배는 되는 크기이고, 게 다가 옷을 걸치고 있다.

걷어 올린 옷 사이로 튀어나온 사지에는 털이 **빽빽하게** 돋아 있다. 발톱도 날카롭게 뻗어 있고, 반쯤 벌어진 입가 에는 설치류답게 **뾰족한** 앞니가 보인다. 눈에도 지성의 빛은 없어서 아무리 봐도 짐승의 눈이라고 생각할 수밖에 없다.

그러나———이 커다란 쥐는 쥐가 아니라 아무리 봐도 사람이다. 게다가 승려인 것 같다. 얼굴이나 머리에는 털 이 나 있지 않고, 언뜻 보기에 꼬리로 보이는 것은 사실은 풀어진 띠다.

누구보다도 지적이고 금욕적이어야 할 승려가 어리석 고 지저분한 짐승의 본성을 드러내고 있는 것이다. 이미 말도, 감정도 무엇 하나 통할 것 같지 않다.

늘 그렇듯이 무서운, 끔찍한 그림은 아니다.

보면 볼수록 싫어진다. 추하다.

엄청난 폐쇄감. 말할 수 없는 압박감.

이것은 나 자신이다.

이 얼마나 싫은,

"왜 그러나. 왜 그리 멍하니 있어? 그것이 쥐 요술의 으뜸인 천태종 원성사(園城寺)의 고승, 짓소보 아자리 라이고일세."

"아, 아아."

나는 그만———넋을 잃고 바라보고 말았다.

"이것은 사람인가? 쥐인가? 음, 그 라이고라는 사람은 어떤 스님인가?"

"라이고는 헤이안 말기 사람으로 후지와라노 우마카이[藤原宇合][†]의 후예인 나가토노카미[††] 후지와라노 아리이에의 아들일세. 어린 나이에 출가해 조토잔 산[長等山] 원성사의 권승정(權僧正)[†††] 신요[心譽]의 제자가 되었지. 현밀(顯密)[††††]을 모두 익혔고 석학이라는 칭송을 받던 덕이 높은 스님이었고, 게다가 영험한 법력을 갖고 있었다고 하네."

"꽤나 대단한 스님이잖나. 원성사라면 뭔가, 아마 굉장한 절일 테지."

"천태종 사문파(寺門派)의 총본산이지. 흔히들 미이데라라고 부르네."

"아아, 페놀로사(Ernest Fenollosa)[†††††]의 무덤이 있는 절 말인

---

† 나라 초기의 조정 신료(694~737). 후지와라 무가(武家)의 시조이다.

†† 관직명 중 하나.

††† 권(權)은 관위(官位)를 나타내는 말 앞에 붙어 정원 외에 특별히 임명한 관위임을 나타내는 말이다.

†††† 현교(顯敎)와 밀교를 아울러 이르는 말. 현교는 말로 분명하게 풀어 설명한 불교의 가르침을 가리키는 말로 천태종, 화엄종, 정토정 등이 이에 해당한다. 밀교에서 자신의 종파 이외의 다른 종파를 말할 때 쓰인다.

††††† 미국의 철학가이자 미술연구가(1853~1908). 1878년에 일본으로 와 동경대

가?"

내가 그렇게 말하자 교고쿠도는 싫은 얼굴을 했다.

"자네는 어째서 그런 몰라도 될 것만 알고 있는 겐가. 절은 관광지가 아니니 좀 다른 방법으로 기억해 보게."

"그렇게 말하지 말게. 다른 것도 더 알고 있지. 아마 오우미[近江] 팔경[1] 중 하나지. '미이[三井]의 만종(晚鐘)'인가 하는 종이 있지 않나?"

"그렇게 일본문화를 박물학적으로 파악하는 짓은 그만두게. 자네가 외국인인가? 적어도 히에이잔 산[2]과 대립하던 절이지, 라는 정도의 말은 할 수 없는 겐가?"

"히에이잔 산이라니, 이보게, 그 원성사도 천태종이라면서? 히에이잔 산이라면 연력사, 연력사도 같은 종파인 천태종———이보게, 천태종이라면 히에이잔 산 쪽이 본산이 아닌가? 사이초[最澄][3]가 연 것이니 그쪽이 근본일

에서 철학을 강의하는 한편 일본미술에 관심을 갖고 새로운 일본화(日本畵)의 창조를 제창했다. 제자 오카쿠라 덴신[岡倉天心]과 함께 미술학교를 설립했으며 귀국 후에는 보스턴 미술관 동양부장을 지냈다.

[1] 비파호 남서쪽 기슭의 여덟 가지 뛰어난 경관. 미이의 만종, 이시야마의 가을 달, 가타타의 낙안(落雁), 아와즈의 청람(晴嵐), 가라사키의 밤비, 세타의 저녁노을, 야바세의 귀항선, 히라의 모설(暮雪). 중국 동정호의 소상 팔경(瀟湘八景)을 본뜬 것이다.

[2] 교토 부와 시가 현의 경계, 교토 시 북동쪽에 있는 산. 고래신앙(古來信仰)의 산으로 유명하며 천태종의 총본산인 연력사가 있다. 에이잔 산, 천태산이라고 한다. 또한 연력사의 산호(山呼)이기도 한데, 이처럼 처음에는 사원이 소재하는 산의 이름을 흔히 사원 이름 앞에 붙여 별칭으로 쓰기도 했다. 미노부산(身延山) 구원사(久遠寺)의 미노부산, 도에이잔(東叡山) 관영사(寛永寺)의 도에이잔 등이 유명한 산호이다.

[3] 일본 천태종의 개조(767~822). 804년에 당나라로 건너갔다가 이듬해 귀국해 천태종을 개창했다.

텐데."

"정말로 뭘 모르는 소설가로군. 미이데라는 본래 덴무[天武] 천황 때 건립된 오래된 절로 오토모 가문의 씨사(氏寺)†였는데, 오토모 가문의 쇠퇴와 함께 황폐해졌다가 이백 년 가까이 지난 후에 천태종의 대학자인 치쇼[智證]대사 엔친[圓珍]이 연력사의 별원(別院)으로 부흥시킨 것일세. 이후 천태종의 근본을 수행하는 도장이 되었고, 또 미이 수험도(修驗道)††의 발상지로도 유명하지. 하지만 이 엔친의 제자와 히에이잔 산의 엔닌[圓仁]의 문하는, 자네가 이해할 수 있게 말하자면 사이가 나빴던 걸세. 히에이잔 산 쪽을 산문(山門), 미이데라 쪽을 사문(寺門)이라고 부르며 오백 년 가까이 분쟁이 이어졌지."

"같은 종파에서 말인가? 그것은 말하자면 경전 해석을 둘러싼 이단심판 같은―――."

아니, 글자 그대로 분쟁이었다고 교고쿠도는 말했다.

"서로 으르렁거리는 것뿐 아니라 무력을 사용해 싸웠다는 건가?"

"그러니 분쟁이지. 불을 질러 공격하기도 했네. 당시의 스님들은 거친 데가 있었거든."

"그래서야 야쿠자 아닌가. 스님이라면서? 그것도 동문이라면서."

---

† 특정한 한 가문에서 건립하여 대대로 귀의하는 절. 후지와라 가문의 흥복사(興福寺), 와케 가문의 신호사(神護寺) 등이 유명하다.
†† 일본 고래의 산악신앙에 불교와 도교 등을 가미한 종교의 한 파.

"같은 종파이기 때문에 더더욱 싸움이 일어나는 경우도 있지. 탄탄한 단결력을 가진 종파는 별로 없네. 어쨌거나 산문파와 사문파는 서로 싸우고 있었어. 그리고 라이고는 그 사문파의 고승이었네. 그런데 자네 ≪헤이케 이야기[平家物語]≫[†]는 읽었나?"

"읽은 것도 같고, 안 읽은 것도 같고."

세세한 내용까지 기억하고 있을 만큼 열심히 읽지는 않았다.

그렇다고 해서 모르는 것도 아니다.

"한심하군. ≪헤이케 이야기≫의 이본(異本) 중 하나인 ≪연경본(延慶本) 헤이케 이야기≫^{††} 3권 12장에 라이고에 대한 기술이 있네. '시라카와인[白河院]^{†††}이 미이데라의 라이고에게 황자를 위한 기도를 드리게 하였다'라는 구절인데 ─── 대강의 줄거리를 말하면 이렇네. 중궁(中宮) 겐시[賢子]가 황자를 낳을 수 있도록 시라카와인이 라이고에게 기도를 의뢰했네. 바라는 것은 무엇이든 상으로 내리겠다

---

† 다이라노 기요모리[平淸盛]를 중심으로 하는 다이라 씨 일문의 흥망에 맞추어 역사의 격동을 적은 전쟁 이야기. 작자는 미상이며 긴 세월 속에서 여러 종류의 개정판이 나왔다. 오늘날 널리 읽히고 있는 것은 에도 시대에 출판된 것이며, 요곡, 조루리 등을 비롯한 후세의 문예에 큰 영향을 주었다.

†† '연경'은 하나조노[花園] 천황(1297~1348) 때 쓰인 연호로, 1308년에서 1311년까지 사용되었다.

††† 시라카와[白河] 천황(1051?~1120)이 당시 8세에 불과했던 어린 아들에게 황위를 물려준 뒤 어린 천황을 후견하기 위해 정무를 관장하던 때의 호칭. 이로써 일본 역사에 원정(院政)이 출현했다. 인(院)은 상황(上皇)이나 법황(法皇)이 머물던 곳을 가리키기도 하며, 상황이나 법황의 시호(諡號)에 붙이는 말이기도 하다.

는 조건이었지. 라이고는 아까 말했다시피 주술도 특기인 스님이었기 때문에 기도 한 번 만에 즉각 효과가 나타나 아츠후미 친왕이 탄생했네. 약속을 했으니 무엇이든 바라는 것을 말해 보라는 말에, 라이고는 뭐라고 말했느냐 하면 사마야[三摩耶][†] 계단(戒壇) 건립을 윤허해 달라고 청했네."

"아하, 정부 공인 종교가 되고 싶었던 거로군."

"그 표현은 뭔가? 헤이안 시대의 이야기란 말일세. 어쨌거나 계단 건립은 산문사문 분쟁의 핵심 문제였기 때문에 산문 쪽에서는 크게 술렁거렸네. 시라카와인은 이 경우 어느 쪽 편도 들고 싶지 않았던 걸세. 돈이나 지위나 명예라면 주겠지만, 그것만은 안 된다고 말했지. 히에이잔 산을 배려한 걸세. 이 거짓말쟁이 ——— 하며 라이고는 불같이 화를 냈고, 마도(魔道)에 떨어지겠다고 선언한 뒤 음식을 끊고 분사(憤死)하고 말았네. 태어난 친왕도 네 살 때 급사했지. 라이고가 기도해서 태어난 황자니까 그가 저세상으로 도로 데려간 거라고들 했네."

"이보게, 쥐는 어떻게 됐나?"

"이 이야기에는 그 다음이 있네. 굶어죽은 라이고는 쥐 떼로 환생해서 히에이잔 산의 경당에 나타나 경전을 갉아먹었다는 걸세. 《본조어원(本朝語園)》에 따르면 그 수는 팔만사천 마리 ——— 이것은 그 그림이라네."

[†] 밀교에서 평등·본서(本誓)·제장(除障)·경각(驚覺)의 뜻. 부처와 중생이 본래는 평등하며 동일하다는 것을 근본으로 한다. 산마야, 혹은 산마이야라고도 함.

"배가 고픈 나머지 경전을 갉아먹은 건가? 아귀도에 떨어지기라도 한 건가?"

　"그래. 비열한 마음이 뭉쳐 굳어진 걸세. 그래서 히에이 잔의 법사는 한 가지 계책을 생각해 쥐를 모시는 집, 즉 사당을 짓고 공양해서 그 분노를 가라앉혔다고 하네."

　"처음 듣는군. 그 이야기는 유명한가?"

　"유명할 것 같은데."

　교고쿠도는 고개를 갸웃거렸다.

　"이 이야기는 ≪우관초(愚管抄)≫[†] 4권에도 있고, 물론 ≪겐페이[源平] 성쇠기(盛衰記)≫[††]에도 실려 있네. ≪태평기 (太平記)≫[†††] 15권 〈원성사 계단 이야기〉에도 나오지. ≪이설비초 구권전(異說祕抄口卷傳)≫에도 쥐의 신을 모신 사당에 관한 기술이 있고, 가마쿠라 시대에는 꽤 유명했을 걸세. ≪오우미 명소도회(名所圖繪)≫에도 입에서 쥐를 내뿜으며 화를 내고 있는 라이고의 그림이 나오지 않는가. ≪츠쿠바 집[菟玖波集]≫[††††]의 신기(神祇) 연가에도―――."

　[†]　총 7권으로 이루어져 있는 역사서. 1220년 무렵 지엔[慈円]이라는 승려가 쓴 것으로, 제1대 진무[神武] 천황에서 제84대 준토쿠[順德] 천황에 이르는 역사와, 그 역사를 움직이는 '도리'를 기록했다.

　[††]　총 48권으로 이루어진 작자 미상의 군기물(軍記物). 가마쿠라 후기 이후에 성립되었다. ≪헤이케 이야기≫의 이본(異本)의 일종으로, 일반에 유포된 ≪헤이케 이야기≫에 비해 역사를 정밀하게 재현하려는 경향이 강했으며 그 때문에 문체도 약간 유려함이 부족하다.

　[†††]　총 40권으로 되어 있는 군기물. 몇 번의 수정을 거쳐 1371년 무렵 성립되었다. 고다이고[後醍醐] 천황의 토벌 계획에서부터 겐무[建武]의 중흥·남북조 내란에 이르는 변혁기의 역사 과정을 남조 측의 입장에서 유려한 문장으로 생생하게 그렸다.

　[††††]　천황의 명령으로 제작된 최초의 연가집(連歌集). 총 20권으로 이루어져

"됐네. 그런 옛날 일은. 들어도 몰라. 그런데 ─── 가마쿠라 시대의 유행이라니. 아마 자네 외에는 아무도 모를 걸세. 그 정도로 유명하다고 할 것 같으면 나 같은 사람은 거의 치명적으로 유행에 뒤떨어진 셈이야."

"세키구치 군. 그렇게 중우(衆愚) 속에 숨어서 자신의 무지를 눈에 띄지 않게 하려 해도 소용없네."

심한 말이다.

"내가 모를 뿐이다 ─── 자네는 그렇게 말하고 싶은 게지."

"당연하지. 산토쿄덴[山東京傳]†이 요미혼[読本]†† 《석화도처표지(昔話稻妻表紙)》에 라이고인이라는 쥐를 다루는 요술사를 등장시켰는데, 이게 히트를 쳤거든. 그렇다는 것은 헤이안뿐 아니라 에도 시대에도 여전히 유명했던 걸세. 그것이 히트를 친 증거로, 바로 그 뒤에 제자 다키자와 오키쿠니 ─── 교쿠테이 바킨[曲亭馬琴]†††이 《라이고 아자리[賴豪阿闍梨] 괴서전(怪鼠傳)》을 썼네. 버드나무 밑에서 두 번째 미꾸라지를 노린 것이지.†††† 인기가 있었기 때문일

────────

있으며 1356년 무렵 완성되었다. 그때까지 와카[和歌]에 비해 낮게 평가되고 있던 연가의 문학적 지위를 높였다.

† 에도 후기의 극작가. 본명은 이와세 사무루.

†† 에도 후기에 유행한 소설의 일종. 그림을 주체로 하는 구사조시[草双紙]에 비해 읽는 것을 주로 한 책이라는 뜻. 중국 백화소설(白話小說)의 영향을 받았으며, 일본의 역사적 사실을 소재로 한 전기적 경향의 작품이 많았고 권선징악·인과응보 사상 등을 축으로 했다.

††† 에도 후기의 극작가(1767~1848). 본래의 이름은 다키자와 오키쿠니. 에도 사람으로 산토쿄덴을 사사했는데 요미혼에 뛰어난 작품을 많이 남겼다. 권선징악을 중심 이념으로 하는 웅대한 구상과 복잡한 줄거리의 대작을 썼다.

세."

"바킨은 알지만, 그건 읽은 적이 없는데. 하지만 알겠네. 그 쥐 요괴——— 철서인가? 그건 유명한 것이었군. 그건 좋네. 하지만 교고쿠도, 그 라이고라는 사람은 실존 인물일까? 그 히에이잔 산의 불경을 갉아먹은 사건이라는 것은 정말로 있었던 일인가?"

"물론 사실과는 다르지. 무엇보다 아츠후미 친왕은 라이고가 죽기 칠 년 전에 포창(疱瘡)† 으로 죽었으니까. 다만 라이고가 열심히 계단 건립을 추진했던 것은 사실일 테고, 그렇다면 당연히 히에이잔 산의 우락부락한 스님들과는 크게 다툼이 있었겠지."

"뭐야, 거짓말인가? 역사적 사실에는 쥐라곤 한 마리도 안 나왔지 않은가. 게다가 미이데라라니. 장소도 다르고."

확실히 쥐 스님 요괴는 있었던 모양이지만 오시마 씨가 한 이야기와는 관련이 없는 것 같다.

교고쿠도는 의아한 얼굴을 하고 말했다.

"도대체가 세키구치 군. 자네는 왜 그런 이야기를 시작한 건가? 난 또 자네가 바킨의 ≪라이고 아자리 괴서전≫ 이라도 읽은 줄 알았는데."

"왜지?"

---

†††† (앞쪽)본래는 '버드나무 아래에 늘 미꾸라지가 있는 것은 아니다'라는 속
담으로, 버드나무 밑에서 한 번 미꾸라지를 잡았다 해도 언제나 거기에
미꾸라지가 있는 것은 아니다, 우연히 일어난 행운은 몇 번이나 존재하
는 것이 아니라는 뜻.
† 천연두.

"하코네가 나오기 때문일세. ≪괴서전≫에 등장하는 라이고는 쥐를 다루는 요술사일세. 기소 요시나카의 아들 요시타카가 그 라이고에게서 요괴 쥐의 비술을 전수받고, 그 쥐를 이용해 아버지의 원수 이시다 다메히사를 죽이려고 숨어 있던 곳이 이곳——하코네일세. 뭐, 픽션이네만."

"흐음, 하코네도 전혀 관련이 없는 것은 아니로군. 그런데 내 이야기는 전혀 다른 이야기일세."

나는 안마사 오시마 씨에게 들은 그의 체험담을 이야기했다.

교고쿠도는 왠지 한층 더 무서운 얼굴이 되었다.

나는 놀리듯이 이렇게 말을 맺었다.

"어때, 이것도 요괴지? 그는 쥐에게 홀렸다고 했지만 이것은 여우나 너구리의 짓일 걸세. 이쪽은 아까 한 미아 이야기보다 훨씬 유형적인 이야기니까. 옛날이야기 같은 데서 자주 나오지 않는가. 하지만 눈이 먼 사람을 홀리다니 성질 나쁜 요괴야. 어떤가, 자네가 한번 혼쭐을 내 주지 그러나?"

어차피 무슨 말을 해도 교묘하게 구워삶기는 것으로 끝날 테니, 섣부른 말을 하는 것보다 요괴의 짓이라고 단언해 버리는 게 나을 거라고 생각했다.

"무슨 소린가. 그건 이상하네. 요괴 같은 게 아니야."

하지만 교고쿠도는 그렇게 말했다. 그리고 잠시 침묵했다.

실로 오랜만에 시냇물 소리가 들렸다.

그리고 나는 몸이 완전히 싸늘하게 식은 것을 깨달았다. 방에는 알전구 하나뿐이라 왠지 모르게 방 한가운데만 밝다. 날짜는 바뀌어 있었다.

"세키구치 군. 자네 ———."

교고쿠도는 갑자기 얼굴을 들었다. 그리고,

"아까 한 말은 취소하겠네. 그건 요괴일세. 그러니 절대 깊이 파고들지 말게."

하고 불쑥 말했다.

"뭐? 무슨 뜻인가?"

교고쿠도는 시무룩한 얼굴로 말꼬리를 더욱 내리며,

"깊이 생각할 필요 없네."

라고 말했다.

그리고 내가 석연치 않은 표정을 하고 있는 것을 무시하듯이 벌떡 일어나더니,

"나는 내일도 일찍 일어나야 하니 그만 자겠네."

하며 그대로 이불 속으로 들어가 버렸다.

그것을 끝으로 목소리는 끊어졌다.

나는 도중에 내팽개쳐진 것 같은 어정쩡한 기분이었지만, 어떻게 말을 걸어야 할지 전혀 생각이 나지 않았기에 우선 잠자코 있었다.

교고쿠도는 꼼짝도 하지 않았다. 등을 돌리고 누워 있어서 잠들었는지 깨어 있는지도 알 수 없다.

나는 학생 시절부터 이 남자의 잠든 모습을 본 적이 없

다. 교고쿠도는 남들보다 먼저 자지 않고, 나중에 일어나지도 않는다. 그런 사람이다. 그의 아내의 이야기로는 자는 건지 죽은 건지 알 수 없게 자는 모양이다. 그러니 잠들었을지도 모른다.

나는 그때 담배를 한 대 물고 있었지만 결국 불은 붙이지 않고 자기로 했다.

"세키구치 군. 코는 골지 말아 주게."

불을 끄려고 일어선 내게, 친구는 돌아보지도 않고 그렇게 말했다.

실로 기묘한 꿈을 꾸었다.

작은 승려들이 방 안을 종횡무진으로 뛰어다니고 있었다. 그들은 종종걸음으로 발소리를 내며 내 주위를 기운차게 뛰어다니다가 벽에 부딪치면 튕기듯이 방향을 바꾸었다. 밖으로 나가고 싶은 것인지도 모른다. 승려들의 얼굴은 모두 무표정했다.

─── 시끄럽고, 기분 좋은 꿈은 아니로군.

잠을 자면서도 나는 그렇게 생각했다.

깨어 보니 교고쿠도는 이미 없었다.

말을 걸며 장지를 열어보니 아내들도 외출 준비를 마친 참이었다.

지금 막 나가려던 참이었나 보다. 조잡한 경대 앞에는 교고쿠도의 아내가 앉아 있고 일어서 있는 유키에는 막

미치유키[†]를 걸친 것 같았다.

교고쿠도의 아내는 나를 보고,

"좋은 아침이지요."

하고 말했다.

"아, 아니, 그렇게 이른 아침도 아닌 것 같지만, 교고쿠도는———."

"네, 일곱 시 전에 나갔어요. 말을 나눌 시간도 없었답니다."

"그래요? 아니, 몰랐습니다."

거울에 비친 내 얼굴은 왠지 지저분해 보였다. 막 일어난 참이라 수염도 깎지 않았고 머리카락까지 뻗쳐 있다. 게다가 욕의 앞이 벌어진 칠칠치 못한 모습이다. 아내들은 화장도 마치고 깔끔하게 단장하고 있으니 그런 내가 한층 더 지저분해 보이는 것도 어쩔 수 없다.

"식사는 거기에 놓아두었어요. 세수를 하고 나서 드세요. 하지만 벌써 아홉 시가 넘었으니 멍하니 있다간 점심 식사가 되겠네요."

유키에가 지저분한 나를 보고 곤란한 듯이 말했다.

유키에의 말이 끝나자 나는 나도 모르게 뻗친 머리카락을 손으로 눌러 감추었다.

"교고쿠도는———아침은 먹었나?"

"그게, 그 사람은 여관 주인에게 주먹밥인지 뭔지를 부탁해 두었나 봐요. 정말 책이 도망가는 것도 아닌데, 식사

[†] 기모노 위에 입는 코트의 일종.

는 하고 가도 벌은 받지 않을 텐데 말이에요. 여관 주인에게는 폐만 끼치게 되었다니까요."

"하지만 추젠지 씨는 용무가 있으시잖아요. 같이 식사를 할 수 없는 건 이 사람도 마찬가지인걸요. 어쩌면 매일 그렇게 늦잠을 잘 수 있는지."

"뭐 어때, 유키에. 그보다 벌써 나가려고?"

"네. 다행히 날씨도 좋아진 것 같고, 등산전철을 타 볼까 싶어서요. 다츠 씨 ——— 당신, 오늘은 어떻게 하시겠어요?"

"그렇지, 세키구치 씨도 같이 가시는 게 어때요?"

"아아 ———."

교고쿠도의 아내는 내게 신경을 써 주고 있다.

나는 가고 싶다는 기분도 들었지만 준비를 마칠 때까지는 아내들이 기다려야만 해서 조금 주눅이 들었다. 잠시 망설이고 있자니 유키에가 가망이 없다는 판단을 내렸다. 내 마음속을 알아챘을 것이다.

"안 될 것 같아요. 아직 잠에서 덜 깬 것 같은데요. 가요, 치즈코 씨."

이것도 어쩔 수 없는 일일 게다.

아내들은 저녁식사 때까지는 돌아오겠다는 말을 남기고 나갔다.

안심이 되는 것 같기도 하고 쓸쓸한 것 같기도 한 기분이 들었다.

장지를 열고 아내들의 뒷모습을 바라보았다.

눈이 꽤 많이 쌓였다.

생각해 보면 그저께 여관에 들어온 후로 나는 한 발짝도 밖으로 나가지 않았다. 설령 나간다 해도 아내들과 달리 관광에 대한 준비나 마음가짐이라는 것이 없으니 여기서 걸어서 갈 수 있는 범위에 무엇이 있는지도 모른다. 이 지방에 대해서도 모르니 길을 잃는 것이 고작일 테고, 눈 속에서 우왕좌왕하는 자신의 모습밖에 떠오르지 않는다. 추운 것도 싫다.

게으름뱅이에 모든 일을 귀찮아하고 소극적이고, 아무래도 그것이 내 눈에 보이지 않는 우리인 모양이다.

이래서는 시간이나 세상이라는 귀찮은 감옥에서 해방된다 해도 도무지 의미가 없다.

나는 어디에 가든, 어떤 상황이든 나라는 우리에서 나갈 수는 없는 것이다.

소위 말하는 자승자박의 연금 상태다.

유키에가 주의를 주었지만, 나는 세수도 하지 않은 채 식은 밥을 먹고는 잠시 멍하니 있다가 세수를 하는 대신 목욕을 했다. 이를 닦는 것으로 목욕을 마치자, 너무 늘어져 있는 듯해서 외출을 할 생각은 없지만 옷만은 제대로 갖춰 입어 보았다.

그러자 그제야 잠이 깨었다. 그리고 잠이 깨었다고 생각했더니 아니나 다를까 이미 점심때가 되었다. 방금 아침을 먹었는데 점심식사를 하는 것도 뭣해서 식사 시간을 늦추는 게 좋겠다는 말을 하려고, 계산대로 가 보았다.

아래층에서는 곰 아저씨가 허둥거리고 있었다.

"아아, 이게 뭐람. 정말로 이건 어떻게 된 거야, 아아! 손님."

"왜 그러십니까?"

"쥐예요."

"쥐──가 뭐지요?"

"뭐라니요, 쥐는 쥐지요."

당연하다. 쥐 스님 이야기가 나의 머리 어딘가에 남아 있었던 모양이다.

"쥐가 갑자기 들끓어서요. 손님도 어젯밤에 우당탕탕 시끄럽지 않았습니까? 그나저나 이렇게 갉아 댔으니 쥐약이라도 사 와야겠네요."

"쥐가 많습니까?"

"그게 손님, 이 근처에서는 집쥐라기보다는 들쥐가 나오거든요. 이 계절에는 보통 동면을 하지요. 특히 쥐가 일찍 숨는 해에는 큰 눈이 온다고 하고, 분명히 올 겨울은 쥐가 동면에 들어가는 것도 빨랐습니다."

그때 안주인이 노렌을 걷고 얼굴을 내밀었다. 그리고 이렇게 말했다.

"하지만 여보, 쥐가 소동을 피우면 날씨가 좋다고 하잖아요. 그 말대로 날씨가 개었고요."

"바보 같으니, 쥐가 날뛰면 눈이 온다고도 하고 비가 온다고도 해. 엄지손가락을 물리면 죽는다고도 한다고. 이런 시기에 거실에 있던 먹을 것을 끌고 가다니, 보통 쥐가 아니야."

"쥐는 다이코쿠텐† 님의 심부름꾼이라고도 하는걸요. 쥐가 없어지면 집안의 운이 기운다고까지 하지요. 반대로 많이 나왔으니 좋은 징조일 것 같은데."

"뭐가 좋은 징조야? 다이코쿠텐 님인지 에비스†† 님인지 모르겠지만 쥐가 먹을 음식까지 장만할 여유가 어디 있나?"

"아아."

내가 묘한 신음소리를 내자 쓸데없는 부부싸움은 중단되었다.

"왜 그러십니까? 아아, 실례했습니다, 손님 앞에서 쓸데없는 소리를."

"아, 아니오."

나는 어젯밤에 꾼 꿈의 정체를 알았기 때문에 그런 소리를 냈을 뿐이었다. 우당탕탕 하는 소리는 쥐가 천장 위에서 달리는 소리였던 게 아닐까. 자고 있던 나는 그것을 듣고 그런 꿈을 꾸었으리라.

어쨌거나 점심식사에 대한 이야기를 하고 방으로 돌아갔다. 주인은 매일 고생이 많으시다는 둥 뭐라는 둥 말했

---

† 칠복신 중 하나. 머리에는 두건을 쓰고 오른쪽 어깨에 큰 자루를 짊어지고 오른손에 요술 방망이를 들고 쌀자루 위에 앉아 있는 모습으로 그려진다. 복덕(福德)의 신으로 민간에서 신앙의 대상이었다.

†† 칠복신 중 하나. 장사를 번성하게 해 주는 복의 신으로 널리 신앙을 받았다. 옛날에는 고기를 많이 잡게 해 주는 신으로 어민들의 신앙의 대상이었으며, 농업의 신으로도 신앙을 받았다. 오른손에 낚싯대, 왼손에 도미를 든 모습으로 그려진다.

다. 여관에 머물고 있지만 나 역시 그 일의 일부를 맡고 있는 거라고 ——— 아무래도 그렇게 생각하는 모양이다.

굳이 부정하지는 않았다. 그 편이 낫다.

솔직하게 그냥 잠만 자고 있다고 말하기는 미안하다.

방이 몹시 넓다고 느꼈다. 누워도 앉아도 심심했다. 이부자리도 이미 개었고 옷도 입고 있어서 더욱 이상한 상태였다. 그래도 외출할 마음은 나지 않아, 나는 방석을 만지작거리며 크게 하품을 했다. 이야기 상대가 간절히 필요한 기분이 들어 아래층에 가 볼까 하는 생각까지 했지만, 일을 하고 있다고 여겨지는 이상 주인에게 상대해 달라고 할 수도 없다.

걸핏하면 타인과 만나는 것을 싫어하고 사소한 일로 사회와 단절되기를 바라던 내가, 사람이 그리워진 것이다. 게다가 곰 같은 주인아저씨를 상대로 타협할 수 있을 것 같은 기분마저 든다. 그런 생각을 하니 스스로가 몹시 우스워졌다.

소리를 내어 웃자 갑자기 기분이 편해졌다.

그 후에는 엄청나게 우울해졌다.

나는 울중의 문손잡이를 잡았다가 그 손을 놓기를 수도 없이 되풀이했다.

이래서야 휴양 중인 문호라기보다 격리병동의 신경증 환자 같다.

해가 서쪽으로 기울기 시작했을 무렵, 겨우 나는 평소부터 바라던 상태 ——— 소위 말하는 문호 기분 ——— 말하자면 멍한 상태———가 될 수 있었다.

아무것도 생각하지 않으면 세상도, 시간도 없는 것이나 마찬가지다.

내 귀에서는 시냇물 소리조차 사라졌다.

얼마나 시간이 지났을까.

———아아, 온다.

꽤 먼 곳에서 뭔가 소란스러운 소리가 났다.

아무것도 없는 무한의 저편에서.

뭔가 웅성웅성 시끄러운 것이 달려왔다.

갑자기 복도 쪽의 장지가 난폭하게 열렸다.

"오오! 있다. 계셨군요, 선생님!"

이 무슨 시끄러운 망상이란 말인가.

"선생님. 왜 그렇게 원숭이가 새총에 맞은 듯한 얼굴을 하십니까? 이런, 이런, 혼자 계셨습니까?"

"원숭이가 뭘 어쨌다고?"

망상의 저편에서 난폭하게 달려 올라온 것은 감상(感傷)도 작품 구상도 아니었다.

그것은 내가 잘 아는 남자———청년 편집자 도리구치 모리히코였다.

나는 순식간에 속세로 도로 끌려오고 말았다.

"어떻게 된 겁니까, 선생님. 뇌진탕이세요?"

"뇌, 뇌진탕은 자네일세. 갑자기 뭔가? 어, 어째서 자네가 이런 곳에 있는 겐가. 까, 깜짝 놀랐네. 무엇보다 자네, 비유가 틀렸어. 그 말을 하려면 비둘기가 새총을 맞은 것 같다고 해야지."

"하지만 선생님의 얼굴은 비둘기로는 보이지 않으니까요. 그 외의 질문에는 나중에 대답하겠습니다. 그런데 그전에 제 질문에 대답해 주십시오. 교고쿠 스승님은 어디에 계십니까? 그리고 사모님들은 어디로 가셨지요?"

"일방적이군, 자네는. 무슨 소린가. 교고쿠도는 일하러 갔네. 아내들은 관광하러 갔지."

"선생님은 뇌진탕이시고요? 그렇군요. 그럼 스승님은 언제 돌아오십니까?"

"안 돌아올 걸세. 그 녀석은 책이 많은 곳에서 죽고 싶다고 했네. 현장에는 산더미처럼 많은 책이 있는 모양이니, 살아서 돌아올지 알 수 없지. 그보다 도리구치 군. 내 물음에 대답하게. 내가 여기에 있다는 이야기는 누구한테 들었나? 무슨 일로 왔지? 원고 의뢰라면 거절하겠네."

"우헤에, 선생님, 유명작가 기분을 내고 계시는군요. 하지만 틀렸습니다. 이런 곳까지 일을 의뢰하러 오지는 않아요. 물론 이야기는 아츠코 씨에게 들었습니다."

"아츠코? 그러고 보니 그녀는 하코네에서 일이 있다고 들었는데———."

"그렇습니다. 사실을 말씀드리자면 그 일의 조수가 바로 저지요. 그리고 그게 아주 엄청난 일이 되었습니다. 그래서——— 뭐, 숨을 헐떡이며 이리로 달려온 겁니다."

"무슨 소린지 잘 모르겠군. 순서대로 얘기해 주게. 혼란스러울 뿐이야."

도리구치는 어지간히도 서두르고 있었는지, 그때 긴장이 풀린 듯 방바닥에 털썩 앉았다.

"아아, 힘들었습니다. 뛰어왔더니 배가 고프네요."

"자네는 항상 배가 고프지 않나. 알았으니 빨리 이유를 말해 주게."

"예, 예. 실은 말이지요————."

정원에서 죽어 있던 스님의 이야기였다.

뭔가 얼빠진 이야기다.

그렇게 생각했다.

실제로 사람 하나가 죽었으니 얼빠진 이야기라는 감상도 좀 그렇다고는 생각하지만, 나는 어느새———— 지난 몇 달 사이에 주위에서 일어난 음울하고도 슬픈 몇 가지 사건과 그것을 비교해 보고 있었나 보다.

잔혹한 사건이 너무 많았다.

그런 일에 익숙해진다는 것은 사람으로서 문제가 있다고 생각하고, 내가 그런 사건에 익숙해지는 일은 평생 없을 거라고 생각은 한다. 생각은 하지만 큰 병을 앓은 후의 감기 같은 것이어서, 만만하게 보는 구석은 있다. 감기도 만만하게 보면 죽음에 이를 수도 있다는데————.

도리구치의 말투도 잘못되었다.

무슨 이야기를 해도 태연자약하다. 그것이 그의 개성이기도 하지만, 농담이 많은 그치고는 탈선도 적어서 나는

257

비교적 빠르게 사정을 이해했다. 그것도 좋지 않았다.

그저께 들은 '성장하지 않는 미아'나 어제 들은 '쥐 스님' 이야기와 전혀 다를 것 없다는 인상밖에 받을 수 없었기 때문이다. 괴담 같은 이야기다.

다만 어딘지 모르게 불안한 기분이 들었다.

무언가가 내 신경줄을 건드린다.

무언가가, 그것은━━━.

"싫은 얼굴을 하고 계시네요. 선생님."

도리구치치고는 보기 드문 진지한 얼굴이었다.

"어? 아니, 별로."

"그렇습니까? 그럼 됐고요. 그래서, 어떻게 생각하십니까?"

"뭐가 말인가?"

"들으셨습니까?"

"들었네. 그━━━."

━━━ 무엇이었을까.

━━━ 이 청년은 지금 무슨 말을 하고 있었던가?

"━━━아니, 그, 정원에 스님이 죽어 있었다면서. 그, 그거 큰일이었겠군."

나는 순간적으로 현실에서 유리되었으나 곧 돌아왔다. 추운데도 식은땀이 났다.

도리구치는 미간을 찌푸렸다.

"큰일이었다, 가 아니라 큰일입니다. 진행형이라고요. 게다가 정원에 스님이 죽어 있었던 것은 사실이지만 그,

이 경우 문제가 되는 것은."

"알고 있네. 듣고 있었어. 제대로 듣고 있었네. 죽은 사람의 침입경로가 명확하지 않다, 다시 말해 발자국이 없다———."

——— 디텍티브 스토리에서 말하는 록트룸 ———.

"———그렇지, 탐정소설에서 말하는 밀실인 셈이지 않나."

나는 그저께 들은 런던당 주인의 말을 따라했다.

"뭐, 그야 일종의 밀실이긴 하지만——— 왜 그러십니까, 선생님. 얼굴이 파랗습니다."

"아니, 괜찮네. 그거, 이상한 일이로군. 아마 요괴의 짓이 틀림없네. 그러니———."

——— 요괴를 떼어 주게.

——— 저주를 풀어 주게.

뭘까? 내 안에서 무언가가 반응하고 있다.

"선생님. 무슨 헛소리 같은 말씀을 하시는 겁니까? 어디 몸이라도 안 좋으십니까?"

도리구치는 내 얼굴을 들여다보았다. 나는 시선을 피하고, 그래도 모자라 얼굴을 돌렸다.

도리구치는 얌전한 얼굴로 내 움직임을 보며,

"아니군요."

하고 말했다.

"어?"

"선생님, 그, 실은———."

"아니, 괜찮네. 지난 이삼일 사이 완전히 멍한 상태가 몸에 밴 모양이야. 도리구치 군."

"네?"

"자네는 어째서 그렇게 서둘러 이곳으로 달려왔나? 그것은 겨우 몇 시간 전의 일이라면서? 자네도 첫 번째 발견자에 들어가잖아. 경솔하게 현장을 빠져나와도 되는 건가? 경찰은 어떻게 되었지? 그런 점에 대한 설명은 조금도 하지를 않았네."

"그건 이제부터 할 겁니다. 멍하신 것치고는 성급하시네요. 하지만 선생님, 상태가 좀 이상하신데 ── 정말 괜찮으십니까?"

"괜찮다니까, 왜 그러나. 아무렇지도 않아. 그렇게 이상해 보이나?"

도리구치는 팔짱을 끼고 나를 구석구석 훑어보고 나서,

"뭐, 선생님이 괜찮다고 하신다면."

하며 천천히 뜸을 들이고 나서 말을 이었다.

"그럼 우선 시간 경과부터 말씀드리겠는데, 으음, 제가 여관에 들어간 게 한 시 반. 시체가 발견된 때가 대략 세 시쯤. 오히라다이의 경찰이 도착한 시각이 네 시 전후지요. 그런데 미덥지 못한 순경이 왔어요. 변사체라곤 한 번도 본 적이 없다는 나이든 아저씨라 아무것도 못 했어요. 현장검증 방법도 모르더라구요. 그냥 허둥거리기만 하고. 그래서 아저씨는 관할서니 본부니 여기저기에 연락해서 지원을 요청했어요. 전 아츠코 씨와 상의한 후, 다른 형사나 경관이 도착하기 전에 몰래 여관을 빠져나와 서둘러 이곳으로 온 겁니다. 같은 하코네라도 엄청나게 멀더군요. 오히라다이에서 유모토까지는 등산전철을 타면 금방이지만 현장에서 오히라다이 역까지가 멀었어요. 여기도 유모토 역에서 삼십 분 정도는 걸어야 하잖습니까. 보통 같으면 세 시간 이상 걸릴 거예요."

시계를 보니 시간은 일곱 시를 막 지난 참이었다. 다시 말해 도리구치는 이 걷기 힘든 눈길을 상당히 강행군해서 온 모양이다.

"뭐―――자네가 얼마나 서둘러서 이리로 왔는가 하는 것만은 잘 알았네만, 그래서 나한테 뭘 어쩌라는 겐가?"

"아니, 그러니까."

"말해 두지만 나는 이제 이상한 사건에 관여하는 건 질색일세. 자네도 지난번 요코하마 사건 때 알았겠지. 나는 일부 항간에 소문이 난 것 같은 그런 사람이 아니란 말일세. 사건 해결능력도 없고 경찰에 얼굴이 통하지도 않아. 탐정 흉내 따윈 절대로 내고 싶지 않네. 게다가 애초에 그런 사건은―――."

―――요괴, 도깨비라고 생각해야 한다.

"―――그래. 그런 것은 요괴나 도깨비라고 생각하는 편이 편하단 말일세. 섣부른 짓은 하지 않는 게 좋아."

나는 이번에는 어젯밤에 교고쿠도가 한 말을 따라했다.

도리구치는 우헤에 하며 머리를 긁적였다.

"선생님이 탐정 자격이 없고 수사능력도, 추리능력도 전혀 없는 사람이라는 사실은 지난번에 몸으로 알았으니 걱정하지 마십시오."

"심한 말이로군. 그럼 자네는 교고쿠도를 믿고 온 겐가? 그 친구는 안 될 거야. 기본적으로 엉덩이가 무거우니 이런 경우 마지막이 아니면 나서지 않을 걸세. 지난번에도 끌어내느라 고생했지. 냉큼 나서면 될 것을, 남의 사건은 아무래도 상관없다고 생각하고 있으니 말일세. 그 친구는 그런 사람일세."

"예에, 들었습니다. 연말에 즈시에서 일어난 사건 말이지요. 하지만 이번에는 스승님이 나설 차례는 오지 않을 겁니다. 요괴를 떼어 달라고 할 만큼 깊이 관련된 사람은 없거든요."

"그럼 뭔가?"

"뭐, 선생님이든 스승님이든 아무나 좋다는 건 아닙니다. 게다가 사건에는 관여하지 않으셔도 괜찮고요. 저도 연관되고 싶지는 않거든요. 오히려 오래 관여하고 싶지 않기 때문에 부탁을 드리려는 거지요."

"무슨 뜻인지 모르겠군. 그럼 무슨 다른 용무라도 있나?"

예를 들어 도리구치가 경찰에 구속되어 있는 동안 대신 취재라도 해 달라는 걸까. 도리구치는 우는 것 같기도 하고 웃는 것 같기도 한, 그치고는 보기 드문 패턴의 표정을 지었다.

"그렇습니다. 무엇보다 문제가 된 것은 시체가 발견된 후 경찰이 도착하기까지 한 시간 정도 틈이 벌어졌다는 데에 있거든요."

"그게 왜?"

"실은 말이지요, 하필이면 그 한 시간의 공백 사이에 ——— 탐정을 부른 사람이 있습니다."

"탐정? 설마."

"예. 그, 에노키즈 레이지로 선생님을 ——— 하필이면 부른, 경솔한 사람이 있습니다."

적중했다.

"에노키즈라고?"

나는 ——— 무심코 목소리가 거칠어지고 말았다.

"이보게, 그건 엄청난 실수일세. 고르고 골라서 그런 사람을 부르다니 ———."

에노키즈는 탐정을 생업으로 삼고 있지만, 내 생각에는 일본에서 탐정에 가장 어울리지 않는 남자다. 수사도 추리도, 일반적으로 사건 해결에 필요하다고 여겨지는 일은 모조리 내팽개친다. 탐정 찌꺼기인 것이다. 그가 의지하고 있는 것은 단 하나, 왠지는 모르지만 타인의 과거가 보인다는, 영매 같은 수상쩍은 체질뿐이다.

그런 주제에 에노키즈는 아마 자신이 세상에서 제일 위대한 탐정이라고 확신하고 있는 듯했다. 명탐정이 아니라 위대한 탐정이라는 확신이 있기 때문에 더욱더 처치곤란이다.

"그런 이상야릇한 사람이 난입했다간 현장이 혼란에 빠질 것은 분명하고, 경찰과의 알력은 배가되며 결국 수사는 난항을 겪을 것은 불을 보는 것보다 더 뻔한데. 해결될 일도 해결되지 않을 걸세. 하지만——— 도리구치 군. 아마 에노키즈는 감기에 걸려서 자리에 누워 있다고 교고쿠도가 그러던데."

"공교롭게도 감기는 나았답니다."

"또 불리한 일이 겹쳤군. 그래서, 자네는 불평을 하러 온 건가?"

"아무리 제가 도리구치고 선생님이 세키구치라도, 그런 고생을 하면서까지 불평을 하러 오지는 않습니다.† 실은 ——— 그, 가능하다면 두 분 중 한 분이 ——— 라기보다 뭐, 교고쿠 스승님이 말이지요, 에노키즈 대장님을 막아 주셨으면 좋겠다는 생각이 들어서요."

"막아 달라니?"

"예. 경찰 수사가 신속하고 지장 없이 이루어지도록 하기 위해서는 그 사람의 움직임을 봉해 두는 것이 제일이지 않습니까. 에노키즈 대장님도 스승님의 말이라면 조금은 듣잖아요?"

"바보 같은 소리. 에노키즈를 돌보는 일이라면 교고쿠도는 죽어도 싫다고 할 게 뻔해. 나도 그렇고. 무엇보다 그 이상한 사람을 나 같은 사람보고 제어하라는 건 무리일세."

---

† '구치'는 일본어로 '불평'이라는 뜻.

"그럼, 선생님께 부탁한다면 또 얘기는 다릅니다. 그 탐정왕을 제어하다니 그런 대단한 것은 바라지 않아요. 선생님의 경우에는 와 주시는 것만으로도 괜찮지요. 선생님이 계시면 에노키즈 씨는 선생님을 괴롭히는 데 부심하느라 다른 일에는 소홀해질 테니까요."

"이보게, 그만 좀 하게. 대체 그 괴롭힌다는 건 무슨 소린가."

정말이지 심한 말이다.

그러나 나는 대개 울증에 빠져 있고, 에노키즈는 반대로 조증 기미가 있으니 평범하게 대해도 괴롭힘을 당하는 거나 마찬가지이긴 하다.

"괴롭히지 않습니까. 어쨌든 저는 지금 절박합니다. 빨리 돌아가지 않으면 다른 형사가 도착할 거예요. 그러면 저는 도망친 걸로 의심을 받을 테고, 형사는 아프지도 않은 제 속을 마구 더듬어 대겠지요. 지금 돌아가도 현장에 도착하면 열 시가 넘을 테니까요. 그런데 에노키즈 대장님은———신주쿠에서 오다큐 급행으로 출발하면 이 유모토까지는 한 시간 삼십 분밖에 안 걸린단 말입니다. 잘못하면 슬슬 현장에 도착했어도 이상하지 않아요. 시간이 없습니다."

에노키즈를 불렀을 때가 경찰이 오기 전이라고 했으니까 네 시간 전일 것이다. 에노키즈는 외출 준비를 하는 데 시간이 많이 걸리니 곧장 사무소를 나왔으리라고는 단정할 수 없지만, 그렇다 해도 벌써 세 시간 이상 지났다.

"하지만 그건 우리와 상관없는 일일세. 자업자득이 아닌가. 그 사람을 부르다니, 자네도 바보 같은 짓을 했군. 마가 낀 건가?"

"아니, 제가 부른 게 아닙니다."

도리구치는 맥이 완전히 빠진 것 같은 얼굴을 했다.

"하지만 설마 아츠코가 부른 것도 아닐 테지. 그 애는 분별이라는 걸 갖추고 있어."

"물론 아츠코 씨는 그런 어리석은 행동을 할 사람이 아니지요."

"도무지 모르겠군. 그럼 누가 불렀단 말인가?"

"네. 그게, 구온지 씨입니다."

"어———."

——— 이 청년은 지금 뭐라고 말했을까?

"구온지 씨가 불러 버렸어요. 아무래도 전화번호를 알고 있던 모양이더군요. 미처 생각하지 못했어요."

"자네가 말한 그 대머리 노인이라는 사람은, 그——— 구온지 의원의———."

"네, 그렇습니다."

"구온지 ——— 구온지 요시치카 씨 ——— 란, 말인가?"

"선생님, 이미 알고 계셨지요? 센고쿠로가 구온지 씨의 단골 여관이었다는 사실은 전부터 알려졌다면서요. 노인장께서는 작년부터 쭉 거기 머물고 계셨던 모양입니다."

"——— 센고쿠로? 자, 자네가 말하는 그 여관이라는 곳이 세, 센고쿠로인가?"

　──── 내 신경줄을 건드린 것.

　"처음부터 말씀드리지 않았습니까. 그렇습니다."

　"처음부터 ──── 말했다고?"

　"네. 말했잖아요. 센고쿠로입니다. 뭐 ──── 구온지 씨
의 이름은 꺼내지 않았지만 선생님은 눈치를 채셨기 때문
에 그렇게 새파랗게 질려 계셨던 거지요?"

　도리구치는 아주 잠깐 얼굴을 찌푸렸다.

　그리고 미안한 듯이 말을 이었다.

　"그게 구온지 씨도 처음에는 씩씩하셨는데요. 발자국도
기척도 없이 갑자기 시체가 나타났다는 것을 안 순간부터
조금 상태가 이상해져서, 이것은 경찰로는 안 된다며 전화
를 한 겁니다. 그 탐정을 불렀으니 이제 괜찮을 거라고
하셔서 깜짝 놀랐지요. 괜찮을 리가 없잖습니까. 그래서
저도 아츠코 씨도 ────."

　나는 그의 말이 조금씩 멀어져 가는 것을 느끼고 있었
다. 뜻은 이해할 수 있었지만 감상을 느낄 수가 없었다.
왜냐하면 ────.

　──── 도려져 나온 현실.

　"──── 라니까요. 그래서, 선생님. 선생님?"

　"아, 아아."

　"선생님, 정말로 전혀 알아채지 못하셨습니까? 그, 구
온지 씨에 대해서."

　"응?"

알아채기는 했을 것이다.

다만 알아챘다는 사실을 알아차리지 못했던 것이다. 도리구치가 처음부터 센고쿠로라는 이름을 말했다면 알아차리지 못했을 리는 없다.

그것은 내게는 하나의 키워드다.

센고쿠로. 구온지 요시치카. 밀실. 그, 비 오던 날.

나는, 나는 그 일을———.

"선생님."

그날의 일을———.

"선생님. 선생님은 반년 전의 그 사건을———."

"이, 이보게, 도리구치 군———."

도리구치는 견디다 못한 듯이 갑자기 일어섰다.

그리고 머리를 숙였다.

"죄송합니다. 제가 생각이 짧았습니다. 선생님께 이야기하는 게 아니었어요."

도리구치의 이런 태도는 처음 보았다.

나는 크게 당황했다.

도리구치는 머리를 숙인 채 이어서 말했다.

"선생님은 아무 말씀도 하시지 않았지만 저는 아츠코 씨에게 조금은 이야기를 들었습니다. 걱정은 하고 있었지만 선생님이 괜찮다고 하셔서, 그만, 그, 이야기해 버린 겁니다. 사실은 처음부터 선생님이 아니라 스승님께 상의할 생각이었지만 일이 급해서요. 스승님이 계신 곳으로 가지요. 계시는 곳을 가르쳐 주십시오."

나는 몸을 앞으로 내밀어 그의 동작을 막았다.

"기다려 보게. 괜찮아. 사건은 이미 끝났네. 자네가 무슨 이야기를 들었는지는 모르겠지만, 내 마음속에서도 이미 해결되었어. 게다가 여기에서 내팽개쳐진다면 견딜 수 없을 걸세."

왠지 나는 매달리는 것 같은 자세였다.

얼굴을 든 도리구치는 배고픈 어린아이 같은 얼굴을 하고 있었다.

그리고 도리구치는 이렇게 말했다.

"저는 지난번 요코하마 사건 때 인생이 크게 바뀐 기분이 들었습니다. 하지만 선생님께는 그 전의, 그 조시가야 사건이 훨씬 더 큰 사건이었겠지요. 떠올리고 싶지 않은 일———이었던 게 아닙니까?"

"그렇지는 않네. 떠올리고 싶지 않기는커녕 잊은 적이 없어. 잊지 않기로 했거든. 다만———."

반년 전, 나는 몹시 슬픈 사건과 마주쳤다.

도리구치가 말하는 ——— 조시가야 사건 ——— 이다. 구온지 요시치카는 그때 관련된 사람 중 한 명이다. 그리고 센고쿠로라는 여관의 이름도, 나는 그 사건 때 알았다.

그 사건을 시작으로, 나는 몇 개의 비참한 사건에 관여하게 되었으며 믿기 힘든 체험을 했다. 어느 것이나 견디기 어려운, 안타까운 사건들이었다. 만일 그 사건에 관여하지 않았다면 나의 허약한 신경은 그때마다 심한 타격을 받았을 테고, 불안정한 정신은 이미 붕괴되었을 것이 틀림없다. 나는 가까스로 그것들을 뛰어넘어 ─── 라고 할까, 몸을 구부려 지나쳐 보낸 정도일지도 모르지만 ─── 지금도 이렇게 느긋하게 살아가고 있다. 따라서 나의 현재는 오로지 그 첫 번째 사건을 통과했기 때문에 존재하는 현재다.

그 사건은 내게 실로 통과의례였던 것이다.

사건을 수습하면서, 나는 내 안에 있는 어떤 나를 죽였다. 그렇기 때문에 지금의 내가 있는 것이다.

그러나 나는 지금 그것에 대해 망집(妄執)도, 비애도 느끼지 않는다. 다만 죽어 버린 어떤 나의 유령이 내 안을 간간이 오갈 때가 있을 뿐이다.

그러나 그 유령을 두려워해서는 안 된다.

그것은 이미 결심한 일이다.

한 번 죽은 덕분에, 나는 지금 살아 있을 수 있다.

그 여름날, 나는 그렇게 마음을 정했다.

자신의 유령 따위 무섭지 않다. 그러니,

"─── 아니. 괜찮네."

"하지만 선생님."

도리구치는 생각에 잠겨 있었다.

"역시 그만두지요. 에노키즈 씨 일은 됐습니다. 제가 어떻게든 할게요."

"아니, 구온지 씨가 있다면 나는 더더욱 가야 할 걸세. 에노키즈야 아무래도 상관없고 그 사건에도 관여하고 싶지는 않지만, 그 분에게 인사를 해야 해. 그날 이후로 만나지 못했거든."

"예에."

이전의 나라면 귀를 막고 눈을 감고 어떻게든 만나지 않으려고 했을 것이 틀림없다.

그러나 귀를 막아도 눈을 감아도, 그런 것은 사정없이 내 안으로 들어온다.

그렇다면 무서워할 것은 없다.

도리구치의 표정이 한층 더 복잡해졌다.

"가세. 이제 곧 아내들이 돌아올 테지만 기다릴 여유도 ─── 없으려나."

"예. 하지만, 역시."

"아닐세. 주인에게 전언을 부탁하지. 이제 저녁식사 시간이지만, 뭐 괜찮겠지. 자, 안내하게 ───."

나는 일어섰다.

이렇게 해서,

나는 또다시 깊은 곳으로 빠져들게 되었다.

─── 그러니 절대 깊이 파고들지 말게.

머리 한구석에서 왠지 교고쿠도의 목소리가 났다.

나는 옷걸이에서 외투를 집어 들었다.

바깥은 이미 어두워져 있었다.

머리가 조금 몽롱했다.

　　　　　　　　　*

　내가 죽인 것이다.

　스즈코는 울면서 산으로 도망쳤다.

　그리고 두 번 다시 돌아오지 않았다. 틀림없이 산에서
죽었을 것이다.

　붉은 불. 푸른 불. 활활 타오르는 불.

　스즈코는 나들이옷을 차려입고 있었다.

　붉은 색. 감색. 예뻤고, 굉장히 부러웠다.

　이렇게 힘든 시기니까 사실은 안 되는 일.

　나쁜 일. 어른들은 모두 뒤에서 그렇게 말하곤 했다.

　스즈코는 후리소데를 입은 채 죽었다.

　눈이 조금씩 흩날리고 있었다.

　쥐가 찍찍거리며 산으로 달아난다.

　저택이 와르르 무너지고, 저것 봐라, 밤인데도,

　이렇게 밝다. 산도 하늘도 새빨갛다.

　이딴 거, 다 타 버려.

　타 버려————.

　————이딴 거란 무엇일까?

　그렇다, 편지다.

　몹시 쓸쓸했다.

　그래서 굉장히 슬퍼서,

　그래서 나는 그날 밤,

설마 그렇게 될 줄은,

스즈코도 오빠를 몹시 좋아했다.

하지만 너무한다 너무한다 너무한다.

나는 보고 있었다.

알고 있었다.

그러니 이런 편지,

더럽다 더럽다.

내 탓이 아니다.

사이가 좋았던 스즈코가 없어져서,

나도 조금 슬펐지만,

나도 그 사람을 좋아했다.

그러니 ———.

——— 편지? 편지는,

그딴 거.

잠에서 깨었다.

아무래도 잘 수가 없다. 꿈을 꾼다.

가위에 눌려 일어난다. 하지만 눈을 뜨기도 싫었다.

그 무렵의 일을 떠올리면 마음이 흐트러져, 아무래도 잘 수가 없다. 어제오늘 시작된 일도 아니고, 어젯밤부터 착란 기미가 있었으니 이것은 어쩔 수 없는 일이다. 그러나 몸이 말을 듣지 않는다. 두통과 오한이 사라지지 않는다. 감기는 아니다. 신경 때문이다. 이상하게 흥분된 신경이 몸 여기저기를 뛰어다니고 있다. 떨림이 멈추지 않는다. 어질어질하다. 말이 잘 나오지 않는다. 귀가 울린다.

———— 편지?

잃어버린 편지. 그게 어쨌다고?

———— 그딴 것이란 무엇일까?

모르겠다. 답답하다. 그리고 막연하게 무섭다.

정경이라면 손에 잡힐 듯이 재현할 수 있다. 지난 13년 동안 하루도 떠올리지 않은 날이 없다. 그런데도 무언가 잊은 게 있다.

이 기분 나쁜 감촉. 말로 표현할 수 없는 불안.

아니, 초조감일까. 아니다. 죄책감일까.

그 정체를 알 수 없는 감정의 정체를 알기 위해 ———— 나는 스스로 이곳에 온 게 아니었던가. 그렇다면 각오는 되었을 것이다. 그런데도, 그런데도 이 꼴이라니.

———— 그 승려다.

그것은, 그 승려는,

무섭다. 정신을 잃을 만큼 무섭다.

왜.

———— 그건 그 사람이었을까?

아니다. 그것은 환각이다. 그 사람일 리는 없다.

게다가 만일 그렇다 하더라도 그 사람에게 원망을 들을 이유는 없다. 그러니 그 사람을 두려워할 이유는 어디에도 없는 셈이다. 그렇다면 온몸을 뒤덮은 이 공포감은 무엇일까.

———— 가짜다. 피곤해서 그러는 거다.

모든 것이 환각이다. 13년 동안 품은 망상이 형태를 이루었을 뿐이다.

어리석은 신경이 보여주는 환영에 지나지 않는다.

─── 하지만 그 시체는 어떻게 되지?

그것은───.

*

3

또 들은 이야기다.

그때———.

야마시타 도쿠이치로 경부보는 매우 초조해 했다.

실력자들이 모여 있다고 하는 국가경찰 가나가와 현 본부 수사1과의 형사들 중에서도 젊은 나이에 가장 크게 출세하여 두드러지게 이름을 날리고 있던 그는, 사소한 일에 발이 걸려 넘어진 후로 하는 일마다 번번이 어긋나고 있었다. 행운에게 완전히 버림받고 만 것이다.

그가 고꾸라지는 발단이 되었던 사소한 일이라는 것은, 작년 여름에 세상을 떠들썩하게 했던 '무사시노 연속 토막 살인사건'이다. 최종적으로 도쿄 도와 세 개 현을 넘나드는 대사건으로 발전한 그 사건의 발단 단계에서 수사주임을 맡았던 사람이 바로 야마시타 경부보였다.

본래 수사를 지휘해야 했던 상사 이시이 경부가 다른 수사를 맡고 있었기에 우연히 맡은 큰 임무였다.

야마시타는 엘리트인 데다 관료적인 이시이를 좋게 생각했다. 이시이도 비슷한 자질을 갖고 있는 야마시타를 눈여겨보고 있었다. 그래서 야마시타는 항상 이시이에게 접근하려고 노력했고 그 보람이 있어 전격 발탁이 되었다.

철저한 현장검증. 견본이 될 만한 완벽한 초동수사.

야마시타는 자신의 지휘에 자신감을 갖고 있었다.

하지만——— 결과는 대실패였다. 수사는 암초에 부딪쳤고 굴욕의 합동수사를 벌인 끝에 범인은 도쿄 경시청에 의해 밝혀졌다. 결국 야마시타는 하나도 공을 세우지 못했다. 게다가 별건에서 이시이가 실수를 하는 통에 실각하고, 그 여파로 심복인 야마시타까지 과내에서 입장이 나빠졌다.

최악이었다.

야마시타는 경찰을 일종의 기업이라고 생각한다.

법률은 자신이 장사를 하려면 알아야 하는 약관 같은 것이고, 윤리나 정의 같은 것은 그것을 받치고 있는 상도덕 같은 거라 파악하고 있다. 그렇게 단언하면 크게 의문이 남지만, 분명히 어떤 장사든 약속 위에서 성립하는 것은 틀림이 없고 그 약속은 상도(商道)라는 일종의 도덕에 의해 지지되고 있는 셈이다. 상도에 어긋나는 행위를 하는 상인이 더러운 놈으로 평가받는 것처럼 윤리와 정의에 반하는 언동을 하는 경찰은 안 된다, 고 생각하는 거라면, 그리 잘못된 것도 아니다.

그러나 그런 사고방식이 근저에 있는 한, 어디의 누가 검거하든 사건만 해결된다면 상관없다——— 거나 범죄가 감소하고 시민들이 살기 좋은 사회가 된다면 그걸로 저는 만족입니다 ───라는 진지한 마음가짐은 결코 가질 수 없다.

다른 사람이 공을 세우는 것도, 다른 부서가 성적을 올리는 것도, 하물며 다른 회사에 일을 빼앗기는 것은 분하기만 할 뿐 하나도 기쁘지 않다.

경쟁의식이라는 것은 누구에게나 얼마쯤은 있으니 그런 의식을 무턱대고 비난할 수도 없지만, 그렇다 해도 야마시타의 경쟁의식은 이상했다.

따라서 야마시타가 1과에 배속된 후로 계속 그 이시이 경부와 친밀하게 지낸 이유도, 민감하게 출세의 냄새를 맡았기 때문이다. 야마시타에게 이시이는 출세나 공로의 동아줄이었던 셈이다. 그러나 이제 이시이에 대한 야마시타의 평가는 바뀌었다. 물론 연쇄적으로 서내의 대우가 나빠진 것에 대한 개인적 원한도 있었지만, 그것보다 야마시타가 이시이의 장래를 포기했다 ───고 보는 편이 옳다. 이시이의 멍청한 소행을 보다 보니, 이런 바보는 추월할 수 있겠다고 판단한 것이다.

이시이는 동아줄의 자격을 잃고 단순한 라이벌로 전락했다.

그러나 그 이시이는 한번 실각할 뻔했으나 지금은 나름대로 기세를 회복해, 아무래도 봄이면 어느 경찰서의 서장이 될 거라는 소문까지 있다.

한편 야마시타에게는 그런 이야기라곤 무엇 하나 없다.

얼마 전에 국가지방경찰본부가 경찰법 개정요강을 내

정했다. 가까운 시일 안에 조직 개편이 이루어진다.

그때까지 뭔가———.

그렇다고 어떻게 되는 것은 아니겠지만 야마시타는 막연하게 초조해하고 있었다.

그때——— 살인사건이 발생했다는 소식이 들어왔다.

경찰기구를 회사처럼 생각하는 이상 야마시타에게 사건은 장사거리다.

부랴부랴 현장으로 향했다.

그러나 현장에 도착한 야마시타는 왠지 모르게 낙담했다.

——— 대체 뭐야, 이 꼴은.

우유병 바닥 같은 안경을 쓴, 정년이 다 된 경관은 자세는 엉거주춤한 데다 말은 빠르고, 게다가 이상한 사투리를 써서 도무지 무슨 말을 하는 건지 잘 알 수가 없었다. 관할서 형사도 모두 야비하고 난폭하며 머리가 나빠 보였다. 야쿠자인지 형사인지, 외모로는 판단할 수 없다.

목격자인지 관계자인지 하는 사람들도 하나같이 실로 우둔한 얼굴을 하고 있다. 종업원들은 참새처럼 삐익삐익 짹짹 시끄러울 뿐이고 지배인이라는 자도 정면에서 본 도미 같은 얼굴을 하고 있어서 인간의 말이 통할지 안 통할지 의심스럽다.

골동품상 주인이라고 스스로를 소개한 남자는 말과 쥐를 교배시킨 것처럼 느슨하고 기분 나쁜 용모였고, 외과의 사라는 노인도 맨정신인 주제에 불그레한 얼굴의 취객 같은 면상이다.

유일하게 이야기가 통할 것 같은 사람은 도쿄의 출판사 직원이라는 두 명의 여성이지만, 그중 한 사람은 실신했고 다른 한 사람은 그를 간병하고 있어 사정청취도 뜻대로 되지 않았다.

　그리고――― 무엇보다도 야마시타를 낙담하게 만든 것은 정원에 앉아 있는 시체였다.

　――― 시체가 앉아 있다는 것은,

　그것만으로도 얼간이 같다. 폼이 나지 않는다.

　게다가 스님이다. 책상다리를 하고 앉은 것 같은 꼴사나운 모습――― 좌선이라는 것이리라――― 이고, 게다가 머리에 눈까지 쌓여 있다.

　――― 동사 아니야?

　그렇다면 최악이다. 그러나 아무래도 그런 것 같지는 않다고 경관도, 여관 사람들도 주장하는 모양이다. 하지만 야마시타는 아무래도 이해할 수 없었다.

　"저어, 경부님."

　"경부보일세."

　"그, 지시를 내려 주실 수 없을까요."

　"무슨?"

　"예에, 저거."

　"아아, 유체 말인가? 빨리 확인하고 정리하면 되지. 어째서 그런 일을 주저하는 겐가? 무슨 사정이라도 있나?"

　"예에, 현장 보존을 해야 한다고."

　"보존하다니, 저기까지 내려가서 유체를 확인하지 않으

면 살인인지 아닌지도 알 수 없잖나. 어째서 그런 일도 하지 않고 지원을 부르는 겐가? 자네는 바보인가?"

"예에, 그건."

노경관은 곧 당황했다.

대머리 의사가 묘하게 높은 목소리로 끼어들었다.

"경부보 되시오? 주제넘은 말 같지만 저건 살인이오. 나는 외과의사거든. 여기서 봐도 알 수 있지. 뭣하면 검시라도 할까요?"

"당신, 민간인은 좀 잠자코 있지 않겠소? 도대체 이렇게 멀리 떨어진 곳에서 어떻게 그런 걸 판단할 수 있다는 거요? 어둡고 고개를 숙이고 있어서 얼굴조차 식별할 수 없는데. 내려가서 가까이서 보지 않으면 인간인지 인형인지 판단할 수 없을 정도요."

"당신들이 오기 전까지는 밝았소. 이 방에서는 알 수 없지만 아까 저 왼쪽에 튀어나와 있는 별채 말이오. 지금 부인이 쉬고 있는 곳. 그곳으로 쓰러진 부인을 옮기면서 봤소. 마침 저 복도에서는 바로 옆에서 시체가 보이거든. 경골(頸骨)이 구부러진 모양이 너무 부자연스러워요. 부러진 거요."

―― 그래서 어쨌다는 건가.

"사고라도 부러질 수 있지. 꼭 살인이라는 법은 없소."

"저건 때려죽인 거요."

"그래? 그럼 죽인 건 당신이로군?"

"어째서 그렇게 되오?"

"그렇잖소. 범인이 아니라면 공범이겠지. 이봐요, 맞아서 죽은 남자가 죽은 후에 혼자 좌선을 하겠소? 당신의 말이 옳다면 저 스님은 저 자세로 맞아 죽었거나, 맞아 죽은 후에 저 자세가 만들어졌거나 둘 중 하나밖에 생각할 수 없소. 그렇다면 범인은 당신들밖에 없잖소. 범인이 아니라면 범행과 무의미한 사후공작 모두를 당신들이 보지 못했다는 건 이상하니까. 공범이라는 뜻이지."

대머리 의사는 얼굴을 더욱 붉혔다.

"경찰이란 늘 이렇지! 그런 횡포하고, 덜 떨어진 생각밖에 못 하는 거요?"

"뭐라고! 국가경찰을 우롱하는 말을 하면 가만두지 않겠소. 뭐가 덜 떨어졌다는 거요. 철회하시오."

"누가 철회할 것 같소? 체포해서 징역이라도 살게 하려고? 할 수 있으면 해보시지. 나는 익숙하거든. 이 이상한 상황을 이해할 수 있다니, 당신은 머리가 어떻게 된 거요? 두개골을 열고 곪아 터진 뇌수 적출수술이라도 해 드릴까?"

"노인장. 말이 지나치십니다."

골동품상이 의사의 폭언을 말렸다. 그리고 느슨한 얼굴을 야마시타에게 향하며 물기 많은 말투로 이렇게 말했다.

"저어, 여기 계시는 경관께서 곧장 정원으로 내려가지 않은 것은, 몇 번이나 말했다시피 정원에 발자국이 하나도 나 있지 않았기 때문——입니다."

"발자국?"

"그 상황을 와 주시는 형사님들께서 확인해 주시기를 바랐을 뿐입니다."

"발자국이 없는 게 뭐 어쨌단 말이오?"

"이것은 불가능한 상황에서 일어난 살인입니다."

"불가능?"

"그것뿐입니다."

야마시타는 그제야 이해했다.

"──── 아아. 알았소. 그런 뜻이었군. 그럴 수가."

야마시타는 혼란스러워졌고, 혼란을 상식으로 극복하려다가 더욱 혼란에 빠졌다. 역시 목격자들이 모두 수상하다.

"저어, 야마시타 씨, 감식반이."

본부에서 함께 온 부하 마스다가 감식반원이 도착했음을 알렸다. 야마시타는 원숭이떼 사이에서 사람을 본 것 같은 안도감을 느꼈다.

"──── 오오. 사, 사진을 찍게. 알겠나? 정원에 나가지 말고 찍어야 해. 아아, 수고가 많으십니다. 부탁드립니다. 사진 촬영이 끝나면 시체를 회수해 주십시오. 정원에 나가기 전에 찍어 주게. 으음, 자네, 하코네 관할서의 자네 말일세. 관계자들을 다른 방에 모이게 하게. 한 명씩 불러. 으음, 옆방을 쓰도록 하지."

도착한 지 삼십 분. 야마시타는 겨우 기능하기 시작했다.

"관할서 놈들은 전부 몇 명이나 와 있나? 인원수만 많아도 곤란한데."

"형사가 네 명. 경관이 다섯 명입니다. 이 정도는 어쩔
수 없지요."

"흠. 방해가 될 뿐이야———."

야마시타는 관할서 형사를 빼고 마스다와 둘이서 사정
청취를 시작했다. 관할서 놈들에게는 적당히 그럴싸한 역
할을 주었기 때문에 그리 말썽은 없었다. 가까운 곳에 절
이 있다고 해서 두 사람은 그리로 보내고, 나머지는 건물
주위를 조사하게 했다. 이제 얼마쯤 활기를 되찾은 기분이
었다.

그러나 그 사정청취 도중에 경찰의 중대한 실수가 발견
되었다. 관계자 중 한 명이 현장에서 사라졌다는 것이다.
야마시타는 머리를 끌어안았다.

"야마시타 씨, 이거 곤란하게 된 거 아닙니까?"

"알고 있네. 알고 있어. 으음, 그 늙다리 순경 이름이
뭐랬지?"

"아베 순사입니다."

"그래. 그 자를 부르게!"

마스다는 대답도 하는 둥 마는 둥 방을 나갔다. 초조함
이 전해진 것이다. 야마시타는 생각을 정리할 수 없어 다
시 초조해 하고 있었다. 그 주뼛거리는 병 밑바닥 같은
안경을 보면, 그 순간 고함을 쳐 버릴지도 모른다———
야마시타는 그렇게 생각했다.

장지가 열리고 병 밑바닥이 얼굴을 내밀었다.

"이봐! 자네 뭘 하고 있었던 건가!"

"예?"

예상대로 고함을 치고 말았다.

"관계자 중 한 명이 행방불명이라면서! 자네가 붙어 있었으면서 이 무슨 실수란 말인가. 그 녀석이 범인이면 어쩔 거야! 이 멍청한 놈!"

"예? 그랬던가요?"

"그랬던가요, 가 아니야. 그 잡지기자인지 뭔지 하는 여자는 금방 돌아올 테니 걱정할 필요가 없다고 했지만, 증거 인멸이라도 하면 어쩔 텐가!"

"인멸이라니 무엇을 어째서, 어떻게."

"에잇, 시끄럽네. 당장 찾아내."

야마시타는 재떨이를 엎었다. 늙다리 순사는 깜짝 놀라며 총알같이 달려 사라졌다.

───── 어차피 아무것도 못할 게 뻔하다.

초동수사는 완전히 실패했다.

누워 있는 여자를 제외한 전원의 사정청취는 22시가 다 되어 끝났다. 그 무렵에는 유체도 겨우 정원에서 실어낼 수 있었지만, 거기에서 문제가 발생했다.

유체를 어떻게 옮기느냐 하는 문제다. 이 센고쿠로로 통하는 길은 좁다. 자동차가 다닐 수 있는 폭이 아니다. 올 때도 수사원 전원은 걸어서 왔다.

"지원을 불러서 내일 옮겨야겠군. 이런 계절이니 부패할 걱정은 없을 테지. 우선 어딘가 방을 빌려 눕혀둘 수밖에 없겠네."

감식원은 불평을 드러내며 말했다.

"눕힐 수는 없습니다."

"어째서인가? 아아, 사후경직?"

"아닙니다. 얼었다고요. 저 형태로."

"얼었어? 꾸물거리고 있는 사이에 얼어 버린 건가."

"아닙니다. 언 것은 훨씬 전입니다. 다만 죽은 후에 언 것은 틀림없습니다. 이건 사법해부를 해 보지 않으면 알 수 없지만 사인은 뒤통수———라기보다 경부일까요. 경부의 타박에 의한 경추골절일 겁니다."

의사———구온지의 견해는 옳았다. 야마시타는 조금 분한 기분이 들었다.

감식원은 말을 이었다.

"이것도 확실히는 알 수 없지만, 경부보님. 저 시체는 저항을 한 흔적이 없어요. 그러니 저렇게 책상다리를 하고 졸기라도 하다가 뒤에서 곤봉이나 쇠파이프 같은 걸로 얻어맞은 걸 거예요. 그대로 목숨이 끊어져 방치된 채 언 거지요. 그렇게밖에 생각할 수 없습니다."

마스다가 말했다.

"하지만 그렇다면 야마시타 씨. 이곳 사람들의 말과 전혀 맞지 않습니다. 이곳 사람들의 말이 사실이라면 저 시체는 오후 두 시부터 세 시 사이에 어디에선지 모르게 와서, 저곳에서 들키지 않게 죽었다, 이런 말이 되는데요."

"그런 건 알고 있네. 사망추정시각은?"

"알 수 없습니다."

"알 수 없다니, 전혀 알 수 없다는 건가?"

"그러니까 얼었다니까요. 전혀 부패하지 않았어요. 계속 냉동상태였단 말입니다. 다만, 오늘의 기온을 생각하면 얼마쯤 옥외에 방치되었다 해도 그, 두 시에서 세 시입니까? 그 사이에 죽었다고는 생각할 수 없습니다. 해부해서 위의 내용물이라도 보지 않으면 뭐라 판단할 수 없겠어요. 그보다 경부보님. 우리는 철수해도 상관없겠지요?"

감식원은 노려보는 것 같은 눈으로 야마시타를 보았다. 이런 시간에 길도 안 좋은 산길을 가기는 싫을 것이다. 게다가 마을까지는 한 시간 가까이 걸린다. 불평이 나와도 어쩔 수 없지만, 이런 불편한 곳에서 사건이 일어난 게 잘못이고 그것은 야마시타 탓이 아니다.

야마시타는 철수를 허락하고 크게 한숨을 쉬었다.

"아무래도 이곳 사람들은 모두 거짓말을 하고 있다고밖에 생각할 수 없군. 손님도 종업원도 미리 말을 맞춘 게 틀림없어."

"하지만 거짓말을 하려면 굳이 불가능한 상황을 만들어낼 것은 없지 않습니까. 범인의 모습을 보았다거나 그렇게 말하면 될 텐데."

"그럴 수 없는 뒷사정이 있는 걸세. 뭘까, 이———."

허구 같은 상황은, 이라고 말하고 싶었다. 아무래도 자신의 상식이 통용되지 않는다. 말이 통하지 않는 상대와 이야기하는 것 같은 답답함이 따라붙는다. 의사소통이 제대로 되지 않으니 마치 자신이 무능해진 듯한 착각이 든다. 이대로 가다간 진주군에게 품었던 열등감 같은 것을 이곳 놈들에게 품게 될지도 모른다. 그렇게 생각하니 야마시타는 오싹해졌다.

"———아니, 반드시 파헤쳐 주지."

그래서 억지로 강한 척 말을 맺었다.

"하지만 그 추젠지 아츠코인가 하는 여자는 아무래도 거짓말을 하는 것 같지는 않아요. 게다가 다른 놈들도 형사를 속일 만한 놈들이 못 되고요."

"느낌이나 직감 같은 걸로 사물을 판단하지 말게, 마스다. 필요한 것은 증거야. 그리고 증언, 다시 말해 자백일세. 형사가 생각해야 하는 것은 정합성 있는 범행 상황의 재현, 그리고 납득이 가는 범행 동기란 말이야."

"예에."

"저 녀석은 범인 같으니까 유죄다. 이 녀석은 착한 사람 같으니 무죄다, 그런 걸로는 수사를 할 수 없네. 겉보기만으로 수사를 할 수 있나? 무슨 공동주택의 꽃놀이†도 아니고."

"예? 야마시타 씨 공연 같은 데 가십니까?"

"시끄럽네."

생각나는 대로 내뱉은 말이었다. 깊은 뜻은 없다.

"그런데 그 실신했던 여자는 어떤가?"

---

† 일본 전통 만담인 라쿠고[落語] 중 하나. 공동주택에 세 들어 살던 가난한 세입자들이 집주인의 권유로 꽃놀이를 가서 차를 술처럼 마시는 등 가난을 소재로 한 만담을 펼치는 내용이다.

"어떻다니요, 상태를 보고 올까요?"

"가 보게. 빨리."

아무렇게나 말하자 마스다까지 싫은 얼굴을 했다.

마스다는 곧 돌아왔다. 여자는 정신은 차린 모양이지만 일어나지도 못하는 것 같다고 해서, 야마시타는 어쩔 수 없이 그 여자가 누워 있는 별채로 향했다.

복도는 무가(武家) 저택 같은 인상을 주었다. 아무래도 시대착오적인 무대장치다. 대본도 읽지 않은 채 역사영화에 출연한 듯한 기분이었다. 구름다리 복도를 건너자 다실(茶室) 같은 ——— 야마시타는 잘 모르지만 ——— 둥근 입구가 보였다. 마스다가 장지를 연다.

중앙에 깔려 있는 커다란 이불에 작은 여자가 누워 있었다. 베갯맡에는 아까 그 추젠이라는 여자가 앉아 있다. 야마시타는 그 여자에게 자리를 비켜 달라는 부탁을 하라고, 마스다에게 귓속말을 했다. 그나마 나은 편이라고는 하지만 이 여자도 이곳 놈들의 동료임은 다를 게 없다. 그래서 직접 이야기하고 싶지 않았기 때문이다.

아츠코는 "알겠습니다" 하며 방을 나갔다.

야마시타가 대신 베갯맡에 앉았다.

"이야기를 할 수 있겠소?"

여자는 고개를 끄덕였다. 엄청나게 창백한 여자다.

이름을 묻자 이쿠보라고 대답했다.

"당신은 오늘 아침부터 계속 자리에 누워 있었던 모양인데 ——— 몸이라도 안 좋았소?"

"네."

작은 목소리였다.

"감기라도 걸렸소?"

"아니오, 그."

마스다가 몸을 굽히며 말했다.

"우리에게 말할 수 없는 일인가요?"

"자네는 잠자코 있게. 내가 묻고 있잖나. 당신은 오전 중에 쭉 자리에 누워 있었소. 그리고 오후에 일어나 보니 왠지 소란스러워져 있었다, 맞지요?"

"스———스님이."

"정원에서 죽어 있었지요?"

"스님이 공중에 떠 있었습니다."

"아아?"

야마시타는 귀를 의심했다.

"뭐라고 했소?"

"스님이, 이층 창문에 스님이."

——— 이 여자에게도 통하지 않는다.

야마시타는 할 말을 잃었다.

"스님이 어쨌다고요?"

대신 마스다가 물었다.

"어젯밤, 밤중이었습니다. 화장실에 가려고 나갔는데 이층 복도 창문에 스님이———스님이."

"이층? 당신은 아마 어젯밤에는 저———건너편의, 이 층건물 쪽에서 묵고 있었지요. 그곳에서 말이오?"

291

"저는 깜짝 놀라서."

"스님이 어쨌다는 거요!"

야마시타의 말투가 거칠어지자 여자는 작게 비명을 질렀다.

마스다가 야마시타를 손으로 제지했다. 자신에게 맡기라는 뜻일 거다. 내키지 않는 전개였지만 이 경우에는 어쩔 수 없었다. 야마시타는 마스다의 제지에 따랐다.

"이층 창문이라니, 어느 쪽 창문입니까?"

여자는 잠시 침묵하고 있다가 다시 모기가 우는 것 같은 목소리로 이야기하기 시작했다.

"앞뜰이 보이는 쪽이에요 ——— 저는 무서워서 허둥지둥 방으로 돌아갔는데 ——— 그랬더니 하룻밤 내내 천장에서 무슨 소리가 나서 잘 수가 없었어요. 그리고 아침이 되어서 ———."

그 대목에서 여자의 목소리는 떨리기 시작하고 조금 커졌다. 그리고 그때까지 멍하니 천장의 전등인지 뭔지를 보고 있던 시선을 갑자기 야마시타에게 돌렸다. 눈동자가 젖어 있었다. 눈썹이 가늘고, 자그마하지만 생김새가 단정한 얼굴이다. 야마시타는 소녀잡지의 삽화를 떠올렸다.

"그랬더니 ———."

"잠깐만. 그 스님에 대해서 좀더 들려주지 않겠습니까? 그 스님은 창밖에 있었습니까? 어떻게?"

마스다는 달래는 듯한 말투로 물었다.

야마시타는 그저 그것을 들을 뿐이다.

여자는 고개를 끄덕였다.

"그———스님은———제 눈에는 창에 달라붙어 있는 것처럼 보였어요. 아니오, 달라붙어 있었습니다. 제게 들키자 스님은 위쪽으로 도망쳤습니다."

"위? 그러니까 지붕 위 말이오?"

여자는 다시 고개를 끄덕였다.

"그래서 당신은 무서워져서 방으로 돌아갔군요. 당신 방은 그, 무슨 방이었습니까?"

"가장 끝의, 이 정원에서도 보이는———아마, 그렇지, 심우(尋牛)의 방입니다."

"심우? 아아, 아니, 알겠습니다. 그래서 당신은 잘 수가 없었군요?"

"소리가 나서———스님이 지붕에 있는 것 같은 기분이 들어서———그럴 리는 없다고 생각했지만, 역시 덜 걱덜걱 소리가 나서요."

"여관 사람들에게는 말하지 않았나요?"

"복도로 나가기가 무서웠어요."

"아아."

마스다는 거기에서 야마시타에게 시선을 보냈다. 야마시타는 민감하게 그것을 알아차렸지만 무시했다. 마스다는 입을 미묘하게 휘며 눈썹을 축 늘어뜨리고 질문을 계속했다.

"그래서? 아침에는 어떻게 했습니까?"

"예———."

여자는 조금씩 평정을 되찾는 것처럼 보였다.

그렇다면, 분하긴 하지만 이것은 마스다의 공로다.

"그, 아침에———."

몇 시쯤이냐고 마스다는 물었다. "여섯 시쯤입니다" 하고 여자는 순순히 대답했다.

"어느새 소리도 그쳤고, 그래서 저는 왠지——— 꿈을 꾸는 듯한 기분이 들었어요."

"꿈——— 이었소?"

"아닙니다" 하고 여자는 말했다.

"꿈은 아니지만, 그것은 누구보다도 제가 잘 알고 있는 거지만, 이상하게도 분명히 보았고 들었는데도 지나고 나니 무슨 착각이었던 것 같은 기분도 들어서——— 아니, 착각이었다고 생각하고 싶었던 걸까요——— 지우고 싶다는 기분이 기억에 영향을 주는 걸까요."

"있을 수 있는 일이지요" 하며 마스다는 맞장구를 친다.

야마시타는 지금까지 알아차리지 못했지만 이 부하는 의외로 분위기를 잘 맞추는 남자였다.

"어쨌거나 조금 진정이 되고 바깥도 밝아진 데다 눈도 그친 것 같아서, 장지를 열어보았습니다. 밝은 아침 풍경을 보니 정말로 하룻밤 내내 바보 같은 짓을 한 듯한 기분이 들었어요."

"그렇군요, 이해가 됩니다. 그래서요?"

"그래서 바깥 공기라도 마실까 하고 창문을 열고 밖으로 ——— 층계참이 있거든요. 그리로 나갔어요. 제 방은 모퉁이 방이었기 때문에 층계참은 건물 옆쪽으로 돌아나 있어서 ――― 그쪽으로 돌아 들어가면 여기, 이 옆에 있는 정원이 보이거든요. 저는 아무 생각 없이 그 정원을 보았습니다. 그랬더니 ――― ."

"그랬더니?"

마스다는 고개를 살짝 기울였다. 그러나 야마시타는 별로 듣고 싶지 않아졌다. 어차피 야마시타로서는 이해할 수 없는 말이 나올 것이 뻔하다.

"그, 이 정원 쪽을 봤더니 ――― ."

"스님이 떠 있었어요."

" ――― 아아."

야마시타는 터무니없이 큰 한숨을 쉬었다.

그때 장지가 열리고 병 밑바닥이 얼굴을 내밀었다.

"저어, 죄송합니다. 그 남자 분이 돌아오셨는데요."

"남자? 남자라니? 아아, 도망친 사람 말인가!"

"아니오. 제대로 돌아왔으니 도망은 치지 않은 거지요."

"아아, 시끄럽네. 비켜!"

야마시타는 순사를 밀치고 복도로 나갔다.

현관에는 남자가 두 명 서 있었다.

"어째서 두 명이야! 두 명이나 도망쳤던 건가!"

거기에 이르자, 야마시타의 자제심은 완전히 사라졌다.

*

　내가 센고쿠로에 도착한 것은 열 시 사십 분 정도였을까.

　몸단장을 마치고 후지미야를 나서려고 했을 때 아내들이 돌아와, 이것저것 사정을 설명하느라 결국 출발한 시각은 일곱 시 반이 넘어서였다. 출발이 늦기도 했지만, 그래도 세 시간은 걸렸다는 뜻이 된다. 꽤 무리를 해서 걸었다고 생각했지만 나는 준족과는 거리가 멀다.

　나는 늘 그렇듯이 아내들에게 사정을 능숙하게 설명할 수는 없었다.

　그러나 거기에는 두 사람 다 익숙했기 때문에 나름대로 알아차린 모양이었다.

　아내는 한마디,

　"너무 깊이 쫓지는 마세요."

　라고만 했다.

　길은 생각보다 훨씬 더 험했다.

　물론 가로등은 없었고 달도 보이지 않는 어두운 밤이었기 때문에 도리구치가 없었다면 틀림없이 조난했을 것이다. 교고쿠도 걱정을 할 처지가 못 된다.

　가까스로 캄캄한 밤의 터널을 빠져나오자———.

　밤의 어둠 속에 더욱 컴컴한 밤 덩어리가 있었다.

　그것이 센고쿠로였다.

　밤 덩어리는 형태도 크기도 확실하지 않았고, 게다가 술렁술렁 꿈틀거리고 있었다. 살아 있는 것 같다. 건물이라는 생각이 들지 않는다. 건물은 꿈틀거리지 않는다. 도리구치가 말한 거목이 지붕 위로 삐져나왔기 때문일지도 모른다. 어디까지가 건물이고 어디부터가 나무인지, 경계가 애매하다. 나무가 흔들릴 때마다 건물 전체가 꿈틀거리는 것처럼 보이는 것이리라.

문가에는 도수가 높아 보이는 둥근 검은 테 안경을 쓴 순사가 허리를 약간 굽히고 서 있었다. 순사는 우리를 본 순간 안경테에 손을 대고 잠시 이쪽을 응시하더니, 생각난 듯이 비칠비칠 그 자리에서 발을 구르며 허둥지둥 안으로 들어갔다.

"아아, 도리구치 군. 자네는 이미 용의자 같은데."

"우헤에, 들켜 버린 모양이군요, 대장님."

"누가 대장이야. 그런데 생각해 보니 나는 대체 뭐라고 하고 내 신분을 증명하면 되는 건가? 게다가 오늘 나는 여기에 묵을 수 있을까?"

"그야 등산전철도 이제 끊겼으니까요. 거기까지 걸어서 가자면 아침이 될 겁니다. 죽을 거라고요. 여기서 묵으시면 됩니다. 괜찮아요. 어리석은 자의 집념은 바다보다도 깊다고 하지 않습니까."

도리구치는 또 뜻을 알 수 없는 말을 했다.

안은 소란스러웠다. 현관에는 몇 명의 남자들이 있었다. 복장으로 보아 아무래도 감식을 맡은 사람들인 모양이다. 돌아가려는 참인 것 같다. 우리는 그들이 밖으로 나오기를 기다려, 마지막 한 사람을 지나쳐 보내고 나서 안으로 들

어갔다. 들어가자마자 복도를 울리며 몇 명의 남자들이
나왔다.

"어째서 두 명이야! 두 명이나 도망쳤던 건가!"

7대 3으로 가른 머리카락을 헝클어뜨리며 남자가 외쳤
다. 나이는 서른 전후, 신경질적인 눈빛에 가부키 배우 같
은 얼굴을 한, 코가 뾰족한 남자였다.

아까 그 순사가 말했다. 사투리를 쓴다.

"이짝 분은 본 적이 없는데요."

"네놈의 기억을 어떻게 믿어! 이봐, 자네들."

남자는 히스테릭한 몸짓으로 우리를 가리켰다.

"네, 네놈들, 어쩔 셈이냐."

착란을 일으키고 있다. 이런 경우 먼저 착란을 일으킨
쪽이 이긴다. 남은 사람들은 대개 머리가 식고 마는 법이
다. 나도 당연히 급격하게 머리가 식었다. 다만 남자가 너
무 흥분하고 있어서, 같이 심장 박동이 격렬해졌다.

"하아, 여관을 빠져나가는 바람에 걱정을 끼쳤습니다,
저는 이 분을 모시러 갔던 겁니다. 이 분은 굉장한 방향치
라 내버려 두면 어른 미아가 될 수도 있어서 ———."

도리구치는 구차한 변명을 했다. 방향치는 물론 나를
말하는 것이다. 그는 이 변명을 오는 내내 생각하고 있었
던 모양이지만, 교고쿠도의 궤변에 익숙한 내게는 아무래
도 위태롭게 들렸다. 거짓말이 들킬 것 같아서 마음이 불
안했다.

"그, 그 사람은 누군가!"

"저는———."

우물거리고 말았다.

"그 분은——— 오늘밤부터 이곳에 묵기로 되어 있는 작가 세키구치 다츠미 씨입니다. 이번 취재 기사를 부탁드렸거든요. 선생님, 밤늦게 오시느라 고생하셨어요."

추젠지 아츠코였다. 구원의 신이라고 하는 그것이다.

"작가? 이자가? 켁."

남자는 노골적인 모멸의 시선을 던졌다.

"세, 세키구치입니다."

"나는 국가경찰 가나가와 현 본부 수사1과의 야마시타요. 이미 들었겠지만 여기서 오늘 변사체가 발견되어, 지금 경찰이 수사를 하고 있소. 나는 현장 지휘를 맡고 있는, 다시 말해 수사주임이지. 어쨌든 이 여관은 현재 임시 수사본부가 되는 셈이니까. 작가인지 뭔지 모르겠지만 수사만은 방해하지 말아 주시오. 어이, 거기, 묻고 싶은 게 산더미처럼 많소. 냉큼 따라와요——— 응?"

야마시타 수사주임은 도리구치를 가리킨 후, 내 얼굴을 보고 고개를 열 번 정도 갸웃거렸다.

"작가 세키구치?"

옆에 서 있던 젊은 형사가 귓속말을 했다.

"아! 그 세키구치."

야마시타는 반사적으로 작게 외치고 나를 날카롭게 쳐다보았다.

"어, 어쨌거나 방해하지 말아 주시오. 이봐, 거기 있는 당신 빨리 와요."

도리구치는 내게 한심한 얼굴을 해 보이며 난폭한 형사를 따라 안쪽으로 사라졌다. 나는 어땠는가 하면, 이 경우 바보처럼 우두커니 서 있을 수밖에 없었다. 신발도 벗지 않고 현관에 서 있으니 아츠코가 손을 내밀어 짐을 받아 주었다.

"오빠가 올 줄 알았어요. 죄송합니다──── 그, 세키구치 씨. 여관에는 제가 얘기해 둘게요. 물론 돈은 희담사에서 부담할 거고요."

"그건 괜찮다만──── 아츠코, 방금 그 형사."

"아아. 그 사람 이시이 경부의 부하예요. 그래서 선생님 얘기를 들었던 거겠지요. 최근 가나가와 부근의 경찰들 사이에서 세키구치 다츠미는 유명인이거든요."

작년 가을부터 연말에 걸쳐 내가 휘말렸던 사건은 모두 가나가와 본부의 관할 내에서 일어난 것이었다. 이시이는 그때 알게 된 경부다.

그때 종업원이 와서, 나를 우선 방으로 안내했다.

에노키즈는 아직 나타나지 않았다고 했다.

미로 같은 복도를 지나 기묘한 계단을 올라간다.

외관을 전혀 알 수 없었기 때문에 실내의 구조는 한층 더 미궁 같다. 좁고 안이 깊은 실내에 늘어서 있는 여덟 개의 문 중 왼쪽에서 네 번째가 내 방이었다.

방 안은 따뜻했다. 걱정할 것까지도 없이, 내 숙박 준비는 완전히 갖추어져 있던 모양이다. 외투를 벗자 종업원이 즉시 받아 들였다. 역시 후지미야의 대우와는 다르다. 아기곰 주인은 이 정도로 손님에게 신경을 쓰지 못한다.

"뭔가 엄청난 소동이 일어났네요, 이런 일은 태어나서 처음입니다. 살인사건이라니, 무서운 일이에요———."

종업원은 울 것 같은 얼굴을 하고 있었다.

"때가 때이다 보니 제대로 된 대접도 못 하겠습니다. 죄송합니다. 나중에 지배인이 인사를 드리러 올 테니———."

"아아, 인사는 됐습니다. 그보다 차를 좀 마실 수 있을까요?"

나야말로 인사를 들을 만한 손님이 아니다. 종업원은 곧 가져오겠다며 정좌하고 절을 했다. 그리고 얼굴을 반쯤 들고 눈치를 살피듯이 나를 보며,

"저어, 이곳은 어떻게 되는 걸까요?"

하고 말했다.

"어떻게 되다니요?"

"그, 폐관이나 영업정지나, 뭐 그런 사태가 일어날까요?"

"그렇지는 않을 겁니다."

보통 그런 일은 없다. 하지만 뚜렷한 근거가 있는 발언도 아니었다.

그래도 종업원은 안심한 듯이, 기다려 주십시오 하며 나갔다.

두 다리를 쭉 뻗고 뒤로 손을 짚어 몸을 젖혔다. 다다미는 싸늘하니 차갑다. 방석이 눈에 띄었기 때문에 방석을

끌어당겨 둘로 접어서 베개 대신 머리에 대고, 나는 모로 누웠다.

도코노마에 족자가 걸려 있었다.

시커먼 소가 뛰어오르는 그림이 그려져 있다.

검은 소의 코끝에서 뻗어 있는 고삐를, 중국 어린아이 같은 옷차림의 인물이 쥐고 있다. 이쪽도 왠지 뛰어오르는 것 같다. 얼굴은 ——— 무표정하다.

모로 누워서 보니 당연히 그림도 옆으로 보인다.

잠시 동안 그림에 몰입했다.

타박타박, 타박타박 소리가 났다. 무표정한 중국인이 그 근처를 뛰어다니고 있는 것일까.

아니면,

——— 그것은 쥐다.

드르륵 하고 문이 열리는 소리가 났다.

이어서 장지가 열렸다. 문틈으로 얼굴을 들이민 것은 아츠코였다.

나는 당황해서 벌떡 일어나 자세를 바로 했다.

"선생님, 차예요. 주먹밥도 만들어 달라고 했어요. 배고 프시죠?"

쟁반 위에는 주먹밥이 산더미처럼 쌓여 있었다. 도리구 치 몫도 같이 가져온 것이리라.

"아아, 그러고 보니 배가 고프군. 고맙다 ———."

아츠코의 등 뒤에 구온지 노인의 얼굴이 있었다.

"구, 구온지 ——— 선생님."

"아아, 오랜만이오. 정말 오랜만이오. 세키구치 군. 이거, 당신도 와 줄 줄은 몰랐소. 고맙구려. 나는 또 이런 묘한 일에 휘말리고 말았다오. 평소 행실이 어지간히도 나쁜 모양이지."

구온지는 명랑하게 그렇게 말했다. 다만 살에 파묻힐 것 같은 눈이 조금 쓸쓸해 보였다.

"아, 안녕하십니까. 그때는———."

이 얼마나 평범한 인사인가.

작년 여름.

열에 들뜬 것 같았던 일주일.

나는 그때까지의 인생을 전부 부정당하는 것 같은 큰, 너무나도 큰 충격을 받았다. 그것은 이 노인도 마찬가지일 것이다. 나는 구온지 노인에게, 그리고 구온지 노인은 내게 형용할 수 없을 정도의 복잡한 감정을 품고 있으리라.

그런데 마치 일 년 만에 친척을 만났을 때와 같은 멍청한 인사밖에 떠오르지 않는다.

그다지 큰 감개도 없었다.

희미하게 가슴 속을 스친 감상(感傷) 같은 것은 감개가 느껴지지 않기 때문에 느껴지는 적막감일까. 아니면 두 번 다시 돌아오지 않을 잃어버린 나날에 대한 상실감일까.

——— 다 이런 것인지도 모른다.

정월과 마찬가지다. 오기 전까지는 무의미하게 흥분되지만 오고 나면 별 것 없다. 기대대로 그것을 얻을 수 없어서, 그리고 그것은 언젠가 찾아올 거라고 생각하고 싶어서 어른인 나의 정월은 언제까지나 미적미적 계속되는 것이다. 그러나 그런 것은 어느 시기, 아주 잠깐 사이에 갑자기 찾아왔다가 떠나갈 뿐인 것인지도 모른다. 그 시기가 지나면 모두 환상이다.

어릴 때의 즐거웠던 정월도———.

젊은 날의 여행에 대한 고양감도———.

그리고 그 사건도———.

두 번 다시 나를 찾아오는 일은 없을 것이다.

그 사건은 분명히 현실이고, 나는 그것을 분명히 체험했지만———.

갑자기 몹시 쓸쓸해졌다.

"왜 그러시오? 세키구치 군."

"아니오, 그———."

———다 그런 것이다.

아니, 그러지 않으면 안 된다.

나는 적막감인지 상실감인지를 품은 채, 서서히 평정을 되찾아 갔다.

"소개하지요, 이 사람은 골동품상인 이마가와 군이라오."

이상한 얼굴을 한 남자가 또 들어왔다.

"이마가와라고 합니다. 잘 부탁드립니다."

"세키구치입니다."

우리는 앉은뱅이 상을 둘러싸고 앉았다.

이마가와는 눈도 코도 크고, 게다가 눈썹도 머리카락도 진하고 입술도 두툼했다. 특히 코는 엄청나게 크다. 나는 어딘지 모르게 애교 있는 그 얼굴에 친근감을 느꼈다.

"큰일이었다면서요. 그건 그렇고 도리구치 군은 아직 그 사정청취를 받고 있나?"

"가엾게도 쥐어짜이고 있는 모양이에요. 범인 취급을 받으면서."

아츠코는 못된 장난을 친 어린아이처럼 혀를 내밀었다. 현장탈출을 도운 사람은 아츠코다.

"좀 쥐어짜는 게 좋아. 그 녀석은."

"하지만 세키구치 씨, 자칫하면 똑같이 쥐어짜이게 되실 거예요. 피해를 당하시면 안 되니까 말을 맞춰 주세요. 유모토의 숙박처는 거짓말을 해 봐야 금세 들킬 테고, 나중에 조사를 받다가 진술과 모순된다는 지적을 받게 되면 여러 가지로 곤란할 테니까 기본적으로는 정직하게 말씀하셔도 상관없지만, 일에 대해서는 미리 의뢰했던 걸로 해 주세요."

아츠코는 그렇게 차근차근 가르치듯이 말했다.

그리고 아츠코는 도리구치보다 조금 더 자세하게 사건의 양상을 설명해 주었다.

몇 번을 들어도 전혀 알 수 없는 이야기였다.

"그런데 그 탐정, 정말로 올까?"

"오겠다고 했대요. 그렇지요, 구온지 선생님?"

"음. 여전히 무슨 소리를 하는 건지 잘 모르겠고 나를

기억하고 있는지 어떤지도 미심쩍기는 했소만. 위세 좋게
승낙했소."

그때 이마가와가 말했다.

"그 탐정이라는 사람은 여러분의 이야기를 듣자 하니
아주 굉장한 사람인 것 같던데, 그렇게 엄청난 사람입니
까?"

"그렇습니다. 그 사람은 형용할 수도 없을 만큼 형편없
는 탐정입니다. 제가 아는 한 탐정 역사상 최악이지요. 그
렇지?"

나는 아츠코에게 동의를 구한다. 구온지 노인은 스스로
그를 불렀을 정도이니 완벽하게 그 남자를 오해하고 있을
것이다. 그러나 아츠코는 의외의 말을 했다.

"네 ――― 하지만 이런 사건에는 어쩌면 도움이 될지
도 모르겠어요."

"에노키즈가?"

내가 난색을 표했을 때, 왠지 이마가와가 반응했다.

"에노키즈? 그 탐정의 이름은 에노키즈입니까? '팽나
무'의 에노키[榎木]에 '해일[津波]'할 때의 즈[津]?"

"이마가와 씨, 아십니까?"

"예에, 친척일지도 모르겠지만 드문 성이니, 아는 사람
일지도 모르겠습니다. 아니, 하지만 이상한 사람이라면 동
일인일 가능성은 있지요."

"이마가와 군, 당신이 아는 그 사람은 어떻게 아는 사람
이오?"

"예에, 군대 시절의 상관입니다."

"당신은 육군이었소?"

"아니오. 저는 해군입니다."

"세키구치 씨, 그러면———."

"아아———그럼 에노키즈 본인일 겁니다. 아마 형님은 육군이라고 했던 것 같으니———."

에노키즈라는 진기한 이름이 그렇게 많을 리도 없다.

자세히 들어 보니———라고 할까 들으면 들을수록———이마가와의 상관인 이상한 청년 장교는 에노키즈 레이지로가 분명한 듯했다. 이름 이전에 그렇게 이상한 남자는 그리 많지 않다.

나와 이마가와라는 남자는 얼굴을 마주보았다. 그리고 나란히 한숨을 쉬었다.

알고 있다면 설명할 필요도 없다. 그것은 낙담의 한숨이었다.

"그 사람은 아마 대단한 가문 출신이었을 텐데요. 그런데 지금은 탐정 같은 일을 하고 있단 말입니까? 저는 상상도 하지 못했습니다. 탐정이라고 하기에, 그 헌팅캡을 깊이 눌러쓴 그런 사람이라고만 생각하고 있었지요."

"그런데 에노키즈 탐정 각하는 이번에는 어떤 옷차림으로 와 주실까요———."

아마 도착이 늦는 것은 코스튬을 고르고 있기 때문일 것이다.

어차피 아주 엉뚱한 차림새로 등장할 것이 뻔하다.

그 생각을 하니 더욱 기분이 우울해졌다.

잠시 침묵이 흘렀다.

갑자기 장지가 열리고 아까와는 다른 종업원이 얼굴을 내밀었다.

"실례합니다. 선생님, 그리고 손님———."

왠지 절박한 표정이었다.

"오오, 도키 씨. 무슨 일인가?"

"저어, 그게, 명혜사에 가셨던 형사님들이 지금 스님을 한 분 모시고 돌아오셨습니다."

"호오, 그래서?"

"같이 오신 분이 와다 지안 님인데 돌아가신 분은——— 고사카 료넨 님 같다고 해서요. 그 왜."

"네?"

이마가와가 큰 소리를 냈다.

"그럼 저는 기다리던 사람을 만났던 겁니까!"

우리는 도키의 안내를 받으며 서둘러 아래층으로 내려 갔다.

어디를 어떻게 돌았는지, 어느 방이 어디로 이어져 있는지 전혀 알 수가 없었다. 나는 그저 무턱대고 뒤를 따라가, 앞사람이 이끄는 대로 그 방에 이르렀다.

장지를 열자 아까 그 형사들과 도리구치가 있었다. 형사들의 수는 늘어난 듯했다. 야마시타는 우리의 모습을 확인 하자마자 도깨비 같은 얼굴을 하며 고함쳤다.

"무슨 일이오! 나가시오."

아츠코가 말했다.

"저어, 명혜사에서 스님이 오셨다고 하던데, 아까 말씀 드린 것처럼 저희는 취재를 하러 왔고 이 상태로는 예정대로 취재를 할 수는 없을 것 같아서요, 스님을———."

"아아, 정말이지. 그런 것은 아무래도——— 아, 이봐요, 당신. 이마가와라고 했나? 마침 잘 됐소. 잠깐 와 보시오."

야마시타는 파랗게 핏줄을 세우며 다가오더니 이마가와의 어깨 언저리를 붙잡았다.

즉시 도리구치가 말했다.

"그럼 저는 이제 가 봐도 됩니까?"

"안 되오. 당신은 수상해!"

야마시타는 짓듯이 그렇게 말하고, 반쯤 억지로 이마가와를 끌고 옆방으로 사라졌다. 슬쩍 보인 옆방은 아무래도 불간(佛間) 같았다. 뭔가 언성을 높여 이야기하는 소리가 들렸지만 무슨 말을 하고 있는지는 알아들을 수 없었다.

어떻게 해야 할지 망설이고 있자니 젊은 형사가 살그머니 다가왔다.

"당신은 세키구치 선생님?"

"예? 예에."

"저는 마스다라고 합니다. 즈시의 '금색 해골 사건' 때 큰 활약을 하셨다면서요. 이시이 경부님께 들었습니다."

"예? 그렇지는——— 않습니다만———."

"기억 안 나십니까? 언젠가 요코하마의 유괴사건 때 선생님께 직무질문을 한 것은――― 전데요."

"아아? 그랬습니까?"

기억나는 것 같기도 하고 안 나는 것 같기도 하고―――
아니, 기억날 리가 없었다. 꺼림칙한 데가 하나도 없다 해
도, 나는 항상 거동이 수상한 사람이다. 직무질문이니 사
정청취니 하는 상황에서의 나는 아마 틀림없이 극도로 긴
장하고 있었을 테니, 객관적 기억이라곤 일절 남아 있지
않은 것이다.

마스다라는 형사는 조금 건들거리긴 했지만 나쁜 사람
은 아닌 듯했다.

"그것 보세요, 유명하지요?"

"세상 참 좁군요. 만나는 사람마다 온통 경찰이라니."

아츠코와 도리구치가 차례로 말했다.

다른 무서운 형사가 노려보았기 때문에 마스다는 가볍
게 목을 움츠리며 내게서 떨어졌다.

"세키구치 군. 당신도 상당히 행실이 나쁜 모양이오."

구온지 노인이 작은 목소리로 그렇게 말했다.

삼 분 정도가 지났다. 장지가 난폭하게 열리고 욕설과
함께 험악한 분위기의 야마시타와 이마가와가 나왔다.

"아아! 본 적이 없다니 납득이 안 가. 당신, 사업차 만나
기로 한 상대는 고사카 료넨이라고 아까 말했잖소! 조사하
면 다 알 수 있소! 지금 자백해요."

"몇 번이나 말씀드리지만 그쪽과는 편지 왕래가 있었을

뿐입니다. 정말 그뿐입니다."

"그뿐?"

"그뿐입니다."

"그뿐이라니 뭐요! 거짓말 마시오. 응? 당신들, 거기서 뭘 그렇게 바보처럼 우두커니 서 있는 거요! 이봐, 민간인은 내보내! 못 알아듣겠나!"

"우헤에, 돌아가도 되는 겁니까?"

"당신은 안 돼요! 이봐, 마스다, 쫓아내란 말일세."

"하지만 야마시타 씨."

"조용히 하십시오. 부처님 앞입니다."

침착하고 위엄 있게 울리는 목소리였다.

큰 소리는 아니었지만 방 안의 어중이떠중이들은 순식간에 위압되었다.

야마시타도 갑자기 조용해졌다. 그리고 일제히 목소리가 난 쪽을 보았다.

장지 맞은편에는 마치 그곳만 잘라낸 거 같은 풍경이 있었다.

활짝 열린 장지 너머, 불단 앞에 검은 넝마조각 같은 것이 보였다. 시체다.

그 옆에 승려가 서 있었다.

이쪽에 소용돌이치고 있는 소란이나 망집과 같은 추잡한 것이, 문턱 하나를 사이에 두고 깨끗이 지워진다. 공기

311

조차 맑아 보이고 시간마저 멈춘 것처럼 느껴진다. 물론 착각이다.

승려는 넝마조각 ——— 시체 ——— 에 한 번 절을 한 뒤 엄숙한 움직임으로 속세 ——— 이쪽 방 ——— 로 나왔다.

그리고 우리에게 스윽 등을 돌리더니 다시 한 번 절하고 합장한 후 소리를 내지 않고 장지를 닫았다.

자세를 바로하고 나서 승려는 다시 이쪽을 향했다.

치의 소맷자락이 바람을 머금고 가볍게 부풀었다가 곧 가라앉았다. 회색의 수수한 가사에 치의라는, 흔히 볼 수 있는 승려 차림이다. 그런데도 ———.

——— 비구니인가?

아니, 아까 그 목소리는 남자의 것이다.

그러나.

비구니로 착각할 만큼 ———.

승려의 얼굴 생김새는 매우 아름다웠다.

가늘고 길쭉한 눈. 긴 속눈썹. 가냘프지만 단정한 얼굴.

행동거지도 옷차림도 흠 잡을 데가 없다.

몸집은 작지만 자세가 좋아서 훨씬 커 보인다.

아름다운 승려는 우리들을 알아보더니 몸을 전혀 흔들지 않고 조용히 다가와 아츠코 앞에서 걸음을 멈추고 말했다.

"희담사에서 오신 분입니까?"

"아, 네."

"이쿠보 님 되십니까?"

"이, 이쿠보 씨는 몸이 좋지 않아서 쉬고 있어요. 저는 ≪희담월보≫의 추젠지라고 합니다."

"말씀 들었습니다. 명혜사의 와다 지안이라고 합니다. 이런 예상치 못한 사태가 되고 말았지만——— 취재는 어떻게 하시겠습니까?"

아츠코는 보기 드물게도 대답이 막혀 당황한 빛을 띠며 나를 보았다. 그리고 야마시타 쪽을 보고 나서 이렇게 말했다.

"취, 취재를 하고 싶은 마음은 굴뚝같지만 그, 경찰에서 ——— 게다가 그쪽에서도."

"우리 절은 취재를 하셔도 아무 상관이 없습니다만."

"하지만 그, 돌아가신 분은."

"피해자——— 라고 해야 할까요. 분명히 옆방에 있는 기묘한 시체는 우리 절의 행각승 료넨 스님입니다. 하지만 유체는 사법해부인지 뭔지를 받아야 한다고 하니 장례식을 치를 수도 없지요. 듣자 하니 당신들은 우리 절의 수행을 취재하고 싶으시다면서요. 설령 어떤 예측하지 못한 사태가 발생한다 해도, 우리들의 평소 수행은 전혀 달라질 게 없습니다."

두 손을 움켜쥔 야마시타가 끼어들었다.

"그, 당신, 와다 씨. 이 아가씨도 그렇고 이 사람들은 전원 용의자입니다. 당신네 절의 스님을 살해한 혐의가 있다고요."

"그래서요?"

지안 스님은 야마시타를 돌아보았다.

"그래서라니, 당신."

"그게 어쨌다는 거냐, 고 묻고 있는 겁니다."

"그러니까 용의자───."

"용의자를 경찰이 구속하겠다, 그러니 외출은 마음대로 할 수 없다───그렇게 말씀하시는 거라면 그것은 어쩔 수 없습니다. 이 분들은 진범이 체포될 때까지 여기에 감금되시는 겁니까?"

"아, 아니, 그건."

그렇게까지 구속할 권한은 경찰에는 없을 것이다.

"게다가───혹시 이 분들 이외에 범인이 있을 가능성은 없는 겁니까? 료넨 스님은 나흘이나 전부터 행방을 알 수 없었습니다."

"그, 그야 있지만───."

"어쩌면 제가 범인일지도 모릅니다."

지안 스님은 웃은───것처럼 보였다.

"료넨 스님은 속세와 관련이 많았다고 들었습니다. 저런 전말을 맞은 것도 부덕한 탓이지요."

"그렇다고 죽여도 된다는 법은 없소!"

"물론입니다. 우리 절도 수사에 대한 협조는 조금도 아끼지 않겠습니다. 한시라도 빨리 범인을 잡아 주시기를 바라고 있습니다. 다만───."

"다만?"

"수행을 방해하지는 말아 주십시오."

"하."

"절의 정적을 흐트러뜨리는 무례한 짓은 하지 말아 주십 시 하는 말입니다. 그래 주신다면 우리 절의 행각승 서른 다섯 명은 기꺼이 경찰에 협조하겠습니다. 그리고 저는 무슨 일에나 질서를 중시합니다. 취재는 당초의 예정대로 내일 오후 두 시부터 진행해 주십시오. 추젠지 님. 그러면 되겠지요."

야마시타는 할 말을 잃었다. 아츠코가 물었다.

"저어———."

"무슨 하실 말씀이라도?"

"스님의 절은 여인의 출입을 금하지 않나요?"

"그런 오래된 인습은 먼 옛날에 버렸습니다. 걱정하지 마십시오."

지안 스님은 그렇게 말한 후 힐끗 나를 보았다.

넋을 잃고 바라보고 있던 나는 숨을 삼켰다.

"실례합니다."

지안은 우리들을 지나쳐 복도에 붙어 있는 장지 앞에서 다시 이쪽을 돌아보더니 깊이 절을 했다. 머리를 숙임과 동시에 등 뒤의 장지가 소리도 없이 좌우로 열렸다.

거기에는 젊은 승려가 두 명 서 있었다. 지안은 복도로 나가더니 그 두 사람의 한가운데에서 걸음을 멈추고, 몸을 돌려 어깨 너머로 우리에게 시선을 던졌다.

젊은 승려들은 깊이 절을 하고 장지를 닫았다.

"뭐, 뭐야, 이봐."

야마시타는 공기가 새는 것 같은 목소리를 냈다.

"야마시타 씨, 우리를 의심하는 것도 좋지만 ——— 그, 절 쪽도 꽤 수상한 것 같은데요."

도리구치가 친근한 어투로 말했다. 이어서 마스다가 말을 받았다.

"수사 범위를 넓혀야겠어요. 감식반의 견해도 있고, 관할서의 보고도 ———."

"닥쳐. 내게 지시하지 마. 잠깐 닥치고 있으란 말이다."

야마시타는 패기를 잃고 있었다.

"저어."

아츠코가 머뭇머뭇 입을 열었다.

"내일 말인데요."

"알고 있소. 그 취재 말이지요? 뭐, 당신들을 모두 체포할 수도 없으니 ——— 다만 소재지는 분명히 해 줘야 하오. 으음 ———."

야마시타는 착란을 감추듯이 얼굴에 손을 대더니, 내일 결정하겠다고 말했다.

이미 날짜는 바뀌었다. 도리구치도 일단 방면되어, 우리는 각자의 방으로 돌아갔다.

아츠코가 동료 여성에게 가 버렸기 때문에 불평을 할 상대가 없어진 탓인지, 도리구치는 나를 따라왔다.

"너무해요. 월권행위입니다. 국가권력의 폭주라고요."

도리구치는 끊임없이 투덜거리며 불평을 늘어놓았다.

듣자 하니 그가 촬영한 필름이 증거물품으로 압수된 모양이다.

"어쩔 수 없잖나. 국가경찰이 공짜로 현상해 주는 거니까 잘된 거라고 생각해야지."

"세 장 정도밖에 안 찍었단 말입니다. 그러니까 손해예요. 게다가 그건 예술작품입니다. 현상을 어떻게 하느냐가 중요한데 초보한테는 무리예요. 자신 있는 작품인데. 제목은 그렇지, 노인과 바다———."

"떡갈나무라고 자네 입으로 말하지 않았나. 자네는 참 무책임하군. 그리고 현상하는 사람은 초보가 아닐세. 아마 자네보다 잘 할 거야. 그렇지, 주먹밥이 있는데 먹겠나?"

"물론입니다. 배가 고프면 골풀도 못 엮으니까요.[†]"

이렇게 틀리는 것은 일부러 그러는 것 같다.

도리구치의 개성은 어디까지나 타고난 멍청함이므로, 일부러 그러는 게 더 안 웃긴다. 멍청함이 기교가 되고 마는 것이다.

도리구치는 계속 투덜거렸지만 내 방에 있던 주먹밥을 보자 분노보다 식욕이 앞섰는지, 먹고 있는 사이에 얌전해졌다. 그리고,

"그 경부보는 형편없더군요. 기바 씨가 훨씬 더 우수해요."

라고 말했다. 기바는 도쿄 경시청 수사1과의 친한 형사

---

† '배가 고프면 싸움도 못한다'는 것이 원래의 속담. 싸움은 일본어로 '이쿠사', 골풀은 '이구사'이므로 발음이 비슷하다.

이름이다.

도리구치는 주먹밥을 여섯 개나 먹었다.

대식가인 청년편집자는 그래도 아직 모자라는 얼굴이었지만, 이제 방 안에는 먹을 것이라곤 없었다.

"어라? 연재물인가?"

도리구치는 내 방을 물색하듯이 둘러보더니 도코노마의 족자를 바라보며 그런 말을 중얼거렸다. 무슨 뜻인지는 알 수 없었다.

그때 종업원이 이불을 깔러 왔다.

그것을 계기로 도리구치는 방으로 돌아가고, 나는 옷을 갈아입고 혼자 잠자리에 들었다.

―― 교고쿠도는, 오늘은 돌아왔을까.

적어도 내가 없는 날 정도는 여관에 돌아오면 좋을 텐데.

그런 생각을 하다가 잠이 들었다.

꿈을 꿀 사이도 없었다.

"선생님, 선생니임."

도리구치가 소란을 피우며 찾아와 내 잠을 방해했다. 잠들었다기보다 의식이 끊어졌다는 느낌으로, 어제의 피로감이 그대로 남아 있다. 아무래도 아침이 되기는 한 모양이었지만 강행군을 한 데다 잠든 것이 한 시 넘어서였기 때문에 아직 졸렸다.

"뭐야, 어째서 자네는 늘 내 숙면을 방해하나?"

"그야 선생님이 늘 주무시고 계시니까 그렇지요. 저는

배에 탈이 나서 한숨도 못 잤습니다."

"그건 자네가 걸신이 들렸기 때문일세. 대체 무슨 일인가?"

아직 여섯 시였다.

"일단 이리 좀 와 보십시오."

내가 일어나자 도리구치는 내 욕의 입는 법이 이상하다며 크게 웃었다.

"띠의 위치가 너무 높아요. 마치 몽골 민족의상 같군요, 앗핫하."

"무례하군. 뭐 어떤가. 그런데 대체 무슨 일인가?"

"지금 유체를 반출하고 있습니다. 좀처럼 잘 되지 않는 모양이에요. 한 번 볼 가치는 있습니다."

"잘 되지 않는다니 무엇이?"

"자, 솜옷이라도 입으세요. 옷을 갈아입으실 거면 빨리 하시고요."

도리구치가 손을 잡아당기는 바람에 방을 나서자 이마가와도 똑같이 방에서 나오는 참이었다. 이마가와는 제일 오른쪽 끝 방에 묵고 있는 모양이었다.

아래층에는 어제보다 많은 수사원들이 있었고 이미 수사를 시작한 상태였다. 아침 일찍 지원이 도착했나 보다. 복도를 조금 걸어가자 구온지 노인이 있었다.

"오오, 일찍 일어났구려. 보시오. 저런 걸 가져오다니, 마치 축제 같지 않소?"

몇 명의 남자들이 뭔가 묘한 것을 운반해 왔다.

네모난 틀 같은―――아니, 들것에 가까울까. 두 개의
긴 막대 사이에 광주리가 매달려 있고 광주리에는 의자
같은 등받이가 붙어 있다. 어쨌거나 신기한 물건이었다.

　"저게 뭡니까?"

　"체어라오. 메이지 시대의 탈것이지. 저 가마에 손님이
타고, 막대를 네 명의 남자가 짊어진다오. 원시적이지요.
이 하코네는 길이 나빴기 때문에 인력거는 잘 오를 수 없었
소. 그래서 에도 시대처럼 가마꾼도 없소. 그래서 저게 유
행한 모양이오. 외국인은 특히 좋아했다더군. 인도니 아프
리카니 하는 곳에 가면 사람이 코끼리를 타고 다니지 않
소? 그런 느낌이라 좋아했겠지. 일본인을 미개인으로 경
멸하며 코끼리 취급했던 거요."

　"예에."

　그저께 교고쿠도는 일본문화를 박물학적으로 파악하지
말라며 화를 냈지만, 당시의 외국인 관광객에게는 일본인
이란 박물학의 대상일 뿐이었을 것이다.

　체어는 방으로 실려 들어갔다.

　"이 센고쿠로는 먼 옛날, 손님의 오 할은 외국인이었던
모양이니 이곳에서 쓰던 체어가 남아 있었나 보오."

　"그렇게 외국인이 많았습니까?"

　"많았소. 외국인은 옛날에는 자유롭게 국내를 이동할
수 없었지만 이 하코네만은 특별히 휴양지로 체재가 허락
되었거든. 신분이 확실한 외국인들이 오는 휴양지였다오.
아아, 싫었군. 이거 묘한걸."

구온지 노인이 턱짓을 했다.

나와 도리구치, 그리고 이마가와는 복도 끝에 서서 그 모습을 훔쳐보았다.

방에서는 몇 명의 경관인지 감식원인지가 그 체어 위에 어제 그 넝마조각을 싣고 있었다. 아침 햇빛 속에서 보니 그것은 그저 앉아 있는 스님일 뿐이었다. 즉신불(即身佛)[†] 이나 밀랍인형 같다. 도저히 시체로는 보이지 않는다.

야마시타 경부보가 졸린 듯이 빨간 눈을 비비면서 뭔가 꽥꽥 고함을 지르고 있었다.

"산자락에 자동차를 대기시켜 두었겠지? 부탁이니 제발 그런 걸 들고 마을을 돌아다니지 말게. 사진이라도 찍혀 신문에라도 실리면 큰일이니까."

좋아서 이러고 있는 게 아니라는 듯이 수사원들이 야마시타를 노려보았다. 당연히 대답을 하는 사람은 한 명도 없었다. 야마시타는 누구에게나 반감을 사는 남자다.

유체에는 천이 덮였다.

그래도 어깨에 짊어지지는 않고 관이라도 나르듯이 축 늘어뜨린 채, 음침한 얼굴을 한 남자들은 출발했다.

시체와 교대하듯이 아츠코와, 어느 모로 보나 얼굴이 병석에서 막 일어난 사람 같은 여자가 나타났다.

그렇게 보이는 주된 이유는 색깔이 완전히 빠진 입술 때문일 것이다. 이쿠보 여사였다.

[†] 사람들을 구제하기 위해 땅속에 묻히거나 해서 명상 상태로 목숨이 끊어 진 승려. 또는 그렇게 죽은 후 미라처럼 된 몸.

아츠코는 이쿠보를 소개한 후, 나에게 다가와 작은 목소리로 이렇게 말했다.

"선생님, 공중부유하는 승려 ——— 라는 것은 요괴나 도깨비 종류일까요?"

"글쎄, 교고쿠도가 아니라서 모르겠지만 그런 요괴도 있지 않을까? 뭐, 덴구도 본래는 승려라고 하니까. 오만을 부리던 끝에 마도(魔道)에 떨어진 불법자(佛法者)가 덴구가 되는 거라고 네 오빠에게 들었다. 콧대가 높아 덴구가 된 스님이라면 하늘 정도는 날지 않을까?"

어쨌거나 쥐로 둔갑하는 스님도 있을 정도다.

그러나 아츠코는 "농담이 아니에요"라고 말하며 이쿠보 여사의 체험담을 대신 이야기했다.

나는 하코네에 온 후로 괴담만 듣고 있다.

이마가와도 구온지 노인도 고개를 갸웃거렸다.

그 순간 소란스러워졌다. 지배인과 종업원 세 명이 떫은 얼굴로 계산대 쪽에서 달려왔다.

그 뒤로는 요리사 같은 남자가 얼굴을 내밀고 있었다. 출퇴근하는 요리사일 것이다.

방에서 말다툼을 하는 듯한 목소리가 들려왔다.

"선생님. 아무래도 경찰들 사이가 깨진 모양입니다."

도리구치가 씁쓸하게 말했다. 관할서 측과 본부 측의 의견이 어긋나고 있는 것일까.

나는 귀를 기울였다.

"아아, 그 애송이가 뭇매를 맞고 있다오. 저렇게 뾰족한 사람은 미움을 받게 되지. 출세하지 못할 거요."

구온지 노인의 말대로 야마시타의 수사방침이 ———
라기보다 야마시타 자신일 것이다 ——— 마음에 들지 않
는다며 관할서 사람들이 일제히 반기를 든 모양이다.

정신을 차려보니 등 뒤에 마스다 형사가 서 있었다.

"아아, 드디어 터졌군."

젊은 형사는 쓴웃음을 짓고 있었다.

"야마시타 씨도 나쁜 사람은 아닌데. 곤란하게 됐군요."

도리구치가 눈을 동그랗게 뜨고 물었다.

"괜찮은 겁니까? 형사님이 용의자인 우리들과 허물없
이 말을 나눠도?"

"괜찮겠지요. 당신들은 범인이 아닐 테니까요. 그렇다
면 일반 민간인 아닙니까? 저는 민간인에게 사랑받는 경
찰관을 목표로 하고 있습니다."

"하지만, 있잖아요. 당신의 상사. 혼자서 많은 사람을
상대하려면 불리할 텐데요. 도와주셔야 합니다, 형사님."

"하하하, 저는 그런 일에는 맞지 않습니다."

마스다는 그렇게 말하며 웃었지만 곧 야마시타가 그를
큰 소리로 불렀다.

이어서 왜인지는 알 수 없지만 우리도 불려갔다. 어쨌거
나 모두 이쪽으로 오라고, 신경질적인 경부보는 흥분한
듯이 말하며 몇 번이나 격렬하게 손짓을 했다. 그러나 그
야단스러운 손짓에 반비례하듯이 관할서 형사들은 묘하
게 냉정하다.

야마시타는 이마와 목에 파란 힘줄을 세우며 한껏 허세를 부리고 있었다.

"알겠나! 내가 지금 여기서 자백하게 해 주지. 이 녀석들 중에 범인이 있다. 아니, 이 녀석들 전원이 범인이야. 이건 여관과 손님들이 한통속이 되어 저지른 범죄야!"

"경부보님. 그건 아무리 뭐라 해도 말이 안 돼요. 당신이 높은 사람인지는 모르겠지만 뭐든지 다 통할 거라고 생각한다면 착각입니다. 현장 사람들을 만만하게 보면 안 된다고요. 적당히 하지 않으면 관할서에서 본부에 연락을 넣어서 당신을 담당에서 빼 달라고 하겠어요!"

"바보 같은 놈! 그런 짓을 했다간 봐라. 너 정도는 간단히 잘리게 할 수 있어. 알겠나, 이미 옛날에 죽은 얼어붙은 시체가 발자국도 남기지 않고 아무에게도 목격되지 않은 채 정원에 나타났다니 이게 어떤 세상에서 통하겠나! 게다가 그 스님은 어젯밤부터 하늘을 날고 있었다고, 이놈들의 증언을 전부 믿자면 그렇게 된단 말이다! 그건 미친 거야! 그런 걸 어떻게 믿나, 바보 같으니."

사람들에게 고립된 엘리트 경부보의 흥분이 최고에 달했을 때 ──── 현관에서 기이한 목소리가 났다.

야마시타는 정말로 극에 달했는지 히익 하고 크게 숨을 내쉬고 나서 천식환자처럼 숨을 들이쉬며 약간 떨리는 목소리로,

"뭐, 뭔가."

하고 말했다.

현관 쪽에서 몹시도 명랑하고 소리 높은 웃음소리가 점점 다가오더니 우리가 있는 방 입구에서 멈추었다.

"나다!"

"누, 누구냐, 네놈은."

"탐정이다!"

명랑하고 쾌활한 목소리였다.

복도에는 203고지를 공략하러 가는 부대의 대원과도 같은 구식 방한복을 몸에 걸친, 그 탐정 에노키즈 레이지로가―――만면에 웃음을 띠고 서 있었다.

비스크 인형처럼 단정한 얼굴과 색소가 옅은 피부와 머리카락. 커다란 눈. 황갈색 눈동자.

이대로 잠자코 있으면 아마 모두들 넋을 잃고 말 정도의, 소위 말하는 미남이다. 하지만 이 남자는 잠자코 있지 않는다. 그뿐 아니라 괴상함의 극치를 달리며 대부분의 상식을 완벽할 정도로 파괴한다.

"뭐 이런 오지가 다 있단 말인가. 멀군. 너무 멀어, 여기는. 나는 조난을 당할 뻔했단 말이다. 도중에 이상한 신여(神輿)를 만나지 못했다면 오는 것을 포기하고 돌아갈 참이었어! 오오, 이런 곳에 원숭이가 있군!"

에노키즈는 위세 좋게 나를 가리키며 성큼성큼 방으로 들어와 내 어깨를 탁탁 쳤다.

"주인보다 먼저 도착해 있다니 똑똑하군. 충성스런 원숭이야. 신발이라도 데우고 있었나! 어라? 아츠코잖아. 여전히 귀엽구나. 그쪽 여성은 친구니? 홍, 뭐야, 그건. 뭐,

좋아."

에노키즈는 이쿠보 여사를 바라보며 약간 얼굴을 찌푸렸다.

"어라?"

이어서 에노키즈는 이마가와에게 시선을 멈추었다.

"자네는 아마, 으음, 마치코 아닌가! 이런 곳에서 뭘 하고 있는 건가! 여전히 기분 나쁜 얼굴이로군. 이야아, 살아 있었나? 이봐, 모두들. 이 녀석은 옛날에 드럼통에 목욕을 하러 들어갔다가 그대로 잠든 적이 있다네. 기분 나쁜 일이지. 그보다 자네, 나와의 약속은 지키고 있나?"

"약속?"

갑자기 화살이 자신에게 돌아오자 이마가와는 입을 반쯤 벌리고 할 말을 잃었다. 이렇게 되면 인사도 할 수 없다.

"잊은 건가, 이 어리석은 친구! 자네는 입매가 느슨하니 평생 남들 앞에서 유제품을 먹지 말라고, 남방에서 단단히 명령해 두었을 텐데. 잊었나?"

"유제품?"

"군대 시절의 명령이 아직 유효한 겁니까?"

이마가와가 혼란스러운 나머지 망연자실 상태에 빠졌기 때문에 도리구치가 어떻게든 말을 받았다.

"오옷! 도리 자넨가? 자네도 살아 있었군. 그걸 봐서 질문에 대답해 주지. 내 명령은 무기한으로 유효하네. 나는 상관으로서 부하에게 명령한 것이 아니라 신으로서 아랫것에게 명령한 거니까. 어쨌거나 이 녀석이 우유 같은 걸 마시면 입가에 하얀 거품이 남아서 기분 나쁘고 기괴하거든. 그러니 내 명령은 모든 인류를 위한 명령이기도 한 걸세. 아니?"

거기에서 에노키즈는 겨우 구온지 노인을 알아보았다.

"잘 와 주었소. 에노키즈 군. 하마터면 우리는 지금 범인으로 몰릴 뻔했다오."

"당신은! 그렇군, 기억납니다. 으음, 뭐, 괜찮겠지요. 제가 왔으니 안심하십시오. 그런데 이 인상 나쁜 사람들은 누군가, 세키 군."

에노키즈는 나를 세키 군이라고 부른다.

방 안에 있는 경찰 관계자들은 경관을 포함하면 전부해서 열 명도 넘었지만, 그 전원이 그저 입을 벌리고 우두커니 서서 비상식적인 침입자를 주시하고 있었다. 자신들의 신상에 무슨 일이 닥치려 하는지 전혀 이해하지 못한 모양이다. 아연하다는 말은 그들을 위해서 있는 말인 것 같았다.

"에노 씨. 이쪽은 경찰인 ———."

"경찰? 기바 멍텅구리의 동료들인가? 흐음. 여어, 제가 장미십자탐정사무소의 에노키즈 레이지로입니다."

경찰 측의 반응은 없었다.

아니, 반응할 수가 없었을 것이다.

야마시타는 어딘가 망가져 버린 듯, 얼굴 오른쪽 절반을 경련하며 어색하게 주위를 둘러보며 상당히 망설인 끝에 아츠코를 선택해서 물었다.

"이, 이, 이건 뭐요? 누구요?"

"설명하기는 어려워요, 형사님. 보시다시피 탐정이라고 밖에———말할 수가 없답니다."

"돌아가라고 하게. 돌아가라고 해."

야마시타는 관할서 형사들과 경관들에게 울 것 같은 목소리로 그렇게 지시했지만 그 말을 듣는 사람은 한 명도 없었다. 현장과 본부 사이에 골이 생긴 것은 에노키즈에게 다행스러운 일이었던 것 같다.

"그런데 구마모토 씨."

"구마모토? 아아, 나를 말하는 거요?"

에노키즈는 구온지 노인을 일단 기억은 하고 있었던 모양이었지만 이름은 완전히 잊었나 보다.

"틀렸습니까? 하지만 이름 따윈 아무래도 좋습니다. 자, 의뢰를 해 주십시오. 제가 일부러 왔으니 무엇을 해결하면 될까요?"

수사를 하는 것도 추리를 하는 것도 아니다. 해결을 하는 것이라 하니 기가 막힐 따름이다. 야마시타는 아직도 끌어내라고 고함치고 있었지만 아무도 듣지 않았다.

"실은 말이오, 에노키즈 군. 어제 오후에 저 정원에, 갑자기 죽은 스님이 나타났소. 발자국도, 기척도 없이 정말 갑작스럽게 말이오. 덕분에 우리는 범인 취급을 받고 있소."

구온지 노인은 극히 간략하게 경위를 이야기했다.

그러나 생각해 보면 일어난 일이라고는 그것뿐이다.

"그리고 저기 있는 이쿠보 씨가 전날 밤에 이층 창에 달라붙어 있는 스님을 보았다오. 그리고 다음날 아침에 하늘을 나는 스님을———."

"아아, 이제 됐어요. 설명이 짧아서 아주 좋습니다. 으음, 구노 씨."

"에노 씨, 이 분은 구온지 씨예요."

"비슷하잖나."

에노키즈는 그렇게 말하면서 성큼성큼 방을 가로질러 장지를 열고 유리문도 열더니 정원을 올려다보았다.

도리구치가 그 뒷모습을 눈으로 쫓으며 말했다.

"안 비슷해요. '구'밖에 안 똑같잖아요."

에노키즈는 그것을 완전히 무시하고 큰 소리로 말했다.

"자네들은 하나같이 뭘 고민하는 겐가? 오오, 정말 바보로군. 이건 원숭이라도 알겠네."

그리고 민첩하게 몸을 돌려 전원을 둘러보았다.

"세키 군. 우둔한 자네 하나라면 모르는 것도 이해가 가지만, 이렇게 많은 사람들이 있는데 어쩌면 이렇게도 바보들만 모여 있는 겐가."

거기에서 나는 내가 이 자리에 불려 온 이유를 떠올렸다. 결국 에노키즈가 폭주하는 것을 막는 것이 바로 도리구치를 포함해 에노키즈의 등장에 근심을 품고 있는 선량한 사람들이 내게 기대한 것——— 다시 말해 내 사명이다.

"그만 좀 하세요, 에노 씨. 바보 바보 하지 마십시오. 저야 익숙하지만, 그."

"하지만 바보는 바보일세. 교고쿠 흉내를 내는 것 같아서 정말 싫지만, 이렇게 바보가 많으니 어쩔 수 없지. 아아, 귀찮아. 얼른 오게. 무조건 이리 와."

에노키즈는 큰 걸음으로 형사들 사이를 빠져나가 일직선으로 이쿠보 여사 앞으로 가더니 그 손을 잡았다.

"이리 오십시오."

"예?"

"오라고요. 세키 군, 도리, 그 이하 모두들, 따라오게."

"에노 씨! 설마 이쿠보 씨가 범인이라도 된다는 건 아니겠지요."

에노키즈는 대답하지 않고 이쿠보의 손을 잡은 채 복도로 나갔다. 도리구치가 뒤따랐다. 나는 아츠코와 구온지 노인의 안색을 살피다가 곧 정신을 차리고 뒤를 쫓았다. 두 사람은 곧장 내 뒤를 따라왔다. 등 뒤에서 마스다의 목소리가 들렸다.

"해결하겠다고 하니 들어 보지 않을 수는 없지 않습니까. 야마시타 씨———."

에노키즈는 누구의 안내도 없이 우리들이 묵고 있는 이층집——— 신관 쪽으로 가고 있는 모양이었다. 계단 부근에서 돌아보니 망설이고 있던 이마가와나 지배인, 종업원들, 형사들까지 따라오고 있었다. 마지막에 울상을 한 야마시타의 얼굴도 보였다.

경사가 어중간한 계단을 올라가자, 계단 맨 위에 에노키즈가 있었다. 에노키즈는 복도 창을 열어젖히고 아래를 보는 것 같았다. 이쿠보 여사가 불안한 듯이 지켜보고 있다. 도리구치가 옆에서 부축하고 있지 않으면 쓰러질 것 같은 상태다. 그녀는 에노키즈 초심자이니 이것은 어쩔 수 없는 일일 것이다.

"에노 씨, 비키세요. 길이 막힌다고요. 그런 곳에 서 있으면 뒷사람들이 올라갈 수가 없어요."

"여기로군. 여기가 그 창일세! 도리, 자네 빨리 이쪽으로 오게."

에노키즈는 도리구치에게 뭔가 신호를 했다.

도리구치는 우헤에 하고 비명을 지르더니 내 쪽을 힐끔힐끔 보면서,

"제가요오?"

하고 말했다.

"원숭이가 아니면 새지. 자."

에노키즈는 그렇게 말하며 도리구치의 어깨를 툭 밀었다. 도리구치는 한심한 얼굴을 하며 뒤따르는 많은 사람들 사이를 지나 마지못해 아래층으로 내려갔다.

"그 창──에 스님이 달라붙어 있었다는 거요, 에노키즈 군? 하지만 창문은 많이 있잖소. 어떻게 그 창문인 줄 안단 말이오? 이게 전부 창문인데. 어때요, 이쿠보 군, 정말 여기가 맞소?"

구온지 노인이 물어도 딱딱한 표정의 이쿠보는 대답을 하지 않았다.

---

† '도리'는 일본어로 '새'라는 뜻.

에노키즈는 의기양양하게 말했다.

"여기밖에 없습니다. 구몬지 씨. 물어볼 것까지도 없어요."

"이름은 많이 비슷해진 것 같소만, 에노키즈 군. 역시 그, 당신에게는 무언가가 ——— 보였소?"

에노키즈는 여느 사람들에게는 보이지 않는 것이 보이는 ——— 모양이다.

물론 본인 외에는 진위 여부를 알 수 없다.

"보였다고요? 물론 여기에서는 잘 보입니다, 누구에게나."

에노키즈는 그렇게 말하면서 창을 닫고 옆으로 비켰다. 장해물이 없어졌기 때문에 우리들 중 절반은 이층 복도로 올라갈 수 있었다. 나머지는 계단 여기저기에 서 있었다.

잠시 지나자 이상한 소리가 났다.

반쯤 멍하니 있던 전원이 귀를 쫑긋 세웠다. 이쿠보 여사가 눈을 크게 뜬다.

그 시선이 향한 곳을 따라가 보니 ———.

창에 도리구치가 달라붙어 있었다.

왠지 울 것 같은 얼굴이다.

"보십시오. 지금은 두 눈 사이가 좀 좁은 경박한 청년이 달라붙어 있지만 그때는 스님이었던 겁니다. 그리고 이렇게 되면 곧장 위로 올라가지 않을 수 없습니다."

도리구치는 한심한 표정을 한 채 턱걸이라도 하듯이 위쪽으로 이동했고, 마지막으로 버둥거리는 다리가 남았다가 곧 사라졌다.

"이 자세로 달라붙어 있는 상태를 유지하는 건 아주 어렵거든요. 도마뱀붙이도 아니고. 다시 말해서 이 여자가 보든 보지 않든, 스님은 위로 갈 수밖에 없었지요. 그러지 않으면 떨어질 뿐이니까요."

"떨어진다?"

"사람이 하늘을 날 수 있을 리 없지 않습니까. 뭐, 정말 날 수 있는 사람이 있다면 저는 거금을 주고라도 친구가 되고 싶지만. 날지 못하면 떨어질 수밖에 없단 말입니다."

비교적 계단 위쪽에 있던 마스다가 말했다.

"그러니까 그 승려는 이쿠보 씨가 발견했기 때문에 당황해서 위로 도망친 게 아니라는 거군요."

"맞아, 맞아. 자네는 대단하군. 스님은 아마 ──── 아아, 그건 직접 물어보지."

에노키즈는 그렇게 말하고 형사들을 헤치며 아래로 내려갔다. 우리는 아직 뭔가 석연치 않았지만, 그래도 기운 넘치는 탐정의 뒤를 따르는 것 말고는 선택할 수 있는 게 없었다. 마치 임팩트 강한 선제공격을 받고 전원이 뇌진탕을 일으킨 것과 비슷했다.

다음 무대는 앞뜰이었다.

오랜만에 달린 탓인지도 모르지만 바깥은 그리 춥지 않았고 날씨도 좋았다.

그리고 나는 처음으로 센고쿠로의 모습을 확인했다. 꿈

틀거리던 밤 덩어리는 아침이 되고 보니 역시 평범한 여관이었다.

시선을 들어 보니 이층집의 지붕 위에 엉거주춤한 자세의 도리구치가 있었다.

도리구치는 우리가 나오는 것을 보자,

"무섭습니다아. 미끄러지겠어요."

하고 어리광 부리는 것 같은 목소리로 말했다. 에노키즈가 외쳤다.

"오오! 도리. 묻고 싶은 게 있네. 자네는 아까 창에서 우리 모습이 보였나?"

"예?"

"내가 보였느냔 말일세."

"그럴 여유는 없었습니다. 위만 보고 있었거든요."

"그것 봐요. 그러니까 아가씨. 그 스님도 아마 당신을 보지 못했을 거요. 달라붙어 있는 것처럼 보인 것은 몸을 뻗어 빗물 홈통에 매달려서 지붕에 올라가려고 버티고 있었기 때문이지요. 원숭이처럼 술술 올라갈 수는 없어요. 인간이니까."

"그, 그게 어쨌다는 거요! 그야 그럴지도 모르지만 그렇다고 그게 어쨌다고! 어이, 이봐!"

가장 충격을 받았을 야마시타가 부활했다.

"당신 높은 사람인가 보군. 형사라기보다 사장 같소. 어어이, 도리. 그 이상한 접합부분을 건너서 그쪽 큰 지붕으로 갈 수 있나?"

"가, 갈 수는 있지만 떨어질지도 모릅니다. 하지만 한 군데 가만히 있는 것보다는 나아요."

도리구치는 줄타기를 하는 곡예사처럼 지붕을 타고, 신관과 본관을 잇는 그 묘한 경사의 계단 지붕으로 내려가 본관 지붕으로 옮겨갔다.

"보세요. 이런 겁니다."

"그러니까 무슨 소리냐고!"

"그러니까 스님은 저리로 가고 싶었던 겁니다."

"뭐?"

"이 단층건물 쪽의 지붕으로 올라가려면, 보세요, 잡을 곳도 발을 디딜 곳도 없어요. 펄쩍 뛰어서 기와라도 붙잡자니 소리가 시끄러울 테고, 무엇보다 올라가기 어렵겠지요. 하지만 이쪽으로 눈을 돌려보면 보시다시피. 마치 올라가 달라는 듯이 크고 튼튼해 보이는 쓰레기통이 있고, 그 다음에는 훌륭한 담장이 있어요."

이층건물의 일층 부분은 목욕탕인 듯, 주위를 둘러싸듯이 담장이 있었다.

튼튼해 보이는 쓰레기통도 분명히 있다.

"담장 위로는 차양이 쳐져 있어요. 차양 위로 튀어나온 일층 부분의 지붕까지 있고, 그리로 올라가서 몸을 뻗으며 아까 도리가 했던 것처럼 지붕에 올라갈 수 있는 거지요. 계단 모양인 게 꼭 올라가 달라는 것 같지 않습니까? 왜 거기를 올라가느냐——거기에 쓰레기통이 있었기 때문입니다!"

"그러니까 당신이 아까 보였다고 한 것은 ——— 쓰레기통이었소?"

"물론입니다! 음, 그러니까."

"구온지요. 다시 말해 여기로 올라가는 것이 저 본관 지붕에 이르는 가장 간단하고 짧은 길이었다는 거요? 하기야 나라도 ——— 그렇게 했으려나."

선입관이 있는 탓인지도 모르지만 내 눈에도 그렇게 올라가는 게 가장 확실해 보였고, 아마 거기에 대해서는 모두 납득한 것 같았다. 다만 야마시타만은 마치 보물을 빼앗긴 어린아이처럼 분한 얼굴을 하고 있었다. 경부보는 특유의 히스테릭한 어투로 말했다.

"네놈, 그런 시시한 소리를 잘난 척 늘어놓는데, 내버려 두었어도 그 정도는 경찰이 조사하면 ———."

"조사하지 않으면 그 정도도 모르는 사람을 얼간이라고 하는 게 아닌가? 게다가 무엇보다 잘난 척하는 건 당신 쪽이지. 사장님."

"사장?"

야마시타가 왜 사장이라고 불렸는지를 생각하는 사이에 마스다가 앞으로 나서며 물었다.

"그러면 거기 계시는 이쿠보 씨가 밤새도록 고민하셨던 천장에서 난 소리라는 것은 ——— 그 스님이 지붕 위를 걸어 다니던 소리인가요?"

"그건 쥐겠지. 보게, 지붕 위에서 오래 머물기는 힘들 것 같은데."

에노키즈는 반쯤 뜬 눈으로 지붕 위를 곁눈질했다.

도리구치가 필사적인 모습으로 버티고 있었다.

"아마 스님은 금방 단층건물 쪽으로 옮겼을 테고, 이 사람이 있던 방은 이동하는 경로에는 없었을 거야. 그러니까 그건 쥐지."

"예에."

에노키즈의 말대로 이쿠보가 있었다는 방은 가장 왼쪽 끝이니 계단의 접합부 건너편에 있다. 본관으로 건너가는 것이 목적이라면 일부러 그 위를 지나갈 필요는 없다.

도리구치가 우는 소리를 했다.

"에노키즈 씨이. 춥습니다아."

"힘내게, 도리. 지상은 가까워. 자, 그 이상한 나무의 굵은 가지를 붙잡게!"

"아———."

나는 그때 모든 것을 이해했다. 그러나 모든 것을 이해하고도 여전히 무언가가———.

"이렇게요?"

도리구치는 지붕 위로 튀어나온 떡갈나무 거목에 껴안듯이 매달렸다.

"그대로 나무 본체 쪽으로 가게! 앉기 편한 데가 있지? 자, 다음은 이쪽일세!"

도리구치의 모습이 우리들의 시야에서 사라지는 것을 확인하고 나서, 에노키즈는 현관으로 향했다.

다음 무대는 이쿠보가 처음에 묵었던 방이었다.

에노키즈는 창을 활짝 열고 층계참으로 나가 손가락질을 했다.

"봐요, 도리가 떠 있지요."

"아아, 알고 있소. 에노키즈 군. 나도 알겠소. 어차피 이런 걸 거라고——오오, 이건 확실히 떠 있는 것으로밖에 보이지 않는군."

야마시타와 형사 네 명이 구온지를 밀쳐 내고 층계참 가장자리에 섰다. 나와 이마가와는 나란히 서서 형사들의 어깨 너머로 도리구치를 보았다.

얼굴이 창백해진 도리구치의 상반신만이 아주 조금 위아래로 흔들리고 있었다.

"어떤가? 도리, 앉아 있을 만한가?"

"무, 무섭습니다아. 가지가 부러질 것 같아요."

바람 소리에 묻혀서, 우리에게 들려오는 목소리는 희미하다.

"저 바보 같은 모습은 이곳에서가 아니면 보이지 않습니다. 게다가 저 나무는 이런 겨울에도 잎이 가득 나 있어요. 또 눈도 쌓여 있어서 보시다시피 하반신은 보이지 않지요."

"떡갈나무는 상록수는 아니지만 낙엽수이면서도 잎을 단 채 겨울을 나는 경우가 많지. 그 잎은 봄이 되면 새잎에 밀려 떨어진다오. 이것은 봄낙엽이라고 해서 길조로 여겨지기 때문에 정원에 심는 거요. 분명히 다른 종류의 나무였다면 이 시기에는 알몸이 되니, 가지에 매달려 있는 게 훤히 보여서 떠 있는 것처럼 보이지는 않았겠지."

구온지 노인이 알겠다는 얼굴로 늘어놓는 해설인지 지식인지를 듣고, 마스다 형사가 반쯤 감탄한 듯이 말했다.

"음. 저런 곳에 인간의 상반신이 보인다면 누구나 깜짝 놀랄 겁니다. 특히 전날부터 무섭다, 무섭다고 생각하고 있었다면―――."

"너구리 같은 거로군."

야마시타가 그렇게 말했다. 아마 라프카디오 헌(Lafcadio Hearn)[†]이 쓴 괴담 〈너구리〉를 말하는 것이리라. 한 번 놀랐다가 겨우 진정되고 나서 두 번 놀라고―――확실히 그때의 이쿠보 여사는 그랬을 것이다.

"자, 멍청하게 있다간 도리가 죽고 말 테니 서두릅시다."

에노키즈는 그렇게 말하고 층계참에서 나오더니 방을 나설 때 이쿠보 여사를 보고,

"당신, 다 알고 있었으니까 빨리 말해요."

하고 말했다.

우리는 겨우 원래의 방으로 돌아왔다.

에노키즈는 모처럼 종업원인지 누군지가 닫은 창을 다시 열고 툇마루로 나가더니 위를 향해 큰 소리로 외쳤다.

[†] 일본에 귀화한 영국인 작가(1850~1904). 귀화 후 이름은 고이즈미 야쿠모[小泉八雲].

"내려오게!"

너무한다. 나는 나도 모르게 에노키즈 옆으로 다가가 위를 올려다보았다. 우거진 가지와 마른 잎 너머로 도리구치인 듯한 모습이 보였다.

"내려와!"

에노키즈는 려 부분에서 혀를 말며 다시 말했다.

인정사정없이 재촉한다.

"아니, 에노 씨. 사다리 정도는 준비해서———."

도리구치가 털썩 떨어졌다.

"도, 도리구치 군! 자네———."

아츠코가 곧장 뛰어 내려갔다.

"도리구치 씨! 괜찮으세요?"

"우, 우헤에에. 이, 이걸 괜찮다고 한다면, 세, 세상은 대부분 괜찮을 거예요."

아무래도 엉덩이부터 떨어진 모양이다. 다행히 아래에는 눈이 쌓여 있었는지, 불행한 청년은 어찌 살아 있기는 한 모양이었다.

"자. 어떤가. 이걸로 끝."

에노키즈는 유쾌하게 그렇게 말하고는 도리구치에게 등을 돌리고, 방 안에 있는 사람들을 응시했다.

"———아니, 아마 이런 걸 거라고 생각했소만."

구온지 노인이 입을 한일자로 다물었다. 다른 사람들은 각자 생각에 잠겼다가 차례차례 낙담한 것 같은 목소리를 냈다.

야마시타는 납득하지 않았다.

"뭐요? 뭐가 이걸로 끝이란 말이오?"

"야마시타 씨. 이해하지 못하는 사람은 야마시타 씨뿐입니다."

마스다 형사는 다른 관할서 경관들과 얼굴을 마주보았다. 아무래도 마스다는 관할서 측에 붙은 모양이다.

"그러니까 야마시타 씨. 보세요, 이거라면 발자국도 남지 않잖아요. 위에서 떨어진 거니까요."

"하아, 그렇군, 그래, 위에서."

큰 소리로 감탄한 것은 둥근 안경을 쓴 노순사였다.

"다시 말해 그 시체는 나무 위에서 떨어졌다, 이렇게 된 거였습니까. 하아, 그렇군요, 이거 기절초풍할 일인데요."

"아베 순사, 당신도 몰랐소?"

마스다는 곤혹을 감추지 못하겠다는 표정으로 다시 형사들과 얼굴을 마주보았다. 가장 윗사람인 수사주임과 말단인 평순사의 수준이 같았다는 뜻이 되기 때문일 것이다. 구온지 노인은 눈썹을 높이 추켜올리고 눈을 가늘게 뜬 채 그런 경관들의 모습을 곁눈질로 보면서,

"분명히 그때는 몇 번이나 눈이 투둑투둑 떨어졌으니까. 완전히 익숙해졌었지. 그렇지요, 이마가와 군?"

하고 조용히 말했다.

"네. 설마 시체가 떨어질 거라고는 생각하지 않았습니다. 하지만 가만히 생각해 보면———."

이마가와는 팔짱을 끼고 이상한 얼굴을 하며 잠시 생각하더니,

"――― 분명히 그 직전에 한층 큰 소리가 났던 것 같은 기분도 드는군요."

라고 말했다.

야마시타는 아직도 고개를 갸웃거리고 있다. 그리고 그대로 에노키즈에게 가더니,   .

"그래서요?"

하고 물었다.

"그러니까 끝일세."

"그럼 범인은 누구요?"

"그런 건 모르지. 내가 저 사람에게 부탁받은 것은 갑자기 시체가 나타난 수수께끼를 푸는 것이고, 거기에 관해서는 이미 해결했으니까. 끝."

"그건 해결이라고 하지 않소."

"어째서? 범인이 누구냐 하는 것은 또 다른 수수께끼일 텐데. 혼동하지 말게. 그런 것도 모르나? 당신, 그러고도 사장인가?"

"나는 사장이 아니라 경부보요! 알겠소? 분명히 당신이 한 짓은 그럴 듯하고 옳은 것처럼 보여. 하지만 탐정, 잘 들으시오. 지금은 맑은 날씨에 오전 시간이오. 그 여성이 목격한 것은 심야, 그것도 큰 눈이 내리고 있었다고. 조건이 너무 달라. 지금 같은 대모험을 하기에는 최악의 조건이오. 너무 위험하잖소."

"밤이 아니면 누군가에게 들킬 것 아닌가. 그 편이 더 위험하지. 남이 보고 있으면 올라갈 수 없어."

"그러니까. 당신도 알 수 없는 사람이군. 일부러 남의 눈을 피해 그런 위험을 무릅쓰면서까지, 어째서 그런 짓을 해야 했던 거요? 그런 고생을 해 가며 여관 정원의 나무 꼭대기에서 좌선을 해야 할 이유가 어디에 있소? 당신처럼 멍청하기 짝이 없는 광대라면 기꺼이 할지도 모르지만 고사카 료넨은 스님이란 말이오. 중. 승려. 화상. 솔개가 아니라고. 지붕이나 나무에 올라가는 직업도 아니고. 중은 장례식 때 경을 읽는 게 직업 아니오? 어째서 그런 짓을 하겠소!"

과연 본부의 경부보는 시골 주재 순사보다 상대하기 버거웠다.

야마시타의 말이 옳다. 비교적 이른 단계에서 결론에 이르렀던 나도 그 부분만은 아무래도 납득이 가지 않았다. 마스다가 말했다.

"수행 같은 게 아닐까요? 야마시타 씨."

"그런 수행은 없네! 있을 리가 없어. 있어선 안 돼! 내가 허락하지 않겠네. 그러니 이 바보 탐정이 하는 말도 가짜야. 알겠나? 그러니 지금 한 실험도 무의미하네. 다시 말해 이 녀석도 한패다!"

야마시타는 또 짖어 댔다. 상대하기 버거운가 하면, 걸 핏하면 그런 결론을 이끌어 내는 점이 이 경부보의 한계인 것 같다.

구온지 노인은 한숨을 쉬며 그런 야마시타를 보고 나서 유유히 정원으로 내려섰다. 지배인이 구급상자를 들고 온 것이다. 정원에서는 낙엽과 눈에 범벅이 된 도리구치가 발굴되고 있었다.

도리구치를 외과의사에게 맡기고 나서, 아츠코는 벌떡 일어서서 이쪽을 향했다.

왠지 늠름하다.

"무의미하지는 않아요."

아츠코는 맑은 목소리로 그렇게 말했다.

"야마시타 경부보님. 지금 한 실험, 꼭 쓸모없지도 않았던 것 같아요."

"뭐, 뭐라고요?"

아츠코의 늠름함에 대개의 남자들은 기가 죽는다.

"지금 에노키즈 씨가 한 실험은, 적어도 두 가지 이상의 새로운 사실을 우리들에게 확인시켜 주었습니다. 그러니 매우 의미 있는 일이었다고 생각해요. 약간의 희생은 나왔지만――."

아츠코는 거기에서 말을 끊고 도리구치를 힐끗 돌아보았다.

도리구치는 손을 흔들었다. 이런 면이 바보라는 거다.

"――실험 결과가 나올 때까지, 우리는 모든 것을 한데 뒤섞어 생각하고 있었어요."

"모든 것――이라니?"

"그러니까 아는 것, 모르는 것, 할 수 있는 것, 할 수

없는 것, 있을 수 있는 것, 있을 수 없는 것——이것들
은 명확하게 구별해서 생각해야 했어요. 다시 말해 '공중
부양하는 승려'는 있을 수 없지만 '발자국을 남기지 않고
나타난 시체'는 있을 수 있다는 거죠. 우리는 에노키즈 씨
의 말씀대로 그 부분을 전부 혼동하고 있었던 거예요."

"그건 인정하겠소."

야마시타는 그답지 않게 순순히 고개를 끄덕였다.

"아마——지금 한 실험과 같은 일이 그저께 밤, 그리
고 어제 오후에 이루어졌거나 또는 우발적으로 일어났다
는 것은, 목격담을 포함해 상황이 일치하는 것으로 미루어
보아도 일단 틀림없겠지요. 스님은 저 창을 통해 지붕으로
올라갔을 테고, 그리고 시체가 나무 위에서 떨어진 것도
사실일 거예요——."

"당신들의 증언을 믿는다면 말이오만."

야마시타가 끼어들었지만 아츠코는 동요하지 않고 말
을 이었다.

"—— 하지만 한편으로 야마시타 씨의 말씀대로, 그
런 짓을 해야 하는 이유를 찾을 수가 없다는 것도 상식적인
판단이라고 생각해요. 나무 위에서 좌선하는 수행은 아마
없을 테고, 눈 내리는 밤에 수행을 결행하는 것도 생각하
기 어렵지요."

"그렇겠지요."

야마시타가 만족스러운 듯이 말했다.

"네. 그건 분명히 생각하기 어렵지만—— 다만 그것

들———에노키즈 씨가 보여주신 사항과 야마시타 씨가
주장하는 사항———은 서로 모순되는 게 아니라고 생각
해요. 그런 행위를 하는 이유를 우리들의 상식 속에서는
찾아낼 수 없다는 것뿐이니까요. 그건 뒤집어 보면, 이유
가 있으면 가능하다는 뜻이 됩니다."

"그렇겠지."

에노키즈가 야마시타 흉내를 냈다.

"하지만 그런 것과는 별도로, 지금 한 실험을 있는 그대
로 받아들인다면 동시에 하나의 커다란 모순을 안게 될
수도 있어요."

"모순?"

"그렇습니다. 보시다시피 실험의 대상이었던 도리구치
씨는———살아 있어요."

도리구치는 툇마루에 올라서서 구온지 노인이 여기저
기 만져 대는 것을 견디고 있었지만, 역시 아츠코에게 손
을 흔들었다.

"하지만 떨어진 고사카 료넨 씨는———시체였어요.
죽어 있었던 거죠."

야마시타는 미간에 주름을 지었다.

"그게 왜? 이 남자도 떨어져서 죽는 게 좋았을 거라고,
그렇게 말하고 싶은 거요? 그렇다면 찬성이오."

"떨어져서 죽는 걸로는 안 돼요, 경부보님. 죽어서 떨어
져야 하는 거예요———."

아츠코가 그렇게 말하자 툇마루의 도리구치는 우헤에

하고 말했다.

"━━ 여러분은 고사카 료넨 씨가 타살되었다는 점을 잊고 계십니다."

대답은 하지 않았지만, 아마 형사들 중 대부분은 허를 찔린 기분이었을 것이다.

그렇다. 지붕에서 떨어진 것은 누군가에게 살해된 시체였다.

다시 말해.

"지금 한 실험은 틀리지 않았을 거예요. 하지만 그러면 범인은 지금 한 실험 도중에 살인을 저질러야만 합니다. 아시겠어요? 스님 ━━ 료넨 씨는 분명히 저 쓰레기통에서 창을 넘어 지붕으로 올라갔어요. 다시 말해서 그저께 심야에는 그는 살아 있었어요 ━━ 그리고 하룻밤이 지나, 나무 위의 그는 아마 죽어 있었을 거예요. 눈이 녹음과 동시에 떨어진 그는 타살된 시체였던 겁니다. 즉 피해자는 지붕 위나 나무 위에서 살해되었다는 뜻이 되고 말아요."

"그런가. 그럼 무리인가!"

"그래요, 무리입니다. 덴구처럼 하늘을 날고 나무 위에서 좌선을 하는 승려를 때려죽인다 ━━ 이것은 아까 말했다시피 있을 수 없는 일의 범주겠지요. 그럼 지붕 위에 또 한 명 누군가 다른 사람, 즉 범인이 있었다 ━━ 이것도 비상식적이에요. 눈 내리는 심야에 지붕에 올라갈 만한 사람이 그렇게 몇 명이나 있을 리는 없겠지요. 그러면 답은 하나입니다. 그, 고사카 료넨 씨는 시체인 채로 지붕에 올라간 거예요."

"바보 같은! 그거야말로 있을 수 없는 일이오."

야마시타가 경멸하듯이 말했다.

"흥! 조금은 얘기가 통하는 줄 알고 듣고 있었더니 결국 당신도 바보들과 마찬가지로군. 죽은 사람이 창문을 기어 올라갔다고요? 날아다니는 편이 그나마 유령답소!"

"물론 죽은 사람은 움직이지 않아요. 제 말은, 지붕에 올라간 인물과 떨어진 시체는 다른 사람 ─── 즉 이쿠보 씨가 창문에서 목격한 스님은 고사카 료넨 씨가 아니라는 뜻입니다."

"하지만 떨어진 건 료넨이오!"

"그렇군요, 알겠습니다 ───."

도리구치 옆에 있던 이마가와가 손뼉을 치며 말했다.

"─── 다시 말해서 료넨 씨는 시체인 채 지붕으로 끌어올려졌다 ─── 아니, 범인은 료넨 씨를 어깨에 메고 ─── 아니, 어깨에 메고는 올라갈 수 없지요 ─── 그렇지, 시체를 업고 지붕에 올라간 거라고, 당신은 그렇게 말하고 싶은 거군요. 아츠코 씨?"

아츠코는 기쁜 얼굴을 했다.

"그 말씀이 맞아요, 이마가와 씨."

"업고? 업을 수 있을까?"

"저는 잠깐 봤을 뿐이니 단언할 수는 없지만, 료넨 씨는 몸집이 작고 게다가 말랐어요. 아마 무게도 45에서 48킬로 그램 정도일까요. 그렇다면 쌀 한 포대를 짊어질 힘만 있으면 업을 수 있을 거예요. 게다가 료넨 씨는 그때 이미 얼어 있었던 게 아닐까 생각해요. 그 편이 옮길 때 다루기 쉬울 것 같은——이건 아까 얼핏 체어에 실린 유체를 보고 생각난 건데요——."

분명히 얼어 있기라도 하지 않으면 시체를 그런 괴상한 것에 잘 싣기는 어려웠을 테고——다만 얼어 있지 않았다면 체어를 쓸 일도 없었겠지만——힘만 있으면 부드러운 상태보다 딱딱해졌을 때가 다루기 쉬울 것 같기도 하다.

"——이쿠보 씨가 본 것을 그대로 믿는다면, 창문으로 보인 인물은 두 손을 다 쓰고 있었어요. 양손을 쓰지 않으면 지붕에는 올라갈 수 없지요. 다시 말해서 이마가와 씨의 말대로 어린아이 업듯이 시체를 업고 올라갔다는 게 정답 아닐까요? 그걸 고려해도, 그때 이미 료넨 씨는 얼어 있었다——살해된 후였다고 생각하는 게 이치에 맞아요."

야마시타는 신음했다. 생각에 잠긴 모양이다.

아츠코는 나를 보며 작게 미소를 지은 뒤 말을 이었다.

"——게다가 앉은 채로 맞아 죽었다면, 아래가 나뭇가지와 눈이 쌓인 지붕이었다고 생각하기는 어렵잖아요. 료넨 씨는 역시 지상에서 살해되었다——고 생각하는 게 타당하지 않을까요? 그건 야마시타 씨의 상식과도 합치할 거예요."

이치에 맞는다느니, 상식에 합치한다느니, 아마 그런 말이 야마시타를 간질이고 있을 것이다.

아츠코는 반쯤은 작위적으로 그런 표현을 쓰고 있을 것이다. 과연 교고쿠도와 피를 나눈 아가씨답다. 경부보는 상식과 비상식 사이에서 흔들리며 자문자답하기 시작했다.

"시체는 무거워진다고 하는데 ——— 하지만 무게가 늘어나는 건 아닌가? 분명히 그 작은 스님이라면, 튼튼한 남자라면 짊어지지 못할 것도 없지만 ——— 아니, 하지만 하지만, 음. 뭐."

마스다가 말했다.

"그러면 다시 말해 그것은 나무 위에서 수행하고 있던 스님이 아니라 나무 위에 유기된 시체였다는 거군요?"

"맞아요. 숨긴 것인지, 뭔가 다른 이유가 있었는지, 그건 아직 알 수 없지요. 하지만 이것은 알 수 없는 일이지 딱히 이상한 일은 아니니까요. 뭐, 동기나 이유를 알 수 없다는 면에서는 아무런 진보도 없는 셈이지만, 그래도 '눈보라치는 밤에 지붕에 올라갔다가 거기에서 나뭇가지로 건너가 좌선을 하던 중에 얼어맞아 죽는' 것보다 '눈보라치는 밤에 얼어붙은 시체를 나무 위에 몰래 유기하는' 쪽이 훨씬 현실성이 있다고 생각하지 않으세요? 실험 결과와, 증언 내용과 합치하는 내용이고요 ———."

야마시타가 내뱉듯이 말했다.

"그런 나무 위에 시체를 유기하다니, 현실성으로 말하자면 오십보백보요! 누가 그런 곳에 시체를 버리겠소? 그렇지, 마스다?"

마스다는 대답하지 않았다.

야마시타는 상식과 비상식 사이를 몇 번이나 오간 끝에 가장 보수적인 데서 멈춘 모양이다. 그리고 부하들에게는 한층 더 신뢰를 잃은 것 같았다.

마스다는 야마시타를 포기했는지, 뒤쪽에 있는 관할서 형사들을 향해 말했다.

"분명히 사체 유기 장소로는 나무 위라는 건 맹점이지요. 실제로 큰 눈이 내리지 않았다면 떨어지지 않았을 테고, 그렇다면 아직 발견되지 않았을지도 몰라요. 감추기 좋은 장소입니다."

한편 형사들도 어쩐지 야마시타를 무시하기로 결정한 모양이다.

"그럼 살해 시간은 좀더 전으로 거슬러 올라가야 하고, 범행 현장도 먼 곳일 가능성도 생기는군. 어디까지 넓혀야 할지."

"하지만 그 견해는 감식반의 견해와 일치합니다."

"우리가 사람들에게 들은 내용도 일치해요. 고사카는 발견되기 나흘 전부터 실종된 상태였거든."

"그건 거기 있는 이마가와 씨와 만나기로 한 날이잖아요."

결국 야마시타를 제외한 모든 경찰관은 아츠코의 이야기에 기초해 수사방침을 다시 세우기 시작한 모양이다. 야마시타는 입을 벌리고 잠시 괴로워하며 그 모습을 바라보고 있다가, 결국 이야기에 끼기 위해 뭔가 말하려고 했다. 그러나 그 말은 마스다의 발언에 가로막히고 말았다. 형체도 없이.

마스다는 아츠코를 향해 이렇게 말했다.

"당신은―――아까 새로운 사실을 두 가지 알아냈다는 말을 했는데 그것은―――?"

"네. 이 실험으로 알 수 있었던 사실은 지금 말씀드린 것처럼, 우선 고사카 료넨 씨는 적어도 그저께 밤에서 몇 시간 이상 전에는 살해되었다. 그리고 범인 또는 공범자 중에 승려나, 또는 승려 복장을 한 인물이 있다―――이에요."

"아, 그렇군. 거기 계시는 부인이 창문에서 본 스님은 피해자가 아니라 범인이었던 게 되는 셈이군요. 다시 말해서 범인도 스님이라는 건가!"

"범인이―――스님이라고?"

형사들 사이에 동요가 스쳤다.

아츠코는 야마시타를 향해 부드럽게 말했다.

"범인이 아니라 사후 공범일 가능성도 있고, 승려가 아니라 승려의 분장을 한 인물일 가능성도 있지만요. 그러니까 여전히 우리는 용의자인 셈이에요. 하지만 적어도 스님인 공범자가 있거나―――아니면 우리들 중 누군가가 스님으로 변장을 했을지도 모르지요. 게다가 아까 야마시타 씨가 말씀하셨다시피 전원이 공범일 가능성도 사라진 건 아니에요. 나머지 판단은 경부보님께 맡기겠습니다."

부하에게 버림받고 용의자에게서 판단을 맡긴다는 말을 들은 비극의 경부보는 아츠코에게 뭐라 말할 수 없는 쓸쓸한 표정을 짓고 나서 등 뒤에 있는 형사들을 돌아보았다.

결국 야마시타는 마스다에게 이끌려 방구석으로 갔다. 그리고 사이가 틀어진 형사들은 머리를 맞대고 소곤거리며 협의를 시작했다. 야마시타의 폭론이나 에노키즈의 폭거에 비해 아츠코의 이야기에는 훨씬 설득력이 있었던 걸까. 어쨌거나 단서만 있으면 맞지 않는 상대와도 협조는 할 수 있을 것이다.

야마시타가 돌아보았다. 얼굴이 경련하고 있다.

"으음, 추젠지 씨라고 했소? 당신이 하고 싶은 말은 대충 알았소. 뭐, 피해자가 며칠 전에 살해되었다는 것은 감식반의 견해나 주변 수사로 대강 확정되고 있었고───뭐, 좋아요. 으음, 지금부터 수사회의를 할 테니 지시가 있을 때까지 외출은 하지 마시오. 그, 취재? 취재 전까지는 방침을 결정하겠소. 각자 방에서 대기하고 있도록."

야마시타는 그렇게 말했다.

마치 변명 같았다.

아츠코는 잠시 침묵하다가 이윽고 툇마루로 올라왔다. 그리고,

"양말이 젖었어요."

라고 말했다.

이기고 지는 게 중요한 문제는 아니겠지만, 아무리 봐도

야마시타의 패배였다.

형사들은 보초를 설 경관을 여기저기에 배치하고 옆방으로 사라졌다. 수사회의인지 뭔지를 하는 것이리라. 그건 그렇고 누가 생각해도 어느 쪽이 상식적인 판단인지는 명백하다. 야마시타를 제외한 수사원들은 거의 방침을 정해 가고 있는 모양이고, 여기서 목격자 전원 범인설을 채용했다간 야마시타가 경질될 것 또한 명백했다.

당사자인 아츠코는 태연자약했고, 맨발이라 춥다며 자기 방으로 물러갔다.

"과연 교고쿠도의 누이로군. 계집애라고는 생각할 수 없는 논리적인 모습이었어, 아츠코!"

에노키즈가 멀리서 아츠코를 칭찬했다.

그래도 시간은 아직 오전 아홉 시였다.

형사들이 사라지자 방은 갑자기 휑뎅그렁하고 썰렁해졌다.

입구 부근에서 이쿠보가 입을 누르고 서 있었다. 생각에 잠겨 있는 걸까.

이마가와가 어디에선가 방석을 가져와 내게 권했다. 우리는 나란히 앉았다.

그때 툇마루에 늘어져 있던 도리구치가 구온지 노인의 재촉을 받으며 겨우 일어나 방으로 들어왔다.

"왜 그러시오. 당신은 아무렇지도 않소. 정신 좀 차려요."

"정신적으로 상처를 입은 겁니다아. 아아 추워라. 아, 선생님, 너무하세요오."

"도리구치 군. 괜찮나? 모처럼 불러 주었는데 나는 도움이 되지 못했군. 아픈가?"

"엉덩이가 아파 죽겠어요. 선생님, 왜 '내가 대신하겠다'는 말을 해 주지 않으신 겁니까아. 만일 아츠코 씨가 아무 말도 해 주지 않고 실험은 헛수고였다고 했다면, 저는 공연히 고생만 한 게 되지 않습니까."

"하지만 그건 아무래도 오만 마력을 자랑하는 도리구치 군에게나 알맞은 힘쓰는 일이었거든. 나는 서재파니까_____."

아츠코가 이야기를 시작한 후로 계속 근처를 어슬렁거리며 물색하고 있던 에노키즈가 귀밝게도 내 목소리를 듣고 다가왔다.

"뭘 잘난 척 그런 소리를 늘어놓는 겐가, 세키 군. 자네는 도리에게 감사해야 하네. 도리가 없었다면 그건 당연히 자네 역할이었을 거야!"

"역할이라니요?"

"원숭이는 나무에서 떨어지는 법일세!"

"그런 바보 같은."

"바보는 자네일세. 이 도움 안 되는 사람 같으니. 세키 군, 자네는 무엇 때문에 여기 있는 겐가? 그냥 우왕좌왕이나 하면서. 적어도 나무에서 떨어지는 정도는 했어야지. 원숭이는 나무에서 떨어진다!"

에노키즈가 거만한 말투로 다시 그렇게 말했다.

아무래도 속담을 틀리게 말하는 것은 도리구치의 전매특허가 아니었던 모양이다.

그때 종업원 두 명이 와서 식사는 어떻게 하시겠느냐고 물었다.

아침식사 시간은 훨씬 전에 지났다. 이제 와서 방으로 돌아가 각자 먹는 것도 이상한 듯해, 식사는 큰방에 준비해 달라고 부탁했다.

도리구치가 이상한 차림새를 한 채 내 옆에 앉았다.

"경찰에게도 아침을 줍니까? 그 사람들은 돈은 내나요? 공짜로 먹나?"

"자네도 희담사에서 돈을 내서 여기 묵고 있는 것 아닌가. 무슨 소릴 하는 겐가."

"하지만 화나잖아요. 저 경부보."

"아아. 뭐, 경찰에게는 경찰의 입장이 있는 거지. 게다가 그 사람도 꽤 괴롭힘을 당해서, 불쌍할 정도였지 않나. 아츠코도 대단한 사람이야."

나는 정원을 보았다. 유리문은 닫혀 있었지만 그 거목은 보였다. 그 앞에 오늘 아침에 본 스님의 시체가 앉아 있었을 것이다. 상상은 가지 않았다. 똑같이 정원을 보고 있던 구온지 노인이 혼잣말처럼 물었다.

"그 처녀는 몇 살이오? 세키구치 군."

"아츠코 말씀입니까? 아마 스물셋 정도였던 것 같은데요 ——— 왜 그러십니까?"

"아니오, 음. 야무진 아가씨더군요."

역시, 조금 쓸쓸해 보였다.

이쿠보 여사는 한마디도 하지 않고 가만히 앉아 있다. 아직도 뭔가 생각하고 있는 걸까.

나는 왠지 진정되지 않는 불편한 기분이 들었다.

불안을 가라앉히는 듯한 멍청한 목소리로 도리구치가 말했다.

"그건 그렇고 아까 아츠코 씨는 정말 멋있었지요. 십 년 묵은 체증이 쑥 내려가는 느낌이었어요. 그에 비해서 전 너무 멋이 없어요."

그 말을 듣자 차분하지 못하게 상인방(上引枋)†이며 격자의 세공을 보고 있던 에노키즈가 왠지 진지한 얼굴이 되어 말했다.

"그래. 도리 자네가 떨어지는 모습은 정말로 전혀 멋이라곤 없었어. 그게 세키 군이었다면 좀더 겁을 먹고 버둥거리며 히야아아 하는 멋진 비명을 지르며 떨어졌을 걸세. 세키 군, 자네는 나중에 도리에게 멋지게 떨어지는 법이나 멋지게 겁먹는 법을 좀 가르쳐 주게!"

"왜 내가 그런 걸 해야 되는데요. 그보다 에노 씨, 당신은 이제부터 어떻게 할 겁니까?"

"나? 돌아가야지. 교고쿠 흉내를 냈더니 피곤하군."

"그거 다행이네요. 돌아가실 거지요? 그럼 나도 필요

---

† 창문 위 또는 벽의 위쪽 사이를 가로지르는 수평재(水平材)로 보통 나무나 돌로 되어 있으며, 창이나 문틀 윗부분 벽의 하중을 받쳐 준다.

없는 거지? 그렇지, 도리구치 군 ———."

마침 그때 옷을 갈아입은 아츠코가 돌아왔다.

"안 돼요, 세키구치 선생님. 어제 거짓말을 해 버렸으니 오늘은 함께 취재를 해 주시지 않으면 입장이 난처해지거든요. 물론 취재 협조비는 드릴게요. 뭣하면 정말 원고를 써 주셔도 돼요."

"그건 곤란한데."

"일하게, 원숭이."

에노키즈가 말했다. 도리구치가 이어서,

"무엇보다 선생님은 이제 어엿한 용의자잖아요."

라고 말했다.

"그런, 가?"

깊이 쫓지 말라 ——— 유키에가 그렇게 말한 것을 떠올렸다.

게다가 교고쿠도도 너무 깊이 들어가지 말라고 ——— 그것은 무슨 일에 대해 한 말이었을까?

나는 완전히 깊이 들어오고 말았다.

서너 명의 종업원이 아침식사 상을 가져왔다. 에노키즈 몫도 있었기 때문에 탐정은 매우 기뻐했다. 우리 용의자들은 별 화제도 없이 일곱 명이 식탁을 둘러싸고 앉았다.

생각해 보면 사건은 아무것도 해결되지 않았다.

해결되지 않은 정도가 아니라 방금 전에 겨우 시작된 거나 마찬가지다. 다시 말해 우리들은 아직 사건의 한가운데에 있는 셈이다. 살인사건 한가운데에 있는데 평화롭게 식사를 할 수도 없을 것이다.

구온지 노인이 말했다.

"에노키즈 군. 당신은 돌아갈 거요?"

"돌아가야지요. 다 먹고 나서."

"나는 당신에게 다시 의뢰를 하고 싶은데."

"무엇을 말입니까? 불륜 뒷조사만은 사양입니다."

"아니오. 다시 부탁하지요. 이번에는 진범을 찾는 일이
오."

나와 아츠코는 얼굴을 마주보았다.

도리구치가 외쳤다.

"구온지 선생님. 그것은———그만두는 게 좋아요. 에
노키즈 대선생님은 바쁘시고."

"안 바빠."

"네? 하지만 분명히 감기에 걸리셨다고."

"가즈토라에게 옮겼네. 그러니 돌아가면 또 옮을 거야."

가즈토라는 에노키즈의 사무소에 있는 입주 탐정조수
를 말한다.

"하지만 말일세."

에노키즈는 눈을 반쯤 뜨고 이쿠보를 보았다. 내키지
않는 모양이었다. 도리구치는 아츠코를 향해 끊임없이 눈
짓을 보내고 있다. 은근히 에노키즈가 이곳에 남는 것을
막아 달라고 협조를 청하는 모양이지만, 아츠코는 아무래
도 거기에 대해서는 포기했는지 반응하지 않았다.

"그래 주시오, 에노키즈 군. 나야 어찌 되었건, 아츠코

359

군이나 세키구치 군까지 의심을 받고 있다오."

나도 ——— 역시 의심받고 있는 걸까.

"범인이라. 별로 흥미가 없는데요. 세키 군이 사형에 처해지든 교수형에 처해지든 즐거울 뿐이니까요. 하지만 세키 군이 죽으면 멋지게 겁먹는 법을 볼 수 없게 되는군요. 게다가 어차피 집에 간들 가즈토라가 있을 뿐이고. 뭐, 받아들여도 좋으려나. 식사도 맛있고."

에노키즈는 시시한 이유로 의뢰를 받아들이려 하고 있었다. 그것을 알아챈 도리구치가 허둥지둥 하며 말했다. 아까 실험체가 된 것이 어지간히도 싫었나 보다.

"대장님, 에노키즈 대선생님! 가즈토라 군은 아마 혼자서 외롭다며 울고 있을 겁니다."

괜한 소리였다. 도리구치의 발악은 오히려 에노키즈의 결심을 재촉하고 만 것 같았다.

"외롭다고? 오오, 기분 나쁜 일이야! 가즈토라 녀석은 아무리 가르쳐 줘도 전혀 기타 솜씨가 늘지 않는다네. 게다가 지금 그 녀석은 감기에 걸려 있어! 그런 녀석의 얼굴 따윈 보고 싶지 않네. 알겠습니다. 받아들이도록 하지요, 구마모토 씨."

구마모토, 즉 구온지 노인은 고맙다고 말했다.

"음, 받아들이기는 했지만 ———."

에노키즈는 혼잣말처럼 그렇게 말하더니 아츠코와 이마가와, 그리고 나와 도리구치를 차례로 쳐다보고 마지막으로 이쿠보를 보았다.

에노키즈는 아까부터 아무래도 이쿠보가 신경 쓰이는 것 같다. 이쿠보는 식욕도 별로 없는지, 고개를 숙인 채 젓가락으로 조림을 뒤적이고 있었다. 탐정의 시선은 알아차리지 못한다.

나는 아직도 아츠코의 동료인 이 사람이 어떤 사람인지 전혀 파악하지 못했다.

에노키즈가 잠시 뜸을 들이고 나서 말을 이었다.

"아무래도 스님이 너무 많군. 구별을 할 수가 없어. 스님이 스님을 교묘하게 죽이다니 ──── 내 취향은 아닌데."

스님이 죽였다?

──── 범인이 스님이라고?

──── 소승? 아아, 그 소승 말이군요.

──── 승려가 길 한가운데에서 사람을 죽였다고,

그리고 ──── 나는 떠올렸다.

교고쿠도가 깊이 파고들지 말라고 충고한 것은 안마사 오시마가 이야기한 '쥐 승려' 부분에서였다. 그리고 그 괴담 같은 이야기야말로, 실로 승려가 저지른 살인 고백이 아닌가.

나는 가슴이 두근거리는 것을 느꼈다.

식사가 끝나자 나 혼자만 옆방으로 불려가 사정청취를 받았다. 결백해도 횡설수설하는 나는, 단 하나였지만 거짓말 ──── 사전 취재의뢰 ──── 이 있었기 때문에 정말 실어증이 도지는 게 아닐까 할 정도로 긴장했다. 그러나 담당이 야마시타 경부보가 아니라 마스다 형사였기 때문

에, 다행히 나는 얼굴이 빨개지거나 진땀이 나는 정도로
——— 그래도 충분히 수상했겠지만 ——— 넘길 수 있었
다. 마스다의 이야기로는 야마시타는 본부에 지원을 더
요청해서 지붕이나 나무 위도 포함한 센고쿠로 전체의 면
밀한 검증을 결행할 모양이었다. 또 오히라다이 방면도
수사하고 명혜사에도 형사를 몇 명 파견할 거라고 했다.

나는 약간 주저한 끝에 오시마의 체험담 ——— '쥐 스
님' 사건 ——— 을 마스다에게 이야기했다.

마스다는 크게 관심을 보이며,

"아니, 과연 세키구치 씨, 굉장한 정보입니다."

하고 말했다. 나는 겸손을 떠는 것도 이상한 것 같아서
말없이 고개를 숙였다. 오시마의 주소를 묻기에 유모토
외곽이라 했었다고만 대답했다.

사정청취가 끝나자 몇 명의 증원이 도착해 지붕이나 그
쓰레기통 등의 검증이 시작되었다.

안주인이라는 여자도 도착해, 우리들에게 대접이 미흡
함을 사과했다.

안주인은 홀쭉하게 야위었다.

정오가 되자 점심식사가 나왔다. 아침식사가 늦었기 때
문인지, 전부 먹어치운 것은 도리구치뿐이었다.

명혜사 취재는 오후 두 시부터라고 한다. 어제의 미승(美
僧) ——— 와다 지안은 매우 신경질적으로 말했으니 그의
기분을 상하게 하지 않기 위해서라도 나를 포함한 취재반
은 당장 출발할 필요가 있었다. 절까지는 한 시간 이상

걸리기 때문이다.

한 시 가까이가 되자 취재 허가가 떨어졌다.

조건은 수사원의 동행이다.

마스다와 관할서의 스가와라라는 무뚝뚝한 형사가 동행하게 되었다.

게다가 이마가와도 가겠다고 나섰다. 이대로는 뭐가 뭔지 알 수 없다———는 것이다. 사정을 들어 보니 분명히 잘 알 수 없는 이야기이긴 했다.

나와 도리구치, 아츠코, 이쿠보, 두 명의 형사와 이마가와까지 모두 일곱 명은 이렇게 해서 한 시 십 분쯤 센고쿠로를 출발해, 수수께끼의 절 명혜사로 향했다.

교고쿠도가 일전에 하코네에 자신이 모르는 절이 있었다는 말을 했는데, 명혜사가 바로 그 미지의 절이었던 모양이다. 교고쿠도가 모르는 절이라니 순위표에 실리지 않은 도리테키† 같은 것이지만, 그러나 그 숨은 도리테키는 요코즈나††급의 실력을 갖고 있는 모양이다.

길은 멀고 험난했다.

허약한 나에게는 오히라다이에서 센고쿠로까지의 산길조차도 엄청나게 험악했지만, 명혜사로 가는 길은 그것과는 비교도 되지 않을 만큼 험했다. 아니, 길이라곤 없는 것이나 마찬가지였다.

---

† 가장 지위가 낮은 스모선수의 통칭.

†† 스모선수의 최고 계급. 품격과 역량이 뛰어난 자에게 주는 칭호이기도 하다.

앞장선 사람은 스가와라 형사다. 스가와라는 어제 한 번 명혜사를 방문했다. 길은 그밖에 모른다. 산사람 같은 풍모의 억센 형사는 길안내를 한다기보다 마치 길을 개척하는 것처럼 나아갔다.

나는 발이 걸려 비틀거렸다. 스가와라가 걸음을 멈추고 돌아보았다.

"조심하시오. 여자나 아이들에게는 힘든 산길이지요. 작가 선생은 허약하니까 조심하지 않으면 산기슭까지 굴러떨어질 거요."

스가와라는 엄해 보이는 얼굴을 한층 더 굳히며 그렇게 말했다.

내 뒤에서 도리구치가 우혜에, 하는 소리를 내고 마스다가 맨 뒤에서 아아, 하고 중얼거렸다. 나는 이마가와의 심중은 읽을 수 없었다. 아무것도 생각하지 않는 것 같기도 하고, 또는 깊이 생각에 잠겨 고민하는 것 같기도 한, 어느 쪽으로도 받아들일 수 있는 기괴한 얼굴로 묵묵히 산을 오르고 있었다. 아츠코는 비교적 기운이 있어 보였다.

이쿠보 여사는 순교자처럼 비장한 얼굴이다.

괜찮을까.

어젯밤——— 지안 스님은 그 차림새로 이 산을 내려온 것일까. 내가 보기에는 실오라기 하나 흐트러지지 않은 옷차림이었고, 게다가 태연한 얼굴을 하고 있었다. 믿을 수가 없었다.

"스님이라는 사람들은, 아무리 익숙하다지만 어쩌면 그

렇게 성큼성큼 걷는지. 그 오야마† 처럼 나긋나긋한 사람이 그래 봬도 꽤 다리가 튼튼하더군요. 나는 숨이 차서, 어젯밤에는 몇 번이나 넘어졌지요."

나의 의문을 읽은 것처럼 스가와라 형사는 앞을 향한 채 그렇게 말했다.

나는 눈 범벅이 되었다. 승려들의 튼튼한 다리도 역시 수행의 성과이리라.

주위가 어둑어둑해지기 시작했다. 날씨가 나빠진 것도, 해가 진 것도 아니다. 산이 깊어진 것이다. 이 근처는 그리 높은 산은 아닌 것으로 기억하고 있었지만, 분위기만은 마치 심산유곡 같은 양상을 드러내기 시작했다.

도리구치가 우뚝 서 있는 나무들을 올려다보며 말했다.

"아아, 점점 나무가 커지기 시작하는군요. 어라, 이건 떡갈나무일까요? 크네요. 그 정원에 있는 나무보다 더 크려나."

아츠코가 걸음을 멈추고 그 말에 대답했다.

"이건 참나무예요, 도리구치 씨. 같은 너도밤나무과라서 비슷하지만 잎이 달려 있지 않지요. 아까부터 보고 있었는데, 하코네의 산에는 떡갈나무는 별로 없는 것 같아요."

"그런가요? 그거 다행이네요. 이제 떡갈나무는 질색입니다. 그 잎을 떠올리면———저는 5월 5일이 생각나거든요."†††

---

† 가부키에서 여자 역할을 하는 남자배우.

도리구치는 엉덩이를 문지르며 농담을 했다. 평소 같으면 그 후에 시시한 말장난이라도 한 마디 할 법한데, 적막한 산의 엄격함 때문에 자중한 모양이다.

산새가 울었다.

나는 조금 감탄하며 다시 걸음을 옮겼다.

눈과 나무와————.

점균이나 버섯에 대해서는 아주 잘 알면서 보통의 식물학적 지식은 전혀 없는 내게 항상 나무는 그저 나무일 뿐이었다. 어느 것이나 전부 똑같아 보인다. 나는 나무 한 그루 한 그루의 개성을 무시하고 단순히 숲이니 산이니 하는 것으로 인식하고 있었다. 따라서 도리구치의 질문 자체도 의외였고 아츠코의 대답 또한 신선했다. 그리고 무엇보다 걷기조차 힘든 이 길을 걸으면서 산의 식물분포까지 추리해 내는 아츠코의 관찰력에는 감복했다.

나는 눈길 이외에는 아무것도 눈에 들어오지 않았던 것이다.

나는 도리구치, 아츠코에 이어 이쿠보까지 세 명에게 추월당하고 이마가와와 나란히 가게 되었다.

산은 깊고————싸늘했다.

계속 올라갔다.

공기가 젖어 있다.

---

†† (앞쪽)'떡갈나무'는 일본어로 '가시와'라고 하는데, 5월 5일 단오절에 공물로 쓰는 음식 중에는 팥소를 넣은 찰떡을 떡갈나무 잎에 싸서 찐 '가시와모치'라는 떡이 있다.

숨을 들이쉴 때마다 싸늘한 산의 냉기가 몸 안으로 침입했다. 미끈미끈한 도시의 찌꺼기가 그때마다 몸 아래쪽으로 쫓겨나 정화되는 것 같아서, 기분 탓인지 몸이 가벼워진 것 같기도 했다. 나의 내부는 상당히 병들어 있었던 모양이다.

권태도 피로도 잊혀졌다. 불안도 초조도 사라졌다. 적막감도 상실감도 사라지고, 그러고 있는 사이에 무엇 때문에 이러고 있는 것인지조차 한순간 잊었다.

무엇 때문에 ———.

형사들은 살인사건을 수사하기 위해.

아츠코나 도리구치는 잡지 취재를 위해.

이마가와는 죽은 승려와 자신의 관계를 밝히기 위해.

공적이냐 사적이냐의 차이는 있지만 동행자들에게는 모두 목적이 있다. 나만은 아주 작은, 대수로울 것도 없는 거짓말을 관철하기 위해 행동을 함께 하고 있을 뿐이다. 애초에 목적의식이 희박했던 것은 부정할 수 없다.

그래서일까. 그런 번잡하고 사소한 생각 따윈 사념 없고 엄숙한 노동 앞에서 사라지고 말았을 것이다. 나는 목적 달성을 위해 오르고 있는 것인지, 오르기 위해 오르고 있는 것인지 전혀 알 수 없게 되었다.

아무것도 생각하지 않았다.

나는 그저 오르고 있었다.

다리를 움직이고 있는 것인지 다리가 움직이고 있는 것인지, 자신이 이동하고 있는 것인지 세상이 이동하고 있것인지, 그 점이 확실하지 않은 경계까지 다다랐을 때 목소리가 들렸다.

"저곳이오. 도착했어요."

스가와라의 목소리였다.

내 이마에는 살짝 땀이 배어 있었다.

──── 우리다.

그렇게 느꼈다.

거기에서 속세는 끝났다.

똑같은 간격으로 솟은 나무들은 실로 우리 같았다.

그 우리는 명확한, 눈에 보이는 결계였다.

그 너머에 절의 정문이 있었다.

감옥의 입구──── 다.

왜 청정한 성지를 보고 감옥을 떠올렸는지는 알 수 없었다.

내게는 떠들썩한 소란이 소용돌이치는 도시야말로 감옥이었을 테고, 그렇다면 이 앞쪽은 오히려 그곳과 정반대의 장소가 아닌가.

그래도 그런 생각이 들었다.

"시간은?"

아츠코가 물었다.

유감스럽게도 두 시는 예전에 지났고, 시간은 곧 있으면

세 시다.

수행자에게는 한 시간 남짓 걸리는 길도 우리 속인들의 다리로는 두 배 가까이 걸렸다는 뜻이다. 어쩔 수 없다.

지안은 뭐라고 할까. 어젯밤에는 살인사건보다 시간 엄수를 더 중시하는 듯이 말했다. 시간에 늦었으니 취재를 거부할지도 모른다.

정문을 지났다.

인상은 전혀 달랐지만, 풍경 자체에 대해서 말하자면 그다지 변화는 없었다.

절의 경내라기보다는 산문의 연속인 것이다. 똑같이 나무들이 끝도 없이 서 있다.

다른 점이라면 눈길이 깨끗하게 정리되었다는 정도다.

젖은 공기는 팽팽하게 바뀌었다.

물론 기분 탓이다.

잠시 더 가자 사무에[†]를 입은 승려 두 명이 눈을 치우고 있었다.

승려들은 우리들을 보고는 말없이 목례를 했다.

삼문(三門)[††]이 보였다.

승려 한 사람이 다가왔다.

"잡지사 분이십니까?"

"예, 그리고 경찰입니다."

[†] 선종에서 농사일, 청소 등을 할 때 입는 옷. 상의는 통소매, 하의는 바지 형태이며 남색으로 물들인 면목 등으로 만든다.

[††] 주로 선종에서, 절의 본당 앞에 있는 정문.

마스다가 대답했다.

승려는 스가와라의 얼굴을 보고 아아, 하며 "수고하십니다" 하고 머리를 숙이고 나서 지안 스님이 기다리신다고 말했다.

삼문에서 뻗어 있는 회랑은 불당으로 이어져 있는 모양이다.

우리는 그곳과는 조금 떨어져 있는 다른 건물로 안내되었다.

사원의 시설은 아무래도 산중 여기저기에 흩어져 있는 것 같다.

"이곳은——음, 저의 미흡한 상식으로 판단하자면——특이한 승림(僧林)이군요. 무명이라기보다 발견되지 않았다는 것에 가깝지 않을까요? 편지가 용케도 도착했네요. 이쿠보 씨."

아츠코가 혼잣말처럼 말했다.

이마가와가 고개를 끄덕였다.

"네. 저도 그렇게 생각합니다. 전 그냥 봉투에 적혀 있던 주소로 보냈을 뿐이지만요."

"이런 곳에 번지가 있나?"

스가와라가 말하자 마스다가 대답했다.

"스가와라 씨, 우정성(郵政省)을 만만하게 보시면 안 됩니다. 요즘은 웬만한 데는 다 가요."

"하지만, 마스다 군. 이런 곳에 배달하기는 힘든 일이란 말일세. 일반요금으로는 수지가 맞지 않을 거야. 배달부도 목숨을 걸어야 할 걸."

나도 그렇게 생각했다.

실제로 실록소설의 비경 탐험기에나 나올 법한 곳이긴 하다. 그러면서도 이곳은 사람이 살지 않는 마경(魔境)이나 세상을 피해 숨어 사는 사람들의 마을도 아니다. 편지를 보내면 틀림없이 도착하는 일본 국토의 일부다. 나는 새삼 그것을 마음에 새겼다.

이것은 어디까지나 일상의 연장이다.

이곳은 속세와 이어져 있는, 그저 평범한 산일 뿐이다.

쓸데없는 생각을 하면 다치게 된다.

오래된 건물이었다.

안내하던 승려가, 나무망치 같은 것으로 벽에 매달려 있는 판자를 쳤다.

딱딱, 하고 건조한 소리가 산간에 울렸다.

아무래도 그것은 그렇게 하는 것인가 보다. 곧 어젯밤의 승려 ——— 지안의 일행 ——— 가 나왔다. 신기한 듯이 판자를 뒤집어 보고 있던 도리구치는 당황해서 차렷 자세를 했다.

우리는 안으로 안내되었다.

지안은 정좌를 하고 기다리고 있었다.

아츠코가 뭔가 말하려고 하는 것을 손으로 가로막고, 이쿠보 여사가 ——— 내 앞에서는 거의 처음으로 ——— 말을 꺼냈다.

"처음 뵙겠습니다. 희담사의 이쿠보라 합니다. 무리한 부탁을 들어주셔서 정말 고맙습니다. 게다가 어젯밤에는 인사도 드리지 못해, 거듭 무례를 저질렀습니다. 이래저래 폐를 끼치게 될 것 같은데, 모쪼록 잘 부탁드립니다."

그리고 이쿠보는 정중하게 머리를 숙였다.

아츠코도 동시에 목례를 했다. 나와 도리구치도 당황해서 그것을 따라했다.

이에 지안은 "알겠습니다" 하며 똑같이 정중하게 머리를 숙였다.

나는 머리를 들 기회를 놓치자 당혹스러웠다.

지안이 가볍게 얼굴을 들며 말했다.

"자, 그건 그렇고 일이 곤란해졌습니다. 이 시간에는 그다지 느긋하게 취재를 하실 수도 없으니 말입니다. 게다가 보아 하니 경찰도 함께 오신 것 같은데요?"

입가 외에는 미동도 하지 않는다.

눈도 깜박거리지 않는다.

지안의 시선이 두 형사를 응시했다.

스가와라가 떫은 얼굴로 말했다.

"수사 때문입니다. 당신이 어제 말한 것처럼 고사카 씨는 어딘가 먼 곳에서 살해되었을 가능성이 생겨서요. 이 절에서 살해되었는지도 모르지요."

"그래서요?"

"그래서라니, 이봐요. 그러니까 수사를 하러 왔다고요. 어제도 수사에는 협조를 아끼지 않겠다고 하셨잖습니까."

"물론 수사에는 협조를 아끼지 않을 겁니다. 다만 어젯밤에도 말씀드렸다시피 수행을 방해하시면 곤란합니다. 우리 절은 오후 네 시면 폐문합니다. 게다가 이제 곧 다례 시간입니다."

"이봐요, 차를 마시는 것과 살인사건 수사, 어느 쪽이 중요하다는 겁니까?"

"그냥 차를 마시는 게 아닙니다. 수행입니다."

"그렇다고 아무도 손이 비지 않는 건 아니잖아요. 저기서 청소하고 있는 사람부터라도 순서대로 이야기를 들어 보면 됩니다."

"이 산에 손이 비는 행각승은 없습니다. 항상 반드시 일을 하고 있지요. 청소도 식사도 수면도 생활의 모든 것이 수행, 살아가는 것이 곧 수행입니다. 그러니 그 틈을 보아 협조할 수 있는 범위에서 협조하겠다, 저는 이렇게 말씀드리는 거지요. 취재인지 뭔지도 마찬가지입니다. 어젯밤 같은 무례한 처사는 삼가해 주십시오."

"뭐, 뭐가 무례해요! 한 사람이 죽었어요. 게다가 당신의 동료 아니오! 어떤 시간이든, 만사를 제쳐 놓고 협조하는 게———."

"그러니까 협조는 할 겁니다. 어젯밤부터 말씀드렸는데
———."

지안은 자세를 무너뜨리지 않고 조용히 위압했다.

"——— 모르시겠습니까?"

스가와라가 한쪽 무릎을 세우며 일어나려고 해서 당황

한 마스다가 끼어들었다.

"아, 압니다. 압니다, 으음, 와다 씨. 와다 스님이라고 불러야 할까요? 저, 저어, 이쪽의 최고책임자———라는 말은 이상하군요. 으음, 주지스님이라고 하자니 모두 주지이신가요? 그———."

거기에서 마스다는 왠지 도움을 청하듯이 아츠코를 보고 나서 그것을 떨쳐내듯이,

"——— 여기서 제일 높은 분을 만나게 해 주십시오."

하고 말했다.

"높은? 관수(貫首)님을 뵙고 싶으신 것인지———."

"관수? 그렇게 부르십니까? 요컨대 이 절의 말이지요 ———."

"절의 행사는 모두 감원(監院)†인 제가 관리합니다. 행각승의 기강은 유나(維那)††가 맡고 있습니다. 관수님을 만나신다 해도 수사를 할 수 있을 것 같지는 않군요. 하지만 선사께 가르침을 청하고 싶다고 하신다면———."

"예. 가르침을 청하고 싶습니다."

"그렇다면 관수님께 답을 구하는 것은 크게 벗어난 일. 수행을 하시는 게 좋을 겁니다. 문은 열려 있습니다."

"이봐요, 당신———."

스가와라가 반대쪽 무릎을 세웠기 때문에 마스다는 당

---

† 선종에서 절의 사무를 맡아보는 사람을 일컫는다.

†† 불교 사원의 관리와 운영을 맡은 세 가지 승직을 일컫는 삼강(三綱) 중 하나로 승려들의 여러 업무를 감독하는 승려. 특히 선종에서는 승려의 기강을 담당한다.

황하며 어깨를 잡았다.

"어떻게 해도, 며, 면회는 안 되는 겁니까?"

지안이 고개를 아주 약간 옆으로 돌렸다. 자세히 보고 있지 않으면 알 수 없을 정도의 그 희미한 움직임을 보고, 뒤에 대기하고 있던 승려가 슬쩍 앞으로 나섰다. 지안은 더욱 고개를 돌려 그 승려에게 귓속말을 했다.

승려는 곧 머리를 숙이고 자리를 떴다.

"지금 선사께 여쭈러 갔습니다. 잠시 기다려 주십시오. 자, 경찰들은 그렇다 치고, 당신들은 어떻게 하시겠습니까?"

아츠코는 조금 곤란한 듯이 눈썹을 찌푸리며,

"예. 네 시에는 물러가야 한다면———그러면 이제 한 시간도 남지 않았군요."

라고 말하더니 이쿠보를 보았다. 이쿠보가 말했다.

"이곳에———머물게 해 주실 수는 없을까요? 수행을 방해하지는 않겠습니다. 이야기만 듣는 것이 아니라 수행하고 계시는 모습을 보여 주셨으면 합니다. 그렇다면 하루든 이틀이든———."

"이쿠보 씨!"

아츠코는 놀란 모양이다.

"이곳에, 산속에 머무르시겠다는 거예요?"

"네. 괜찮을까요?"

이쿠보는 의연하다. 의연하다기보다 필사적인 형상이라는 것에 가까울까. 어딘지 모르게 안타까움이 느껴지는,

그렇다, 각오한 듯한 얼굴이다.

　지안은 처음으로 입가 이외의 얼굴 부분을 움직였다.

　미간을 찌푸린 것이다. 보통 같으면 깜짝 놀라거나 당혹스러운 표정이 될 테지만——실제로 나를 포함한 모든 사람이 놀란 얼굴을 하고 있었지만——지안의 경우는 노골적인 혐오의 표현으로 보였다.

　"그것은——."

　"수행을 방해하지는 않겠습니다."

　"그런 문제가 아니라——."

　"다음 달부터 있을 뇌파측정실험 때는 일정 기간 절에 머물며 조사하는 것이 전제였습니다. 그건 승낙하셨잖아요. 이번 취재는 그에 앞서——."

　"잠깐만요. 분명히 실험인지 뭔지는 승낙했습니다. 했지만——."

　갑작스런 전개임은 틀림이 없다. 아무도 예상하지 못한 일이었다. 남들보다 배는 질서를 중시한다는 지안 스님의 난색은 당연한 일일 것이다.

　지안이 한순간 말을 끊은 그때.

　장지가 열렸다.

　왠지 지위가 높아 보이는 승려가 서 있었다.

　입고 있는 옷은 지안 스님과 그리 다르지 않지만, 어딘지 모르게 장식적으로 보인다. 가사의 미묘한 색깔이나 끈 색깔, 그 걸친 방법 등이 지안과는 아주 조금 다르다. 그것만으로도 인상이라는 것은 꽤 달라지나 보다. 나이는 쉰대여섯, 지안보다는 훨씬 나이가 많은 승려다.

등 뒤에는 역시 그를 모시는 승려가 서 있다.

승려는 굵은 목소리로 말했다.

"이야기는 여기서 들었습니다. 지안, 무얼 그리 꾸물거리는 거요."

지안은 한층 더 불쾌한 표정이 되었다.

"유켄 스님. 말도 없이 들어오다니 무례하지 않습니까. 왜 스님이 이 지객료(知客寮)† 에 계시는 겁니까?"

"지안. 뭐 어떻소. 당신은 좀 지나치게 신경질적이군. 지금 저기서 달려오던 당신네 행자와 마주쳤다오. 붙잡아 물어보니 손님을 어떻게 처우해야 할지 가쿠탄 선사님께 여쭈러 간다고 하더군. 그래서 말이오. 당신이 하는 일이니 모처럼 멀리서 와 주신 손님을 쫓아내려고 하는 게 아닌지 걱정이 되어서 왔소."

"지객은 접니다. 쓸데없는 참견은 마십시오."

"속세를 싫어하는 당신이 지객을 맡은 것이 애초에 잘못이오. 지객이라면 바깥세상과의 창구가 아니오."

"제가 지객에 부적당하다는 말씀이라면 직함을 바꾸어 달라는 요청을 하시는 게 좋겠지요. 다만 빈객을 접대하는 것은 중요한 지위입니다. 우리 절은 어떤지 몰라도 임제에서 지객이라 하면 기강을 다스리는 정도가 아니라 절 하나를 맡기도 하는 큰 역할입니다. 유나처럼 경책(警策)†† 만 휘

---

† 선사에서 객승들이 기거하는 곳.

†† 선종에서 좌선 중인 승려가 졸거나 긴장이 느슨해지는 것을 경계하기 위

377

두르면 되는 것이 아니지요."

지안의 말 ——— 아마도 비아냥 ——— 에 유켄이라고
불린 승려는 거만한 태도로 대꾸했다.

"그 직함을 바꾸는 것도 감원인 당신이 맡고 있지 않소.
어쨌거나 나는 선사님께 단단히 주의를 듣고 왔소. 아무리
지사(知事)[†] 중 한 사람이라고는 하나 료넨 스님은 우리
절의 수행승. 승려의 불상사는 유나인 내 책임이오. 하물
며 이것은 형사사건이란 말이오. 절 안에 그치지 않고 세
상에까지 널리 폐를 끼친 것이오. 내게는 무탈하게 대응하
여 반드시 진상을 해명하고 선사님께 보고할 의무가 있
소."

유켄의 말에 형사들은 약간 기운을 되찾았다.

지안은 흔들리지 않는다.

"그것과 이것은 이야기가 다르지요. 료넨 스님의 사건
과, 이쪽 분들의 취재 건은 관계가 없습니다. 게다가 갑작
스럽게 숙박을 청하시는 것은 또 다른 이야기입니다. 우리
절에는 일반인 분들이 묵을 수 있는 숙방(宿坊)이 없습니다.
아니면 스님께서는 이 부인들을 단과료(旦過寮)^{††}에라도 묵
게 하실 생각입니까?"

"뭐, 단과료에 묵으시게 하지 않더라도 쓰지 않는 방장
(方丈)^{†††}은 얼마든지 있지요. 침구 정도는 준비할 수 있소.

해 쓰는 막대기. 길이는 1.3미터 정도며 끝이 평평하다.

† 절에서 승려의 잡무나 서무를 담당하는 승려.

†† 행각승이 묵는 곳.

무엇보다 여인이 옆에 있는 정도로 수행이 되지 않는다면, 그런 수행은 처음부터 가짜지요."

지안은 침묵했다. 그리고 오싹할 만큼 싸늘한 눈으로 유켄을 응시했다.

"스님께서 그렇게까지 말씀하신다면 저는 스님께 맡겨도 전혀 상관없습니다———다만."

"알고 있소. 나도 그 정도는 안다오."

유켄은 그렇게 말하더니 우리들에게 인사를 했다.

"유나인 나카지마 유켄이라고 합니다. 자, 이쪽으로 오시지요."

이어 유켄은 우리들을 안내하듯이 오른손을 옆으로 내밀었다.

경관 두 명은 당장 일어섰다. 지안은 침묵했다.

순간 나는 유켄의 말을 따라야 할지 말아야 할지 약간 망설였다.

아츠코는 그런 선택 자체보다도 이쿠보의 변모———표변이라 해도 좋을 것이다———한 모습에 당황한 것 같았다. 역시 당혹스러워하고 있다.

도리구치는 사태 파악이 안 되는 모양이다.

그때 아까 그 젊은 승려가 돌아왔다.

승려는 서 있는 유켄을 힐끗 보고 나서 눈을 마주치지 않도록 말없이 고개를 숙이고, 우리들 뒤를 지나 지안에게

---

††† (앞쪽)대략 가로세로 열 척 넓이의 방으로 선사(禪寺)에서 높은 승려의 처소를 일컫는다.

가더니 정중하게 고개를 낮추고 뭐라고 말했다.

지안은 다시 유켄을 노려보듯이 쳐다보며,

"유켄 스님. 스님 말씀이 맞습니다. 선사께서는 스님께 모든 것을 맡기라고 말씀하셨다 합니다. 여러분, 앞으로는 거기 계시는 유켄 스님께 상의하시는 게 좋겠습니다. 그리고 경찰 여러분, 선사님은 경우에 따라서는 면회 청취도 기꺼이 응하겠다고 하신 모양이니, 그것도 유켄 스님께 처리해 달라고 하십시오."

하고 조용히 말했다.

잘 억제된 엄숙한 말투였다. 다만 내게는 그 갸름한 눈 가장자리에 분통함 비슷한 속된 감정이 ——— 엿보인 듯한 기분이 들었다.

나는 그것을 보고 왠지 안심해서 겨우 일어섰다. 다리가 저려서 두세 걸음 비틀거렸다.

밖으로 나갔다.

유켄은 지안과 정반대로 무서운 얼굴을 하고 있다. 추켜올라간 삼각형 눈썹과 가느다란 눈이 은근히 위엄을 자아낸다. 체격도 좋다. 그러나 움직임이 유연하고 빈틈이 없다는 점에서는 지안과 다를 게 없었다.

"보기 흉한 모습을 보여드렸군요. 같은 승적에 있는 자들끼리라 삼불선근(三不善根)은 이미 끊었을 테지만, 아무래도 맞지 않는 것은 맞지 않지요. 수많은 번뇌 중에서도 진에(瞋恚)만은 끊기 어려운 모양입니다. 나도 모르게 말씨가 거칠어지고 마니."

"삼불선? 그게 뭡니까? 아니, 아까부터 알 수 없는 말뿐입니다."

마스다가 물었다. 도리구치가 작은 목소리로,

"심부전이랑 다른 겁니까?"

하고 말했다.

"삼불선근이란 중생의 선한 마음을 해치는 가장 뿌리 깊은 세 가지 번뇌를 말합니다. 첫 번째로 탐욕, 두 번째로 진에 ——— 즉 분노, 그리고 우치(愚癡) ——— 다시 말해 부처의 가르침을 모르는 것. 이, 탐·진·치 세 가지를 합쳐 삼독(三毒)이라고 합니다."

"흐음, 다시 말해서 당신은 화를 잘 낸다는 뜻이군요."

"그렇지요. 수행이 부족합니다."

유켄은 웃었다.

"저어."

아츠코가 질문했다.

"이제 곧 네 시인데요, 그."

"폐문이라고 ——— 지안 스님이 말했겠지요. 물론 폐문은 할 테지만 나갈 수 없게 되는 것은 아니오. 하지만 밤길은 위험하지요. 그러니 만일 돌아가실 거라면 지금 가십시오. 물론 묵고 가실 거라면 그것도 상관없지만, 지안 스님이 말씀하셨다시피 네 시에 있을 개판(開板)에서 다음 개판 ——— 아홉 시까지는 취재든 수사든 승려들이 여러분을 상대할 수 있는 상태가 아닌 것은 사실이오. 그 후에도 열 시에는 소위 말하는 소등 시간이 되는데, 어쩌시겠소?"

"그럼 ——— 만일 내일 다시 찾아뵙는다면."

"기상은 세 시 반. 뭐, 여러분을 상대해 드릴 수 있는 것은 오재(午齋) ——— 점심식사 후 삼십 분 정도일까요."

"예에에."

마스다가 맥 빠진 것 같은 목소리를 냈다.

"그런 시간부터 수행을 하시는 건가요?"

아츠코가 머리를 끌어안았다.

"그러면 아침 수행을 취재하기 위해서는 세 시 반에 이곳을 찾아올 필요가 있는 거로군요?"

유켄이 태연하게 대답했다.

"그렇겠지요."

"우헤에, 아츠코 씨, 역시 이쿠보 씨 말대로 묵고 가지요. 이대로 돌아간다면 저는 무엇 때문에 이 무거운 기재를 들고 아픈 엉덩이를 어루만지며 여기까지 왔는지 알 수 없는 데다, 날도 밝기 전에 다시 오려면 결국 잘 수도 없어요. 죽고 말 겁니다."

도리구치가 우는 소리를 했다.

"이보게, 도리구치 군. 자네나 나는 아무래도 상관없어. 아츠코나 저기 계시는 이쿠보 씨는 여자 분들이란 말일세. 갈아입을 옷이니 뭐니, 그, 여러 가지로."

내가 말을 다 마치기도 전에 이쿠보가 말했다.

"저는 ——— 준비는 해 왔어요. 뭣하면 여러분은 돌아가셔도 됩니다. 저 혼자 여기 남을 테니, 아침 수행 취재는 ———."

"그렇게는 안 될 거요, 아가씨. 당신은 일단 용의자니까. 당신이 묵겠다면 우리도 묵어야 해요. 그렇지, 마스다 군?"

"야마시타 씨가 잔소리를 할 테니까요."

마스다가 아츠코를 흉내 내어 머리를 끌어안았다. 아츠코가 말했다.

"뭐, 저도 가방째 들고 오기는 했는데요 ——— 하지만 이쿠보 씨. 혼자 남으시면 사진은 어쩌려고요? 게다가 이번에는 ≪희담월보≫ 취재니까 저는 역시 ———."

"그러니까 저는 남겠습니다, 아츠코 씨."

"자네야 남든 가든 아무래도 상관없다니까, 도리구치 군. 아츠코, 너는 어떻게 할 거니?"

"으음 ———."

"시비가 있는 모양이군요. 자, 어떻게 하시겠습니까?"

속인들이 허둥대는 모습을 즐기는 듯한 얼굴을 하며 유켄이 말했다.

이쿠보가 물러나지 않을 것 같아서 아츠코는 경찰에게 말했다.

"마스다 씨, 우리가 여기 묵어도 상관없을까요?"

"예? 아아, 어떡하죠, 스가와라 씨."

형사들은 형사들대로 상의를 시작했다. 아츠코는 그 모습을 곁눈질로 보면서 나를 돌아보았다.

"선생님은 어떻게 하시겠어요?"

"나는 아무래도 상관없다. 상황에 휩쓸리다 보니 여기에 있는 거니까."

"이마가와 씨는?"

그렇다. 이마가와도 있었다. 나는 잊고 있었다.

"저는―――― 이대로는 볼일이 끝나지 않으니 돌아갈 수 없고, 무엇보다 혼자 돌아갈 자신이 없습니다. 그뿐입니다."

구석에서 건물 지붕을 올려다보고 있던 이마가와는 혀 짧배기 말투로 그렇게 말했다. 계속 입을 다물고 있었기 때문에 혀가 잘 돌아가지 않았나 보다. 나는 알 수 있다.

"스님!"

상의가 끝났는지, 마스다가 멍청하게 불렀다.

"그, 아홉 시까지 기다리면 사정청취를 할 수 있는 거지요?"

"물론이지요."

"그때까지, 혹시 고사카 씨가 머물던 곳을 조사해도 될까요?"

"가능하지요."

"음―――― 으음, 여러분."

마스다는 이쪽을 돌아보았다.

"묵으시려면―――― 묵으셔도 됩니다. 우리도 그렇게 하겠습니다. 이대로는 수사도 할 수 없으니까요."

"그러면 여기서 하룻밤 신세를 지는 걸로―――― 여러분도 괜찮으시겠지요. 그럼 유켄 스님."

결국 아츠코가 오합지졸을 어떻게든 한데 모은 꼴이 되었다. 결과적으로 이쿠보의 괴이한 제안이 통과한 셈이다. 유켄은 다시 대담하게 웃으며 뒤에 대기하고 있던 승려를 불렀다.

"얼른 준비를 합시다. 에이쇼."

"예."

"이 분들을 내율전(內律殿)으로 안내하게. 나는 나중에 가지. 차를 내어 드리도록."

유켄은 함께 온 승려에게 그렇게 말하고 발길을 돌렸다.

젊은 승려는 그 뒷모습을 향해 깊이 절을 한 후 다시 이쪽을 돌아보며,

"에이쇼라고 합니다. 이쪽으로 오시지요."

하고 말했다.

사람 그림자는 전혀 없었고, 물론 아무 소리도 나지 않았다.

이곳에는 아마 서른 명도 넘는 승려가 있을 텐데, 이래서는 아무도 없는 것이나 마찬가지다. 절의 경내———라고 해도 어디까지가 경내인지조차 알 수 없지만———라고는 도저히 생각할 수 없었다.

에이쇼는 우리를 그보다 더 떨어져 있는 작은 사당으로 안내했다. 사당이라고 하는지 뭐라고 하는지, 어쨌든 아주 작은 건물이었다.

아까 유켄은 방장이라고 했다.

그러나 방장이라면 사방 열 척, 다시 말해 두 평 반 정도 되는 것이어야 하는데 그곳은 작기는 해도 두 평 반은 넘었고, 물론 안은 몇 개의 방으로 나뉘어 있는 것 같았다.

"이곳은 내율전이라고 불리는 곳입니다. 작년 여름까지는 지사 중 한 명이 사용했지만 사정이 있어 지금은 쓰지 않고 있습니다."

대부분의 사람들은 그 설명에 납득했지만 마스다는 세심했다.

"그, 여러 가지를 묻는 것 같지만 그 지사라는 게 뭡니까?"

"지사란 선사의 서무를 분담하는 주사직(主事職)의 승려를 말합니다. 감원, 유나, 전좌(典座), 직세(直歲)를 4지사, 큰 사원에서는 감원을 다시 도사(都寺), 감사(監寺), 부사(副寺)의 셋으로 나누어 6지사로 하는 경우도 있습니다. 우리 절에서는 4지사를 두고 있지요. 아까 그 지안 스님이 감원, 유켄 스님이 유나, 그리고 돌아가신 료넨 스님이 직세를 맡고 계셨습니다."

"흐음, 직세라는 것은 어떤 직함인지?"

"예에, 그."

"아아, 이거 실례했습니다, 저는 국가경찰 가나가와 본부의——."

외투 안쪽에서 수첩을 꺼내려던 마스다의 팔을 스가와라가 움켜쥐었다.

"그러니까 형씨. 아니, 마스다 군. 이런 현관 앞에서 그러면 스님이 곤란하시잖나. 안으로 들어가게."

마스다는 "예에" 하고 말했다.

그렇게 우리는 내율전으로 들어갔다.

아까도 그랬지만 새하얀 눈 속에서 갑자기 어두컴컴한 실내로 들어갔기 때문에 내 둔감한 홍채는 기능을 상실하여, 나는 잠시 시각을 잃었다.

낡은 건물이었다. 다다미는 거의 탈색되었고 기둥은 나무로 되어 있는지 돌로 되어 있는지 판별이 가지 않을 만큼 거무스름하다. 장지에는 그림이 그려져 있는데, 칙칙해진 데다 실내의 광량이 부족해서 무엇이 그려져 있는지 전혀 알 수 없었다.

이마가와는 끊임없이 여기저기를 살펴보았다. 골동품상의 습성일까. 도리구치가 소란을 피웠다.

"이거 세키구치 선생님. 센고쿠로보다 낡았군요. 이 옛날 냄새는 보통이 아니에요."

"뭔가, 그 옛날 냄새라는 건?"

"옛날 같은 냄새가 난단 말입니다."

도리구치는 그렇게 말했지만, 나는 선향의 냄새라고밖에 생각할 수 없었다.

에이쇼가 차를 가져왔다.

"오래 기다리셨습니다. 입산한 후로 손님이 오시는 일이라곤 없었던지라, 무례하고 서툰 것이 있더라도 용서해 주십시오."

"호오, 그, 참배하는 사람도 오지 않소?"

스가와라가 물었다.

"우리 절에는 시주 신도가 없습니다."

"시주가 없다?"

"예. 그런 모양입니다."

"그럼 사원 경영이 불가능하잖습니까."

마스다가 말했다. 이어서 이마가와가 물었다.

"저어, 센고쿠로에서 전쟁 전에는 신도가 많이 계셨다고, 그렇게 들었습니다만."

"글쎄요, 전쟁 전의 일에 대해서는 모르겠습니다."

에이쇼는 미안한 듯이 말했다.

확실히, 마스다의 말대로 시주 신도 없이 사원을 경영하기란 불가능할 것이다.

나는 얼마 전에도 시주가 없다는 사원을 우연히 알 기회가 있었는데, 그곳 역시 정상은 아니었다. 우란분(盂蘭盆)[†] 때 시주를 돌지도 않고, 묘지를 경영하지도 않고, 장례식도 하지 않는 스님은 죄다 정상으로는 여겨지지 않는 모양이다.

그러나 그것도 근본으로 돌아가면 이상한 이야기이긴 하다. 생각해 보면 승려라는 것은 본디 구도자이니, 속세와 인연을 끊는 게 당연하다.

순수하게 불도 수행에 힘쓰는 경우는 사회와 소원해져

[†] 본래는 중국에서 괴로워하는 망자를 구하기 위한 불사(佛事)로 7월 15일에 행해졌으나 일본에 건너오면서 조상의 영혼을 공양하는 불사가 되었다. 현재는 8월 13일에서 15일 사이에 행해지는데, 7월에 행하는 지역도 많으며 지역에 따라 각종 풍습이 있다.

도 어쩔 수 없다. 하지만 그런 사람은 현재로서는 자칫 정상으로 간주되지 않을 수 있다. 사회 안에서 공생할 수 있는 구도자만이 우선 정상으로 간주되는 것이다.

다시 말해 지금은 속세와 완전히 인연을 끊어 버리면 구도는 할 수 없다는 뜻이 된다. 이것을 모순이라고 할지 당연하다고 받아들일지는 사람에 따라 다르겠지만 사원과 경영이라는, 본래 융합될 수 없는 두 개의 단어를 붙여 한 단어로 만들고 그것을 태연하게 쓰고 있는 우리의 신경이야말로, 생각해 보면 정상이 아닐지도 모른다.

야마시타가 오늘 아침에, 스님이란 장례식에서 경을 읽는 일이라고 했는데, 그것은 어떤 의미로 맞는 말이어서 지금은 스님조차 직업의 일종———일 것이다.

하지만 그런 것치고는 철저하게 직업으로 임하면 속되다는 말을 듣게 되고, 직업으로 대하지 않으면 정상으로 간주되지 않으니 스님이라는 것도 못할 노릇이다.

이곳은———여전히 수수께끼의 절이다.

속되지는 않은 것 같다. 그리고 정상도 아닌 것 같다.

스가와라가 수첩을 꺼내며 다시 물었다.

"스님, 당신은 젊어 보이는데 몇 살이오?"

"열여덟입니다."

"열여덟? 정말 젊군. 언제부터 여기 있었소?"

"아직 사 년밖에 안 되었습니다. 바로 얼마 전까지는 잠도(暫到)†였습니다. 전쟁으로 가족을 잃고, 집이 절이었

---

† 사원에 극히 짧은 기간 머무는 수행승, 혹은 사원에서 수행은 시작했지만

기 때문에 돌아가신 료넨 님의 소개로 이 절에 들어왔지요. 제 이후로 입산한 사람이 없기 때문에 이 절에서는 가장 신참입니다."

"흐음. 잠도라는 게 뭐요?"

"새로 들어온 행각승을 말합니다."

"입문할 때는 뭔가 굉장히 힘들다고 들었는데요."

아츠코가 물었다. 취재인지 사정청취인지 모르겠다. 아마 둘 다겠지만, 왠지 묘했다.

"예. 입산입당(入山入堂)을 원하는 글[願文]을 들고 입산을 신청하는데, 반드시 거절당합니다. 그래도 포기하지 않고 문밖에 이틀쯤 서서 계속 청을 하면 그제야 입산이 허가되지요. 이것을 마당지키기라고 합니다. 입산이 이루어지더라도 그 후에는 단과지키기를 하게 됩니다. 단료라는 곳에서 사흘 동안 좌선을 하는 것인데 움직이는 것은 고사하고 말을 해도, 헛기침만 해도 야단을 듣습니다. 의식이 몽롱해져서 몇 번이나 정신을 잃을 뻔했지요."

"그건 고문이로군요. 싫었지요?"

마스다는 가볍게 물었다. 그런 성격인가 보다.

"예. 저와 같은 날 네 명이 입산했는데, 두 사람은 그때 떠났습니다. 그보다──그, 료넨 스님은 대체──."

"아아──."

죽었다는 사실 외에는 아무것도 몰랐던 모양이다.

스가와라가 고사카 료넨은 맞아 죽었다고만 대답했다.

아직 수행이 깊지 않아 운수 행각이 허락되지 않은 수행승을 일컬음.

에이쇼는 숨을 삼키며 합장했다.

"저어."

이쿠보가 물었다.

"좌선은 벽을 보고 하시나요? 아니면."

갑작스러운 질문에 에이쇼는 놀란 모양이다. 손을 모은 채 눈을 떴다. 어리게 보자면 아직 소년이다.

"예? 저는 벽을 보고 하는데요."

"그럼 벽을 보지 않는 분도 계시는 거군요. 그럼 예를 들면 노사(老師)님이라든가 그런."

"아뇨, 그것은———."

"그건 말이오, 아가씨. 우리 절은 방식이 여러 가지라 서."

유켄이 또 소리없이 등장해 에이쇼의 말을 가로막았다.

"에이쇼. 수고했다. 이제 됐으니 물러나 있어라."

"예."

에이쇼는 다시 깊이 절을 하고 매끄러운 동작으로 옆방으로 사라졌다. 유켄은 당당하게 우리 앞으로 나서더니 일동을 둘러보며 앉았다.

"아가씨. 지금 하신 질문은———."

유켄은 앉자마자 이쿠보를 응시하며 잘 울리는 목소리로 물었다.

"———우리 절의 종파를 묻는 질문이라 생각해도 지장이 없겠지요."

이쿠보는 약간 기가 죽으면서도 단호한 말투로 "예" 하고 대답했다. 아무래도 산에 들어온 후로 성격이 달라진 것 같다. 나는 이 심약해 보이는 여성을 더욱더 알 수 없게 되었다.

"당신은 불사의 법식(法式)에 대해 잘 아시오?"

"아뇨. 저는 취재할 곳이 이곳으로 정해지기 전까지는 섭외를 위해 백 개도 넘는 선사와 산에 연락을 취했습니다. 그래서———."

"흐음, 이게 바로 서당개로군."

"무슨 소리예요? 이쿠보 씨?"

아츠코가 물었다. 확실히 무슨 소린지 알 수가 없다. 이쿠보가 그런 질문을 한 의도도, 그에 대한 유켄의 반응도, 나로서는 전혀 짐작이 가지 않았다. 물음에 답한 것은 유켄이었다.

"왕삼매(王三昧)[†]에서 임제 황벽(臨濟黃檗)[††]은 벽에 등을 돌리고 앉지요. 한편 조동에서는 사가(師家)[†††]와 종사(宗師)[††††]

[†] 삼매란 마음을 한 가지에 집중시켜 안정된 정신상태에 들어가는 종교적 명상을 일컫는다. 불교에서는 이 삼매의 수행이 열반의 세계로 향하게 하는 법이라고 설한다. 삼매에는 삼삼매(三三昧)와 사종삼매(四種三昧)가 있는데 삼삼매란 공삼매(空三昧), 무상삼매(無相三昧), 무원삼매(無願三昧) 세 가지를 가리킨다. 이 중 공삼매란 모든 법은 공(空)하다고 관하는 것이고, 무상삼매란 모든 법이란 전혀 생각할 것도 볼 것도 없다고 관하는 것이고, 무원삼매란 모든 법을 원하거나 구하지 않는 것이라 하는데, 특히 석가모니는 모든 삼매 중에서 가장 뛰어난 삼매는 공삼매이며 이를 왕삼매라고 하였다.

[††] 임제종과 황벽종. 황벽종은 조동종·임제종과 나란히 일본 삼대 선종 중 하나다. 1654년 명나라의 승려 은원(隱元)에 의해 전해졌으며, 임제종과 거의 비슷하지만 명대의 불교적 풍습이 가미되어 있다. 1874년에 임제종과 합병되었다가 2년 후에 독립해 하나의 종파가 되었다.

[†††] 좌선의 지도자로, 학덕과 자격을 갖춘 선승을 일컫는 말.

에 따라 다르지만 개조이신 도겐[道元]† 선사 이래로 행각
승은 벽을 향해 앉습니다. 다시 말해서 이 분은 어느 쪽을
보고 앉았는지에 따라 종파를 판단하려 한 것이겠지요.
그렇지요?"

이쿠보는 예, 하고 고개를 끄덕였다. 아츠코가 물었다.

"하지만 그러면 ——— 이 절의 종파는."

"유감스럽게도 우리 절은 조동도, 임제도 아니오."

"하지만 ——— 여기는 선사(禪寺)잖아요? 일본의 선사
는 임제종, 조동종, 일본 황벽종, 그러니까 삼종 중 하나가
아닌가요?"

"그건 좀 틀린 말씀이군요. 확실히 조동종과 일본 황벽
종은 각각 한 종파 한 교단이지만, 임제종은 건장사파, 원
각사파, 남선사파, 동복사파, 상국사파, 건인사파, 묘심사
파, 천룡사파, 대덕사파, 영원사파, 국태사파, 불통사파,
향악사파, 방광사파의 대본산 14파와, 여기에 홍성사파를
더해 열다섯으로 나뉘어 있소. 종파라고 하려면 정확하게
는 이렇게 따져야지요. 우리 절은 그 어느 파와도 관련이
없소."

"그렇다면 ——— 설마 여기는 선종이 아닌가요?"

"선종? 물론 선종이 아니오. 그뿐 아니라 우리 절에는
교의가 없소."

---

†††† (앞쪽)각 종파의 조사, 혹은 선법(禪法)을 전하는 고승.

† 일본 조동종의 개조로 일본에서 가장 위대한 선사 중 한 명으로 추앙받
고 있다(1200~53).

"없다?"

형사들은 어리둥절해 있다. 물론 나도 골탕을 먹은 기분이었다. 이쿠보가 항의하듯이 말했다.

"선종이 아니라고는 ─── 생각되지 않는데요."

유켄은 바위 같은 얼굴을 꿈쩍도 하지 않고 말했다.

"물어 가로되, 삼학(三學) 중에 정학(定學)이 있다. 육도(六度) 중에 선도(禪度)가 있다. 모두 이 일체의 보살의 초심에서 배우는 바, 이둔(利鈍)을 가리지 않고 수행한다. 지금의 좌선도 그중 하나여야 한다. 무엇으로 이 안에 여래의 정법을 모으겠다는 것인가 ─── ≪정법안장(正法眼藏)≫은 아시오? 아가씨."

이쿠보가 대답했다.

"아마 도겐 선사가 쓰신 ─── 책이지요."

"맞소. 영평사(永平寺)의 도겐이 저술한 선적(禪籍)이오. 지금 말씀드린 것은 그중 첫 번째인 〈변도화(辨道話)〉에 적혀 있는 물음이오. 삼학이란 지계(持戒), 선정(禪定), 지혜(智慧). 거기에 보시(布施), 인욕(忍辱), 정진(精進)을 더해 육도(六度)라고 하지요. 이 육도가 바로 사람을 구원하는 덕목이오. 선정은 이 육도 중 단 하나에 지나지 않는 것이 아닌가, 왜 그 한 가지로 모든 불법을 말하려고 하는가 ─── 라는 뜻의 물음이지요."

"그러면 ─── 이곳이 선종이 아니라고 말씀하시는 것은 그 여섯 가지 중 다른 다섯 가지도 배우기 때문이라는 뜻인가요?"

"완전히 틀렸소."

"예?"

"이 물음에 도겐은 스스로 이렇게 답하지요. 선종의 호(號)는 신단 동쪽에서 일어나 천축에는 이르지 못했다 ——— 달마대사가 숭산 소림사에서 구 년 면벽을 하는 동안, 승려도 속인도 아직 부처의 정도(正道)를 알지 못하고 좌선을 가르침으로 하는 바라문이라 부르니 ——— 어리석은 속가(俗家)는 사실을 알지 못하고 오직 좌선종(坐禪宗)이라고 하나니 ——— 좌(坐)라는 말을 듣고 그저 선종이라 하는 것이다."

"모르겠습니다."

그도 당연하지요 ——— 유켄은 그렇게 말했다.

"간단히 말하면 이렇습니다. 선(禪)은 인도에는 없었다. 중국에서 일어난 것이다. 다만 그 중국에서도 개조 달마대사의 좌선의 진의는 전혀 이해되지 않았고, 다만 바라문의 좌행(坐行)으로 오해되었다. 그것은 그냥 앉아 있다는 이유로 좌선종이라고 불렸으며, 후에 축약되어 선종이 되었다 ——— 는 것이오. 다시 말해 달마의 선은 육도의 선정과 같은 선상에서 생각할 수 있는 것이 아니라고, 도겐 선사는 말한 것이지요. 선종이란 오해를 부르기만 하는, 잘못된 호칭입니다. 굳이 말하자면 ——— 불법의 모든 가르침들은, 나란히 두고 일컬을 수 없는 것이오."

알 것 같기도 하고 모를 것 같기도 하다 ——— 그것이 솔직한 감상이었다. 나는 아무래도 이런류의 이야기를 들으면 교고쿠도가 생각난다. 다시 말해 궤변이라는 선입견을 갖고 받아들이는 것이다.

유켄은 말을 이었다.

"아시다시피 도겐은 조동종의 개조로 되어 있소. 분명 도겐에게 정법을 전한 천동 여정(天童如淨)[†]의 법맥을 거슬러 올라가 보면 중국 조동종의 시조 동산 양개(洞山良价)[††]에 이르게 되지만 그건 그것이고. 도겐은 생전에 결코 자신이 연 그것을 조동종이라고는 부르지 않았소. 도겐의 선(禪)은 도겐의 것이지요. 마찬가지로 우리 절의 법맥을 거슬러 올라가면 어떤 법계에 이르게 되기도 하겠지만, 그 이름을 받아 절 이름에 붙인다 해도 무의미한 일이오. 또 다른 종파와의 차이를 과시하며 한 종파를 일으켜 그 이름을 쓰는 것 또한 무의미하지요. 불가(佛家)는 가르침의 좋고 나쁨을 논하지 않고 법의 깊고 얕음을 가리지 않으며, 오직 수행의 진위를 알아야 합니다 ——— 종파 따윈 방해가 될 뿐이지요."

"예에."

더욱더 궤변으로 들렸다. 하지만 진실은 그렇지 않은지도 몰라서, 나는 그저 혼란스러웠다. 난해한 용어나 에둘러 말하는 것에는 교고쿠도와 오랜 교제로 충분히 익숙해졌다고 생각했지만, 교고쿠도가 갖고 있는 일종의 악마적

[†] 중국 송나라 때의 승려(1163~1228).

[††] 중국 당나라 말기의 승려(807~869). 조동종의 개조이며, 조동종의 동(洞)은 그의 이름에서 따온 것이라고 한다.

인 친절함이 유켄에게는 부족하다. 친구의 말에는 이해하기 어려운, 하지만 나름으로 품속에 미끄러져 들어와 어느새 상대방을 회유해 버리는 구석이 있지만, 유켄의 말에는 못 알아듣겠다면 때려주겠다는 것 같은 의연한 강함이 있었다. 그것은 야습과 결투의 차이에 가까울지도 모른다. 결투는 정정당당하지만, 실제로는 야습이 성공률은 더 높은 것이다.

"저어."

마스다가 머뭇머뭇 말을 꺼냈다. 유켄은 그것을 보고,

"이거 실례했구려. 설교하는 버릇이 붙어서."

라고 말했다.

종이 울렸다.

네 시다.

장지문 너머에서 목소리가 들렸다.

"유켄 스님. 여기 계시오?"

"오오, 여기요, 여기요. 들어오시지요."

장지가 소리도 없이 열리고 또 다른 승려가 서 있었다.

화려한 가사를 입고 있다. 어느 모로 보나 자신은 수수한 다른 승려와는 다르다고 주장하는 것 같다. 나이는 유켄과 비슷한 정도일까.

역시 승려를 거느리고 있다.

"고원(庫院)† 쪽은."

"걱정하실 것 없소."

---

† 부엌을 갖춘 건물, 또는 식품을 보관해 두는 곳.

승려는 오른쪽 어깨를 약간 올리며 우리 앞을 매끄럽게 지나 유켄 왼쪽에 앉았다.

"아아, 이쪽은 전좌 지사이신 구와타 조신 스님."

조신은 합장을 하며 목례를 했다.

"그럼 앞으로의 일을 정해 볼까요. 우선 여러분의 이름과 신분을 말씀해 주셨으면 하오."

우선 형사들이, 그리고 이쿠보를 필두로 우리가 순서대로 이름을 말하고, 마지막으로 이마가와가 이름을 말하고 찾아온 뜻을 밝혔다.

새삼 정면에서 보니 조신은 검푸른 피부를 가진, 어딘가 종잡을 데 없는 인상을 주는 남자였다.

유켄이 말했다.

"우선 삼십 분 정도 저희가 상대를 해 드리겠습니다. 그 후에는 경찰과 잡지사에 각각 안내할 승려를 붙여 드리지요. 어디를 조사하시고 취재하시든 마음대로 하셔도 괜찮습니다. 다른 승려들에게도 협조하라고 말해 두었습니다. 다만 승려에게 질문을 하시려거든 아홉 시가 넘을 때까지 기다려 주십시오."

괜찮겠느냐는 질문에 마스다는 "예에" 하고 대답했다. 분위기에 휩쓸린 모양이다. 스가와라가 그 모습을 보고 한숨을 쉬며 말했다.

"아무래도 말이지요, 나카지마 씨. 협조는 고맙지만 살인사건이라기에는 긴박감이 부족하군요."

"아니, 이 사건은 우리도 심각하게 받아들이고 있소. 그래서 여기에 오기 전에 조신 스님과도 이야기했는데, 희담사 분들께는 죄송하지만 취재보다는 경찰의 수사를 우선으로 해 달라고 부탁드리고 싶군요. 우리도 그것을 염두에 두고 협조를 할 생각이오. 경우가 경우인 만큼 양해해 주셨으면 합니다."

"그거 좋은 마음가짐이군요 ──."

스가와라는 콧방울을 벌름거리며 수첩을 폈다.

"── 그럼 말씀해 주십시오. 으음, 그 전에 우리는 지극히 신심이 없다고 할까, 부처님께 합장은 하지만 어려운 말은 모릅니다. 아까부터 하시는 말씀을 절반도 못 알아들었어요. 아까 그쪽에서 말씀하신 삼독인가요? 그 마지막 독에 해당하는 겁니다. 그렇지, 마스다 군?"

"예에, 아는 게 없지요. 그러니 가능한 알기 쉽게 이야기해 주셨으면 합니다만 ── 예를 들어 그, 지사라고 하셨나요? 으음, 아까 와다 씨가 총무 인사 담당이고 당신, 나카지마 씨가 풍기 교육 담당. 그렇게 됩니까? 남은, 으음, 구와타 씨가 전좌? 인가요?"

"전좌란 조리 담당입니다. 다시 말해서 부엌 담당이지요. 죽을 만들고 요리를 합니다."

조신이 대답했다. 시원시원하고 분명한 말투다.

"예에, 스님이 요리를 ── 주방 담당이시라고요. 그리고 돌아가신 고사카 료넨 씨가, 으음, 그러니까 직세 ── 인가?"

"직세는 말하자면 건축 담당입니다. 건물을 수선하거나

잡일을 감독합니다."

"그렇군요. 건, 축, 이라고요."

마스다는 수첩에 적었다.

"그럼 그 지사이신 네 분———지금은 세 분이지만
———이 이 절의 간부라고 생각해도 될까요? 아아, 간부
라는 호칭은 예를 들자면 그렇다는 것입니다만."

"괜찮습니다. 괜찮지요, 유켄 스님?"

"괜찮겠지요, 조신 스님. 하지만 이 지사의 임기는 보통
다른 절에서는 일 년입니다. 일 년마다 직책이 바뀌지요.
이곳도 본래는 그렇게 해야 했소."

"하지만 우리 절에는 인재가 없거든. 그래서 계속 하고
있소. 일에는 익숙해지지만, 거기에는 또 그 나름의 폐해
가 있다오. 전좌는 작년까지 다른 사람이 하고 있었는데
몸이 안 좋아져서 갑자기 소승이 하게 되었지요."

"아하. 그럼 여러분 외에는 모두 젊은 스님밖에 없다,
그게 아니라, 간부급의 실력자라고 해야 하나요, 높은 분
은 그밖에도 더 있다는 겁니까?"

"높다는 표현은 아무래도 좀 그렇습니다만, 뭐, 나이 많
은 고참 분은 몇 분 계시오. 각각 암자를 갖고 있소."

"정확하게는 우리와 지안 스님, 돌아가신 료넨 스님을
합쳐서 여섯 명———."

"아니, 다섯 명이오. 조신 스님."

"아아, 다섯 명. 다섯 명입니다."

"그 다섯 명 위에 그, 제일 높은———."

"가쿠탄 선사님."

"가, 쿠, 탄, 님이라고요. 그 가쿠탄 선사님이 계시는 거군요. 가쿠탄 님은 그 다섯 명 안에 포함되지 않는 거로군요."

"그렇지요. 그 외에는 젊은 행각승뿐입니다."

"행각승의 수는요?"

"서른 명."

"그러면 도합 서른여섯 분의 스님이 계신다고———."

"어제 한 이야기와 수는 맞는군."

스가와라가 말했다. 지안이 말한 인원수 얘기일 것이다.

"자, 지금부터가 본격적인 질문입니다."

"저어."

아츠코가 형사들을 들여다보다시피 하며 말했다.

"이야기를 끊는 것 같아 죄송하지만 이거, 사정청취지요? 저희는 자리를 피해 드릴까요?"

마스다가 멍청한 얼굴을 하고 곧장 대답했다.

"어? 별로 상관없지 않나요. 스가와라 씨."

"상관없지도 않은데. 용의자잖나."

"무슨 그런 야마시타 씨 같은 말을 하십니까. 이 분들이 듣는다고 곤란할 것도 별로 없고, 무엇보다 눈을 떼어선 안 되잖아요. 그럼 여기에 있게 해야죠. 그렇지, 뭣하면 취재도 같이 해 버리면 됩니다, 추젠지 씨. 물어보실 내용은 아마 비슷하겠지요?"

"아아, 네, 뭐."

아츠코는 이쿠보와 얼굴을 마주보았다. 그리고 가방에서 수첩을 꺼내고 나를 보았다. 나도 대답할 말이 없었다.

"마스다 군. 자네는 그 경부보가 없으니 꽤나 활기차군."

스가와라는 어이없다는 듯이 그렇게 말하고 나서,

"그래도 되겠습니까?"

하고 두 승려에게 물었다.

승려들은 아무 말도 하지 않았다.

"으음, 돌아가신 고사카 씨에 대해서 여쭙겠습니다. 어제 와다 씨에게 들었는데, 고사카 씨는 상당히 고참이라고 할까, 오랫동안 여기에 계셨다던데요."

"료넨 스님은 벌써 삼십 년 가까이 있지 않았을까요. 조신 스님, 당신이 더 잘 알겠지요."

"그 분은 올해로 아마 육십 세, 아마 쇼와 3년(1928)에 입산하셨을 겁니다. 가쿠탄 스님과 같으니까요."

"가쿠탄 스님과? 가쿠탄 씨는 톱이잖아요. 그 분과 동기입니까?"

"동기? 아아, 뭐, 당신들이 알기 쉽게 말하자면 그렇지요. 상당한 고참 승려이긴 합니다."

"그럼 차석이군요. 가쿠탄 님이 없었다면 고사카 씨가 정점에 섰을 가능성도 있는 겁니까?"

"마, 말도 안 되오."

조신은 황당하다는 얼굴을 했다.

"그 분은 처음부터 그 위치에 있었습니다. 오히려 지안 스님이 그 자리에 계셨어야———."

"조신 씨."

유켄이 타일렀다. 조신은 아무래도 료넨에게 나쁜 감정을 품고 있는 모양이다. 료넨 이야기를 할 때 말에 가시가 있다.

"잘 모르겠군요. 그래서 어떤 분이셨습니까?"

"그 사람은———."

"문제가 있었습니까? 와다 씨의 말을 빌자면 속세에 많이 관여하던 사람이라던데."

"아아, 지안 스님은 여전히 말을 에둘러 하시는군요. 속세에 관여한다기보다 그 사람은 속세 그 자체였으니까요."

"속세 그 자체? 속인이라는 뜻입니까?"

"그래요, 속인입니다. 욕심이 있었어요. 선을 닦을 사람이 아니었소."

내뱉는 것 같은 말투였다.

"하지만 조신 스님. 료넨 스님은 이 사원을 근본적으로 바꾸려고 했던 것 같소. 아니, 말만 그렇게 했을 뿐인지도 모르지만."

유켄이 그렇게 말하자 조신은 삼백안으로 노려보았다.

"유켄 스님. 귀공은 진심으로 그런 말씀을 하시는 겁니까? 소승은 귀를 의심했습니다. 그 사람은 자신의 입장을 이용해 사업에 손을 대고, 그뿐 아니라 절의 돈을 횡령해 유흥가 여인을 두고 사치를 부리며 유흥에 빠지질 않나

──── 파하(破夏)†만 저지르고 ────."

유켄은 눈을 가늘게 뜨며 조신의 말을 가로막았다.

"증거가 없지 않소. 그 사람은 항상 절을 열어야 한다고 말하곤 했소. 이대로 가다간 언젠가는 망하게 될 거라며. 그렇다면 경제적으로도 자립할 수 있고, 나아가 종파로서 도────아니, 나는 물론 반대했소만."

"당연하지요. 그것은 허언입니다. 그런 일이 가능할 리가 없습니다! 무엇보다 그렇게 되면 귀공도 소승도 무엇 때문에 이런────."

"잠깐만요."

스가와라가 손짓으로 말렸다.

"그 이상은 복잡한 이야기 같으니 다시 날을 잡아 천천히 듣도록 하지요. 우리는 우선 고사카 씨의 사람 됨됨이를 알고 싶은데요."

스가와라는 지겹다는 얼굴을 했다.

유켄과 조신은 둘 다 부루퉁하게 시골 형사의 얼굴을 보았다.

경찰관과 성직자는────내가 아는 한────아무래 도 궁합이 나쁜 모양이다.

"으음, 하지만 사업에 손을 댔느니 운운하는 대목은 좀 더 자세히 들려주셨으면 좋겠군요. 그, 횡령이니 뭐니 하는 부분은 경관으로서도 흘려들을 수 없으니까요. 설령

---

† 승려들이 일정 기간(음력 4월 15일부터 7월 15일까지) 한 장소에 머물면서 수행하는, 하안거(夏安居) 동안에 금기를 깨고 외출하는 것.

소문이라 해도 그런 낌새가 있긴 있었던 겁니까?"

"아니오, 아직 확실한 것은 아무것도 말씀드릴 수 없소. 지안 스님이 한창 감사를 하고 있는 중이지요."

유켄은 뭔가 말하고 싶은 것 같은 조신을 누르며 그 화제를 잘라 냈다.

"형사님. 확실히 료넨 스님은 여러 가지 면에서 오해받는 일이 많은 사람이었지만, 그렇다고 일방적으로 단정하면 곤란하오. 료넨 스님은 흔히 말하는 계율을 지키지 않는 승려, 파계승 같은 것이 아니오. 그냥———."

유켄은 곁눈질로 조신을 보았다.

"———이 조신 스님과는 사고방식에 조금 차이가 있어서 말이지요. 충돌하는 경우도 종종 있었지만, 그것도 불도 수행을 열심히 하다 보니 그렇게 된 거요. 교의 해석의 차이, 수행 방법의 차이. 아무쪼록 속세의 상식에 비추어 판단하지 말기를 바라오."

"말씀은 그렇게 하시지만."

스가와라는 연필로 머리를 긁적였다.

그때 장지가 열리고 에이쇼가 얼굴을 내밀었다.

"유켄 스님. 조신 스님. 슬슬———."

"알겠네."

벌써 삼십 분이 지난 것일까.

"약석 준비가 다 되었습니다."

"약석? 무슨 수행입니까?"

마스다가 몹시 싫은 얼굴을 했다. 유켄은 웃었다.

"약석은 저녁식사를 말하는 것이오."

"아아, 밥 말인가요?"

도리구치가 작은 목소리로, 그러나 기쁜 듯이 말했다.

"손님께 내놓는 음식인데 승려와 똑같이 국 하나 채소반찬 하나를 내놓을 수도 없어서 전좌도 고심했지만, 어쨌거나 산사의 식사이니 제대로 된 음식은 없습니다."

조신은 역시나 시원시원하게 그렇게 말했다. 이어서 유켄이 고르려는 듯이 우리들을 둘러보고, 마지막으로 이쿠보에서 시선을 멈추며 말했다.

"희담사 분들, 식사 후에는 이 에이쇼가 안내해 드릴 것입니다. 절 안은 어디든 마음대로 다니셔도 됩니다. 사진 촬영도 자유입니다. 다만 수행 중인 승려를 촬영하는 경우에는 미리 에이쇼에게 양해를 구해 주십시오."

"잘 부탁드립니다."

에이쇼는 방바닥에 머리가 닿을 듯이 절을 했다.

조신이 장지 밖을 향해 말을 걸었다.

"다쿠유."

"예."

다시 장지가 열리고, 거기에는 아까 조신의 등 뒤에 있던 수행 승려가 대기하고 있었다. 역시 젊다.

"자네는 경찰 분들이 말씀하시는 대로 경내를 안내해 드리도록 하게. 스가와라 님. 마스다 님. 이 자는 소승의 행자이며 다쿠유라고 합니다. 용무가 있으시면 무엇이든 말씀하십시오. 우선은 료넨 스님의 암자를 보시겠습니까?"

"그러겠습니다."

"다쿠유. 죽파(粥罷)[†]에는 이 분들을 설창전(雪窓殿) 쪽으로 안내해 드리게."

"예. 알겠습니다."

다쿠유도 공손하게 인사를 했다.

"그럼 또 뵙겠습니다."

두 승려는 슥 일어서더니 옆방에 정좌하고 있는 두 명의 젊은 승려 사이를 지나 뒤도 돌아보지 않고 나갔다. 마스다가 아쉬운 듯이 손을 뻗었지만 말도 붙여볼 수 없었다. 스가와라는 눈으로 뒤를 쫓다가 펼쳐 놓은 수첩에 시선을 떨어뜨리고 아주 크게 한숨을 쉬었다. 에이쇼와 다쿠유는 입을 모아 "잠시 기다려 주십시오" 하고 말하더니 다시 머리를 숙이고 장지를 닫았다.

순간 도리구치가 벌렁 누웠다.

"아아, 전혀 이해할 수가 없었습니다. 엉덩이도 한계고요. 앞일이 걱정되는군요."

"동감일세. 결국 피해자에 대해서는 나이 외에는 아무것도 알아내지 못했어. 엉뚱한 증언에는 익숙하지만, 저렇게 단호하게 말하는 데다 아무것도 알아들을 수가 없군!"

스가와라가 도리구치의 말에 동의했다.

"우리는 종교적으로 무지한 걸까요? 바보인 걸까요? 세키구치 씨는 이해가 가던가요?"

[†] 아침식사가 끝난 시점.

마스다가 나를 돌아보았기 때문에 나는 당황했다.

"저, 저는 아무것도 모릅니다. 이 경우는 이, 이쿠보 씨나 아츠코가 더———."

이쿠보는 고개를 숙인 채 생각에 잠겨 있었다.

똑같이 생각에 잠겨 있던 아츠코가 말했다.

"뭔가———이상해요. 여기."

이상———.

그것이 가장 어울리는 표현이다.

이 절에, 아니, 이번 사건에는 불가사의한 점이라곤 무엇 하나 없다. 물리적으로 불가능한 일 따윈 일어나지 않았고, 인간의 지혜를 뛰어넘은 불가해한 수수께끼 따윈 아무것도 없다.

다만, 아무래도 어딘가 까칠까칠하다.

뭔가 부족하다. 어딘가 어긋나 있다.

이상한 것이 전혀 없기 때문에 불편한 것이다.

다시 말해———.

요괴나 유령 탓으로 돌릴 수가 없는 것이다.

그러면서도 과학적 사고로 이해할 수도 없다.

왜냐하면 내가 무지하기 때문이다.

내가 종교적으로 무지하기 때문에, 또는 목적의식이 희박한 외부 인간이라는 무책임한 입장이기 때문에 나는 과학적 사고로 이 사건에 임할 수가 없다.

과학적 사고로 세상을 이해하려면 모르는 것은 모르는 채로 제쳐 놓을 각오가 필요하다고, 교고쿠도는 말했다.

이번에는————아마 모르는 게 많을 뿐일 것이다. 모르니까, 이해하지 못하는지 그렇지 않은지조차 알 수가 없다.

고등수학의 수식을 보는 것과 마찬가지다. 그것이 잘못된 수식이라 해도 무엇이 틀렸는지 알 수는 없고, 물론 틀린 부분을 고칠 수도 없다. 아니, 틀린 부분을 지적하는 것은 고사하고 틀렸다는 것조차 모른다. 마스다 형사의 말대로 바보인 것이다.

사고를 포기할 수밖에 없다.

그렇게 되면, 가령 그 수식이 옳다 해도 무지한 자는 혹시 틀렸을지도 모른다는 의혹을 항상 품을 수밖에 없다. 그리고 그것은 무지한 이상은 영원히 품어야 하는 찜찜함이다. 아무래도 무지한 나는 근본적인 부분에서 과학적 사고를 하지 못하고 있는 것 같다.

그러면서도 이번에는 구원의 동아줄인 요괴가 초반 단계에서 거의 부정당하고 있다.

그래서 불편한 것이다.

굳이 말하자면————이상하다, 고 할 수 있다.

"이상해요. 어딘가————."

아츠코는 말을 이었다.

"이쿠보 씨, 이곳, 명혜사에 대해서는 어떻게 아셨나요?"

"취재 교섭을 하다가 들었어요. 몇 곳의 절에서."

"들었다고요? 이곳에 대해서 알고 있던 사원이 몇 군데 있었던 거군요? 몇 곳이라면 어느 정도나?"

"아마━━━네 곳. 정확하게 말하면 명칭까지 알고 있었던 것은 한 곳이고, 나머지는 이름도 불확실하고 위치도 대강밖에 모르는 것 같았어요. 다만━━━."

"다만?"

"저는 이 명혜사에 대해서 이전부터 알고 있었어요. 하기야 와 본 적도 없고 이름도 잘 몰랐지만."

"━━━그렇군요. 그럼 이곳을 알고 있었다는 네 절의 종파는요?"

"네? 으음, 조동종과 임제종 둘 다였어요."

"그래요?"

아츠코는 턱을 문질렀다. 오빠의 몸짓과 비슷하다. 마스다가 그 몸짓을 잠시 바라보고 나서 물었다.

"저어, 추젠지 씨. 이 절에 무슨 수상한 점이라도 있습니까?"

오늘 아침의 추리 이후로, 아츠코는 신용을 얻은 모양이다.

"예━━━이런 때에 오빠가 있으면 좋을 텐데━━━단, 범죄와는 상관없는 일일 것 같긴 한데요."

"뭡니까?"

"시주 신도가 없는 절. 그리고 본말 제도의 통제를 받지 않는 독립사원. 그러면서 상당히 오래되었다. 게다가 무명이고, 장소는 하코네━━━이건 있을 수 없는 일이에요."

"경영이 되지 않는다는 뜻인가요?"

"아니에요."

"아까 그 스님의 설명이 교의적으로 이상하기라도 한가요?"

"그것도 아마 아닐 거예요. 저도 교의는 자세히 모르지만 조동종 절에서 자주 들을 수 있는 이야기였으니까요. 오빠에게도 들은 적이 있어요."

"그럼 무엇이?"

"예. 우선 이곳은 ——— 오래되었지요. 어떤가요, 이마가와 씨?"

이마가와는 눈을 부릅뜨고 입가를 살짝 누그러뜨리며 천장을 올려다보고 대답했다.

"오래되었습니다. 가령 저 삼해탈문(三解脫門)[†] 말인데요, 저것은 오간삼호이중문(五間三戸二重門)[††], 이것은 오산(五山)[†††]의 양식과 같은 것입니다. 그 이외의 절에서는 규모가 작아져서 삼간문인 경우가 많지요. 그리고 저 회랑 말인데요, 삼간과 불당을 회랑으로 잇는 양식은 임제종 계

[†] 불교용어로, 본래는 공해탈, 무상해탈, 무원해탈의 총칭이며 해탈을 얻는 세 가지 방법을 말하나 여기에서는 절의 일주문을 가리킨다. 우리나라에도 삼해탈문이라고 불리는 문이 있는데, 보물 1461호인 범어사 조계문이 그것이다.

[††] 오간삼호는 정면의 기둥 사이 간격이 다섯 간이고, 그중 중앙의 세 간이 통로로 되어 있는 것을 말한다. 이중문은 이층짜리 건물로 일층, 이층 양쪽에 기와가 튀어나온 부분이 있는 것을 말한다.

[†††] 중세 임제종 사원 중 최고의 사격(寺格). 오산의 지위에 있던 절은 시기에 따라 다르지만 아시카가 요시미츠[足利義滿]에 의해 확정되었다. 교토 오산, 가마쿠라 오산 등이 있다. 오악(五岳)이라고도 함.

열의 사원에서는 볼 수 없는 특징입니다. 그래서 일반적으로 선종 사원에는 회랑이 없는 것으로 여기는데, 그것은 잘못된 인식이고 본래는 있었던 모양입니다. 현재도 조동종의 절에는 남아 있는 경우가 있거든요. 게다가 저 불당의 크기는――― 믿을 수 없을 정도입니다. 화려하지는 않지만 규모는 엄청나게 크지요. 마치 오산의, 그것도 현재의 오산이 아니라 옛 그림에 남아 있는 오산 사원의 가람 같습니다. 이런 산중에, 그것도 옮겨 지은 흔적도 없이 말이에요. 산속에는 탑두(塔頭)[†]도 흩어져 있는 것 같고――― 적어도 근세의 건축물은 아닐 것 같습니다. 중세의 것이지요."

"과연 잘 아는군, 당신."

스가와라가 의외라는 듯이 말했다.

"하지만 감탄만 들 뿐 학술적인 의미도 모르겠고, 시대를 특정할 수도 없습니다. 그러니 어쩌면 잘못 본 것일지도 모르지요. 무엇보다 거기 있는 항아리 하나만 해도 가격을 매길 수 없으니 골동품상으로는 실격입니다."

"하지만 뭐, 오래된 것임에는 틀림이 없겠지요. 몇 번이나 말하지만 옛날 냄새가 나거든요."

도리구치가 다다미 테두리를 손가락으로 덧그리면서 그렇게 말했다.

아츠코가 말을 이었다.

"저도 이곳은 상당히 오래된 사원일 거라고 생각해요.

[†] 사원의 안에 있는 작은 절, 혹은 건축물을 일컬음.

이곳을 봐도 그런 생각이 들거든요. 여기는 지금은 불편하기 짝이 없는 곳이지만 그것은 현재 사용하는 도로를 기준으로 생각하기 때문이겠지요."

"하지만 아가씨, 이곳은 구(舊) 도카이도에서도 벗어나 있소. 하코네 7대 온천을 도는 길에서도 벗어나 있고."

"하지만 구 가마쿠라 가도†에서라면——편리하다고 할 수는 없겠지만 그나마 오기 쉽잖아요. 흔히들 하코네 팔리(八里)††라고 불리는 길을 이용했을 거예요. 이곳은——억측이지만 그 길에서라면 그나마 접근성이 좋지 않을까 싶어요."

"그렇다면 이 절은 에도 시대 이전에 생긴 것이라는 뜻이오?"

아츠코는 다시 턱에 손을 대고 말했다.

"네에. 그렇게 생각해요. 하지만 그러면서도 이곳이 어느 법계(法系)에도 속하지 않는 독립사원이라면, 명혜사는 막부의 종교통제를 피해 살아남은 절이라는 뜻이 돼요. 원화 시대의 사원금제†††를 시작으로, 막부는 말사장(末寺帳)

---

† 가마쿠라에 막부가 개설된 이래, 각지에서 가마쿠라로 향하는 길을 부르는 이름.

†† 오다와라에서 하코네 고개를 넘어 미시마에 이르는 약 8리의 길.

††† 사원제법도(寺院諸法度)라 하며 도쿠가와 막부가 불교 교단에 대해 정한 법도의 총칭으로 문헌에 따라 제종사원법도(諸宗寺院法度), 제종제본산법도(諸宗諸本山法度)라 한다. 유교, 특히 주자학을 중히 여기는 정책을 채택한 막부는, 한편으로는 사령(寺領)의 토지 소유권을 인정하고 사찰 정비를 추진하고 있었지만 그와 동시에 승려의 통제(統制)를 도모하려는 목적에서 각 종파의 승려를 대상으로 해 만들었다. 또 막부는 승불을 통제하기 위해 사원제법도를 만듦과 동시에 사청제도(寺請制度)와 본말제도(本末制度)를

413

을 작성하게 하는 등 그야말로 열심히 사원을 통제하고 종파를 장악했으니까요 ———."

"무슨 뜻입니까?"

"다시 말해서 본산과 말사의 관계를 확실히 해 두면, 한정된 본산을 제압하는 것만으로도 전국의 사원을 파악할 수 있다고 생각한 것이지요. 그래서 어정쩡한 절도 종이나 파를 바꾸게 한 후 조직에 편입시키고, 황폐해진 절을 부흥하는 것을 규제하고, 새로운 절의 건립은 금지하고 ——— 통폐합을 반복한 끝에, 원록(元祿)[†] 시대에는 대강 전국에 있는 사원의 본말 관계가 정리되었다고 해요. 그 시점에서 이름도 없는 절이라는 건 없어졌지요. 반드시 어느어느 산 계열의 몇 번째 절이라는 걸 알 수 있게 된 거예요. 독립사원으로 남은 것은 관찰(官刹)이나 명찰(名刹) 등 유력한 사원뿐이었다고 하거든요."

"이곳도 그랬던 게 아니겠소?"

"그러니까 여기는 무명이라니까요. 관찰도, 명찰도 아니에요. 기록에 남아 있지 않으니까요."

"거짓 신고를 해서, 겉으로는 어딘가 본산이 있는 말사로 되어 있는 것은 아닐까요?"

이마가와가 날카로운 질문을 했다.

"네. 실제로 그런 절도 있었던 모양이에요. 법계적으로 무관한 본산과, 종파를 바꾸지는 않고 계약상 본말 관계를

정비해 불교의 적극적인 통제를 꾀했다.

[†] 히가시야마[東山] 천황 때의 연호(1688~1704).

맺은 사원도 분명히 있었어요."

"그럼 그건가 보지."

"하지만 그렇다면 어딘가의 본말장에 실려 있어야 해
요. 이곳은 실려 있지 않아요."

"그걸 어떻게 아시오?"

"오빠가——— 조사했어요. 현존하는 관영(寬永)† 시대
의 사원 본말장인지 뭔지를 끄집어내서."

"당신의 오라비는 뭐 하는 사람이오?"

스가와라가 의아한 얼굴을 했다.

"그 사람은 대체 뭐 하는 사람입니까?"

도리구치가 나를 찔렀다.

"책바보일세. 병이지."

교고쿠도는 자신이 모르는 절이 있었다는 사실이 어지
간히도 분했던 모양이다. 그렇다 해도 그런 고문서를 용케
도 손에 넣었다. 내가 물어보니 아츠코는,

"아카시 선생님께 부탁한 모양이에요."

하고 말했다. 아카시 선생이란 주오 구(區)에서 제일 멋
진 남자라는, 교고쿠도의 스승뻘 되는 분인 모양이다. 내
가 설명하자 도리구치는,

"우헤에, 스승님의 스승님이시군요."

하고 말했다.

"어쨌든 에도 시대의 기록에 하코네 산 명혜사라는 절은
없어요. 이게 외딴 섬이나 변경이라면 그나마 이해가 가지

---

† 고미즈노[後水尾], 메이쇼[明正], 고코묘[後光明] 천황 때의 연호(1624~44).

요. 하지만 여기는 당시의 교통의 요지, 하코네 역참에서 엎어지면 코 닿을 거리예요. 이건 절대로 있을 수 없는 일입니다."

절대로 있을 수 없는 일 ——— 아츠코는 그렇게 말했다.

이번 사건에서 물리적으로 있을 수 없는 일은 현재로서는 일어나지 않았다. 하지만 다른 뜻으로 있을 수 없는 일은 있었던 모양이다.

——— 있어서는 안 될 것이 있을지도 몰라.

교고쿠도는 그런 말을 했다. 나는 있어서는 안 될 곳에 있는 것이다.

아츠코는 말을 이었다.

"게다가 메이지 시대에 들어서 사원은 더욱더 조직화되었어요. 우선 폐불훼석(廢佛毀釈)†의 영향이 있었지요. 경영이 어려워진 절은 폐사되거나 합병하는 것 말고는 길이 없었어요. 그리고 메이지 5년(1872)의 신지성(神祉省)†† 폐지와 함께 메이지 정부는 일종일관장제(一宗一管長制)를 공포했어요. 선종은 뭉뚱그려 하나의 종파로 편제되었고, 아마 천룡사의 관수가 초대 관장이 되었을 거예요. 그 후에 조동종이 독립해서 임제종과 조동종, 두 종파로 나뉘었고, 또 임제종이 각 파로 분파하고 황벽종이 독립하면서 현재

---

† 불법을 폐하고 석가의 가르침을 버린다는 뜻. 메이지 1년(1868), 제정일치를 슬로건으로 내 건 정부의 신도 국교화 정책, 신불분리정책에 의해 일어난 불교 배척 운동. 각지에서 불당, 불상, 경문 등이 파기되었다.

†† 메이지 4년(1871)에 설치된 관청으로 신사를 관할하고 제사를 관장했으나 이듬해에 폐지되었다.

에 이른 셈인데, 이 단계에서 이미 어느 종파에 얼마나 말사가 있었는지는 명백하거든요. 거기에서도 명혜사의 이름은 찾을 수 없었던 모양이에요."

"아하, 철저한 무면허 절이로군요."

도리구치가 멍청하게 말했다.

"네. 뭐, 기록상의 이야기이니 혹시 기입이 누락되었다고 생각할 수도 있지만요 ――― 하지만 역시 제가 이상하다고 생각하는 것은."

"생각하는 것은?"

"이곳이 시주 신도가 없는 사원이기도 하다 ――― 는 점이에요. 메이지 4년(1871)에 전국의 사원은 묘지나 종교상 필요한 시설을 제외한 곳, 다시 말해서 사원이 소유하고 있는 토지를 국가에 빼앗기고 말았어요. 그 이전에도 판적봉환(版籍奉還)[†] 때 주인지(朱印地)[††]는 몰수되었으니까, 그렇게 되면서 사원 경영은 근본적으로 변화했지요. 사원은 생산수단이 없기 때문에 완전히 시주에 의존하거나, 그렇지 않으면 다른 재원 획득 방법을 생각할 수밖에 없게 된 거예요."

"그러니 시주 신도가 없는 절은 현재까지 존속할 리가 없다는 거요?"

"아니에요. 그때 메이지 정부는 주지가 없고 시주 신도

[†] 메이지 2년(1869), 다이묘들이 천황에게 자신들의 판적, 즉 영지와 영민(領民)을 반환하게 한 조치.

[††] 신사나 사원이 소유하고 있는 영지.

가 없는 사원은 폐사를 명했어요."

"시주 신도가 없는 절은 없애라고 말이오?"

보니 마스다는 아츠코의 이야기를 수첩에 적고 있었다.

"맞아요. 여기가 시주 신도가 없는 절이라면 살아남은 건 이상해요."

"하지만———."

이마가와가 끼어들었다.

"——— 그때는 시주 신도가 있었는데 지금은 없어진 것이 아닐까요? 저는 센고쿠로의 종업원에게 전쟁 전에는 시주 신도 같은 단체가 이곳을 찾아왔다고 들었습니다. 지금은 오지 않는 모양이지만요."

상당히 날카로운 지적이다. 아츠코는 곧 대답했다.

"그 단체 말인데요, 센고쿠로에 묵었다면 멀리서 온 사람들이라는 뜻이겠지요?"

"그렇겠지요. 이 근처라면 그냥 직접 왔을 테니까요."

"본산도 말사도 없는 독립사원의 시주 신도가 왜 그렇게 먼 곳에, 그것도 단체로 있는 걸까요?"

"아아."

"시주 신도는 ——— 역시 없었던 걸 거예요. 무엇보다 판적봉환 무렵 메이지 정부는 경내나 묘지와 몰수할 토지의 기준을 명확하게 정하지 못했기 때문에, 당시 전국의 사원에서 사령(寺領)을 상세히 조사했을 거예요. 그때 이곳은 대체 어떻게 대응했을까요? 이 명혜사는 사령도 몰수당하지 않았고, 게다가 시주 신도가 없지만 처분도 당하지 않았는데 말이죠."

나는 감탄했다. 나는 생각하기를 포기했지만 아츠코는
그러지 않았다. 내가 가슴에 품고 있던 석연치 않은 느낌
을 아츠코는 분명하게 파악해서 형태로 만들어 보여준 셈
이다.

"이상하군."

스가와라가 겨우 납득했다.

"분명히 이상해. 뭔가 있어. 형사의 감이다."

"하지만 그건 이번 사건과 상관없지 않습니까."

"그건 모를 일일세, 마스다 군. 뭔가 비밀이 있다면 그것
은 동기가 될 수 있어. 무엇보다 범인은 승려일 가능성이
높단 말일세. 하지만 스님들은 입을 열 것 같지 않고, 물어
봐도 무슨 얘기인지 알아먹을 수가 없으니. 우리 쪽 얘기
도 통하지 않고. 추궁해 봐야 소용없을 테지. 좋아. 직접
조사해 보겠네. 애초에 이곳 놈들은 아마 세금도 안 내고
있을 거야. 일본 땅을 이런 데 쓰고 있는 거란 말일세. 돈을
내게 해야지."

"아니, 어째서 갑자기 탈세 얘기가 나오는 겁니까, 스가
와라 씨. 게다가 절의 스님을 전부 용의자라고 본다면, 우
리 상사인 야마시타와 다를 게 없지 않습니까."

"똑같이 취급하지 말게. 나는 현장에 십 년이나 있었어.
연륜이 다르다고."

스가와라는 거친 콧김을 뿜으며 그렇게 말했다.

마찬가지다――라고 나는 생각했다.

야마시타도 스가와라도, 결국 자기를 정당화하고 있는 것에 지나지 않는다. 사회 질서를 어지럽히는 이물(異物)을 배척하는 것이 그들 경관의 역할이다.

　그러나 이곳은 우리가 살아가는 사회 ——— 그들이 지켜야 할 사회 ——— 가 아니다. 이곳에서의 이물은 오히려 우리들이며 그들이다.

　다시 말해서.

　이 산속에서 배제되어야 하는 것은 우리들 쪽이다.

　설사 살인사건이 일어났다 해도, 이 경우 그런 것은 상관없다.

　그런 상황에서 정당성이나 자의식을 관철하려면 자신을 둘러싼 환경을 구성하는 모든 것을 부정해야만 한다. 그렇기 때문에 야마시타 경부보는 센고쿠로의 숙박자 모두를, 스가와라 형사는 명혜사의 승려 모두를 의심하는 처지가 된 것이다.

　그래서는 안 된다.

　아무리 이해하기 어렵다 해도, 이해가 되지 않는 것을 있는 그대로 받아들이고 이해한 척해 봐야 소용없고, 하물며 그것을 통째로 부정해 버린다면 아무것도 보이지 않게 될 것이다. 세세한 점이나 사소한 차이를 무시하고 한 덩어리로 파악한다면, 나무 한 그루 한 그루를 무시하고 대강 숲이나 산이라고 말하는 나와 무엇 하나 다를 게 없다.

　그러니 ———.

해결하기는 어려울 거라고 ──── 나는 건방지게도 그렇게 생각했다.

아까 그 젊은 승려가 양해를 구하며 장지를 열었다.

이야기는 거기에서 중단되었다.

형사들, 특히 스가와라는 승려들에 대한 명확한 의심이 들끓는 모양이다.

──── 이것을 억측이라고 하는 것이다.

그렇게 생각했다.

식사는 소박했다. 가이세키 요리[†]라고 할 정도로 대단한 것은 아니었고 맛도 거의 나지 않았다. 조명이 어두웠던 탓도 있었을까. 식감도 비슷했고, 입에 넣은 것의 정체를 알 수 없어서 모두 똑같은 맛으로 느꼈을 것이다. 선사에서는 식사 예법도 까다롭다고 한다. 특별히 감시를 당하는 것은 아니지만 왠지 우리는 모두 평소보다 훨씬 예의바르게, 묵묵히 먹었다.

그래도 도리구치는 혼자 게걸스럽게 먹었다.

모자라 보이기까지 했다.

십오 분 정도의 짧은 식사였다.

식사가 끝나자 스가와라는 조건부로 우리들을 자유롭게 해 주었다.

조건은 아홉 시까지 전원이 이 내율전으로 돌아오는 것

[†] 한 가지씩 접시에 담아 옻칠을 한 상에 내는 술자리용 요리.

이다. 이는 우리를 믿었기 때문에 내린 판단은 아닐 것이다. 스가와라가 스님들에게 우리보다 강한 의혹을 품었을 뿐이다.

두 명의 형사는 다쿠유의 안내를 받아 고사카 료넨이 기거했다는 건물로 향했다. 아츠코와 이쿠보, 그리고 도리구치는 에이쇼의 안내를 받아 경내를 둘러보기로 한 모양이다.

나는———꽤 망설인 끝에, 이마가와와 둘이서 내율전에 남기로 했다.

경찰의 감시를 받는 것이 아니라면 취재 흉내를 낼 필요도 없기 때문이다.

기가 막힐 정도로 조용했다.

바깥은 이미 어두웠다.

시간은 이제 다섯 시가 지났을 뿐이다.

도시라면 아직 저녁이라고 하기에도 이른 시간이다.

이곳에서는 이미 밤이다.

이마가와는 말없이 앉아 있다가 나를 보더니,

"이상합니다."

라고 말했다.

"여기는 어디일까요."

"예? 여기는———."

하코네입니다, 라는 멍청한 대답을 이마가와가 요구하는 게 아니라는 것만은 확실하다.

그렇게 묻고 싶어지는 마음은 십분 이해가 갔다.

이곳은 현대의 일본임에도 불구하고 우리들이 살아가는 현대도, 우리들이 살아가는 일본도 아니다. 걸어서 몇 시간이면 올 수 있는, 땅이 이어져 있고 주소도 있으며 편지까지 오는 단순한 절이지만 이곳은,

"———산중이계(山中異界)입니다. 이마가와 씨."

그렇게 생각하지 않겠다고, 문을 지날 때 나는 결심했다. 이것은 어디까지나 일상의 연장이다.

이곳은 속세와 이어져 있는, 평범한 산에 지나지 않는다. 그렇게 생각하기로 결심했을 것이다.

그러나 이곳은 역시 비일상이었다.

이마가와는 그렇군요, 그렇군요, 하고 말했다.

"이런 곳에서 조용히 사는 것은 좋은 일일까요, 세키구치 씨? 추한 속세를 떠나, 시간이 가는 것을 잊고———."

"글쎄요."

분명히 시간의 흐름은 다른 것 같다.

아니, 시간의 흐름이 바뀐다는 것은 물리적으로 있을 수 없는 일이니 이것은 주관의 문제이고, 다시 말해 우리들의 육체나 신경 쪽이 익숙하지 않은 환경의 영향을 받고 있을 뿐이다.

어디에 있든 한 시간은 한 시간, 일 분은 일 분이다. 해는 똑같이 지고 똑같이 뜬다. 시간이란 길어지고 짧아지는 것이 아니다.

새가 까악까악 울었다.

조용했다.

――― 아아.

――― 오늘도 거스러미,

――― 내일도 거스러미,

환청일까.

노래인가?

"이마가와 씨, 방금 그―――."

――― 신의 아이라면 이 세상에 없다,

――― 귀신의 아이라면 이 세상에 둘 수 없다,

――― 사람의 아이라면 번뇌의―――.

노래다. 성장하지 않는 미아의 노래다.

"이마가와 씨! 노래예요. 노래가."

"네. 들립니다."

나는 밖으로 뛰어나갔다.

이마가와는 놀란 듯이 몸을 젖히더니 나를 따라왔다.

바깥은 이미 어두웠다.

"아아, 저것은―――."

이마가와가 손가락으로 가리켰다. 나는 천천히 돌아보았다.

――― 있었다.

나무 그늘에 후리소데를 입은 소녀가 서 있었다.

───아궁이에서 불에 타 재가 되어라.

소녀는 노래하고 있었다.

혼자 두드러져 보인다.

주위는 눈 덮인 하얀 풍경. 그러나 해는 졌다.

이상하게 밝다. 어두운데 어둡지 않다.

하지만 빛깔은 없었다. 세상은 무채색이다.

그러나 소녀에게만은 색깔이 있었다.

붉은 무늬. 감색 무늬. 보라색 무늬.

소녀는 그 자리에서 폴짝 뛰었다.

똑바로 가지런하게 자른 앞머리가,

풀썩 흔들렸다.

왠지 천천히 흔들렸다.

───아아, 주관의 시간이.

점점 느려진다.

이대로 가다가는 내 시간은 조만간 멈추고 말 것이다.

그러면, 그러면 여기에서 나갈 수 없게 된다.

───부처의 아이라면 어떻게 할까.

───아버님, 어머님, 용서해 주세요.

소녀는 이쪽을 보았다.

표정이 없다.

이것은 인형인가?

눈동자는 새까만, 무한의 구멍이었다.

찬물을 뒤집어쓴 것처럼 오싹했다.

"아아——— 역시 여기에 있었나요?"

등 뒤에서 이마가와의 목소리가 났다.

나는 돌아보았다.

어두컴컴해서 이마가와의 얼굴은 잘 보이지 않았다.

"구온지 씨가 말했던——— 그대로군요."

이마가와는 그렇게 말하며 내 앞으로 나섰다.

"가면 안 돼요. 이마가와 씨."

나는 이마가와의 소매를 잡았다.

"저, 저것은."

——— 이 세상의 존재는 아니겠지요?

——— 어머나, 무섭네요.

"어쨌든 가면 안 돼요."

"하지만."

교고쿠도의 입버릇처럼, 이 세상에는 이상한 일이라곤 무엇 하나 없을 것이다.

저것이 이 세상의 존재라면,

이상한 것은 아닐 것이다.

그러나 이곳은 이 세상이 아니다.

그러니 저것도 이 세상의 존재가 아니다.

저것이 이 세상의 존재가 아니라면,

그렇다면———.

소녀는 잠시 우리들 쪽을 보며 서 있었다.

눈동자에는 빛도 없다. 얼굴에 표정은———.

아니다. 소녀는 노려보고 있다.

눈동자가 없는 눈으로 우리들을 노려보고 있다.

내 시간은 아주 잠깐 동안 멈추었다.

———안 돼. 여기서 나갈 수 없게 된다.

나는 시선을 피했다.

다시 시선을 돌렸을 때, 소녀는 이미 없었다.

"아아."

——— 요괴일세.

——— 요괴라고 생각하는 거야.

과연 이런 것도 꼭 나쁜 것만은 아니로군, 교고쿠도.

나는 그렇게 생각했다.

*

수행승들의 아침은 일찍 시작된다.

오전 세 시 반.

아직 주위는 어둡다. 종소리가 경내를 지나가고(사진 1) 승려들의 하루는 시작된다.

겨울산의 이른 아침은 살을 엘 듯이 춥다.

종을 치는 승려는 그 혹독한 추위 속에서 법동에서 방장(선사가 기거하는 곳), 단과료(신참 승려가 묵는 곳), 지객료(손님을 접대하는 시설) 순으로 경내를 달리며 한 바퀴 돌아 하루의 시작을 알려야 한다.

산중에 긴장감이 가득 찬다. 이어서 갖가지 음색의 종과 큰북이 울린다.

이것이 선사의 시계다.

선사의 하루는 모두 이들 '울리는 것'에 의해 관리, 운행된다.

기상뿐 아니라 시보(時報)의 종, 집합 신호 등이 전부 소리에 의해 알려진다. 울리는 것의 종류는 종, 큰북, 순조판(巡照板)이나 어판(魚板)이라고 불리는 판자 등 가지각색으로, 울리는 횟수나 순서 등도 아주 세밀하게 정해져 있다. 승려들은 이 모든 것들을 완전하게 알고 있어야 한다. 소리를 듣고 알아야 하는 것은 물론이고 자신이 울리는 역할을 맡았을 경우 틀려서는 안 되기 때문이다. 시간 엄수는 철저하다.

오전 네 시에는 개문. 그때 법당의 촛불, 향불을 위한 숯 등에는 전부 불이 붙여져 있고, 모든 준비가 완전히 갖추어져 있어야 한다. 승려들의 동작에 군더더기는 일절 허락되지 않는다.

관수 출두의 종에 맞추어 선사가 조심스럽게 본당에 입장하면 조과(아침 일과)가 시작된다.

산사의 모든 승려들이 한 군데 모여 근행(勤行)하는 모습(사진 2)은 실로 장관이다. 전행(殿行)이라고 불리는 승려들이 사뿐사뿐한 발걸음으로 경전이나 독서대를 옮겨

온다.

보폭, 옮기는 위치, 경전을 든 각도에서부터 저두(低頭)
(인사) 각도까지 딱 맞는다. 승려들의 호흡에는 흐트러짐
이 없다. 동작은 머리끝에서 발끝까지 엄격하게 정해져
있다.

이곳 M사에는 관수 외에 서른다섯 명의 수행승이 있다.
그들 모두가 한 소리로 경전을 읽는다. 그들의 독특한 발
성법은 귀가 아니라 배에 울려오는 것 같다. 본당 전체가
진동한다.

≪대반야바라밀다경≫의 전독(轉讀)이 시작된다. 전독
이란 경전을 술술 흐르듯이 넘겨(사진 3) 한 권을 읽은
것으로 치는 것이다. 이렇게 하지 않으면 전부 육백 권으
로 이루어져 있는 엄청난 양의 경전을 다 읽을 수는 없다.
전독은 동적이지만 이것도 전부 법식에 따라 이루어진다.
격식에 어긋나는 것은 아니다.

또 근행을 할 때도 동라(銅鑼)나 목탁, 수착(手擊)과 같은
소리 나는 물건은 유효하게 사용된다. 실로 장엄한 음률
이며, 마치 음악을 듣는 것 같은 착각이 느껴지지만 이것
은 그렇게 들어서는 안 된다.

조과가 끝나면 승려들은 각자의 공무(公務)를 한다.

공무란 글자 그대로 공평하게 일한다는 뜻이다. 속세에
서 말하는 공무와는 다르다.

승려들이 하는 것은 경제 활동과 연결되는, 소위 말하

는 일이 아니다. 승려들은 일하는 것에서 일하는 것 이외의 의미를 찾지 않는다고 한다. 노동이 아니라 수행인 것이다. 청소나 취사마저도 절 안에서는 수행으로 파악된다. 승려들은 전원이 절이라는 사회를 구성하는 구성원이며, 반드시 어떤 역할을 짊어지고 있다. 그 일을 해내는 것이 곧 수행이 된다.

예를 들어 법당 청소(사진 4)도 물론 수행에 포함된다. 먼지 하나 남겨서는 안 된다. 이들 공무는 말하자면 움직이는 좌선이다.

이 동안 전좌(취사 역할) 승려들은 식사를 준비한다. 식사는 국 하나 채소반찬 하나. 아침은 죽, 점심과 저녁은 보리밥이라는 간소한 식사다.

운판(雲板)이라는 것을 울리는 소리에 맞춰 승려들은 식당에 모인다. 말이 없다. 아무 소리도 나지 않는다. 게(偈)를 외며 죽좌(粥座)(아침식사)가 시작된다.

젓가락을 움직이는 법, 밥그릇 드는 법, 나아가서는 단무지 씹는 법에까지 법식이(사진 5) 있다. 자세를 무너뜨리는 사람도, 소리를 내는 사람도 없다. 식사가 끝나면 밥그릇에는 한 잔의 차가 따라지고, 이 차로 밥그릇을 씻은 후 파한다. 식사치고는 너무나도 이상한 광경이지만 이것도 수행이다.

그리고 드디어 좌선.

좌선은 선당(禪堂)이라고 불리는 건물에서 아침저녁으
로 이루어진다. 선당은 식당, 욕실과 함께 삼묵도장(三黙道
場)이라고 불린다. 다시 말해 입을 여는 것은 일절 허락

———중 단———

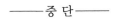

옮긴이 | 김소연

한국외국어대학교에서 프랑스어를 전공했으며, 현재 출판기획자 겸 번역가로 활동하고 있다. 옮긴 책으로 교고쿠 나츠히코의 ≪우부메의 여름≫, ≪망량의 상자≫, ≪광골의 꿈≫과 ≪음양사≫ 시리즈, ≪샤바케≫ 시리즈, ≪집지기가 들려주는 기이한 이야기≫, 미야베 미유키의 ≪마술은 속삭인다≫, ≪외딴집≫, ≪혼조 후카가와의 기이한 이야기≫, ≪메롱≫ 등이 있다.

철서의 우리 上

교고쿠 나츠히코 지음 | 김소연 옮김

초판 1쇄 발행 2010년 6월 21일
초판 2쇄 발행 2010년 7월 23일

발 행 인 박광운
책임편집 김남철
기획편집 김은경

발행처 도서출판 손안의책
출판등록 2002년 10월 7일(제313-2002-450호)
주소 서울 마포구 동교동 159-6 파라다이스텔 1307호(우편번호 121-898)
전화 02)325-2375 | 팩스 02)325-2376
홈페이지 http://www.bookinhand.co.kr, http://cafe.naver.com/bookinhand

ISBN 978-89-90028-57-0   04830